文春文庫

藤沢周平のこころ

文藝春秋編

文藝春秋

藤沢周平のこころ◎目次

名作を紡ぎ続けた作家の軌跡

藤沢作品の魅力を徹底紹介

新たなる映像の世界へ

藤沢周平のこころ

名作を紡ぎ続けた
作家の軌跡

特別対談

「普通が一番」だった父の素顔

名プロデューサーが仕事を通じて、長女が日常を通して、在りし日の作家を語る。

石井ふく子 × 遠藤展子

『橋ものがたり』からの縁

遠藤　私が父のことを綴《つづ》ったエッセイ集『藤沢周平　父の周辺』と『父・藤沢周平との暮し』を原作に、石井先生にはＴＢＳでドラマ「ふつうが一番」（二〇一六年七月四日放送）をプロデュースしていただいて、父のことを色々とお話しする機会がありました。その時に、「実際に藤沢先生に会ったことがあるから大丈夫よ」と言われて、この一言ですべてをお任せしようと思ったんです。

石井　いちばん最初に藤沢先生とお目にかかったのは、「小ぬか雨」（『橋ものがたり』所収）をドラマにしたいとお願いに上がった時でしたね。初めて作家の方にお目にかかる時はいつもそうですけれど、すごく緊張していました。

遠藤　父の方が、逆に、石井先生のような名プロデューサーが来てくださるなんて驚いていたと思います。

石井　まずお電話で約束をとりつけ、ご自宅の近くの喫茶店でお話をさせていただきました。ＴＢＳの東芝日曜劇場という長年単発で続いているドラマ枠があって、そこでぜひ藤沢先生の作品をやりたい。女優さんは吉永小百合さんで、そのお相手役は三浦友和さんを考えているんですけれど、作品を変にするようなことは絶対にしません。脚本が出来たらお見せして、悪いところがあれば直しますので、どうか先生の作品をいただけないでしょうか、とお願いしたことを、今でもはっきりと覚えています。

写真◎石川啓次

遠藤　「小ぬか雨」が放送されたのは一九八〇年のことでしたが、家族で一緒にドラマを観て、父の株がぐっと上がったんですよ。石井先生が作ってくださって、吉永小百合さんと三浦友和さんが出ているんですから、「もしかしたら、うちのお父さんってすごいの

藤沢先生は非常に物静かで
柔らかい感じがして、
「ああ、素敵だなぁ」と思いましたよ。

いしいふくこ◉一九二六年東京生まれ。日本電建を経て、六一年プロデューサーとしてTBS入社、『渡る世間は鬼ばかり』などのドラマや舞台演出を手がける。

か」って（笑）。

石井　あの頃、吉永小百合さんは大変な人気がありましたからね。今とは違って時代劇も比較的自由に作れる時代で、その後、続けて「思い違い」「赤い夕日」「ちきしょう」と、藤沢先生のドラマは四本を作らせていただきました。

遠藤　「ちきしょう」の大原麗子さんの演技もすごく印象に残っています。毎回、六畳の部屋にある小さなテレビで、父と私が並んで、母がちょっと後ろの方に座って、家族三人で観ていました。高校生くらいになって色っぽいシーンが出てくると、気まずくなったりするんだけど、石井先生のドラマにはまったくそういうことがなく、いつも家族で安心して観られて、益々《ますます》、父の株は上がっていったんです。

石井　藤沢先生は、相当詳《くわ》しくお調べになって書いていらっしゃるから、脚本を作っていても楽しかったですね。原作をまず読ませていただいて、映像にするのが楽しみであるのと同時に、大変なものをお預かりしたという緊張感もすごくありました。舞台でも明治座で『橋ものがたり』を竹脇無我さんと長山藍子さんでやりまして、この時は藤沢先生にも観にきていただきました。「先生、どうですか？」と伺《うかが》ったら、ニコニコされていて特に何もおっしゃらなかったので、しつこく聞いたら「良かったよ」と言ってくださったのでほっとしました。

遠藤　父は大体しゃべらないんですよね。でも思っていないことは口にしない性質《たち》なので、良かったというのは心からそう言ったんだと思います。

石井　ドラマの「小ぬか雨」も舞台の『橋ものがたり』も、どちらも橋が大事なキーワードでしたね。先生の作品を読むと、橋で男女が出会い、またそこで別れることになるので、これをどう演出するか、セットも美術がどう作るかをずいぶん考えたものです。

山形での教員経験

遠藤　昭和二年生まれの父と、石井先生は年齢も近いんですよね。

父は洋画が好きでよく観ていて、
女性の心理は
フランス映画などの影響があったかも。

えんどうのぶこ◉一九六三年、藤沢周平の長女として東京に生まれる。百貨店勤務の後、八八年結婚して遠藤姓に。著作管理のほかエッセイストとしても活動。

石井　私が一つ上です。

遠藤　とても信じられないほどお若いので、てっきり食べ物も好き嫌いなどないと思っていたら、そんなことはないそうですね。

石井　嫌いなものを無理して食べても仕方がないですよ。

遠藤　食べ物の好みで父と共通しているのは、お米と鮭が好きなこと。でも、石井先生は今風の甘口の鮭が好きだと聞きましたが、父は故郷の鶴岡の塩辛い鮭が好きでした。

石井　私も戦時中、一時期、鳥海山《ちょうかい》のふもとにある山形の吹浦《ふくら》に疎開をしていて、そこでは代用教員をやっていたんですよ。

遠藤　山形で一時教員をしていたというのも、父との共通点ですね。

石井　あの頃は土地の言葉がまったく分からなくて苦労しました。英語の方がまだ分かるんじゃないかって思うくらい。生徒からは東京弁の方が分からないって言われてね（笑）。

遠藤　同じ山形の中でも山の方と海に近い鶴岡で使われる庄内弁は、また全然違うんですけれど、父は鶴岡の人と会ったり、電話で話すと庄内弁にすぐに戻って、声まで大きくなっていました。普段は無口だし、あまりはっきりしゃべるような感じでもないのに、庄内弁だと元気になるんです。やはり父は故郷が大好きだったからだと思います。

石井　お目にかかった時には、非常に物静かで柔《やわ》らかい感じがして、「ああ、素敵だなぁ」と思いましたよ。

遠藤　そう言っていただけて安心しました（笑）。

石井　藤沢先生とお目にかかった時にも、本当に素晴らしい方とお会いできたと思いましたが、あの頃は、まだ作家の方とじかにお目にかかることができる、いい時代でした。

カメラマンに応じて父娘ともに笑顔（1974年）

松本清張さんが赤坂へ出てくると、私はお酒は飲めないんですけれど、食事に連れていっていただいたりしましたし、実は平岩弓枝さんが「鏨《たがね》師《し》」で直木賞を受賞された直後、スタジオでお目にかかる機会があって、「テレビで脚本も書きませんか」と誘惑したのも私なんです。それから、避暑で夏に軽井沢で過ごされる作家さんのところへお伺いして、原作をドラマにする許諾を得ることなんかも私たちの仕事のひとつでした。

遠藤　軽井沢では室生犀星さんともお会いになったんですよね。

石井　私はよく雨女だと言われるのですけれど、その日も雨が降っていて、室生先生は傘を持って駅まで迎えに来てくださったんです。その時に白足袋《たび》を履《は》いていらっしゃったのが印象的で、雨の中で跳《は》ねが上がらないのかと心配していたら、まったく汚れないのでどうやって歩いておられたのか、今でも不思議に思うんです。こうやって沢山《たくさん》の作家の方に会えたのは私の財産ですね。

山本周五郎さんとの共通点

遠藤　石井先生はお酒を飲まないから、山本周五郎さんの運転手として家まで送っていったエピソードも、すごく面白くお伺いしました。後ろで周五郎さんは寝入ってしまったそうですが、その前に、「危ないから三十キロで走れよ」とおっしゃったとか。

石井　三十キロで走った方が危ないですよ、とお返ししましたけれど（笑）。山本周五郎先生とは色々なお仕事をさせていただきましたが、最初は何度もお願いに上がって断られましたし、その後、お仕事がシリーズではじまったので、題字を書いてもらいたいとお願いをしたら「とんでもない」と怒られたりもしました。それに比べると、藤沢先生は非常に穏やかで、対照的だったと思うんですけれど、ひとつだけお二人が似ていると思ったのは、再婚された奥さまとの間にお子さんを作らないと決めていたことですね。
遠藤　私を産んだ母は、私を産んですぐに亡くなってしまい、私が五歳の時に父はいまの母と再婚しました。再婚する時に父は母に「子供は作らないけれど、それでもいいか？」と聞いたそうです。
石井　周五郎先生のところにも、前の奥さまとの間に三人のお子さんがすでにいらっしゃった。後妻の方が子供を産んだら、どうしても実の子が可愛いですから……。
遠藤　子供を作らなくてもいいと言った母もすごいと思います。実は小学校二年生の時に一度だけ、「弟か妹がほしくない？」と母から聞かれたことがあるんですが、その時に私は一人っ子の方が、おやつがたくさん食べられるだろうと思って、「ひとりでいい」って言っちゃったんです。それを聞いた母は「ああ、弟妹がいらないんだな」とあきらめたと、ずいぶん経《た》ってから聞きました。その理由がおやつだったとは申しわけない（笑）。でも、今では私が母の面倒を見る番だと思っていて、これが弟や妹がいたとしたら、その気持ちは少し違ったものになっていたかもしれないですね。
石井　先頃、周五郎先生の『おたふく物語』を演出したんですが、これは奥さまのきんさんに捧げて書かれたものなんです。この作品と同じように、藤沢先生の作品にも奥さまに向けてかかれたものもあるでしょうし、やはりお二人にはどこか共通点があるんだと思います。展子さんがお父さまのことを書かれたエッセイの中に、素敵な個所がいっぱいあったんですけれど、お母さまの言葉で「趣味はパパ」というシーンがありましたね。これは普通はなかなか言えませんよ。

遠藤　実際に母はそう言っていて、父が亡くなってからは、他には趣味がなく、しばらく落ち込んでしまって大変でした。ドラマの「ふつうが一番」にも出てきましたけれど、父と母の間にも色々な決め事があって、たとえば二階の父の仕事部屋には入らない。本当に忙しかった時には、一階の部屋で編集者の方が待たれていて、父が書いたものを一枚ずつ受け取るなんてこともあったんですけれど、母は仕事部屋の前の廊下に座って、父から原稿を受け取るとその場で誤字脱字を見直す。間違っていたらそれを父に伝えて、修正したものをすぐに下に運んでいくこともしていました。

石井　普通の主婦ではなかなか出来ないことをおやりになりましたね。

遠藤　性《しょう》に合っていたみたいです。私はそういうことはまったく苦手で、実は夫の方が誤字脱字を見つけたりするような細かい作業が、得意だったりするんです。そういう意味で夫婦というのは、よく出来ているんじゃないかと、思うことがあります。

石井　藤沢先生が男性作家にもかかわらず、女性の細《こま》やかな心理を描くのが非常にうまいのは、お母さまの影響も少なからずあるんでしょうか？

遠藤　母は下町で育った江戸っ子というか、石井先生のドラマに出てくる気風《きっぷ》のいい、世話焼きおばさんのようなところがあって、父の作品に出てくる女性とはタイプが違うような気がします。父は洋画が好きでよく観ていて、女性の心理はフランス映画などの影響があったかもと思うことがあります。

石井　それは知りませんでした。

遠藤　『かくも長き不在』や『第三の男』に出演している、アリダ・ヴァリという女優さんが好きだと言っていました。目鼻立ちがはっきりと濃くて、強そうな女優さんです。私に「何でもハイ、ハイと言うような女の人は好きじゃなくて、どちらかというと悪女のようなところのある、そういう女のひとの方が好きなんだ」と言うので、娘にそんなことを言うなんて、一体、うちの父は何を考えているんだろうと思いました。しかもうちの夫には、結婚してすぐに「展子のいうことはどうせくだらないんだから、右から左に聞き流しておけばいい」って言ったというんですから（笑）――そのくだらないことだって、小説やエッセイのネタになったりして、少しは役に立っていたんじゃないかと思ったりもします。

「普通が一番」だった父

石井　藤沢先生の言葉では、やはりエッセイの中で書かれていた「普通が一番」も非常に印象深い言葉で、そのままドラマのタイトルとして使わせていただきました。完成までにずいぶん時間がかかりましたけれど、どうしても東山（紀之）さんに藤沢先生の役を、そして奥さまを松（たか子）さんにお願いしたくて、お二人のスケジュールが合うのを、周囲が待っていてくださったんです。

遠藤　ほんとうに素晴らしいドラマにしていただいて、石井先生と皆さんには感謝しかありません。本を出した直後、脚本家で、映画『蟬しぐれ』の監督でもあった黒土三男さんから、「これはドラマにしたい」と言われていたんですが、全然、本気にしていなくて。まさかこんな形で実現するとは……。

石井　二〇一一年から放送されてきたドラマ「居酒屋もへじ」でご一緒した演出家の清弘誠さんを通じて、私のところへ話が来まして、まずエッセイを読ませていただいたんですが、藤沢さんとお目にかかったことがあるからこそ、余計に興味が湧《わ》きました。ヒガシ（東山紀之さん）の身体つきというか、藤沢先生にすごく似ているんですよね。

遠藤　とんでもない！　あんなに恰好《かっこう》よくはないですよ。

石井　でもスッとして、お芝居にいらっしゃる時もネクタイをきちんとしめて。礼儀の正しい方でした。

遠藤　まぁ、細いことは細くて「風が吹けば飛んでいく」なんて、言っていましたけれど（笑）。私も父も外面《そとづら》はよくて、雑誌に載った写真もニコニコ笑っているんですけど、実は私は、撮影が嫌で小学校の体育館でずっと遊んでいました。私が家になかなか帰って来ないので、母がすごい剣幕で迎えに来て、引きずられて戻った直後なのに、あとで見たら親子で仲良く写真に納まっていたんです。

石井　藤沢先生の笑顔は表向き用でしたか（笑）。

遠藤　母との会話も「あいうえお」で済んでしまうくらいでした。何か言うと「ああ」と返事をして、次に「これはどうなの？」と聞くと、「うー」なんて言ったりして（笑）。母と私がおしゃべりだから、多分、しゃべる暇がなかったのかもしれませんけれど。石井先生のお父さまはどんな方でしたか？

石井　新派の俳優だった私の父はお酒が好きで、舞台がない時には、庭で飼っていた熱帯魚を眺めながらお酒を飲んでいて、「あの熱帯魚、ニキビが出来たな」なんて言う（笑）。

遠藤　お話を伺っていると、うちの父が私を可愛がっていたように、お父さまも石井先生

「ふつうが一番」で母親役を演じた松たか子さんと

のことをすごく可愛がっていたと思うんです。

石井　私に舞台の演出をしろと言ったのは父ですね。川口松太郎先生が新派にいらっしゃって、その助手に嫌々ながらついたのがキャリアの最初でした。疑問ばかりを口にしていたら、川口先生からも皆さんからも、「お前はうるさい」と言われました。今のテレビの世界でも、まったく同じことを言われているのかもしれませんけれど（笑）。

遠藤　お父さまがいらっしゃらなかったら、演出家としての石井ふく子は誕生しなかったわけですよね。

石井　終戦後はなかなか女の人には仕事がなくて、長谷川一夫さんの勧めで、新東宝のニューフェイスに応募したら受かってしまって……役者としてやっていくことに一時なりましたが、どうにも落ち着かなくて、新聞広告を見て日本電建という住宅メーカーに入って、宣伝部に勤めたんです。それが縁でラジオの番組を担当するようになり、始まったばかりのテレビの仕事もするようになりました。そのうちＴＢＳから声をかけられて、しばらくは日本電建の宣伝の仕事とＴＢＳの仕事を掛け持ちしていました。

遠藤　ただでさえ忙しい二つの仕事を掛け持ちするのは、大変でしたね。

石井　ただあの頃の日曜劇場は、生で本番だったし、お稽古は夜だったから、掛け持ちが可能だったんです。

遠藤　それは仕事が好きだったからでしょう。

石井　好きか嫌いか分からないうちにやるようになっていました（笑）。

遠藤　父もデビューの前からサラリーマンをやりながら、小説を書いていて、ある時、両方を一〇〇パーセントきちんとやることが出来なくなって、いよいよ作家一本でやっていくということに決めた時は、相当、悩んだと書いています。

石井　私の場合は別に一家を背負《せお》っていたわけではなかったですが、藤沢先生にはご家族があるわけですから、その辺りも悩まれたでしょうね。

遠藤　当時のスケジュールを見ると、かなり沢山の仕事をいただいていて、だからといって、新聞社の仕事を適当にやるわけにはいかないので、結局、作家専業になることを決めたわけです。決心して会社を辞めた後で、編集者から「本当に仕事を辞めてしまって大丈夫なんですか？」と言われて、辞める前に言ってほしかったと言っていました（笑）。でも、私はいつ会社を辞めたのかは覚えていなくて、ある時、気がついたら父が毎日家にいるので、逆に仕事が無くなっちゃったんじゃないかと——もちろん、家で仕事をするようになったわけですけれど、私の友達が大勢家にきても嫌がらないし、むしろ喜んでいるようでした。

石井　本当に素敵なお父さまで、映像を作っていても、あそこまで子供に愛情を注《そそ》ぐことはなかなか出来ることではないと思いました。

遠藤　ありがとうございます。だから私はすっかりファザコンになってしまって（笑）。

亡くなってから父の日記を見ると、私は子供が生まれてからは、ほぼ一日おきに息子を連れて実家に帰っていたんです。「展子、今日も来る」「展子、また来る」とか記されていて、父としては娘と孫が来るのはいいけれど、仕事にならないで弱ったな、と思っていたのかもしれません。

石井　きっと可愛くて仕方がなかったはずですよ。

遠藤　息子が生まれたのは三十歳の時でしたが、本当はもう少し早く作りたかったんです。けれど私の生みの母が亡くなったのは二十八歳の時で、その年齢で子供を産むのはどうしてもやめてほしいと父から言われて——息子はもう二十歳を越えましたが、父に孫の顔を見せることが出来たのは、本当によかった。「ふつうが一番」のドラマもDVDでいただいて、夫と息子で観たんですけれど、三人がそれぞれ別のところで涙ぐんでいるから、それこそ恥ずかしくて顔を見られないような感じでした。息子はふだんは無口なんですけれど、やる時にはやるというところが、父と似ているんじゃないかと思うことがあるんですよ。

石井　こうして藤沢先生のお話を聞いていると、この機会にもう一回、先生の作品を読み返したくなってきますね。

遠藤　石井先生は本当にお忙しいんですけれど、実はまた、ぜひ父の作品を舞台でやってほしいとお願いしているんです。二年後までスケジュールがいっぱいということで、ぜひ三年後にでも。

石井　元気でさえいれば三年も経たずにやりますよ。藤沢先生の作品には、やはり人間がしっかりと描かれているんですよね。私は今では、オリジナルの作品を演出することがほとんどです。原作はたくさんあっても、きちんとした時代ものにはほとんど巡り合えなくて。その点、藤沢先生は町人でも、武士でも登場人物たちが何を考えて生きていくかということが、非常にはっきりしている。ひとりひとりの人間がきちんと描けていて、しかも心理が細やかです。その芯にある人間の心というものは、いつの時代も変わらないものですからね。

遠藤　本当にありがたいことで、父も喜んでいると思います。

石井　仕事というのは終わりがないもので、ひとつの仕事が終わっても、また次につなげていかないといけないと思うんですよね。今はドラマの現場でもカット毎《ごと》の撮影だから、お稽古なしにその場で撮影ということもありますよね。けれど、私はなるべく芝居をカットで割りたくないから、テレビでシーンを長く書いてもらうように脚本家にもお願いしているし、お稽古から出てくるものも色々とあるから必ずお稽古もします。どんなに機械が発達して精密になっても、やはり人と人、私は人間と向かい合ってこれからも仕事を続けていきたいと思います。

知られざる修業時代

新人賞応募作、直木賞受賞作などの下書き原稿から、見えてくるものは——

鈴木文彦

映像メディア界では、ちょっとした藤沢周平ブーム再燃が話題になっていると聞く。二〇一四年テレビ放映された「神谷玄次郎捕物控」が好評につき、第二弾が一五年四月から始まるほかに、数篇の短篇小説がドラマ化されるという。そして「用心棒日月抄」などいくつかの人気大作の映像化も検討されている。

藤沢周平氏が亡くなって十八年にもなるが、作品は決して古びることなく、描かれた世界はますます輝きを放っているようである。

文藝春秋「藤沢周平全集」全二十三巻の作品解説を書いた向井敏氏の指摘のように、四十三歳という決して早くない作家デビューから六十九歳でこの世を去るまでの二十数年間で短篇百五十一、長篇（短篇連作を含む）三十七、原稿枚数に換算すれば四百字詰ほぼ三万枚を書き、しかも駄作が一本もないという驚くべき作家活動をした藤沢周平氏の若き修業時代に焦点を当てた企画展が山形県鶴岡市立藤沢周平記念館で開催された。（二〇一五年四月三日～十月六日）

開館五周年記念特別企画展「作家　藤沢周平の誕生」がそれで、年譜的にいえば、小説の投稿をはじめたとみられる昭和三十五（一九六〇）年藤沢周平三十三歳から、直木賞を受賞し瞬《また》く間に人気流行作家になった四十八歳頃までをこの企画展の対象期間にしている。六年に及ぶ肺結核との闘病を終え、いくつかの業界紙を経て「日本食品経済社」に入社したのが昭和三十五年、ハム・ソーセージを中心とした食肉加工食品の業界紙「日本加工食品新聞」の編集をしていたサラリーマン時代である。

作家の足跡を辿る通常の回顧展といささか趣《おもむき》を異《こと》にしているのは、作風の変化を追えたことにある。藤沢周平ファンには周知のことであるが、「転機の作物」と自らのエッセイに書いた「用心棒日月抄」以前と以後。作家デビュー作「溟《くら》い海」からのいわゆる「負のロマン」といわれる初期作品群が藤沢文学の大きな特徴を成していることが見てとれる。

また、歿後九年の平成十八年と翌十九年に見つかった高橋書店発行の娯楽小説雑誌「読切劇場」、「忍者読切小説」、「忍者小説集」に書いた短篇時代小説十五篇（「無用の隠密未刊行初期短篇」）の存在によって、習作時代の研鑽の成果を明らかにしてくれたのだが、今回はさらに、「暗殺の年輪」「又蔵の火」「蒿里曲《こうりきょく》」「赤い月」ほか多数の草稿が新たに展示され、藤沢周平氏の文学に対する真摯《しんし》な姿勢であり、弛《たゆ》み無い努力の軌跡も見ることができるのである。

読者には馴染みが薄いであろう「蒿里曲」と「赤い月」について簡単な補足をする。

「蒿里曲」は第27回オール讀物新人賞の応募作で第二次予選までを通過した作品。昭和四十年七月末日が応募締切である。「又蔵の火」と同じ史実をモチーフにし、「蒿里」とは中国にある山の名で、死者の魂《たましい》がそこに留まるの意から付けられたタイトルと思われる。

「赤い月」は昭和四十一年七月末日締切の、第29回オール讀物新人賞応募作。第三次予選通過二十四篇に入るも最終六篇に届かずだった。この

藤沢周平年表（昭和34〜49年）

昭和34年（1959）32歳
鶴岡市大字藤沢（現鶴岡市藤沢）出身の三浦悦子と結婚。練馬区貫井町のアパートに住む。

昭和35年（1960）33歳
㈱日本食品経済社に入社。研修期間を経て「日本加工食品新聞」の編集に携わる。生活がようやく安定する。

昭和36年（1961）34歳
11月、長男展夫、死産
「高価なお菓子」第37回読売短編小説賞へ応募、予選通過
「遠い雲」第42回読売短編小説賞へ応募、予選通過

昭和37年（1962）35歳
「暗闘風の陣」（「読切劇場」11月号）

昭和38年（1963）36歳
2月、長女展子生まれる。北多摩郡清瀬町（現清瀬市上清戸）に間借・転居。
10月、妻悦子死去、28歳。
「赤い夕日」第57回読売短編小説賞へ応募、選外佳作
「木枯」第61回読売短編小説賞へ応募、予選通過

作品の題材には並々ならぬ執念があったらしく、昭和三十九年三月号の「読切劇場」に発表した「待っている」、昭和四十八年十月号の「問題小説」に発表した「割れた月」と相似している。ただし「待っている」は四百字詰五十枚ほどなのに対し、「赤い月」「割れた月」は八十枚近い分量で挿話の多少に違いがあると思われる。

　ともあれ、これまでタイトルしか分らずにいた二作品のテーマが明らかになったことは大きい。

　見つかった草稿は、藤沢氏が生前、長女展子さんの夫君遠藤崇寿《ただし》氏に処分を託したダンボールに入っていたものだった。ほかに展子さんが子供のころに「書き損じ」と言ってメモ用に渡されていた草稿群もあり、草稿の枚数を特定する作業が終わっていない。今回の企画展にあわせて習作時代と分類された枚数は記念館調べでおおよそ七百枚ほどである。何度も書き直した下書きやメモの類《たぐ》

「如月伊十郎」（「読切劇場」3月号）
「木地師宗吉」（「読切劇場」4月号）
「霧の壁」（「読切劇場」7月号）
「老彫刻師の死」（「読切劇場」8月号）
「木曾の旅人」（「読切劇場」9月号）
「残照十五里ケ原」（「読切劇場」10月号）
「忍者失格」（「忍者読切小説」10月号）
「空蟬の女」（「読切劇場」11月号）
「佐賀屋喜七」（「読切劇場」12月号）

昭和39年（1964）**37歳**
日本加工食品新聞編集長となる。
8月、北多摩郡清瀬町（現清瀬市中里）都営中里団地に転居。
「浮世絵師」（「忍者読切小説」1月号）
「待っている」（「読切劇場」3月号）
「上意討」（「読切劇場」4月号）
「ひでこ節」（「忍者小説集」6月号）
「無用の隠密」（「忍者小説集」8月号）

昭和40年（1965）**38歳**
「北斎戯画」第26回オール讀物新人賞へ応募、最終候補

昭和41年（1966）**39歳**
「蒿里曲」第27回オール讀物新人賞へ応募、第2次予選通過
「赤い月」第29回オール讀物新人賞へ応募、第3次予選通過

昭和44年（1969）**42歳**
1月、江戸川区小岩在住、高澤和子と再

いで、残念ながら最初から最後まで揃った作品は一篇もない。

二足のわらじの日々

草稿の内容については追い追い紹介するとして、昭和三十五年、藤沢氏の投稿スタート時に話を戻す。

前年に同郷の三浦悦子さんと結婚をし、業界紙の編集に携《たずさ》わって、生活がようやく安定したときに、読売新聞社主催「読売短編小説賞」のいくつかの入選作を読んで応募を考えたと村島健一インタビュー（「オール讀物」昭和四十八年十月号／本書五七頁に所収）で答えている。そして、昭和三十六年五月に「高価なお菓子」、十月に「遠い雲」、三十八年一月に「赤い夕日」、五月に「木枯《こがらし》」と四百字二十枚以内の現代小説を本名小菅留治《こすげとめじ》の名で投稿した記録があり、「赤い夕日」だけが選外

婚。

昭和45年（1970）43歳
1月、北多摩郡久留米町（現東久留米市金山町）に転居。

昭和46年（1971）44歳
「溟い海」第38回オール讀物新人賞へ応募、受賞（「オール讀物」6月号／掲載・選評）。第65回直木賞候補（選評「オール讀物」10月号）
「囮」（「オール讀物」11月号）第66回直木賞候補（選評「オール讀物」47年4月号）

昭和47年（1972）45歳
「賽子無宿」（「オール讀物」6月号）
「黒い縄」（「別冊文藝春秋」121号）第68回直木賞候補（再掲・選評「オール讀物」48年4月号）
「帰郷」（「オール讀物」12月号）

昭和48年（1973）46歳
「暗殺の年輪」（「オール讀物」3月号）第69回直木賞受賞（再掲・選評「オール讀物」10月号）
「恐喝」（「別冊小説現代」早春号）
「ただ一撃」（「オール讀物」6月号）
「夜が軋む」（「小説推理」9月号）
「割れた月」（「問題小説」10月号）
「又蔵の火」（「別冊文藝春秋」125号）
「逆軍の旗」（「別冊小説新潮」秋季号）
「閑古斎の壺」（「報知新聞」11月26日か

佳作、ほかは予選通過作どまりだった。今回見つかった草稿の中にも他の題名の現代小説がいくつかあって、応募の回数は不明である。

「赤い夕日」は吉田健一氏が選者で、惜《お》しくも三番手だったが入選作と遜色《そんしょく》がなかったと評されている。この応募期日は締切から考えれば昭和三十七年の十二月末、「読切劇場」に初めて登場した「暗闘風の陣」は同年十一月号（当時の小説雑誌の発売は九月、よって執筆は八月か）なので、時代小説はペンネーム藤沢周平、現代小説は小菅留治で平行して書いていた時期が一年ほどあったようだ。

　時代小説は「如月《きさらぎ》伊十郎」の執筆が昭和三十七年末と考えられ、以降毎月のようなペースで昭和三十九年八月号の「無用の隠密」までつづくのである。この間の数篇の草稿も見つかっている。

　現代ものの「木枯」の執筆時は昭和三十八年四

ら12月2日まで
『暗殺の年輪』（9月、文藝春秋）
昭和49年（1974）47歳
8月、母たきゑ死去、80歳。
11月、日本食品経済社を退社。
「相模守は無害」（「オール讀物」1月号）
「父と呼べ」（「小説新潮」1月号）
「闇の梯子」（「別冊文藝春秋」126号）
「紅の記憶」（「オール讀物」3月号）
「疑惑」（「週刊小説」3月29日号）
「入墨」（「小説現代」4月号）
「馬五郎焼身」（「問題小説」4月号）
「旅の誘い」（「太陽」4月号）
「証拠人」（「小説新潮」6月号）
「鬼」（「週刊小説」7月26日号）
「唆す」（「オール讀物」8月号）
「おふく」（「小説新潮」8月号）
「恐妻の剣」（「小説宝石」8月号）
「密告」（「小説推理」8月号）
「潮田伝五郎置文」（「小説現代」10月号）
「霜の朝」（「太陽」11月号）
「密夫の顔」（「問題小説」11月号）
「雲奔る　小説・雲井龍雄」（「別冊文藝春秋」129号）※第一章「雲奔る」の部分。
「二人の失踪人」（「歴史と人物」12月号）
「嚔」（「週刊小説」12月10日号）
『又蔵の火』（1月、文藝春秋）
『闇の梯子』（6月、文藝春秋）

月、これを最後に「読売短編小説賞」への応募はやめたらしい。というのは、この年二月に長女展子さんが誕生する喜びに浸《ひた》るのもつかの間、六月あたりから妻悦子さんの身体に変調をきたす事態となる。「読切劇場」の四作目「霧の壁」か五作目「老彫刻師の死」の執筆あたりだろうか。藤沢氏が小説を書くことを悦子さんは喜んでいたという。また経済的にも雑誌原稿料は助かっていただろうし、発病後は薬代、入院費用などの足しになったにちがいない。だがその甲斐《かい》もなく十月に死去する。

「会社が、かなり危うい場所にいたはずのそのころの私をどうにか正常な社会生活につなぎとめてくれたと思う」（「半生の記」）とあるように、会社は、鬱屈を抱えた氏を支えてくれた家族のような存在だった。そして、日本食品経済社に休まず通い、日曜は小説を書く「二足のわらじ」の日々が昭和三十九年五月頃までつづく。

だが、「無用の隠密」を最後に「読切劇場（「忍者小説集」、「忍者読切小説」を含む）」の執筆はピタリとやめている。そして同年にオール讀物新人賞への応募をはじめるのである。

なぜそうしたのか。推測の域を出ないが、「ある、ひとには言えない鬱屈した気持をかかえ」「小説にでもすがらなければ立つ瀬がないような現実」をかかえて、暗い情念を「物語という革ぶくろの中に」せっせと流しこもうとした舞台は、いっとき幸せな気分で書いていた「読切劇場」にそぐわない異和を感じたのではないだろうか。氏が「読切劇場」の娯楽を求める読者を意識していたか、いなかったかはともかくとして。

知人への手紙（昭和三十九年四月十日付）に「小説書いているなどと人に言うためには、今の段階を、もうひとつ突き抜けたところが必要」と書いてもいた。

小説開眼の訪れ

当時のオール讀物新人賞は年二回あり、締切は一月三十一日と七月三十一日である。藤沢氏の応募がいつからはじまったのか不明だが、結果は早くも出ている。第26回オール讀物新人賞（昭和四十年六月号）の最終十篇に「北斎戯画」が選ばれた。円地文子、司馬遼太郎、杉森久英、富田常雄、藤原審爾の五氏が選考委員。「『北斎戯画』は広重という人物をうまくとらえているのに感服。ただ、ストーリーに無理が目立つ」という杉森委員の講評以外あまり芳《かんば》しい評はない。

今回見つかった草稿に「北斎戯画」が入っていないのは残念だが、「浮世絵師」（「忍者読切小説」昭和三十九年一月号）と「溟い海」（「オール讀物」昭和四十六年六月号）の間に位置し、葛飾北斎を主人公に安藤広重への惧《おそ》れを描いているという点は共通しているといっていいだろう。ただし、「無用の隠密」の文庫解説で阿部達二氏が検証しているように、「浮世絵師」は四、五十枚、「溟い海」は応募規定いっぱいの八十枚近くで、読みくらべると相似よりも相違が大きい、ともいえる。一方、「北斎戯画」も八十枚近い応募作なので、「溟い海」により近いのではとも思われるがテキストが現存しない以上推測の域を出ない。

だが仮に二つが相似したものとすれば、藤沢周平氏が「溟い海」について後年（「月刊公募ガイド」平成二年六月号）書いたエッセイ「私の修業時代」にある一節「ところがある年に書いた小説は、いつもと違っていた。それまで書けなかったような文章が書けただけでなく、書いている物語の世界が手に取るように見えた。その小説開眼のようなものは突然にやって来たけれども、ずっと書きつづけていなかったら訪れなかったものだろう。」であったり、「新人賞の夜」（「週刊新潮」平成四年十月一日号）の「あるとき突然に、まるで啓示でも受けたように小説の文章というものがわかったと思う日がきた。」と記していることをどう解釈したらいいのだろうか。「半生の記」にも書いたこの感覚は物語の題材や筋立てが似ていようがいまいが関係なく、「小説になるかならぬかは紙一重」の差と言っているのかもしれない。

似たようなことを昔読んだ覚えがある。

「近世名勝負物語」という村松梢風《しょうふう》の著に「芥川と菊池」がある。第四次新思潮の第一号に菊池寛が初めて本名で「藤十郎の戀《こい》」という十五枚の戯曲を書いたが、編集会議でみんなが「こんな物はダメだ」ということになった。中でも芥川は口を極めて罵倒したという。後年「藤十郎の戀」が有名になった時、なぜ認めなかったかと、芥川を非難した人があったが、芥川は「いまのような藤十郎の戀なら認めたかも知れないが、あの時

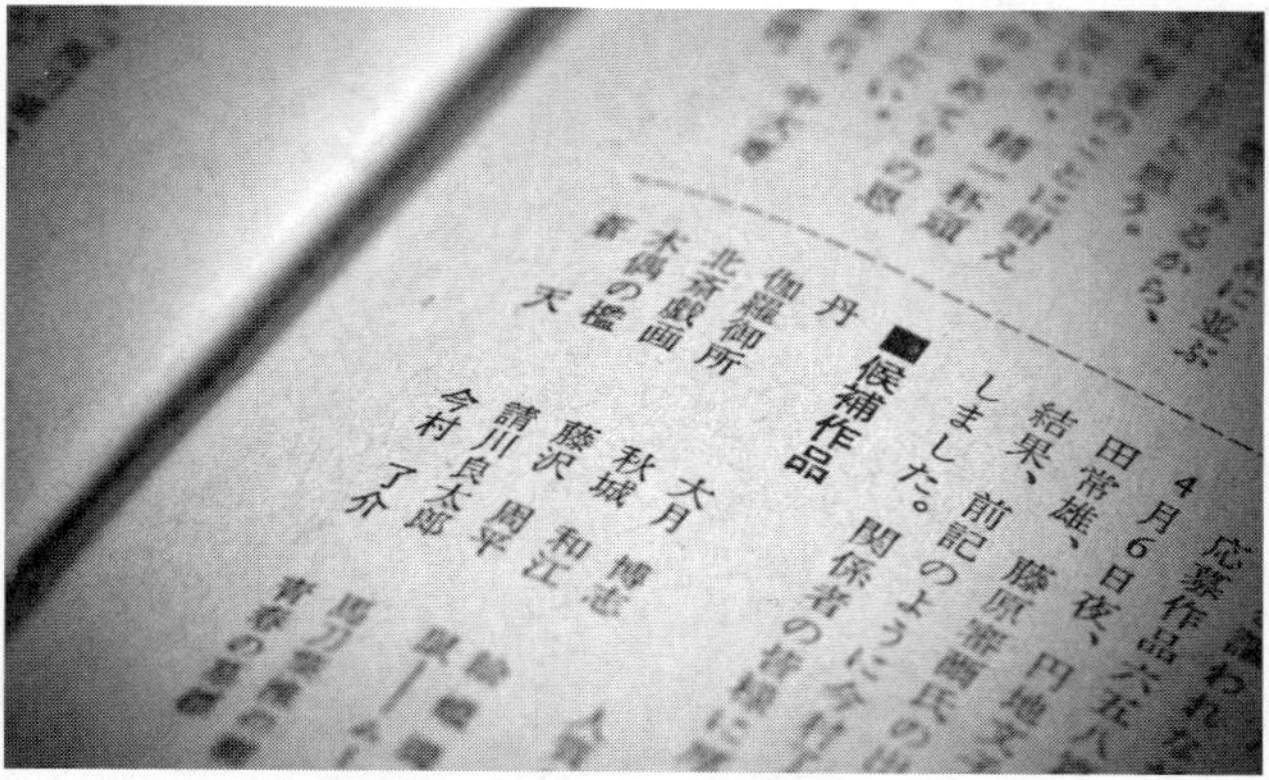

第26回オール讀物新人賞結果発表の誌面。受賞作は「蒼天」（今村了介）

のは別だったよ」と言った、というエピソードである。

昭和五十一年から担当編集者になった筆者の藤沢周平体験で記憶に残っているのは、氏がオール讀物の新人賞選考委員をしていた折（昭和五十一年十二月から九年半）に、候補になった新人一人一人に対して実に暖かいアドバイスを送っていたことである。書きつづければ小説開眼の訪れがあるかもしれない、自分もそうだったから、という思いがあったのだろう。

「北斎戯画」が最終候補にノミネートされたことで、自信を持ったのかどうかは皆目《かいもく》見当がつかない。全集の年譜では「『北斎戯画』が第三次予選まで」と表記され、インタビュー（「幸も不幸も丸ごと人生を書く」）の中では「新人賞の最終候補に残ったのは、『溟い海』が初めてです」とも答えている。

「人の世の不公平に対する憤怒《ふんぬ》、妻の命を救えなかった無念の気持は、どこかに吐き出さねばならないものだった。私は一番手近な懸賞小説に応募をはじめた。」（「半生の記」）

という藤沢周平氏にとっては、受賞するかしないかだけが問題であり、受賞しないのであれば、他はみな同じといった心持ちだったのではないか。

鶴岡が待ち切れなかった

「北斎戯画」から半年後の昭和四十年七月末に応募した「蒿里曲」が二次予選通過で終わったことは先述したが、この作品は「又蔵の火」に先行する庄内藩での「土屋丑蔵・虎松の仇討《あだうち》」を材にした歴史小説である。草稿の枚数的には一番多い二百枚ぐらいあり、同じ個所を何度も改稿しているが断続的で、通して読むことはできない。

「動いている黒いものは、犬だった。」とする書き出しは十枚ある。「又蔵の火」では赤犬に変わっているが、又蔵が野犬を斬るシーンは変わっていない。

のちの「又蔵の火」の草稿は書き出しとラストの各々一枚がある。冒頭部は少々の違いはあるものの印刷された最終稿に近い。ラストは又蔵が所持していた風呂敷包みの中の願書を表記して終わっている。完成稿にある、ハツが又蔵の帰りを佇《たたず》み待っているシーンは後に加筆されたことがわかる。

昭和四十一年に投稿された「赤い月」の草稿は十三枚あり、ノンブル10の途中までと、その部分の書き直し三枚である。

　文政十年閏六月。
　一艘の赦免船が霊岸島に入った。八丈島から、赦された流人を運んできた船である。町方役人立□《ママ》いの上で、簡単に人別の引き合せを済ますと、役人達は急にそっけない背を見せて、御船手番所の方に引きあげて行った。すると、それまで唖の群のように静まり返っていた出迎えの者が、一斉に泣くような声を挙げて島帰りの列に殺到した。

という書き出しで、「待っている」「割れた月」とほぼ同じ、赦免船に乗って江戸に帰ってきた男を、隣家に住んでいた娘が迎え入れるところから物語がはじまる。そして「待っている」「割れた月」ともに最後に赤い月がでる設定だが、草稿では確認できないものの、タイトルからして赤い月が昇るのだろう。
ネーミングに触れると、「待っている」では主人公の元錺《かざり》職が徳次、隣家の娘がお美津。それが「赤い月」では宗吉とお美津、「割れた月」では鶴吉とお菊になっている。

昭和四十二年、藤沢氏四十歳から二年後に和子夫人と再婚し、昭和四十六年に「溟い海」でオール讀物新人賞を受賞するまでの間の応募記録は残っていない。

「予選通過リストに全然出ないということが二回、三回はあったと思いますよ。そういう記憶がありますもの。田舎に子供を連れて帰るとき、鶴岡に着くのが待ち切れなくて、新潟で降りて売店で『オール讀物』を買って見たら、第一次予選にも残ってない。がっくりしちゃって、無口になったりした。」(「幸も不幸も丸ごと人生を書く」)とインタビューにある時期がいつかは特定できないが、小説を書くことはつづけていたのではないか。

そして先に記した「溟い海」につながり、はからずも直木賞候補になる。つづいて「囮《おとり》」、一回おいて「黒い縄」が直木賞候補になるのである。このあたりで直木賞を意識しはじめた、とエッセイに書いてある。

書き続けていなかったら

さて直木賞受賞作「暗殺の年輪」の草稿六十七枚についてである。そのうち二十五枚が冒頭部である。オール讀物編集部に提出された原稿のタイトルは「手」であったのは藤沢ファンにはよく知られていることであるが、それ以外に「刺客」「暗殺」「眼の中の刃」「襲撃」「襲殺」「眼」と書かれた草稿がある。

十二ある書き出し草稿を列挙してみる。

タイトルだけの「刺客」、タイトルと署名のみの「暗殺」、タイトルと署名と㈠だけの「眼の中の刃」があり、次にタイトル・署名・㈠につづく約三行のものが五つある。

・「帰りに、俺のところに寄らんか」
　背後から不意に声を掛けられ

ではじまるほぼ同型の「襲撃」と二本の「襲殺」があり、ほかに、

・欅の陰に日射しを避けると、篠崎胡一郎は、冷やした手拭いでもう一度丹念に首筋から裸の胸のあたりを拭った。（「眼」）

・裏庭の井戸端に出ると、若もの達は稽古着を脱いで、争って水を汲んだ。時刻はそろそろ六ツ（午後六時）に近いが、日射しはまだ強く、（「眼」）

がある。

そして「暗殺」と題した四百字詰一枚の書き出しは、

・貝沼金吾が近寄ってきた。

双肌を脱いだままで、右手に躰を拭いた手拭いを握っている。立止ると、馨之介の顔はみないで、井戸の方を振向きながら、

「帰りに、俺のところに寄らんか」

と言った。

時刻は七ツを廻った筈だが、道場の裏庭には、まだ昼の間の暑熱が溜っている。汲み上げ井戸の回りには、十人余りの若もの達が、声高に談笑しながら水を使っていた。熱さに耐えて、手荒い稽古をやり終えた解放感が、男達の半裸の動きを放恣にしている。(以下略)

とあり、完成稿に一番近い。

「眼」と題した四百字詰一枚と四行の書き出しは、

・裏庭の井戸端に出ると、若もの達は稽古着を脱ぎ捨て、争って水を汲んだ。躰を拭くだけでなく、□《ママ》で稽古着を洗い出した者もいる。時刻は六ツ(午後六時)を廻っていたが、日射しはまだ明るく、隣家との境にある欅、杉、さわらなどの枝の間から、暑くるしい蟬の声がしている。若もの達は、高声で冗談を言ったり、笑い合ったりした。(以下略)

これには主人公馨之介の名も金吾の名もない。

次に四百字詰三枚と九行の「眼」は、

・　稽古が終って、道場の裏庭で汗を拭いているとき、貝沼金吾が、

「帰りに、俺のところに寄らんか」

と囁いた。井戸の回りには、十人あまりの若もの達が、談笑しながら水を使っている。稽古を終った安らぎと、暑熱に耐えて十分に稽古した満足が、日射しの下の男たちの裸体の動きを放恣にしていた。風がもの憂く夏の光を揺さぶって通りすぎた。

（以下略）

馨之介は理一郎から途中で多一郎に変わり、

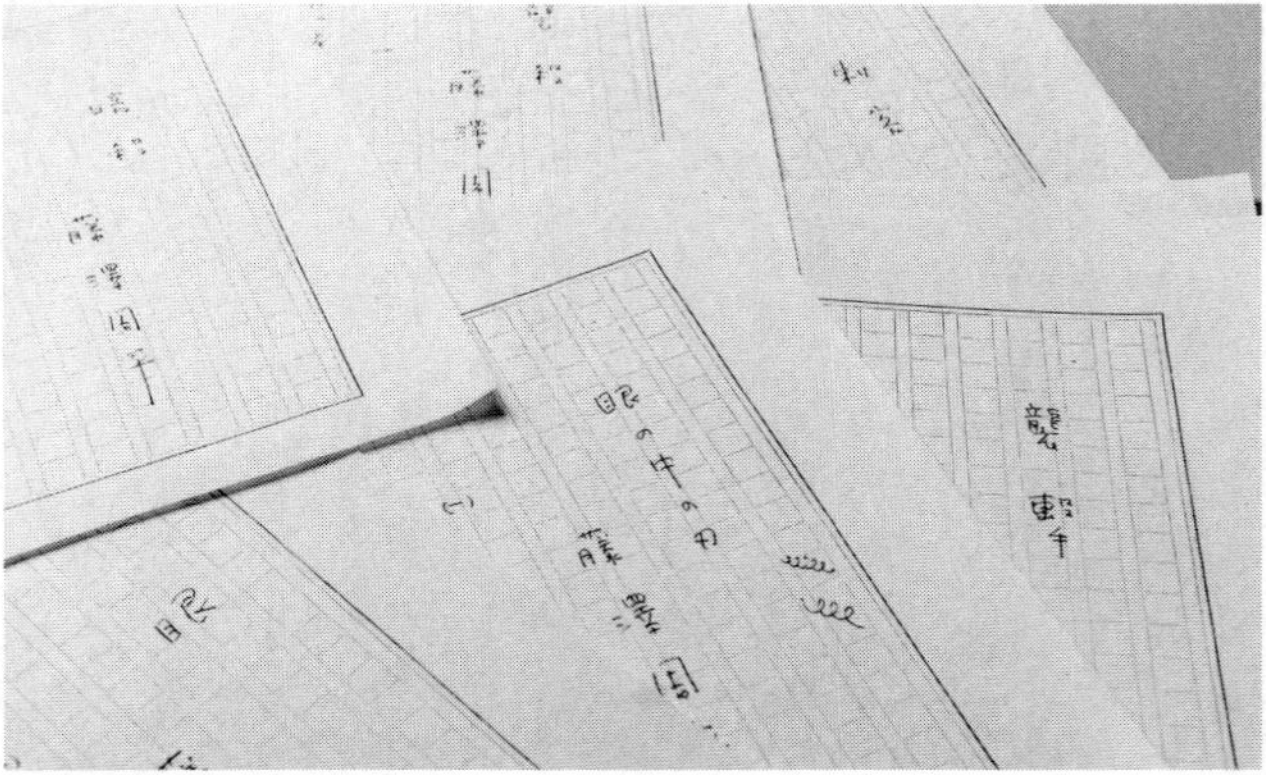

後の「暗殺の年輪」の草稿

早々に金吾の妹、ここでは多恵に会える期待が語られている。

最後に四百字詰三枚と十六行の「眼」の書き出しは、というと、

・庭の隅の欅の下で、篠原胡一郎は、もう一度冷やした手拭いで首筋から裸の胸のあたりを、丹念に拭った。

日射しははっきり傾いていたが、道場の裏庭には真昼の暑熱がこもっていて、稽古のあとの火照りを残している躰からは、容易に汗がひきそうになかった。

貝沼金吾が近寄ってきた。金吾も上半身裸だった。そばに来ると、胡一郎の顔はみないで、井戸の方を振返りながら、

「帰りに、俺のところに寄らんか」

と囁いた。（以下略）

となっている。

主人公葛西馨之介の名が、葛西泉四郎、篠崎胡一郎、篠原胡一郎、理一郎、多一郎になっていたり、貝沼金吾は新吾があり、その妹菊乃は当初多恵だったのが窺《うかが》える。インタビューの中で「それらしい名前を付けてやると、物語をどんどん引っ張るんですよ。」と語っている。（「なぜ時代小説を書くのか」）

名前に関連して藤沢氏の特徴として向井敏氏が挙げているのは、登場人物の多さである。百枚足らずの「暗殺の年輪」に主人公葛西馨之介以下十五人もの人物がつぎつぎと姿をあらわすが、一人欠けてもこの物語の幕引きはできなかっただろう、と言っている。「暗殺の年輪」では、タイトルも人名も相当に悩み熟慮して、物語が動き出すまで冒頭部にこれだけ費やしたのが見受けられる。

ほかでは、後半の馨之介が母波留の密事を糺《ただ》すという重要な場面を三枚書き直してあるのが印象に残る。

「隠し剣シリーズ」の成熟した時期からの担当者としてみれば、必ず締切を守り原稿に苦闘の痕を残すことがない作家藤沢周平しか知ることがなかった。その藤沢氏が、「溟い海」で小説開眼をした後も少くも「暗殺の年輪」「又蔵の火」まではこれほどに改稿をしていたことに驚くのである。

今回の企画展の何度も書き直しをしている草稿群を見るにつけ、「私の修業時代」の一節「『小説開眼のようなものは突然にやって来たけれども、ずっと書きつづけていなかったら訪れなかったものだろう。」という言葉の重みに圧倒される。特に後段の文章の意味しているところに、である。

作品年譜を見れば一目瞭然だが、直木賞を受賞した昭和四十八年の短篇八に比べ、四十九年のそれは二十、翌年二十二、プラス長篇三と猛烈な執筆量になっていく。とても書き直しをしている時間的余裕などなくなり、草稿の類いはほとんどない。

「オール讀物」二〇一五年四月号

※鈴木文彦氏のプロフィールは一九七頁を参照のこと。

暗殺の年輪

一

貝沼金吾が近寄ってきた。双肌《もろはだ》を脱いだままで、右手に濡れた手拭いを握っている。立止ると馨之介《けいのすけ》の顔はみないで、井戸の方を振向きながら、

「帰りに、俺のところに寄らんか」

と言った。

時刻は七ツ（午後四時）を廻った筈だが、道場の裏庭には、まだ昼の間の暑熱が溜っている。汲み上げ井戸の周りには十人余りの若もの達が、声高に談笑しながら水を使っていた。暑さに耐えて、手荒い稽古をやり終えた解放感が、男達の半裸の

動きを放恣《ほうし》にしている。

馨之介は訝《いぶか》しむ眼で金吾をみた。長い間二人きりで話すということはなかったし、向うから話しかけてくることはもうないものと、馨之介は考えていたのである。不仲というのではない。原因らしいものが何も思い当らないままに、なぜか金吾の方から遠ざかり、いつの間にかそう思うようになった。

金吾は馨之介と、十年以上も同門の仲である。町で、坂上の道場と呼ぶ室井道場で、二人は龍虎という呼び方をされたし、金吾が振る竹刀の癖も、眼の前にある浅黒い皮膚の下に、どのように鍛えられた筋肉が潜んでいるかも、馨之介は知っている。道場のつき合いだけでなく、お互いに家を訪ね合った間柄だったのである。距《へだ》てなくつき合って来た筈の仲が、いつ頃から冷えて行ったのか、馨之介にははっきり思い当らない。金吾の変り方が目立つものでなかったせいもある。いつとはなく馨之介を避ける様子が見えてきた。ただそれだけである。

勿論馨之介以外の同門の者に対しては、金吾の態度は少しも変りなかったし、また馨之介から話しかけたりすれば、受け応えを拒むわけでもなかった。だが、その場合にも、前のように明るく談笑するという風ではない。馨之介の視線を、さりげなく避け、口数も少なかった。

『暗殺の年輪』(文春文庫)所収

第69回 直木三十五賞決定発表

正賞（時計）及び副賞三十万円——財団法人 日本文学振興会

〈受賞作〉

津軽《つがる》世去《よさ》れ節《ぶし》
津軽《つがる》じょんから節《ぶし》

（津軽書房刊・作品集「津軽世去れ節」より）

長部日出雄《おさべひでお》

暗殺《あんさつ》の年輪《ねんりん》

（オール讀物3月特別号）

藤沢周平《ふじさわしゅうへい》

■選考経過

第69回直木三十五賞選考会は、昭和47年12月から48年5月までに刊行された単行本および諸雑誌に発表された多くの作品のなかから、下記七氏の作品を候補作として、昭和48年7月17日午後6時より、東京・築地の新喜楽において開かれました。

石坂洋次郎、川口松太郎、源氏鶏太、今日出海、司馬遼太郎、柴田錬三郎、松本清張、水上勉、村上元三の九選考委員全員出席のもと、慎重な討議の結果、右のように、長部日出雄、藤沢周平両氏に直木賞を贈呈することが決まりました。

■候補作

「木煉瓦」（小説と詩と評論115号）　加藤　善也
「妬刃《ねたば》」（桃源社）　仲谷　和也
「暗殺の年輪」（オール讀物3月号）　藤沢　周平
「黄金伝説」（祥伝社）　半村　良
「炎の旅路」（中央公論社）　武田八洲満
「罪喰い」（小説現代3月号）　赤江　瀑
「津軽世去れ節」「津軽じょんから節」（津軽書房）　長部日出雄

長部日出雄氏

・昭和9年弘前市生まれ。
・早大文学部中退。その後週刊誌記者、ルポルタージュ、映画評論等の仕事を経て、現在作家活動に専念。

〈受賞のことば〉

幸運だったとおもう。その幸運の第一は、津軽にいた二年あまりのあいだ、数多くの方々から、さまざまな話を聞かせていただいたことで、今回の受賞はその人たちのおかげである。筆は一本箸は二本、衆寡敵せずと知るべし、というのが先輩の教えだが、才能、空想力ともに乏しい物書きとしては、せめて二本の足を頼りに歩き続け、まだ書かれていない人々の便りを文字にして、読者にお届けする郵便配達になれたら……と考えている。

藤沢周平氏

・昭和2年鶴岡市生まれ。
・山形師範学校卒業。現在日本食品経済社勤務。昭和46年「溟い海」にて第38回オール讀物新人賞受賞。

〈受賞のことば〉

受賞まではもうひと頑張り必要だろうと考えていた。しかし、それはあくまで自分自身との孤独な相談事で、ひと頑張りしたから受賞できるという保証はどこにもなかった。今回の受賞で、この重苦しい気分から抜けられたことが、いちばん有難い気がしている。

あらためて思うことだが、ここに至るまで実に多くの方々の御指導と御支援にささえられていたことに驚く。この機会に、こうした方々に心からお礼申しあげたい。

必ずしも優れぬが

司馬遼太郎

前回に受賞作がなかったことが、すこし標的を大きくする気分が働いたともいえるかもしれない。今回も、目を見はるような作品はなかった。

そういう気分で、長部日出雄氏の「津軽世去れ節」「津軽じょんから節」を二度読んでみて、二度目も感銘が変らなかった。とくに前者がよく、『もも』という津軽の村々を歩いていた歌い子が、小さな体からとほうもない声量で自作自演の唄をうたってゆく姿が目にみえるようであった。自尊心が病的につよく、自分の才能への自負だけでしか生きられないという津軽出身の文学者の何人かを思わせるものを『もも』も持っていた。作者は津軽人である。津軽に破滅型の系譜があるということを思いたくなく、「精神的な未成熟のあらわれか、幼児への退行現象であろうと思われる破滅的な」性行の諸例をみて、作者は自分自身をふりかえって強迫観念にとらわれたりしていたらしい。同時に、一地方の人間をそういう類型に押しこんで伝説をつくろうとする気分に反発もしていたようだが、『もも』のことをしらべてゆくにつれてここにも一例を発見し、溜息の出るような思いだったらしい。

作品の冒頭ちかくにそういう説明が書かれている。これだけは余分だという意見も出たが、私はべつに気にならなかった。そのあとで、『もも』の天才がみごとに描写されていたし、その天才による昂揚《こうよう》と、その後にくるすさまじい失落が、いまも影絵のように私の心の中で動いている。ただ文章のキメの粗《あら》さが気になり、最初から推《お》してはみたものの受賞まで漕《こ》ぎつけるかどうか、不安だった。

その作品の文章の粗っぽさに首をかしげた気分を、藤沢周平氏の「暗殺の年輪」が補《おぎな》ってくれた。この作品は、いわばただの時代小説である。前記長部氏が持っている斬新な選球眼や、大きすぎる主題をやみくもに小説にしてしまう腕力沙汰《ざた》というのはおよそ感じられず、ただ端正につくった上手物《じょうてもの》の焼物という感じだが、ともかくも膚質のきれいさがすてがたいというところがあった。ともかくこの二つを推した。結果もそのとおりになったのだが、かつて次点になった作品群よりこれらがすぐれているとは、かならずしもいえない。

精進を祈る

柴田錬三郎

完全な実力の世界に於《お》ても、なお、微妙な運、不運が、つきまとうものである。今回の直木賞候補作七篇のうち、「津軽世去れ節」「津軽じょんから節」(長部日出雄)が、材料の点からも、その材料を巧みに生かした語り口の点からも、満票となることは、目に見えていた。

長部日出雄氏は、直木賞の候補になるのは、はじめてのようであったが、幸運なスタートと思われた。つまり、作家として、世間に問うに、恰好《かっこう》の材料を、長部日出雄氏は、つかんだのである。それが、証拠に、世去れ節・じょんから節のほか、その単行本には短篇四作がおさめてあったが、出来ばえが、ひどく差があったのである。「猫と泥鰌《どじょう》」などは、水準にも達していない。

長部日出雄氏にひきかえて、藤沢周平氏は、すでに四回も候補になりながら、今回の「暗殺の年輪」もまた、ストーリイに新鮮味がなく、すでに誰かが書いたような物語であるところに、まだ、自信を持って世間に問う好材料をさがしあぐねている模様であった。しかし、その文章といい、その構成といい、藤沢氏は、もはや充分《じゅうぶん》にプロフェショナルであった。直木賞受賞を契機として、飛躍できる人と、私は、みた。そこで、あえて、藤沢氏にも受賞を、と私は主張したのである。

　他の候補作も、それぞれ一長一短があり、決して、水準以下ではなかった。苦心のほどは、よくうかがえたが、ひと息に、山をのぼりつめるまでにいたらず、いずれも、六合目どまりに感じられた。こん後も、新しい材料にとり組むことのできる力を持った人たちであるから、精進を祈りたい。

幸運だった両氏

源氏鶏太

　今回の選考委員会の雰囲気は、前回が授賞作無しであったせいか、始めから授賞作を出そうという気配《けはい》が流れていたようだ。私は、長い間、選考委員をつとめて来たが、めったにないことであった。結果は、二作、ということになった。長部氏と藤沢氏は、運がよかった。勿論、私は、両氏の幸運に反対しているのではなしに、今は、この幸運を、大いに活《い》かして貰いたいと思っている。

　長部氏の「津軽世去れ節」と「津軽じょんから節」の授賞には、殆《ほと》んどの委員が当初から賛成のようであった。近頃、こういうきっちりと、しかも、余分の物を省《はぶ》いて書いてある小説は珍しくなっている。この小説の成功は、津軽方言を見事に活かしたユウモアにあろう。そのくせ、題材は決して明るくはないのだが、ちゃんと「花」をそなえていた。そこが大切である。

　藤沢氏の「暗殺の年輪」は、この一作よりも過去の実績を買われたと見るべきであろう。藤沢氏の小説は、たいてい安心して読むことが出来る。しかし、その反面、どの作品も額縁にはまったような印象をあたえていた。恐らくいつも直木賞を頭においていたせいでないかと思う。だから今度は、もっと八方破れに書いて、新しい魅力を出して貰いたいし、藤沢氏にとって必要なことだという気がしている。

　赤江氏の「罪喰い」は、二回読んで、二回目の方が面白かったという力作であった。が、タネあかしの後で、興味がやはりやや薄れた。私は、この作品を最有力候補の一つとして考えていたのだが、それを力説する以前の段階で、他の委員にその気のないことを思い知らされてしまった。武田氏の「炎の旅路」は、心からご苦労様といいたいほどの努力作であるが、この文体は、一考を要するようだ。

よかった、よかった

石坂洋次郎

　今度の直木賞には長部日出雄君の「津軽世去れ節」「津軽じょんから節」藤沢周平君の「暗殺の年輪」が選ばれた。私自身は候補作品七篇を読んで、長部君の津軽物二篇に一番牽《ひ》かれた。しかし私はそういう自分を警《いまし》めもした。何故なら私は二篇の舞台になっている津軽の出身であり、お目にかかったことはないが作者の長部君も同郷人だというし、もう一つ「津軽世去れ節」を出版した津軽書房の高橋君とは顔なじみであり、それやこれやで「世去れ節」的な理屈抜きの親近感を抱くおそれが大いにあったからである。ところが選評会に出てみると、「津軽世去れ節」は、ほかの作品に較《くら》べて圧倒的に支持者が多かったのでほっとした。

　津軽は長いこと本州の北のさいはての不毛の地であった。ジョッパリ（頑固、剛情）の津軽根性はこういう環境の中で培《つちか》われたものであろう。山奥に定住している人達は素朴《そぼく》だが頑固な気質であることが多いように。私は「津軽じょんから節」を読んでいて、チビで酒好きで狂人染みて芸熱心である「桃」という人間は、津軽が生んだ破滅型の作家・葛西善蔵にそっくりなタイプだと思った。農民相手の芸能人であるから、同じ破滅型とは言っても、大地主の家に生れ、知的要素も多い太宰治とは表向き大分ちがってはいるが……。なおこの二作品では方言が見事に使いこなされているのに驚いた。

　藤沢周平君の「暗殺の年輪」は達者な作品。危な気ないがその代り新鮮味に乏《とぼ》しいうらみがある。

　最後に津軽書房の高橋君よ、直木賞通過で「津軽世去れ節」がよく売れたら、季節を待っておいしい林檎《りんご》を五、六箱、文藝春秋の直木賞係りの皆さんに贈るよう、郷土の先輩として勧告する。とび上るほど嬉しかったろうから……。

感想

水上勉

　候補作みなみな、いささか低調だな、と思った。各作家それぞれの持味ながら、これだ、これが已《おの》れの作風だと強くさし示した力が弱い。

　なかで好感をもたせ、借りものでないその人の存在をみたのは長部日出雄氏の

「津軽世去れ節」である。

　二作のうちこっちを取った。主人公桃の人生に、作者がそそいだ心のたしかさを見たからである。私だけかもしれぬが、序部の序述に多少のしつこさは感じた。といっても、二、三行の削除ですむことだ。そんなことを蹴ちらす、独特の、悠長《ゆうちょう》で、大人の語り口なのがよい。貴重な味だ。

　長部氏は、桃のほかに、これからどのような人物を紹介してくれるだろうか。それが楽しみな気がした。授賞に異存はない。

　藤沢周平氏の「暗殺の年輪」については、私はいい読者ではなかった。前作の方がいいと思った。そのことは、私のまちがいかもしれない。もう一度ゆっくり読みかえしてみるつもりでいる。しかし、この作家は、候補歴もあり、達者である。その確かな腕さばきが、ぴったりきまった作品は、これから出るのではないかと思う。時代小説の歓派というか、そういう世界を耕《たがや》してほしいと思った。したがって、授賞は将来へのおくり物として賛成である。

　武田氏の「炎の旅路」は、目のつけどころに好意をもったが、力作ながら、前半に退屈をおぼえた。横浜に舞台を絞った方が成功したのではないか、と一委員がいったのに賛成だった。

　他の作品については、格別いうことはないが、大阪の「ねたば」に執心を示した仲谷和也氏に面白みを感じた。だが如何《いかん》せん、ごたごたしている。なんともいえぬ人物が登場して、ごみっぽい小企業の世界が出ているのだが、迫ってくるものが弱い。もう二度の整理があれば、と思った。

野に遺賢なしか

川口松太郎

　長部日出雄君の「津軽世去れ節」は小説といえるかどうかが議論の岐《わか》れ道になったが面白さでは随一であった。私も楽しく読んだし世去れ節の名人といわれる人たちの三味線や声の修練に必死の努力をする場面はよく描けていた。文章もすんなりしていて何の抵抗もなく読んだ。
　委員諸君も同意見であったが長部君自身が弘前生れの人であり実在人物をそのまま書いたらしく小説とルポルタージュの合の子のような作品で、その点に一抹《いちまつ》の不安はあった。然《しか》し長部君は既《すで》にいくつかの小説を書いており文章の修練も出来ていて受賞に至るまでも作家としての辛酸《しんさん》をなめていて「津軽世去れ節」が僥《ぎょう》倖《こう》的作品とは思わない。
　委員の中には疑いを持つ人もいたのだから長部君自身は心して今後の努力を怠らぬよう希望したい。
　そこへ行くと藤沢周平君は過去三回も直木賞候補作品に選ばれながら不幸にし

て何時も次点程度に終っている。第二回作の「囮《おとり》」はなかなかよかったがこれも決定的に至らず、今回が四回目であり藤沢君としても最後の望みを賭《か》けた一作であったと思う。それにしては、今回の「暗殺の年輪」も決定的傑作であるとは思えない。ただ過去の業績がものをいったのと委員諸君も好意的に見ていたようだ。その上長部君には将来への不安を持ったが藤沢君には不安がなく、むしろ決定的傑作を期待するという感じ方が誰にもあって、私も誠《まこと》に同感だった。

　その他の作家たちがそれぞれに努力をしているにもかかわらずこの程度の作品より書けないとは心細い。正直いってひと頃よりも候補作品の水準が低下している。若い作家たちはもっと苦しんで貰いたいし勉強もして貰いたい。世に隠れて現われないような無名作家はいないものか、野に遺賢は遂になしか、淋しいことである。

二つの形

村上元三

　こんども、ずば抜けた作品がない、というのが、わたしの考えであり、いまも変わっていない。

　長部日出雄氏の「津軽世去れ節」が受賞したのに、文句はないが、この一冊のすべての短篇を読んで、やはり「世去れ節」以外は、それほど買わない。詮衡《せんこう》委員の耳に、津軽じょんがらの三味線の音色があって、この作品は得をしていると思う。桃という主人公は実在するそうだが、今後この作家がフィクションを書いて、どんな作品が生れるか、それを期待したい。

　藤沢周平氏の「暗殺の年輪」は、作品のねらいも古いし、こういうテーマの小説は、時代物畑の作家なら、たいていは書いている。相撲にたとえれば、自分の型を持っていない力士と同じだが、この作者の実力と、これまでの実績を買って推した。これを契機に、自分のスタイルを確立してほしい。

　武田八洲満氏の「炎の旅路」は、やはり横浜に舞台が移るまで、読んでいて食いつけないのが、大きな欠点になっている。今回の候補作品の中で、唯一の大衆小説だと思うが、文章は、もっと読みやすくなってほしい。

　加藤善也氏の「木煉瓦」、仲谷和也氏の「妬刃」は、それぞれ読ませるテクニックには長じているし、題材も面白いのに、読み終ってから背負い投げを食わされた感じがした。つまり、読後に何も残らない、と言おう。

　半村良氏の「黄金伝説」は、SFファンのわたしにも、やはりSFというのは難しいのだな、とつくづく思わせられた。ことに後半は、極彩色の劇画を見るよ

あった。

今回は、一篇だけで受賞、実績を買って受賞という、二つの形が現われた。これは、これでいいと思う。

選評

今日出海

私は眼が悪いから、読書には人一倍時間がかかる。それでも字を読んでいるのが一番気が安まるので、家にいる時は大抵何かを読んでいる。だが何日までに読みたくても、読みたくなくても、読むべく義務附けられている以上、候補作品はすべて読まねばならない。

「黄金伝説」などは読むのに骨が折れたが、自分の好きな縄文土器や土偶が出てくるので、それに引かれたり、黄金埋蔵《まいぞう》地が私の郷里に近いところらしいので、結局読了した。

荒唐《こうとう》無《む》稽《けい》でごたごたした筋立てで、あれを「双生児伝説」にでもしぼったら、もっとすっきりとした物語になったかも知れない。

武田八洲満氏の「炎の旅路」も様々な筋を無理に一篇にまとめたために散漫になり、興味の中心が絶えず移動して、平板な作品にしたのは惜しい。

仲谷和也氏の「妬刃」は宝飾術を丹念に書きすぎて、ために小説発展のテンポが鈍化している。描写力はあるが、その割に感銘が伝わらない。

長部日出雄氏の「津軽世去れ節」は筆致は淡白で、読み易い。しかし書かれている内容はなかなか淡白なものではない。私は津軽の血統を引くものだから、あの豪快な三味線を知っている。しかもそれを編み出したといわれる家元の話だから身を入れて読んだ。

短軀矮小な桃（家元）が決して疲れを知らぬノドの持主で、競争相手が倒れてもなお歌い続ける津軽人のねばり強さ、日常もじょっぱり（強情っ張り）の桃の津軽魂を描いて面白かった。こんな人物を素直な筆致で書いたのも成功だろう。他は、先ず先ず無難で風変りなストーリーだが、作品に立ち向かうとこの筆は軽きに失する恐れもある。

藤沢周平氏の「暗殺の年輪」は前作も同じジャンルに属していたように思われる。同じような構成や設定は手堅いとも云えるし、平凡とも云える。この辺に作者の危機もあるかも知れない。

今後を期待

松本清張

長部日出雄氏「津軽――」は、その土俗的な三味線弾きの迫力に感心した。津軽弁が土俗性を効果づけてトクをしているが、そんなことより、描写が絃の音を耳や腹に響かせているようである。「津軽――」三味線のことを二つも三つも書いて、しかもそれぞれが違った音色（荒っぽい文章がこの場合効果的）になっているのは凡手ではない。氏が三味線以外の世界に異った音色をひろげてゆくことを期待したい。

藤沢周平氏「暗殺の年輪」は、いつもの清冽巧緻《せいれつこうち》な文章である。あまりに細部描写に蔽《おお》われているために全体の迫力を弱めているのは氏の美的欠点であろうか。だが、今度の作品はよほど省略が効いている。たとえば末尾の一行など、普通なら「女の居る家に」と説明を加えたいところをみごとに切り捨てている。山本周五郎調もかなり除かれてきている。しかし、氏の作品にはこれまでのところ惜しいことにかくべつ新しい発想も視野もみられない。既成の組合せといった気がする。それで物語におどろきが見られない。受賞を機会に乗雲の発展を望みたい。

武田八洲満氏「炎の旅路」は調べもの（明治初期の外人鉄道技師）がさきにあって、それに配する日本女をあとで頭でこしらえたが人形で終わったような作品。女がまったく観念的にしかできていないので、外人技師との間が木に竹をついだようになっている（ここは作者も苦労している）。

いささか評文が辛《から》くなっているのは、氏の本領が前作の武田信虎や本作品のようなものより江戸の商人ものにあると信じているからである。

半村良氏「黄金伝説」は、広島原爆のエネルギーによる突然変異の出生という着想は買うが、ＳＦでもない推理小説でもないドタバタ劇に終わっている。部分的なことだが、ギリシャ語に関連があるといって、勝手に日本地名をつくるのは困る。現実地名から関連を描き出すのがほんとうの興味ではなかろうか。

「オール讀物」一九七三年十月号

藤沢周平とのQ&A

小説を生き甲斐……
という〝内剛〟の男、
直木賞受賞までの静かな軌跡。

インタビュー・文◎村島健一（評論家）

1．ネクタイの下の胸には

いつも、藤沢さんはネクタイをしめていた。暑い日には、上着は省略する。だが、胸にはかならずタイがあった。しかも、一分のゆるみもない。主義・主張あり！　と匂《にお》った。

「ええ。しめないのは、散歩と工場《こうば》に入るとき、そんなもんですね」

工場とは、印刷工場をさす。氏は、業界紙『日本加工食品新聞』の編集長をしている。

「身だしなみもありますが、もうひとつ、新聞記者らしいスタイルは必要じゃないと思うんです」

氏はかつて、五年間もの闘病生活を味わった。前職の教師とは、休職の期限が切れて訣別《けつべつ》している。

「手術して、そこから立ち直ったのは〝もうけもの〟……みたいな気持がありました。かなり強くもなっていましたしね」

この人、力《りき》まずにじっくり語る。

「立派な会社に勤めなくても、四畳半があって食えれば、業界紙の記者でいい。そういう農民型の現状肯定も、いっぽうにはあったんです」

〝そろそろ〟の感じであった。

依然、ローのギヤーで、

「小説は生き甲斐といったら、いちばん近いでしょうね。元気になったんだから、何かしたい。この〝何か〟が、小説だったんです」

藤沢作品は、克明《こくめい》な風景や季節感、時刻感の描写が楽しい。時刻では、日暮れ時がとくによく登場する。

「好きです。子供のころ、あまりにもまっ赤な夕焼けを見て、泣き出したのを覚えています。幼時体験というんですか」

本来は、激情の人らしい。

日教組を話題にしたら、

「ハイ、支持しています。操《みさお》のようなものです」

完全な明言だった。ほおがしまって、

「三年ぐらい前に、渡辺操先生という方が、火の中の子供を助けにもどっていって亡《な》くなりましたね」

目が光った。

「あれです。現場の先生にはかなわないという気持があります」

2. 自評自伝

▽昭和二年十二月二十六日、山形県東田川郡黄金《こがね》村大字高坂字楯《たて》ノ下《した》（現在は鶴岡市）で誕生。家は農家。三男三女の次男。本名＝小菅留治《こすげとめじ》氏。

――田舎のことを考えると、パッとまず雪が浮かんでくる。西風の寒い土地だった。

▽同九年四月、青竜寺《しょうりゅうじ》尋常高等小学校に入学。

――四年生までは、ごく普通の生徒だった。五年で、こわい先生に変わった。ドモリになった。

――五年ごろ、長姉の蔵書で菊池寛、久米正雄、吉屋信子の恋愛小説を読んだ。

――学校のノートに、チャンバラ小説を書いた。

――田畑を一生懸命に手伝った記憶がある。田植えと収穫は、とくに忙しかった。

――六年の途中で、ドモリが治った。先生が変わったのである。

▽十五年、同校の高等科に進学。

――中学に進むのは、一クラス六十人のうち三人ぐらいだった。そんな土地柄だ。

――役場の助役をしていた親類筋の人に、漢籍《かんせき》を仕込まれた。四書五経から習った。

▽十七年四月、山形県立鶴岡中学校の夜間部に入学。役場の税務係に就職。

——助役の奨《すす》めで、松柏会《しょうはくかい》に参加した。農家のあととりに精神訓育をほどこす機関だ。『論語』がテキストだった。吹きこまれたストイシズムは、現在も残っている。

▽二十年八月、敗戦。

▽二十一年五月、山形師範学校に入学。

——先生を、しっかりした職業と見た。ロマンティックな感じも、持っていた。

——二年になって、漢学的なものとの格闘が始まった。堕落《だらく》したような方向で、なにしろ小説を読んだ。水上滝太郎、シュトルム、カロッサに、とくに惹《ひ》かれた。

——同人誌に、E・アラン・ポーの評伝を発表した。いつかは小説を書いてみたい、と思いだした。

▽二十四年三月、卒業。四月、県内西田川郡の湯田川村立湯田川中学校に奉職。担当は社会、国語、図工、保健体育。

——はじめの半年は、悩んだ。それから、生徒がかわいくなった。あれほど、おもしろい仕事はない。自分なりに、思い切った教育をしたつもりだ。

——保健教育のモデル校に指定された。連日、帰宅は九時過ぎだった。公開授業で、「郡内まれに見る教案」とほめられた。

▽直後の二十六年三月、過労のため結核を発病。市内で入院。半年で退院。自宅療養。

▽二十七年三月、上京。都下久米川で入院生活。

――深刻に考えた。死ぬときには姿を隠す動物の話を思った。

――宙ぶらりんの病状が、たえがたい。志願して、六月に手術を受けた。肺上葉を切除し、肋骨を三本とった。

――回復期に、コイコイ、碁、俳句を覚えた。俳句は『馬酔木《あしび》』の百合山羽公《ゆりやまうこう》氏に送って、添削《てんさく》してもらった。作品――「軒を出て犬寒月に照らされる」

▽三十二年十一月、退院。紹介により、某業界紙に就職。

――健康上、拘束の強い職業は無理と判断した。

▽三十三年八月、退社。別の業界紙に入社。

▽三十五年七月、日本食品経済社に入社。

▽三十八年一月、読売新聞の短編小説公募に応募。『赤い夕日』が佳作。

――入選作をいくつか読んだら、書きたくなったのだ。処女作である。現代物だった。

▽三十八年五月、習作『空蟬《うつせみ》の女』を脱稿。内容は、一貫して現在にいたる江戸市井《しせい》物。

――江戸には、手にふれそうな実在感がある。ぴったりくる。

▽以降、二年に一度のペースで、『オール讀物新人賞』に応募。四作のうち二作が、二次予選を通過。

▽四十六年四月、『溟《くら》い海』で『オール讀物新人賞』を受賞。さらに、同作で直木賞

候補。

――この作品で、江戸をつかまえる方法がわかったと思った。

▽つづいて四十六年下半期、『囮《おとり》』で直木賞候補。さらに『黒い縄』が四十七年下半期の候補。

――そのたびに、つぎで頑張ろうと思った。なんとかなる気もしていた。

▽四十八年七月、『暗殺の年輪』で第六十九回直木賞を受賞。

――プロとして認められて、うれしい。しかし、それより、いつもひっかかっている重苦しさから解放された実感が強い。

3. ショート小答

――〝大失恋〟の経験ありや？

（若々しく笑って）「あります、あります」（機嫌よく）「病気になったころです」

――江戸の女のお色気ポイントは？

（煙を吹き上げ、目を細めて）「和服の腰じゃないかと思うんですが」（身についた感じ）「立ち姿なんか」

――自宅の樹または花で、愛好のもの？

「エー」（静かな間）「モクセイですか」

――通りすがりに、他家の裸女を見かけたら？〈むこうからは、こっちが見えない〉

（悠揚《ゆうよう》と）「ちょっと立ち止まって、あと、さっさと立ち去ります」

――部下には、きびしいか？

「ヤ、それが」（少し閉口）「甘くて、ダメです。ほんとうに」

――正常位を軽視する風潮について？

「まぁ、ハハハ」（覚めた目で）「あんまり複雑なことしなくてもいいんじゃないですか」

（失笑のてい）「乱用というか」

――サラリーマンの厳守事項は？

（まばたきしてから）「時間ってものを、きちんとすることでしょうね」（しばし無言）

――郷里の方言で、好きなのは？

（ヒョイと首を前に）「アノ、顔がよく見えないぐらいの夕刻に、ゆき会うと挨拶するんですが」（実演というほどではなく）「〝バンゲナリマシタ〟。バンゲ、夜のことです」

――男女ものの浮世絵を、どう思うか？

（まっすぐに窓外を見て）「こう、カオスの世界のような気がしますね」（スラスラ）「芸術でもあるだろうし、嫁入りに持たせるという目的もあるでしょうけれど、ああしてからみ合ってるのを見ると、男と女の業《ごう》みたいなものを感じますね。醜い・美しいを超《こ》えた……」

――好きなペット？

（きっぱり）「ありません」（感傷的でなく）「いまは、生きものがこわいんです。命のもろさが」

――もし、娼婦にぞっこん惚《ほ》れられたら？

（ごつい顔で）「誠意をつくすしかないですね」

――気に入らぬ文明の利器？

「ジャーってんですか。ご飯の冷《さ》めないの、ありますね」（やや子供っぽく）「冷めるときがきたら、冷めたほうがいいです」

「オール讀物」一九七三年十月号

藤沢周平氏に質問　好きなもの嫌いなもの

――食べものは？
㊛：田舎の漬け物があればどんな時でも美味しくご飯が食べられる。特にきゅうりと、なすの塩漬け。
㊛：グラタン。
――飲みものは？
㊛：緑茶。

㊡：缶ジュース。缶の味がいや。

――四季のなかでは？

㊛：秋。

㊡：東北生れでおかしいけど冬。

――花はどうでしょう？

㊛：真紅のバラ。

㊡：トルコキキョウ。

――では色は？

㊛：ブルー（濃くても薄くても）。

㊡：ピンク。

――音楽は？

㊛：いま気に入っているのはイギリスの歌手クリス・レア。シンガーソングライターです。ナナ・ムスクーリにも一時凝ってました。ロックも好きですよ。

㊡：合唱コンクールの合唱曲。

――映画はどうですか？

㊛：やはり外国映画。

㊡：ホラー映画はだめ。

――スポーツ観戦では？

㊛：やはり野球かな。

㊡：カーレース。

――場所はいかがですか？

㊛：田舎の川べり。

㊡：温泉観光地。

――最後にことばをお願いします。

㊛：村。

㊡：生きざま。それと母親の直伝ですが、問いかけに対して「何でもないの」という答。

「オール讀物」一九九二年十月号

エッセイ①

出発点だった受賞

藤沢周平

思い返すと懐かしい光景に思われるが、私が勤めていた会社は一番人数が多かったころでも社員十数名という小さな会社だったので、特集新聞や真新しい年鑑などが刷り上がって来ると、社員総出でスポンサーへの発送作業をした。たとえば新聞なら、新聞を折り帯封をかけ、地域別に分類して紐《ひも》でくくる。そういう手作業になるわけだが、いまはもうそんなことはやらないだろう。昭和四十年前後のことである。

さて、その単純労働が意外に楽しかったのである。会社は小人数なだけに、時としてとても家庭的な雰囲気になることがあるのだが、営業も編集も事務もそろって同じ手作業をする発送の仕事の間にもその雰囲気が現われた。私たちは手を動かしながら、ふだんの仕事の中には出てこないような話題に熱中したり、隣の作業台のグループと冗談を投げ合ったりした。そんなにみんなが顔を合わせることは稀《まれ》なので、よけいに和気アイアイの雰囲気になったようである。

あるときの発送作業のとき、私がいるグループの作業台ではもっぱら小説とか、文学賞とかが話題にのぼっていた。そしてその雑談の中で、私はある小説新人賞の名前をあげ、小説に興味を持つからには、その新人賞ぐらいはもらいたいものだと言ったのである。

むろん口にしたのははかない願望である。私は会社には内緒で一年に一度、時には二年に一度その賞に応募していたが、ただ一度最終予選に残ったことがあるだけで、あとは一次予選にも名前が載らないような状態がつづいていたのである。

私がそう言うと、ふだん無口なS君が「ボクは太宰賞をもらいたい」とぽつりと言った。S君は重厚な人柄でかつ敏腕の記者、風采も私よりはるかに文学青年ふうな人だったから、その思いがけない告白には迫力があった。私は、自分の新人賞よりはS君の太宰賞の方がよほど実現の可能性があるんじゃないかな、と少し気圧《けお》される感じを受けたものである。

ところで、新人賞の名前をあげて受賞の願望を口にしたとき、私の頭の中に直木賞という言葉はかけらも存在していなかった。新人賞そのものが高嶺《たかね》の花だった。いわんや直木賞においてをやという感じだったのである。

私はそのころ四十前後だったろう。もはや小説にうつつを抜かす年齢ではなかった。しかし一方で私は、小説にでもすがらなければ立つ瀬がないような現実も抱えていた。せめて新人賞に夢を託すようなことが必要だったのである。だからその新人賞を受賞したとき、私はこれで大願成就《じょうじゅ》したと感じた。あとは文壇の片隅においてもらって、年に一作か二作雑誌に小説を発表出来れば十分だと思った。むろん、会社勤めをやめるつもりはまったくなかった。

ところが、そのときの新人賞受賞作がその期の直木賞候補に入ったのである。直木賞というものがそのときはじめて目に入って来たのだが、私はそのノミネートを光栄には感じたものの、自分が受賞の有資格者であるとは到底思えなかった。つぎの作品が候補になったときも同様で、関心はうすかった。ほとんど他人ごとのようだった。

ところが三回目の候補に入った小説は、やや自分が思うような表現が出来たかと思われるような作品だった。そのときはじめて私は直木賞を意識し、欲が出たと思う。候補も三回目になれば、もう他人ごとでは済まなくなる。しかしその小説もあえなく落選し、やがて四回目の候補作が選考の場に回ることになった。

それは『暗殺の年輪』という題名で、私がはじめて書いた武家物の短篇だった。しかし担当編集者のN氏からその連絡を受けたとき、私はあまり気持が弾まなかった。『暗殺の年輪』は受賞するには少し力不足のように思えたのである。私はそのころ、自分では『暗殺の年輪』より少しマシと思われる『又蔵の火』という小説を書いていて、候補にしてもらうならこちらの方がいいのではないかという気がしたのであった。

私はその気持を正直にN氏に言った。一回抜いてもらう方がいいのではないかと言うと、N氏はきびしい口調でそれは了見違いだと言った。候補にあがるのは得がたいチャンスなのだと言われて、私はいつの間にか自分が傲慢な人間になっているのを思い知った。私は恥ずかしかった。

そして予想に反して、そのときの『暗殺の年輪』が長部日出雄さんの『津軽世去れ節』『津軽じょんから節』と一緒にその期の直木賞を受賞したのである。しかし私は、『暗殺の年輪』という自信作ではない小説で受賞したことで、心の中にかすかな負い目が生じたのを感じた。

そして結果的にはそれが幸いしたと思う。私は誰の目もみとめる名作で受賞したのではなかった。そのために、気持の上で受賞後に努力しなければならなかった。受賞は到達点ではなく出発点になったのである。

『ふるさとへ廻る六部は』(新潮文庫)より転載

藤沢周平「作者のことば」

短篇時代小説の名手として日本文藝家協会が編む
『代表作時代小説』に、直木賞受賞後
昭和五十年から平成七年まで二十一年にわたって選出された軌跡。

昭和五十年「潮田《うしおだ》伝五郎置文」

『冤罪』(新潮文庫)所収

　虚構を構えて物語を作りながら、風景描写などになると、やはり勝手知った郷里の様子を写していることが多い。そういう意味で、この小説の風土は、やはり旧羽州荘内領のものである。盆踊りは、実際にこの中に書いてあるように、華麗で大がかりなものだったらしいが、今は残っていない。いつ頃、どういう理由で廃れたものか。それを確かめたいと思いながら、まだ果さないでいる。

組頭に嫁いだ七重に好意を持つ伝五郎。七重の不義の噂を聞き相手に果たし合いを申し込む。

昭和五十一年「鱗雲」

『時雨のあと』（新潮文庫）所収

調べる小説には調べる面白さというものもあるが、やはり肩が凝る。そういうものを書いたあとで、ごく無責任に、感興にまかせたものを書くのは、楽しいとまではいかなくとも、気楽に筆を運べる気がする。

この小説も、例によってどこの藩とも決めないで、ある藩の男女を中心に起こった事件を、そういう気分で書いてみたものである。封建時代の、この種の出来事というのは、実際にはもっと陰惨なものかも知れないが、小説だから、こういう書きかたも許されるのではなかろうか。

新三郎は峠に倒れていた雪江を連れ帰る。新三郎、許嫁、雪江に藩の派閥争いが影を落とす。

昭和五十二年「拐《かどわか》し」

『神隠し』（新潮文庫）所収

実際に取りかかってみると、一篇の小説に仕立てる難しさは、武家ものも市井ものも変りないわけだが、ふだん私はなんとなく市井ものの方が書きやすいような気がしている。

武家社会というものは消滅したが、市井の暮らしというものは現在に続いて、しかもいまの世相と重なりあう部分があるだろう、という意識が、幾分筆を軽くするようである。いろいろな人間がいて、いろいろな事件があったに違いない、と想像するだけなら楽しい。この小説もそういう想像の中から生まれたもののひとつである。

娘のお高を又次郎に拐された辰平は身代金を払う。しかしなぜかお高に怯えた様子はなく……。

昭和五十三年「裏切り」

『夜の橋』（文春文庫）所収

雑誌に書く小説には、当然枚数の制限がある。私はプロットを決めないで書き出してしまうことが多いので、枚数ピッタリでおさまりそうだとか、少し足りないようだとかいう見当は、少し書きすすめてからでないと出て来ない。

足りないときは何とかなるが、これはもっと長くなるテー

マだったかと気づいたときは、あまりいい気持がしない。ちぢめなければならないから、あちこち無理が出るだろうということが、気持を重くするのである。しかし、そのために作品が不出来になったときは、プロットを決める労を惜しんだむくいだと思って、あきらめることにしている。

幸吉の女房のおつやが変わり果てた姿で見つかる。まじめだと思っていた女房の本当の姿とは。

昭和五十四年「暗い鏡」

『夜の橋』（文春文庫）所収

長い小説を書いているときは、多少なりとも構想にしばられるところが出て来るわけだが、その点短篇の方には、自由に筆をはこべる気楽さがあるように思われる。

どこから書き出してもいいし、また書きおわったとき、はじめの考えとは違った結末になっても、それはそれで一篇の小説になっていれば、いっこうに構わないという自由さがあるようだ。

もっとも、その間の燃焼のぐあいがうまくいかないと、ひ

姪のおきみが殺された。政五郎はおきみがどう生きて来たのか何も知らないことに気がつく。

どい駄作が出来上がることもあって油断ならないが、それだけに短篇には、うまくいったらおなぐさみといった楽しみがあるようである。

昭和五十五年「泣かない女」

「驟《はし》り雨」（新潮文庫）所収

登場人物に名前をつけるのに苦労する。一度使った名前は、原則として再使用を避けたいと思って一覧表もつくったが、小説に使いたいような名前は、そう沢山あるものではないし、ことに江戸市井の女性の名前となると、かなり限られて来る。

しかし名前がぴったりしないと、小説のはこびにも関係するので、毎度原稿用紙を前に苦吟することになる。その結果、結局時間に追われて、前に使ったなと思う名前をまたひっぱり出したりする。しかしこういうやり方は私の無能と怠惰の証明以外の何ものでもないので、そういうときはにが虫嚙みつぶした顔で筆をすすめるのである。

錺師の道蔵は、親方の娘で蠱惑的なお柳に夢中になる。女房お才との間で揺れる気持ち……。

昭和五十六年「山桜」

『時雨みち』（新潮文庫）所収

　親子は断絶の時代を通りこして、殺し合う時代になったらしい、と新聞記事を読みながら嘆息する。そしてこういう終末的な現象が横行する時代に、むかしの絵空ごとを書くことがどれほどの意味を持つものだろうかと自問したりする。

　しかし、たとえばむかしの姥捨ては凶器を用いない親殺しだったろう。それを経済的な理由からだけする説明を私は信じない。姥捨ては人間の心にすでに存在していたことで、だからいまの世にも無数の親が捨てられるのである。金属バットは、何の脈絡もなく突然に出て来たわけではない。元来人間の内部にあるカオスが、不幸なきっかけを得てひょいと顔を出してしまったということだろう。

　むかしもいまも、人間が混沌を抱えて生きる存在だという一点は不変で、小説が人間を書く作業である以上、あらゆる小説に書かれてしかるべき理由があるだろうと自答する。

再嫁先とうまくいかない出戻りの野江。十七のころから自分を慕ってくれた存在を知るが。

昭和五十七年「二天の窟《あなぐら》」

『決闘の辻』（講談社文庫）所収

「半七捕物帳」に書かれている江戸市中の描写を読みながら、時どきかなわないなと思うことがある。岡本綺堂が生まれたのは明治五年。はじめて太陽暦が採用され、庄屋、名主の制度が廃止された年である。その十年後の明治十五年はというと、それは伊藤博文が憲法を調査するために渡欧した年であり、むろん内閣も憲法もまだ出来てはいない。

その時代、東京の町並みはまだ江戸そのままだったろう。つまり綺堂は、江戸をその眼で見たのである。同じく江戸を舞台にした小説を書いても、私に綺堂が見たような江戸を描くことが出来ないのは明白である。厳密なことを言えば、こんなところにも時代小説を書くむつかしさというものはあるだろうと思う。

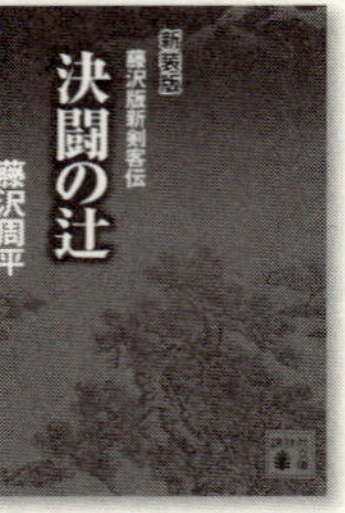

肥後藩の客分となった宮本武蔵の老いを、若き兵法者、鉢谷助九郎との勝負を通して描く。

昭和五十八年「帰って来た女」

『龍を見た男』（新潮文庫）所収

厳密に言えば、ひとつの小説には、その小説に適合して動かせない一回限りの名前というものがあるはずである。登場人物に、適合性も何もない符牒《ふちょう》のような名前はつけたくない。そう思いながら、いそがしまぎれに以前使ったことがある名前を持ち出したりして恥をかいているのが実情だが、小説の場所というものには、名前ほどの厳密性はないように思われる。二度、三度と使っても何とかなるようである。

それにしてもまた、両国橋、堅川のほとりかと、最近はこちらの方も気になって来た。市井短篇は嫌いでないけれども、名前と場所の両方から責められて、世界がだんだん狭くなって来た気がする。

男にだまされて女郎に身を落としたおきぬ。口がきけない音吉は彼女を慕いつづけていた。

昭和五十九年「鬼ごっこ」

『花のあと』（文春文庫）所収

落物をとどけ出ると、本来の所有者から落物の価格の一〇％だかの謝礼が支払われる。むかしは、お礼をもらいたくてとどけたんじゃない、などと言うひともいたものだが、最近は双方が割り切ってごく事務的に事がはこばれるようである。

権利、義務といった考え方が、そういう形で日常化するのは人間社会の進歩なのだろうし、また変に心理的な負担が残らない点でもいい方法だと思うが、しかしこういう風景が一般化すると、たとえば市井物の小説などはこれからどうなるのだろうかと考えることもある。

そのために市井小説がほろびるとまでは思わないし、またそういう乾いた人間風景をベースにした市井小説もあり得るわけだけれども、最近市井物が変に書きにくくなって来たのは、こういう世の中と無関係ではないように思われる。

吉兵衛は泥棒稼業から足を洗った後おやえを身請け。しかしおやえが何者かに殺されて……。

昭和六十年「うらなり与右衛門」

『たそがれ清兵衛』（新潮文庫）所収

小説の中で江戸の風景を描いているときなど、実際はこんなふうではなかったかも知れないなと思うことがある。考証資料や地図をたよりに想像力を働かせて書くと言っても、所詮は百聞一見にしかずである。限界がある。実景とはかなりの誤差が生じよう。

しかし過去にもどることが出来ない以上、われわれはやはり資料をたよりに人それぞれの器量にしたがって江戸を描き出すしかないわけで、そこにもまた創作のたのしみがないわけでもない。

うらなり顔の与右衛門が巻き込まれた艶聞。その陰にはなにやら藩の汚職があるようで……。

昭和六十一年「ごますり甚内」

『たそがれ清兵衛』（新潮文庫）所収

時代小説を書くという仕事をしながら、いつも重苦しく胸にひっかかっていることがひとつある。時代小説の将来はどうなるのだろうかということである。推理小説やＳＦにつぎつぎと若い気鋭の書き手が現われるけれども、時代小説の新人は容易に出て来ない。

時代考証がめんどうで、若いひとが敬遠するのだという説がある。それが事実なら編集者は考証ということを極力甘く採点して、とにかく思うがままの時代小説を書かせ、考証はだんだんに勉強してもらったらどうだろうかと思ったりもするのだが、考証といかにつき合うかも時代小説を書く才能の一部と考えられるので、事はそう簡単ではないのかも知れない。

卑屈なほど上役にへつらう甚内。その目的に気付いた家老が彼の剣の腕を利用しようとする。

昭和六十二年「玄鳥《げんちょう》」

『玄鳥』（文春文庫）所収

ある城下町のことを小説に書き、フィクションの小説だから勝手に町名をつける。これだけのことが、うまく行くときもありいま書いている新聞小説のようにまったくだめなときもある。だめなときは、つぎつぎと新しい町をつくっては名前をつけるので、小さな城下町なのに町だけがやたらに多いというおそろしいことになる。

事前に地図でもつくって町名を考えておけば、そういう無様なことは避けられるわけだが、準備万端ととのえても肝心の小説がうまくいかないこともあり、要するに小説はむつかしいのである。出来、不出来はともかく、途中で小休止して町の名前を考えたりすること自体は、案外わるいことではないのかもしれない。

父の兵法の弟子である粗忽な兵六に路はひかれる。しかし兵六は藩の用命で失態を犯し……。

昭和六十三年「だんまり弥助」

『たそがれ清兵衛』（新潮文庫）所収

あまり書くことがないので、言わでものひとりごとを記すことにする。
たかが小説と思うことがある。小説を読んでも腹の足しになるわけでなし、それがないから世の中が困るというものでもない。しかし時には、小説は人間存在の意味を問うために欠くことの出来ない表現手段と思うこともある。

両方の考えが、ともに私には役立って来たように思う。ひとつは何かの文学賞をもらったぐらいで、ひとよりすぐれた人間になったような錯覚を持たないために。ひとつは小説を書くしか能のない自分を鼓舞するために。

弥助が無口になるきっかけを作った服部邦之助は、中老や金貸しと癒着し策を弄していた。

平成元年「立会い人」

『三屋清左衛門残日録』（文春文庫）所収

ひところ時代小説不振の傾向がひらひらし、大体そういうときは私自身をふくめて執筆側に責任があるわけなので、いささか気にした時期がある。

しかし最近は、力のある新人が活躍し、また時代小説畑以外からの強力な参加などもあって、執筆側もにぎやかになり、書店での売れ行きも決してわるくはないという状況になって来

ているように見える。書く方にも読む方にも、時代小説については根の深い嗜好があって、それが時代小説を支える復元力になっているのではなかろうか、それならばさらにひとふんばりして新しい展望をひらくのも不可能ではなかろうと、近ごろは思ったりしている。

隠居の身の三屋清左衛門は、道場の主、中根弥三郎から果し合いの立会い人を依頼される。

平成二年「闇討ち」

『玄鳥』（文春文庫）所収

読者のためにはこういう打ち明け話はしない方がいいのかも知れないが、私は小説のヒントを、割合い電車とかバスとかの乗物の中で拾うことが多い。

ある夕方、かなり遠い場所から練馬にある自分の家に帰るためにバスに乗っていると、途中から三人の男が乗りこんできて、私の目の前の席に腰をおろした。髪は半白で、目つき鋭く口数が少ないことで共通している男たち。一見したところ商店主か工場勤めかと思われるラフなスタイルの三人は、バスが私が住

闇討ちが不首尾に終わり、殺された権兵衛。かつての道場仲間、興津と植田は真相を探る。

む町を通る私鉄駅のそばにあるバス停にとまると、齢に似あわぬキビキビした身ごなしでバスを降り、あっという間に夕闇に消えて行った。この三人が「闇討ち」の主人公たちである。核になるヒントさえあれば、あとは小説は想像力の産物という一例かも知れない。

平成三年「初つばめ」

『夜消える』（文春文庫）所収

――小剣士T君

私が生まれた村の丘の上に、地方の信仰をあつめている神社があって、私が小学生のころに、そこの境内で学抗の奉納剣道大会が行なわれたことがある。かなり広範囲の村々の小学校から選手団が来て試合したわけだが、中でOという遠くの小学校から来たT君が断然強かった。出場選手の中でもっとも小柄だった彼の竹刀が一閃すると、相手の防具が防ぎようもなく小気味よい音を立てたことを思い出す。

水商売をしてきたなみは、弟の縁談を楽しみにしていたが、弟の嫁はお店のお嬢様だった。

私はいまも急にチャンバラ小説を書きたくなることがあるけれども、その気分には子供のころの読書や映画見物だけでなく、小兵のT君のさっそうとした試合ぶりも大いに影響しているように思うことがある。

平成四年「大はし夕立ち少女」

『日暮れ竹河岸』（文春文庫）所収

この小説は、広重の「江戸百景」の絵をもとにして自由に話をつくるシリーズの中の一篇で、分量は四百字の原稿用紙で二十枚以内にしましょうということになっている。

つまりははじめに題材と枚数の両方をほぼ制限してしまうわけだが、この制限には若干の遊びごころがまじっている。といっても締切り日が目前になると遊びごころどころではなくなり、その二つの要件を満たすのにいつもくるしむことになる。短いからむずかしいということがある。私ののぞみはよくできた十枚ほどの短い小説をつくることにあるのだが、そうは問屋がお

大火事で孤児となったさよは奉公に出る。ある日、使いに出された先で夕立ちに降られ……。

ろさず、十枚が二十枚になって話がやっとまとまることが多い。ただこの小説では文章のなぐり書きは不可能で、このへんが余禄というべきだろうか。

平成六年「深い霧」

『早春　その他』（文春文庫）所収

私は時代小説という器にいろいろなテーマを盛りこみたいほうですが、それにしても時代小説で書くからにはおのずから限界があるわけで、執筆のたびに悩みます。また文章についても美文、名文の時代は過ぎたとしても雑な文章でいいということではないと思いますが、このへんのあんばいがよくわかりません。削って削ってなおうるおいが残るような時代小説の文章を書きたい、と思うだけで、そういうものはなかなか書けません。時代小説のことでは、まだまだわからないところが沢山あるように思います。

慎蔵は、他国で討たれた叔父の権之丞の死の裏に隠された、藩の権力抗争に迫ってゆく。

平成七年「静かな木」

『静かな木』（新潮文庫）所収

青森の三内丸山遺跡の発掘は、縄文時代についてのこれまでの定説を大きく覆えすものだという。それほど古くはないが、中世から近世に至るわが国の歴史についても、近年来、網野善彦氏ほかの気鋭の歴史学者が提出してきた興味深い歴史的事実や史観もまた、私には従来の歴史上の定説をゆるがし、書き換えをせまるもののように思われる。思うに歴史は決して固定したものではなく、新しい事実の出現によって何度でも書き換えられるものなのであろう。

私のような時代小説作家は、とりあえず書きのこされている事実に依拠して書くしかないけれども、歴史的事実がそういうものであることを肝に銘じ、つねに心を柔軟にして歴史に対処する身構えが必要だろうと自戒している。

『代表作時代小説』（日本文藝家協会編）より転載

隠居暮らしの孫左衛門だが、勘定方にいた頃の因縁が子の代にも尾を引いているのを知る。

特別対談

日本の美しい心

経済小説と時代小説で分野は異なるが、ともに昭和二年に生まれ、青春と戦争が重なる。
二人の作品に通底する視点とは――。

城山三郎×藤沢周平

藤沢　城山さんも私も同じ昭和二年生まれです。二年生まれというと、他に吉村昭さんや結城昌治さん、北杜夫さんたちがいますが、我々の世代は、いろいろな意味で損をしているという思いがありませんか。

城山　戦争の真只中で青春期を送り、終戦でそれまでの生き方を根底から否定されるような経験をしましたからね。

藤沢　私の郷里は山形県鶴岡市なんですが、戦争中、多くの若者が私の村から出征して行きました。私は大人たちに混じって村外れの一本杉まで彼らを見送りに行ったんですが、私は自分自身もやがて戦争に行き、天皇のために戦って死ぬのだと信じて疑わなかった。天皇のために死ぬ――その考えを深めるためにさまざまな本を読む、熱狂的な軍国少年だったんです。私ばかりでなく村も国も熱狂していた。中学三年のときには同級生たちをアジって、みんなで一緒に予科練の試験を受けにまで行ってるんですよ。もっとも私自身は近眼で落第しましたが。

城山　私も予科練に行きたくてしようがなかった。結局、予科練行きに反対していた父親が召集された後、母親を口説き落として志願したんです。予科練といっても、私が行ったのは、昭和二十年五月に初めてできた海軍特別幹部練習生というもので、海軍の中堅幹部養成を目的としていました。

藤沢　たしか結城さんも予科練だったとか。

城山　彼も海軍特別幹部練習生ですが、結城さんは途中で体を壊して帰郷されました。

　私の在籍は五月から八月までの三カ月間と短かったけれど、その間に軍隊がいかに腐敗し目茶苦茶な社会であるかということを、身をもって知りました。

　それでも、私は忠君愛国を信じていた。呉《くれ》海兵団の大竹（広島県）というところにいたんですが、石山での夜間突撃訓練でつまずいて転んだときも、銃に付いている菊のご紋章を傷つけてはいけないと、銃を両手で支えたため、顔から落ちて石に激突し、前歯を折ったくらいです。実際には海軍の銃には菊のご紋章が付いていないんですが、付いていると思え、と教えられていたんですよ。

そうした天皇経験と、大竹から移動した部隊で原爆を見たということが、戦後、私が文学を志すきっかけとなったわけです。

藤沢　敗戦であれほど熱狂していた忠君愛国の価値観が否定されて以後、私はめったに熱狂するということがなくなりました。特に集団の熱狂に敏感になった。うさんくさいという気持が先立つんですね。

戦争の後遺症ということで言えば、「日の丸」「君が代」の特に「君が代」にいまもって引っかかるものがあります。みんなで歌う場合、一応立つんですが、どうしても声が出てこない。やはりあの歌詞に拘《こだ》わりがある。天皇体験からくる拒絶反応なんですね。戦後の天皇家に関しては、格別こだわるところはなく、日本は天皇家がないとなかなかまとまりにくい国なんじゃないかと思っていますが、「君が代」はどうもそういうわけにはいかない。もっともこういう私のような旧式な人間はだんだん消えて行くわけで、お目こぼしをねがいたいものですね。

城山　なるべく「君が代」を歌わなくてすむ場所に行くしかないんですかねえ。

藤沢　「君が代」に較べると「日の丸」にはそんな拘わりがないんです。ただ、いま学校で「日の丸」「君が代」のときに、立たない生徒がいるでしょう。あれは気になりますね。戦後日本の教育の中で、その二つについてどういう教育がされてきたにしろ、一応は、国旗、国歌とされているものなのですから、マナーとして立って敬意を表することは必要だと思います。外国に行ったらそんな無礼なことは通りませんよ。

専制国家の怖さとは

城山　子供が自主的に立たないのならいいけれど、判断のできない子供に「立つな」と言うのは、子供にとって不幸なことです。それは、戦争中に忠君愛国の大義を教えたのと同じことです。判断がつかないまま大義を吹き込まれ、それを信じてしまう。我々は大義の怖さというのを身にしみて知っていますからね。

藤沢　城山さんの書かれた『大義の末』や『一歩の距離』を読むとそれがよくわかります。実に多くの少年たちが天皇を現人神《あらひとがみ》と信じて死んでいってるんですね。学校教育でそれを教え込まれ、軍隊に入るとさらに「軍人勅諭」で教育される。私は軍隊には行かなかったけれども、「軍人勅諭」の「義は山嶽よりも重く死は鴻毛よりも軽しと覚悟せよ」という言葉とか、「朕は汝等軍人の大元帥なるぞ」というところを読むと、奴隷の幸福とでも言うか、恍惚となりましたね。

その意味では「開戦の詔書」も同じで、「天佑ヲ保有シ万世一系ノ皇祚《こうそ》ヲ践《ふ》メル大日

私の実感としては百人百様の生き方が
できる世の中が一番いいけれど、
その逆に逆に動く。

しろやまさぶろう◉一九二七年愛知生まれ。五七年「輸出」で文學界新人賞。五九年「総会屋錦城」で直木賞。九六年菊池寛賞。二〇〇七年逝去、享年七十九。

本帝国天皇ハ……」ではじまり「朕カ陸海将兵ハ全力ヲ奮テ交戦ニ従事シ朕カ百僚有司ハ励精職務ヲ奉行シ朕カ衆庶ハ……」とつづくわけですが、私なんか胸がワクワクしたものです。なにしろ「朕カ陸海将兵」ですからね。しかしいまになってみるとすごい言い方ですな。

城山　それを信じて疑わなかったですからねえ。

藤沢　ところが近年読んだ鶴見俊輔さんの『戦時期日本の精神史』の中に、「十五年戦争の始まるまで、日本の教育体系は二つに分かれて設計されていました。小学校教育と兵士の教育においては、日本国家の神話に軸を置く世界観が採用され、最高学府である大学とそれに並ぶ高等教育においては、ヨーロッパを模範とする教育方針が採用されていました」と記してあったけれど、我々は、意図的に愚民教育を受けたんだなあ、という思いが強いですね。

城山　当時の教育界、マスコミの責任は大きいですよ。同時に専制的な国家の怖さですね。いま政治はいろいろな問題が噴き出て、混迷の度を深めています。もちろん腐敗はけしからんけれど、腐敗と専制のどちらを選ぶかと言われたら、まだしも腐敗の方がいいですね。権力を持っている専制の怖さ。また専制は必ず腐敗するんです。そうなるともっと怖い。

藤沢　ただの腐敗なら、いつかは浄化できるという望みがありますからね。

城山　それに、腐敗は直接こちらを権力でどうこうしようということはありませんから。気懸りなのは、戦後も五十年近くたって、専制の怖さを知らない人が増えてきていることです。それが腐敗と相まって、専制が受け入れられやすい素地ができつつあるように思えるんです。

藤沢　それは怖いことですね。

『一歩の距離』の中で、「軍人精神注入棒」と呼ばれる樫の棍棒、バッターで練習生が二曹に精神異常をきたすほど殴られますよね。戦争をしている中で、軍隊内部で制裁を

機械化で楽になったのはほんの短期間。
科学の進歩は本当に
将来の人類のためになるだろうか。

ふじさわしゅうへい◉一九二七年山形生まれ。七一年「溟い海」でオール讀物新人賞。七三年「暗殺の年輪」で直木賞。九五年紫綬褒章。九七年逝去、享年六十九。

加え、精神障害をひきおこす——その行動がとても怖い日本人の資質じゃないか、という気がします。それと組織ですね。

城山　日本人はそこに行きやすいんです。日本人は組織に従順で、みなすぐ同じパターンになってしまう。私の実感としては百人百様の生き方ができる世の中が一番いいのであって、その社会の実現を願っているんだけれど、世の中はいつもその逆に逆に動いているようなところがある。肚《はら》が立つことが多いですよ。

藤沢　城山さんにお会いしたらお聞きしようと思っていたんですが、戦後、経済が復興し成長していく中で昭和三十五年、池田勇人《はやと》首相が「所得倍増論」を打ち出すでしょう。あれは何か根拠のあるものだったんですか。

城山　日本の経済成長率からいくと、何年か経つと倍になるという数字が経済学者の試算で出たんです。で、政治家は景気のいい政策をとりたいから、じゃあ月給二倍論でいこうとなった。ところがいまの首相の宮沢喜一さんが、月給を貰《もら》っていない人もいるんだから、所得倍増論の方がいい、と言って、そうなったんです。

藤沢　そうだったんですか。それは知らなかったですね。

城山　所得倍増論というのは、非常に分かりやすい説明なんですが、少し経済をかじった者から言わせてもらうと、経済というものは放っておいても成長するんです。ですから政府はオーバーランを防ぐためにむしろ抑えるほうに回らないといけない。でも、抑えるというのはものすごく難しいんですね。日本の経済政策で抑える政策をとったのは過去三回しかない。明治十年代の松方デフレ、昭和に入って浜口雄幸内閣の金解禁政策、戦後のドッジライン。これをやれば不景気になるから恨まれる。それで浜口首相も蔵相の井上準之助も殺されてしまったわけです。

だから政治家はとにかくばら撒きたがる、しかも、それをしてはいけない時期にばら撒いたりする。

藤沢　高度経済成長期に私は食品業界の小さな業界新聞で働いていて、中小クラスの企業が巨大企業に発展していく様を目のあたりにしているんです。日本ハム、プリマハム、伊藤ハム、みんなそうですね。まず機械化する、工場と営業所を建てる。つぎに外国から新鋭の機械を導入して、すごいスピードで成長していった。国家政策にしたがって、銀行もどんどん融資したんでしょうね。

城山　それもあります。でも日本人のエネルギーや、集団的な勤労者のレベルの高さ等を考えれば、高度成長は当然なんです。政策が良かったというより、放っといてもああなったでしょう。

それどころか政府は、それがいつまでも続くような錯覚を一般に与えた。バブル前の国土庁の試算によると、オフィスビルが霞が関ビル何十杯分足りない筈だった。ところが、いまになってみると、全部違ってるんですね。

藤沢　無茶苦茶ですね（笑）。

城山　ただ経済予測というのは難しいところがあるんです。戦後、私の恩師なんかがやっていた国民所得の推計で、一年の成長率を八パーセントとしたら、実際には一三パーセントぐらいになったことがあるんです。そうしたら政府は「学者はいつも警戒気味で消極的な予測しかしない」と不満を述べた。経済の実力からいえば、本当は八パーセントというのが望ましい成長率だった。それを加速して一三パーセントにしたから、後でゆり戻しが来ることになった。政治家も、経済の専門家の意見を尊重し、それに合わせた政策をとるべきなんですよ。

藤沢さんのお書きになった『市塵』の中で、新井白石が、儒者として行政の仕事を進めようとして、いろいろな問題にぶつかるところがありますね。あれは現代にも共通する問題ですね。

藤沢　どの点がですか。

城山　学者、儒者が行政に少しでも関わると、行政のほうが必ずといっていいほど圧力をかけてきます。その際、学者、儒者の分際をどこまで守るかという問題が生じてくる。実際のところ、現実の問題をテーマとする場合、行政に刃向かうと、一番いいデータを持っている行政からデータが入ってこなくなるんですね。ですから、社会学、特に経済学をやっている人にとって、新井白石的な苦労はいまだに続いていると言えるわけです。

藤沢　なるほど。徳川家宣（第六代将軍）はあれほど白石を信用しながら、結局は一千石の政治顧問にとどめましたからね。ところでこれも城山さんにお聞きしたいんだけど、私は経済成長が続く中で、我々の生活はたしかに豊かになったけれど、その過程で、一番いいところを知らぬ間に通り越してしまったような気がしてならないんですね。たとえば、私の田舎でも農家に田植機やトラクターが導入されて機械化が進み、農作業がかなり楽になった。私の姉も、昔に比べればとても楽になった、と喜んでいるわけです。

城山　肉体的には、ですね。

藤沢　さすがに鋭い。ええ経済的にではないですね。で、その喜びというのは、そんなに長くは続かなかったような気がしますね。機械化で、農作業に従事する必要がなくなった人びとは、すぐそばの鶴岡市に働きに出るようになった。その結果、いまは昔から村の各戸が人を出し合い、村の共同作業としてやってきた祭りや道つくりが、農家がサラリーマン化するにつれて、それを維持することが難しくなってきている。これまで村をつくってきたもの、村の文化が崩壊しつつあるわけです。ですから、機械化で楽になったのはほんの短期間で、実際は本当の農業が滅ぶような方向に走ってきているんじゃないでしょうか。

そういうことを、原子力や遺伝子工学にも感じるんです。そうした科学の進歩が本当に将来の人類のためになるんだろうかと。科学は科学それ自身の本質的な機能のために、発達することをとめられないんじゃないかと。

城山　私はもう少し楽観的に考えているんです。石油ショック（一九七三年）のときに、科学者たちが、日本の物質的な意味での幸福はこれが最後であり、これ以上はいかないんだという予測をした。私は、ああ、そうか、もうこれ以上のご馳走はたべられないし、贅沢なものを着ることもできないんだと思っていたら、全く違っていて、それ以後ものすごく経済成長しているでしょう。

藤沢　トイレット・ペーパーの買い占めなんて嘘みたいなことがありましたね（笑）。

城山　つまり、科学者も予測を間違うんです。だから、未来についてはあまり考えない方がいい（笑）。ま、子供や孫には悪いけれど、こちらはいい時に終るな、という気もあるし。

藤沢　そう願いたいものですね（笑）。

清貧より清富を

城山　よく年の始めに、「今年はどうなりますか」と訊かれるでしょう。私は、「先のことは一切分かりませんから」と答えることにしているんです。先のことなんか本当にあてになりませんよ。

藤沢　でも、やっぱり将来を考えてしまいますね。娘にこんど子供が生まれるものですから……。

城山　初めてのお孫さん？

藤沢　ええ。

城山　ああ、わかりました(笑)。

私が何よりも考えるのは、戦争が起こらないようにする、ということです。私はかなり前から、拡声器のことでいろいろ運動しているんですよ。たとえば、駅毎に商店名を連呼したり、乗車上の注意をしたりと、のべつ幕なしにアナウンスする交通機関が多いでしょう。聞きたくなくても聞かされるというのは、一種の専制暴力なんです。見たくないものは目をつぶるなりそらすなりすればいいけれど、音だけは否応なしに耳に入ってきてしまう。そういう少しでも専制的なものを根気よく消していかないと、大変なことになるんじゃないかという気がしてならないんです。

藤沢　そうですね。

城山　ちょっと話は飛びますが、小選挙区制も、場合によっては専制にいく可能性があるんですよ。かつて田中(角栄)内閣が小選挙区制を打ち出したときに、マスコミは袋だたきにしたんです。小選挙区になったら、自民党の完全独裁になるし、党の中でも一選挙区に一人しか立てないから、立候補者を選ぶ執行部の顔色をみんなが窺うようになる。逆らったら、立候補できませんからね。そこに比例制が入っても同じことで、逆らえば名簿の上位になれない。これはある意味で党を専制化することになるんです。だからいま、小選挙区制が政治改革みたいに言われているけれど、一つ間違えば完全な専制体質になるんだということを、国民はしっかりと認識しなければいけない。マスコミもまた今回はそれを言わないけれど、もうちょっと多様な意見を出して欲しいですね。そして専制の芽になるようなものを根気よく潰《つぶ》していくことは、専制の怖さを知っている我々の義務でもあるんです。

藤沢　自民党が、社会党に政権を渡したら大変なことになると盛んに言ってましたが自民党のそういう考え方は怖いですね。本当はおれがいないと会社がつぶれると思っている管理職と同じで、その人がやめれば、代りがなんとかするんですけれどもね。しかしいまの社会党にはその力はないでしょう。支持率がかなり落ちていると思いますよ。私もそうですが、一般的に言って理論政党、批判政党としての社会党はもういらないと思ってる人は多いのじゃないでしょうか。いやしくも政党を名乗るなら自民党にかわって政権の座につく気概と政策を持ってもらいたいですね。観念論だけでは百年待っても政権は回って来ません。もう少し床屋政談をつづけますと、今度の新党さわぎで社会党は間髪をいれずに連立政権を言い出して、野合だと罵られましたが、私はあれはいいと思った。どのような形であれ、政権というものにじかに手を触れてみることが重要ですよ。そうすれば、世界の中の日本という現状認識、それにともなう新しい責任ある政策というものも出てくるのではないでしょうか。連立政権をつくって、失敗したらしたでいいじゃないですか。そうしたらまた自民党がやればいいんで、危ないから自民党だけで未来永劫的にやっていこうという考えは、いかにも度量がせまいし、それがまさに専制の芽だと思います。それに自民党だって、自分たちが言うほどりっぱな党じゃなくなりましたね。

城山 その通りですね。専制を防ぐという意味では、いま自民党が党内で殴り合っていることも、決して悪いことじゃないと思います。

全体主義にならなければ、物質的には多少貧乏してもいいという気がするけれど、貧乏を頭から言われると困ってしまいますね。清く正しくはいいけれど、清く正しく貧しくがいいんだと言われると、えッ？ となってしまう。戦争中さんざんそう言われましたからね。

藤沢 贅沢《ぜいたく》は敵だ、なんてね。やはり戦争に繫《つな》がりそうな思想は怖い。

城山 清く豊かがいいですね。

藤沢 清貧というのは精神的なことにとどめるべきであって、それを生活面にまで持ちこまれて強要されるのはいやですね。清貧を頭に置いて、ご馳走を感謝して食べるというのが一番いいんじゃないですか。

旅の愉しみ方

城山　文句を言えばきりがないけれど、概《おおむ》ねいまはいい世の中だと思いますよ。自由だし、物は豊富だし……。

藤沢　交通も便利ですね。

城山　ええ。

藤沢　交通といえば、新幹線の「のぞみ」は気になりませんか。よく故障するでしょう。

城山　ああいうのは五年ぐらい経ってから乗ったほうがいいんですよ（笑）。

藤沢　どうも私は心配性の気があるんだけれど、あんなにスピードを出してどうするんでしょうか。テレビで試乗した子供がひとこと「速過ぎる」と感想を言ってましたが、速いということで経済的な意味での効率はよくなっても、快適な旅という面の楽しみはなくなりましたね。

城山　汽車旅行はのんびりと楽しみたいですね。藤沢さんは陸羽東線の美しさをお書きになってるでしょう。私も一度乗ってみたいと思ってるんです。

藤沢　小牛田《こごた》から新庄までの短い路線ですが、風景がすばらしい。新緑のときがいいですね。

城山　そこはかつて芭蕉が歩き、天保時代に庄内農民が移動した道だそうですね。

藤沢　農民が鶴岡からそこを通って仙台に抜け、江戸に行ったんです。

城山　食えなくてですか。

藤沢　いや、違います。庄内地方は徳川初期から幕末まで一藩支配だったんですが、藩主の酒井侯は比較的穏やかな善政をしいていました。ですから天保期に藩主転封の幕命が出たとき、それを撤回させようと、農民たちが陸羽東線の道を経由して大挙して江戸に出て駕籠訴《かごそ》をやったんです。山形県内の道は、幕府の咎めをおそれた藩が押えてしまったので、仕方なく仙台領に回ったんですね。そのことは『義民が駆ける』という小説に書いたんですが、結局幕命は撤回となりました。

城山　前代未聞のことでしょうね。

私は四十歳のときに半年かけてアメリカを全部回ったんですが、家を出て家へ帰るまで一回も飛行機に乗らなかったんです。逗子の家から横浜港へタクシーで行き、そこから船でアメリカへ。アメリカではグレーハウンドというバスに乗って、気に入ったところで泊まって、飽きたらまた次へ行く。これまでの人生であの旅が一番愉しかったですね。旅をしたなあ、という感じでした。誰もがそういう時間を持てる時代が来ればいいのですが……。飛行機にはそれがないですね。

藤沢　私は飛行機に乗ったことがないんですよ。閉所恐怖症でダメなんです。

城山　珍しいですねえ。いま、年取って退職してから海外旅行に行く人が多いんですよ。

藤沢　私も一人でなくて誰か連れがあれば海外に行けなくもないと思うんですが、家内がまた飛行機嫌いなんです。それにそれほど行きたいと思いませんし。
城山　じゃあ、家の中にいるのがお好きなんですか。
藤沢　好きというのでもないのですが（笑）、要するに出不精ですね。こういうふうに極端になったのは、五十代半ばを過ぎてからですが、体調のせいもあって、都心に出るのはいまは年に五、六回かな（藤沢氏は練馬区大泉学園在住）。
城山　それが本当にいい意味での清貧かもしれませんね。非常にユニークな生き方ですよ（笑）。
藤沢　だからカネのかからないこと（笑）。私は映画が好きで、本当は映画館で片っ端から観たいんですよ。でも最近はいいのが少ないですけどね。
城山　古い映画はビデオでどんどん観られるでしょう。
藤沢　ええ、ビデオも観てます。それから好きな推理小説、翻訳物がほとんどですが、それを読む。そうすると、あと、仕事をする時間が幾らも残らない（笑）。
城山　私はミステリー、サスペンスはほとんど読みませんね。結末を作者だけが知っていて読ませるのは、アンフェアな気がするんです（笑）。ただ、最近読んだ『凍りつく骨』はおもしろかった。私は動物園の園長になろうと思ったくらいの動物好きでして、動物園を舞台にしているという『凍りつく骨』につい手がのびたんです。

藤沢　あれはなかなかの秀作です。カバとかパンダとかをうまく使ってますね。

城山　私はパンダは嫌いなんですよ。上野動物園のパンダなんか、マンションにいるみたいでしょう。ロンドンでもパリでも、外国ではもっと自由に飼ってますよ。

藤沢　私も動物園が好きで、娘が小さかったころ、娘をダシにしてよく上野動物園に行ってました。あるとき、狼の檻の前にさしかかったとき、十頭あまりの狼がいっせいに吠え出しましてね。これには感動しました。狼の持つ孤独と禍々《まがまが》しさに魅かれるものがあったんでしょうね。

城山　いま、日本の動物園には狼がいなくなりましたね。

藤沢　ええ。それからしばらくして、もう一度吠え声を聞きたいと思って動物園に行ったんですが、もうどこを捜しても狼はいませんでした。それからあまり動物園に足を運ばなくなりました。パンダを見てもしようがないですしね。

小説の中の美しき日本人

城山　藤沢さんの作品のほとんどはいわゆる時代物ですが、やはり歴史がお好きなんですか。私なんかは、終戦でそれまで習っていた歴史がひっくり返されてからというもの、妙に歴史嫌いになってしまいました。

藤沢　時代物作家としてこんなことを言うのはおかしいかもしれないけれど、歴史については、いつもちょっと待てよ、と思って斜に構えて見ているところがあるんです。史実と言われるものが、はたして本当のことなのか。

城山　それをどちら側の人間が書いたのか、という問題がありますからね。たとえば、徳川吉宗や松平定信は歴史では名君として、田沼意次は悪人のように書かれているけれど、実際のところはわからないわけでしょう。

藤沢　私はいま上杉鷹山を書いているんですが（『漆の実のみのる国』）、世に言う鷹山名君説はどうも少し違うんじゃないかと思っているんですよ。かなり美化されている。で、そういうものをいっぺん取りはらって、出来る限りありのままの鷹山公を書いてみたいと思っているんです。結果として名君だったとなるかも知れませんが。

城山　それはぜひお書きになって下さい。私は戦前の教科書に取り上げられていた人物のことについては、どうしても疑ってかかってしまいます。やはり体制側に都合のよかった人だったわけですからね。

藤沢　私が時代ものを書くのは、現実と一歩距離を置いて書ける自由さがあるからで、その背景としては江戸時代が一番いいと思っています。戦国時代だと血なまぐさいことを書かなければならないですしね。

城山　血なまぐさいことは嫌いですか。

藤沢　初めは何とも思わなかったけれど、最近はバッサバッサ斬ったりするのはどうも嫌いですね（笑）。

城山　それはよく分かります。年齢のなせるわざ（笑）。

藤沢　かといって江戸時代が好きかと言われると、必ずしもそうじゃない。独得の文化が発達して平和な時代だったと言えるけれど、鎖国の中の平和にすぎなかった。戦後の日本とちょっと似ていますね。案外脆《もろ》い幸せ、平和の時代だったと思います。さきに外国と普通に国交を結び国際的にもっと揉まれていれば、幕末にあんなに苦しまなくて済んだんじゃないでしょうか。

城山　そうでしょうね。

藤沢　そういう意味では、江戸時代に全面的に賛成はできないけれど、ある距離を置いて書くには非常にいい時代なんですね。

城山　藩というシステムはいまの会社とか組織にわりに置き換えやすいんじゃないですか。たとえば、徳川家宣という開明派の社長になり、自分を認めてくれたと思ったら、それが急に病気になってしまった。さあ自分はどうするか。『市塵』の新井白石がそうですね。彼の立場にサラリーマンがスーッと入っていける。

藤沢　藩として私がいつも考えて書いているのは、郷里の庄内藩なんです。典型的な二派相剋の歴史で、それが延々と続いていたんです。

城山　同じ家がですか。

藤沢　はい。企業の派閥争いはそんなにしつこくやらないでしょうが、相通じるところがありますね。

城山　私の郷里の名古屋、尾張藩も最初から最後まで二派が争っていました。

藤沢　組織というのは、必ずそうなるんです。私の小説は、派閥対立のそれのバリエーションをいろいろ書いているだけでしてね（笑）。

城山　いまテレビでも放映されてますが、藤沢さんの『三屋清左衛門残日録』という作品、私は面白く読みましたが、設定が非常に巧みなんですね。つまり、主人公の三屋清左衛門は、出世をしていたから顔が広く、各階層の人を知っている。隠居の身だから自由である。好奇心に富み、なおかつ道場通いをして体を鍛え直す積極性がある。そしてわりに腰軽く出歩き、いい意味での軽薄さがある。何かあったら力を貸してくれる町奉行が友人だし、息子の嫁が、また大変気のきく女性である（笑）。申し分のない設定ですね。これはある意味で隠居の一番望ましい姿じゃないですか。

藤沢　あれを書いたのは還暦を迎えるちょっと前なんですが、そのころ、いままでとは違う心境の変化があったんです。還暦ということは、いよいよ老境なんだと、強く感じましてね。それで還暦後はどうしようかと思ったわけです。結局、現実とあまり離れないで付き合っていた方がいいんじゃないか、会社じゃないところで付き合えるところを見つけて、そこで自分を生かすような方法があれば一番いいだろうと考えて、あのような設定ができたんです。

城山　たしかに理想的な定年後の過ごし方ですね。

藤沢　あれ、実は城山さんの新聞連載小説『毎日が日曜日』が遠いヒントになっているんですよ（笑）。あの小説は定年後のことを考える先駆的な小説だったと思います。連載を面白く読みながら、さて自分が毎日が日曜日になったら困るだろうな、と漠然と考えていたんですね。

城山　それは光栄です（笑）。『毎日が日曜日』なんて題名は明るいけれど、実際には深刻なことなんですよ。

藤沢　周囲にもいろいろそういう人がいますね。定年で精彩を欠いた人、依然として突っ張ってる人……。

城山　面白いといえば面白くて、定年以前には見えなかった人の姿が見えてきますね。えっ、こんな人だったのか、やっぱりこういう人だったのか、と。そういう人たちにとっては、清左衛門の姿は、一番あらまほしき姿でしょう。しかし現実には……。

藤沢　なかなかいないと思いますね。

城山　現在の時点だと、興銀の中山素平さんがかなり近いですね。

藤沢　財界の鞍馬天狗でしょう（笑）。

城山　そうそう。わりに好奇心旺盛ですし、権力に未練がなくて頭取もパッと辞めている。何か事があって、彼が出てくるとみんなが一目置く。もう少し遡《さかのぼ》ると、石坂泰三さんですね。日本経済の父ともいうべき渋沢栄一は、「右手に算盤、左手に論語」をモットーにしていました。彼は財界の自浄作用を信じていたんです。でも、いまは渋沢のような人がほとんどいなくなりました。自浄作用がなくなれば、次に何が現れるか。昭和の歴史がそれを示しているのではないでしょうか。

藤沢　経済界にはそういう人が残っているけれど、いまの政界にはいませんねえ。

城山　政界で強いて名前を挙げるとすれば、椎名悦三郎さんかな。自分がいくらでも総裁になれたのに、三木武夫さんを推したりするでしょう。もっとも、三木さんが思い通りにいかないと、降ろしちゃうというところは、清左衛門とはちょっと違いますけどね。

藤沢　ハハハハ。

城山　『市塵』の中に荻原重秀という悪人が出てくるでしょう。彼が現実の政治家の姿とダブってしようがないんです。

藤沢　抜け目なく蓄財に励んでいますものね（笑）。

城山　そして粘り強くて、ちょっとやそっとでは降板しない。先ほども言いましたが、『市塵』はいろいろな意味で非常に現代的なテーマが含まれていると思いますね。

ところで、藤沢さんのところには、読者からの注文というのは来ませんか。読者というのは様々ですからね。中には人に託して言わないで、城山さん自身がどう思うのか、こういうときにはこうすればよいと、もっとはっきり書いてください、という性急な人がいるんです。でも、私は、こういう生き方がある、ということは言えるけれど、こういうふうに生きなさい、しなさい、ということはとても言えませんね。人生が全部分かっているかのように、断言したり号令をかけたりする人もいるけれど、我々の世代では、人に教訓を垂れるようなことは、ちょっとできません。

藤沢　そういうことは私もとても恥ずかしくてできない。冷や汗が出てきます。自分の小説でも、ここで一言言えばいいんだなと思っても、それができない。それを言えば、パンチが出るのがわかっているんですがね。それに、戦争中、みんなをアジって予科練を受験して以来、アジることが大嫌いになって、よかれあしかれそういうことは二度とすまい、と決めていますから。

城山　時事通信にいた評論家の藤田昌司さんが、藤沢さんの小説は、尻を叩くより「ご苦労だったなぁ」と肩を叩く小説だと評してましたが、これは的を射てるんじゃないでしょうか。

藤沢　強く意識したことはないけれど、自然にそうなってしまうんですね。

昭和二年生まれの死生観

城山　私のデビュー作は『輸出』という作品なんです。戦後の日本は輸出立国で、とにかく輸出しなければ生きられないと、必死になって働く商社員の話を書いたものです。ところが、いまは、言わば輸出亡国で、輸出を伸ばすことは悪のように言われてしまう。

藤沢　貿易黒字で世界中から目の敵《かたき》にされる時代がくるとは思ってもみなかったですからねえ。

城山　それぐらい価値観が絶えずクルクルと変わる時代に生きてきた我々には、とても分かったようなことは言えないし書けない、というのが実感です。エッセイはもとより、小説でもそれは書けない。

いろいろな読み方ができるのが文学であって、一つの読み方しかできないのは、底の浅い作品じゃないでしょうか。

藤沢　その通りだと思います。昔は小説は、特に時代小説は、ずいぶん人生訓みたいなことを言ってたんですよ。時代の一種の使命感があって、啓蒙的な役割を荷なっていたんですね。でも、私にはできない。「何を偉そうなことを言うんじゃない」と思ってしまう。

実は『三屋清左衛門残日録』のおしまいのほうで、ちょっと死生観めいたことを書いたんですよ。「人間はそうあるべきなのだろう。衰えて死がおとずれるそのときは、おのれをそれまで生かしめたすべてのものに感謝をささげて生を終ればよい。しかしいよいよ死ぬるそのときまでは、人間はあたえられた命をいとおしみ、力を尽して生き抜かねばならぬ」と。でも、本になってから恥ずかしくなりましてね、あんな利いたふうなことを書かなきゃよかったと、いまだに頭の隅に引っかかっているんです。

城山　十九世紀のイギリスの経済学者であるジョン・スチュアート・ミルの最後の言葉が「マイ・ワーク・イズ・ダン」、自分のやるべきことはやった、というんですね。私は「ミルがそういうことを言っている」とは言えるけれど、あとは何も言えない。ミルの言葉に接してどう思うかは、読者の選択にまかせればいいんです。清左衛門の死生観も様々な解釈ができると思います。それは読者にまかせればいいんです。

藤沢　そういうことですね。

声高な主義や思想に対する嫌悪感は前からあったけれど、ソ連の崩壊を見ていると、ますます思想は持たないほうがいい、という気持になりますね。じゃあ、何によって動いたらいいいんだ、と言われると困るけれど。現実から学ぶということかな。

城山　百人百様でいいんです。

私は学生時代から詩が好きで、ぽつぽつ書いてきたんですが、その一つに「旗」(『支店長の曲り角』所収)というのがあります。これは、私にしてはかなりダイレクトにメッセージとして伝えたいことを書いたものなんですよ。
藤沢　読んで下さいませんか。
城山　ちょっと長いんですが……。

「旗」

旗振るな
旗振らすな
旗伏せよ
旗たため

社旗も　校旗も
国々の旗も
国策なる旗も
運動という名の旗も

ひとみなひとり

ひとりには
ひとつの命
（中略）
生きるには
旗要らず

旗振るな
旗振らすな
旗伏せよ
旗ためめ

限りある命のために

藤沢　いい詩ですね。戦争中、旗振りが非常に多くて、さんざんやられましたから、本当にもうたくさん、という気持で一杯です。

城山　いまでも目に見えない旗を振っている人がいるから、怖いんです。小説好きは旗を嫌いますから、みんながもっと小説を読んでくれるといいですね。それが文学の持つ力ではないでしょうか。

藤沢　それを信じて書き綴ってきたところがありますからね。

城山　そういえば藤沢さんは、たとえばホテルにプライベートで宿泊するときは、藤沢周平というペンネームを使わないそうですね。

藤沢　恥ずかしいんですよ。藤沢周平と名乗っても、ホテル側が普通に扱ってくれれば構いませんけれど、小説家だからということで特別待遇を受けるのが嫌なんです。いや、私はそれほどの人間ではありません、という気持がどこかにある（笑）。

城山　ハハハハ。やっぱり旗を振れない世代ですね。

藤沢　それともうひとつ、自由でありたいという願望です。

城山　あります、あります。

藤沢　本名は無名でしょう。そうすると非常に自由な立場で行動できたり、考えたりできる。

城山　私は本名で入っているゴルフクラブがあるんです。そこへ行って初対面の人と組んで、一日ワーワー喋って楽しむ。普通にやってるから、みんないろいろな話をしてくれるわけです。ペンネームだったら、むこうも構えてしまうでしょうし。そういう意味では二枚鑑札も便利なところがありますね。

藤沢　やっぱり小説家の一番いいところは、自由ということじゃないでしょうか。何もしない自由もある。

城山　そうそう。

藤沢　何かやるにしても、無名の方がやれば、あまり目立たずにすむとか（笑）。

城山　嫌なこともしないですむ。

藤沢　そうなんです。その特権を生かしてのんびり、ゆっくりやっていきたいですね。

城山　あまり先のことを考えずにね（笑）。

「オール讀物」一九九三年八月号

エッセイ ②

転機の作物

藤沢周平

私が小説を書きはじめたのは、いまから十年ほど前のことだが、そのころは暗い色合いの小説ばかりを書いていた。ひとにもそう言われたし、私自身当時の小説を読み返すと、少少苦痛を感じるほどに、暗い仕上がりのものが多い。男女の愛は別離で終わるし、武士は死んで物語が終わるというふうだった。ハッピーエンドが書けなかった。

そういう小説になったのはむろん理由があって、その以前から私は、ある、ひとには言えない鬱屈した気持をかかえて暮らしていた。ひとに軽軽しく言うべきものでないために、心の中の鬱屈は、いつになっても解けることがなく、生活の中に入りこんでいた。

ふつうそういう場合に、ひとは酒を飲むか、スポーツに打ちこむか、気持をほかに転じる何かの方法を見出して、精神の平衡を回復することにつとめるだろう。

しかし私は酒もさほど飲めず、釣りにもゴルフにも興味がなかった。ギャンブルには多少興味があったが、生来の臆病からギャンブルに手を出すことも出来かねた。容易に解消出来ない鬱屈をかかえてはいたが、私は会社に勤めて給料で暮らしている平均的な社会人で、また一家の主だった。妻子がいて、老母がいた。その平凡な、平凡さのゆえに私の平衡を辛うじて支えている世間感覚を失いたくはなかった。何かに狂うことは出来なかった。

しかし、狂っても、妻子にも世間にも迷惑をかけずに済むものがひとつだけあって、それが私の場合小説だったということになる。そういう心情の持主が小説を書き出したのだから、出来上がったものが、暗い色彩を帯びるのは当然のことである。物語という革ぶくろの中に、私は鬱屈した気分をせっせと流しこんだ。そうすることで少しずつ救済されて行ったのだから、私の初期の小説は、時代小説という物語の形を借りた私小説といったものだったろう。

書くことだけを考えていた私が、書いたものが読まれること、つまり読者の存在に気づいたのはいつごろだったのか、正確なことはわからない。だが読まれることが視野に入って来ると、私の小説が、大衆小説のおもしろさの中の大切な要件である明るさと救いを欠いていることは自明のことだった。かなり他人迷惑な産物でもある。そしてそのことに気づいたというのは、気持の中にあった鬱屈がまったく解消されたわけではないにしろ、書くことによってある程度は癒され、解放されたということでもあった。

そういう全体を意識してしまえば、いつまでも同じ歌をうたうわけにいかないことは、これまた自明のことである。そのまま小説を書きつづけるとしたら、鬱屈だけをうたうのではなく、救済された自分もうたうべきだった。それが自分と読者に対して正直であり得る唯一の方法だった。私は結局その方法をえらんだのだが、それは当然、職業作家として物語にむかう決心をつけたということでもあった。

と言っても、そういう内部の変化が、小説の表現とどうむすびつくのかは皆目わからず、そのころの私はかなり危険な橋をわたっていたのである。しかし表現の改変などというものが、意識してそう容易に出来るわけはなく、それはある時期から、ごく自然に私の小説の中に入りこんで来たのだった。かなり鈍重な感じのものにしろ、それはユーモアの要素だった。そのことを方法として自覚したのが、「小説新潮」に連載した『用心棒日月抄』あたりからだということは、かなりはっきりしている。以下、『孤剣　用心棒日月抄』そして、今度の『刺客　用心棒日月抄』と続くこの連作は、つまり転機の作物である。

突然のようだが、私はかねがね北国の人間が口が重いというのは偏見だと思っている。あれは外部の、自分たちよりなめらかに口が回る人種の前でいっとき口が重くなるだけのことで、内輪同士ではそんなことはない。

子どものころ、私は村の集会所あたりで無駄話にふけっている青年たちの話をよく聞いたものだが、彼らがやりとりする会話のおもしろさは絶妙だったという記憶がある。弾の打ち合いのように、間髪をいれず応酬される言葉のひとつひとつにウイットがあり、そのたびに爆笑が起きた。村の出来事、人物評、女性の話など、どれもこれもおもしろかった。私たち子どももおもしろがって笑っていたら、突然に怒られて追い立てられたのは、野の若者たちの雑談の成り行きの自然で、話が少し下がかって来たからだったろう。

内部の抑圧がややうすれた時期になって、私の中にも、集会所の若者たちほどあざやかではないにしろ、北国風のユーモアが目ざめたということだったかも知れない。

いまこういうことを書くのは、たしかではないが自分の小説がまた少し変わりかけているのを感じるからである。それは主として年齢が関係していることだが、と言ってもそういう変化が基本的に作者をはなれるものではなく、どう書こうと小説は作者自身の自己表白を含む運命からまぬがれないものだろう。

『小説の周辺』（文春文庫）より転載

特別企画

選考委員大座談会

直木賞のストライクゾーン

藤沢周平さんが初めて選考委員となったのは一九八五年、以来二十一回の選考会に臨んだ。第百回直木賞を前に全選考委員と文学観を徹底討論した貴重な記録を再現！

昭和 60 年新喜楽にて行われた
第 99 回直木賞選考委員会

右から
平岩弓枝
藤沢周平
渡辺淳一
五木寛之
山口瞳
村上元三
黒岩重吾
井上ひさし
陳舜臣
田辺聖子

――直木三十五賞は第九十八回の阿部牧郎さんで百七人の受賞者を生んだことになります。昭和十年、第一回の川口松太郎氏以来、戦中戦後に四年ほど中断期間がありましたが、来年には第百回を迎えます。文運益々隆盛なのですが、賞がこれだけ大きくなるにつれて、改めて直木賞とは人なのか作品なのか、あるいは新人賞なのかそれとも名誉賞なのか、といった古くて新しい問題が話題になっています。

勿論、これといった結論はでないと思いますが、全選考委員が一堂に会していただけた絶好の機会でもありますし、十人十色、先生方の文学観、価値観といったものをご披露下されればと思います。

そこで、まず、前回の白石一郎さんに続いて、阿部さんも八回目の候補で受賞なさったわけですが、阿部さんご自身、八回というのは大変に苦しく辛いことだったと述懐なさっています。やはり何回も候補に擬せられるのは、直木賞を目指す作家にとって塗炭《とたん》の苦しみのようです。さしあたり、選考委員のみなさんが受賞された前後はどうだったか、そんなところからお話をすすめていただければと思います。

黒岩　ぼくが初めて作品を発表したのは昭和二十四年、「週刊朝日」の記録文学です。それ以来、今でいう新人賞なるものに二、三入選したけど原稿は全く売れない。それに実生活の方は全身麻痺で四年間入院し、株で全財産を失い釜ヶ崎に身を潜めるという惨めな日々が続く。

ようやく釜ヶ崎を出てキャバレーの宣伝部に勤めた頃、今東光さんが『お吟さま』で直木賞（第36回・昭和31年下期）を受賞され大変喜ばれたということを大阪の新聞などで知りました。今東光さんが菊池寛、川端康成さんの仲間だったことは知っていたから、今更のように直木賞は大変な賞なんだなと痛感しましたね。今さんの前が確か南條範夫さんの『燈台鬼』。「オール讀物」の新人賞から一挙に直木賞でしょ。南條さんのも読んどったし、凄い人やと思ってたから、これはもうぼくは直木賞には縁ないなと諦めていました。だけど実生活は惨めだし、売れない小説を書く度に直木賞でも取れたらなあ、という溜息に似た気持は率直にいってありましたよ。

最初に候補になった時、受賞できるなんて夢にも思わなかった。ところが選評を読むと、最後まで争って、受賞かどうかというすれすれまでいった、とある。それを読んだとたんまさに逆上という感じで、それ以来どうしても欲しくなった。ただ二回目には同じ「近代説話」の同人の寺内大吉氏も候補に入っていたので、実に複雑な気持だったな

選ばれる側の気持が痛いほどわかりますすね。選ぶ側の責任をあらためて痛感しています。

いつきひろゆき◉一九三二年福岡生まれ。六六年「さらば、モスクワ愚連隊」でデビュー、六七年「蒼ざめた馬を見よ」で直木賞。七八年〜二〇〇九年選考委員。

あ。幸い彼と一緒に二回目で受賞しましたがね。

藤沢　私は四回目でした。志が低いのかどうか、私の場合は当面の目標が「オール讀物新人賞」だったんです。新人賞をもらっていましたから、直木賞の候補に挙げられた時は、それだけで非常に光栄という感じでした。二回目までは、黒岩さんがおっしゃるような意欲はなかったですね。三回目の時はちょっと欲が出てきまして、落ちた時はがっかりした。

四回目の『暗殺の年輪』は短篇ですし、自分ではあんまり自信がなかったんです。それで、担当の編集者に「今回はダメだと思うから候補にするのをやめてもらえないか」と頼んだんです。えらく怒られましてね。折角のチャンスに何を言うんですか、というわけですよ。もっとも私としては、もっといい作品で候補にして欲しかったからなんです。つまり直木賞への欲が出てきたんですね。ところが思いがけず、それで受賞してしまった。第一回からそこまで二年ほどの間のことですから、四回といってもアッという間でした。しかし五回以上になったら、今度は焦りが出たかも知れません。

渡辺　ぼくの場合は、初め「新潮」同人雑誌賞をもらって、まず芥川賞候補になり、その後三回直木賞に挙げられました。最初に直木賞の候補になったときは、妙な感じを受けましたね。いわゆる純文学誌に載った作品が直木賞にまわりましたから、資質が直木賞向きなのかと少し戸惑いましたが、もらえるものならどちらでもいい、という気でいました。

当時(昭和45年)、すでに芥川賞、直木賞は社会的にも話題になっていて、受賞すると作家として一応認知されるとともに非常に仕事がやりやすくなるものですから。この国は実に肩書社会なんですが、取材先でも「直木賞作家のだれそれ」というと、スムーズにことが運ぶところがある。直木賞の肩書がないと、これまでに発表した小説の題名を言っても、なかなかわかってもらえないところがあって、他人への紹介も簡単。その辺でありがたい賞でした。

ただ当時は札幌に住んでいたので、候補になる度にインタビューを受け、顔写真や受賞後の抱負などをきかれた挙句落ちるということが続いて、閉口しました。

そのあと上京して、有馬頼義さんが主宰されていた「石の会」のメンバーになってたんですが、月一回の集まりの席へ行くと、おれはどうしても直木賞が欲しいんだと平気で言う人がいましてね、でも正直な感じで、妙な気取りよりも、「欲しい」という意欲をバネに書いていくんだなと、ぼくにとってはいい刺激になりました。

五木　藤沢さんが三回目くらいから欲が出てきたとおっしゃったんですが、私は二度目で受賞したものですから欲が出る前といいますか、なんとなくぼうっとしている間にもらったというのが実感です。ひとつは、それまで一応マスコミの仕事をしてきて、その世界の表裏をのぞいた上で、それを断念するような気持で金沢に引っ込んでいたものですから、再度ジャーナリズムに復帰すること自体にいささか躊躇するところがありまして、直木賞受賞後も金沢を出る気はありませんでした。

いま思い出すと、芥川、直木賞はもう世間ではずいぶん有名でしたが、それでも金沢のチャイナタウンというキャバレーの女の子に「こちらが今度植木賞をもらった人」といわれて苦笑したことがあります（笑）。金沢では伝統的に植木職人の地位が高いんですよ。それでとても尊敬されたことを思い出します（笑）。

最近切実に感ずるのは、何度も候補になられる作家たちの辛さや痛みも大変なものだろうけど、選考委員の席に連なる人間の辛さもまた相当なものだということですね。たまたま今月、「新潮45」で青山光二さんが何度も候補に挙げられながら受賞できなかった経緯をお書きになっていますが、選ばれる側の気持が痛いほどわかりますね。選ぶ側の責任をあらためて痛感しています。しかし、一方で、賞は作品次第だと考えて覚悟をきめながら選考会の席に臨んでいるわけです。

村上　ぼくは昭和十六年の受賞でしたからだれの作品が候補になっているのか、新聞にも載らないし、選考日がいつなのかも全然わからなかった。選考の当日は、家中で映画見に出かけていて、帰ってきたら近所の人に、文藝春秋の社員が訪ねて来ましたよと教えられたぐらいで、まだ電話も引いてなかった。
新聞に受賞者の名前と略歴が五行ほど出ただけで、扱いも小さいものでした。賞をもらいに文春へ行くと、賞金と懐中時計を渡されただけ。授賞式もなかったんです。あとで長谷川伸先生の音頭《おんど》取りで、お祝いの会をやってもらった。小説の方の注文はぼちぼち来ていましたから別にどうということもなかった。今から思えば隔世の感が深いねえ。

陳　私は最初江戸川乱歩賞をいただいたんです。その作品がそのまま直木賞の候補になった。その頃はそういうパターンがあったようで、乱歩賞の作品が直木賞候補になってみんな落ちてる（笑）。だから半分はダメだと思って期待しなかった。二回目もあまり記憶がないんです。

乱歩賞はかなり重い賞ですし、小説の注文もある。ただどうしても推理小説の注文ばかりになるんです。当時『阿片戦争』を講談社で書き下していましたが、これは例外的に理解があってのことだと思います。ほかのところでは推理小説以外の注文はめったにありません。その意味で直木賞は自分を縛っている縄をといてくれるような感じがしていました。それまではやはりミステリー作家だと思われがちなんですね。直木賞は私に

受賞して嬉しかったんですが、寿司屋の職人に「旦那大穴取ったんだって」と言われましてね。

やまぐちひとみ◉一九二六年東京生まれ。六三年「江分利満氏の優雅な生活」で直木賞。八〇年～九五年選考委員。『男性自身』『血族』など。

とっては、新しいジャンルへの進出が許される許可証のようにみえましたね。だから三回目の候補になった時はかなり意識しました。われながらソワソワしまして、選考当日の朝、黒岩さんから電話があって、「もう取れたと同じだから、先にお祝いを言っておく。おれはこれから東京へ行くから」と言うんで、これで取れなかったらかなわんな（笑）、とかなり悩みましたよ。

井上　ぼくは一回目で受賞したんですが、担当編集者から、「今回はご祝儀です。絶対に取れません」とくどいほどいわれていましたから、それもそうだ、もらえるわけがないと思って、そりゃもう安心していました（笑）。それに、テレビや芝居で毎日忙しくしていましたから、選考日当日も夕方までＮＨＫの台本コーナーというところにもぐって仕事をしていたぐらいです。いま思うと担当者は偉かった。そういってこっちの精神的不安を取り除いていてくれたのですね。さらに彼は「二回目、三回目で決めてしまいましょう」といい、彼に第二作、第三作のプロットを立てさせられていました。ですから受賞と聞いたときは正直いって意外でした。そのとき担当者が「とれそうだという下馬評は高かったけど、あえて言わなかったのです。ここで安心しないで、二作目、三作目が勝負のつもりでがんばりましょう」といいましてね、その言葉がいまでも忘れられません。

受賞後、日一日とありがたさというか、安心感といいますか、直木賞をいただけたことが貴重に思えてきました。というのは受賞作（『手鎖心中』第67回・昭和47年上期）を書いていた一年ぐらいの間、台本の仕事を片づけてからひと眠りしまして、明け方起きては少しずつ書いていていたんです。その間の辛さといったら、「寝たい」という辛さだったんですが、それが報われ、しかも小説に専念できるという安心感を得たからなんです。

編集者の好リードでぼくは一回目で取れたんですが、五回も六回も候補になっている方には、尊敬を抱いてしまいますね。ただ、選考の際には、その気持が甘さにならないように自戒しながら読まさせていただいております。

五木さんがおっしゃったように、最後は作品そのものがその作者の運命を切り開いていくと考えますし、作品に力があれば客観的な評価は自然にできてきます。ぼくらは作品に寄り添いながら一生懸命読んで、その助走を助けてあげるのが仕事だと思っています。

山口　私の場合は皆さんとずいぶん違うケースなんです。婦人雑誌の読物欄に書いたものが、今でもあれ（『江分利満氏の優雅な生活』第48回・昭和37年下期）が小説かどうか判らないんですが、候補になったというんでびっくりしたんです。

当時、サントリーの宣伝部で課長補佐をしていまして、かなり派手な部署のうえに、会社が日の出の勢いでしたから作家になるつもりは全くなかったんです。それでも、候補になれば、一日消防署長とか一日駅長なんて役が来るかも知れないと（笑）、面白いような嬉しいような感じでした。ところが、選考の日が迫ってくると、不安感に襲われました。つまり私は変なものを書いたんで、果して選考委員が読んでくれるかどうかという不安なんですね。選考委員になって、そんなことは杞憂《きゆう》に過ぎないとわかりましたが、その時は、読んでくだされば多少の評価はしてくださるんじゃないかという自負みたいなものが生じてきて、さらに、「あるいは」と考えると、少しばかり精神状態がおかしくなっていたような気がします。

結局、受賞して大変嬉しかったんですが、私は作家としてのキャリアがなかったせいか、宝クジに当ったような嬉しさでしたね。寿司屋の職人に「旦那大穴取ったんだってね」と言われましてね。競馬の皐月賞とか菊花賞と間違えているんです。

それから受賞第一作を書け、ということになりまして、当然ながら書きだめ《ストック》がないものですから、生意気にもホテルに籠《こも》ったんです。五十七枚だったかな、書いたんですが、その原稿料が一枚千円なんです。当時、一割五分の源泉が引かれたと思うんですが、手取りは五万円足らず。ホテルの勘定を払うと何も残らないんです。これはえらい世界に入ってしまったと思いました（笑）。女房なんかいまだに、サントリーの社員で社宅に住んでたあの頃が一番楽しかったというんで、ぼくはもう立場がないんです（笑）。

ぼくは、一枚千円はちょっとひどいじゃないかって、当時の「オール讀物」編集長に抗議したら、大家のだれそれさんの原稿料は千五百円だと言われてガツンときました。

五木　おかしいな、ぼくは八百円だったと思うけど（笑）。

山口　多少色をつけてくれたのかな？
五木　社会的地位の違いで……。
山口　課長補佐と――。
五木　地方在住者（笑）。
山口　そんなわけで、いまだにえらい世界に入ってしまったという感じが続いている。このごろ、結婚式に呼ばれると、出席者名簿に「直木賞選考委員」という肩書がつくんです。しかし、これをとったらおれは何だろうと（笑）。ですから直木賞のお蔭を非常にこうむっております（笑）。
村上　平岩くんは最年少で受賞した記録を持っているんだよね。未だに破られていないんじゃない？
平岩　はい。
村上　いくつで受賞したの？

選考する立場に立って思うことは、
プロとして
気概を持った人に取ってもらいたい。

わたなべじゅんいち◉一九三三年北海道生まれ。七〇年「光と影」で直木賞。八四年～二〇一三年選考委員。『化身』『失楽園』『愛の流刑地』など。

平岩　二十七でした。本当に棚からぼた餅というか、口も開けていなかったのに、ぼた餅を押し込まれたという感じでした。

その頃は、今のようではありませんが一応、候補になると新聞にも出ました。でも、先輩から「よかった。しかし受賞は無理だ」と言われまして、当人は候補になったことで大喜びしていまして、友人からお祝いをいただいたんです。それですっかり嬉しくなり、それっきり忘れていたんです。

実は選考の日も知らなくて、その日は踊りのお稽古に行っておりました。お稽古の最中に電話が掛かりまして、文春の方が記者会見があるからと迎えにいらしたんですが、私は浴衣姿で汗まみれ、そのまま行くわけにもいかないので洋服に着替えたんですが、あいにくマンガの模様のワンピースなんです（笑）。それでお師匠さんの奥様の着物を拝借して出かけたんです。あとで先輩に叱られました。心掛けが悪いって。でも、先輩にダメだと言われたんですからねえ（笑）。

記者会見の席では、完全に逆上していて失語症状態になっていました。付き添ってくれた踊りの親友が、記者の質問に全部答えてくれたんです。ところが、彼女の方がずっと作家らしいタイプなんで、カメラマンは彼女の写真を撮るんです。私は後ろの方でボンヤリ座ってたものですから……。

早くいただければいいってもんじゃない、というのが私の本音なんです。受賞してか

芥川・直木賞制定
貳千円を新人に提供す！

芥川・直木賞細目

芥川龍之介、直木三十五の二巨星の名を以てする我社今回の企ては、擧げて優秀なる新人の出現と、その活躍を待望助長するにある。

年と共に擡頭の機會の失はれ行く今日、新人群の爲に此恒久的な企業が何物かを寄與する處があるならば、我等の欣懐之に過ぎたるものはないのである。

右の主旨を一層強め、無名新人の蹶起を從慂する意味で、「芥川・直木賞規定」に就て詳說する。

各地同人雜誌に所屬する作家達の力倆に大いに期待すると同時に、別項發表の規定を設けて特に一般無名作家の登場を切望する。之は「直木賞」の場合も同樣募集規定を發表したから參照されたい。「芥川賞規定」第一項中に「創作」とあるのは戯曲をも含む。又「直木賞規定」第一項中に「大衆文藝」とあるのは題材の時代や性質（現代小說・ユーモア小說等）その他に、何等制限なき意味である。第一回の受賞者が、他誌から選ばれても、勿論結構であるが、何か殘念な氣がしないでもない。本誌及び「オール讀物」誌上に發表した無名新人の作品に素晴しいものがあつて、之が受賞の榮冠を獲得する事にでもなれば一層愉快な事だと思ふ。奮鬪されたい。

尙受賞者が規定第五項に依つて、「文藝春秋」「オール讀物」に改めて作品を發表する場合は、別に相當の稿料を呈する。

本計畫に對するお問合せは一切謝絕します。

賞制定時（昭和10年）の主催者側の告知

らの十年というのは、本当に地獄のような辛さでしたから。
何回も候補になっては落ちるのも苦痛だと思います。その経験のない者が言ってはいけないのでしょうが、後になるか、先になるか、どっちにしても同じだな、と甘いかもしれませんが、そう思いますね。

田辺　私の場合は芥川賞を、それも初候補ですぐ頂いたので、ずいぶんラッキーだったと思います。純文学風なものを書いたのは、初期、ほんの三、四篇で、ちょうど昭和三十九年というのは小説雑誌の興隆期だったために、編集者のおすすめでそちらのほうへ移った。水に合ったのかして、無我夢中のうちにも楽しく仕事をしたような気がします。でも本当に苦しんだのは、受賞後三、四年からでしたね。その頃になると手持ちの材料や書きためた習作が底をつきますから。それ以来、ずーっと苦痛の連続ですよ。受賞後十年くらいで、やっといろんな欲が出て来ました。プロになりたいな、と思ったんです。いまでもプロになりきっていないと思いますが。

無名もしくは新進作家の意味

黒岩　最近の直木賞はぼくの時よりもはるかに華やかな脚光を浴びる。そこに直木賞にとって大事な問題が生じてくる。これは、自戒もこめて、自分の「受賞の言葉」に書いたんですが、直木賞というのは、あくまでそれ行け、と肩を叩かれた暖かい励ましであると。直木賞取ったらそれでしまい、みたいに思ってる人がいてる、これは大間違いやと思うんです。新人だろうと何回も候補になっていようと、受賞したら、その脚光を死ぬまで消さないように頑張らなければいけない。直木賞というものは、確かに公認的な免許状です。けれども公認じゃなく公認的だから、いつ期限が切れるのかわからない免許状なんですよ。他流試合に負け続けたらそれで終りなんだな。

言い方を変えると、直木賞は出発点なんです。新人であろうとベテランであろうと、いい作品は受賞します。しかし、あくまでスタートラインであって、ゴールではない。最近はそれを最終点と勘違いしているのではないかと受け取れる受賞者がいるようです。大変寂しい気になりますね。

五木　直木賞がプロのライセンスであるということに関してはおっしゃる通りだと思いますね。

「芥川賞・直木賞宣言」という賞制定時の主催者側の告知を見ますと、そこでくり返し菊池寛が言っているのは「無名若しくは無名に近き新進作家」ということですから、その一点は大事にしていきたいな、と思います。

ただ、「賞」というものは形を決めて中味が決まってくるものではなく、受賞者によって賞の性格はどんどん変わるものなんです。さらに、時代の影響を受け、時代と共に変化していくものでしょう。最初の意図がこういうものだとはっきりわかっていれば、その字義に捉われることはないと思いますね。

渡辺　受賞する年齢でいえば、ぼくは三十六歳でもらったけれども、非常に頃よい時期だったと思ってます。直木賞は三十半ばを良しとする（笑）。

醒めた中年の読者にも広く読んでもらうには、大学出たてじゃ難しいと思います。人生経験というか世の中の仕組や人間がわかってこないと、大人の読者を引きこむことはできないですね。

勿論、個人差はありますが、直木賞受賞後も書き続けていくだけのエネルギーとか、それを支える内面的な埋蔵量みたいなものを考えると、三十半ばが頃合いで、その点では幸運でした。

いま選考する立場に立って思うことは、まずプロとしてやっていくだけの気概を持った人に取ってもらいたいと思います。別のジャンルの人で、気のきいたのを一本書いて、取ったらもうやめた、では困る。この「宣言」が出た当時と今では事情が違うし、いわゆる文壇も格段に裾野が広くなっている。しかも誰でも容易に本が出せる状況がある。純粋な意味での新人や無名の人を求めるのは無理ですよ。ですから、せめて小説を真摯に書いていく人を選びたい。芥川賞は作品主義かもしれないが、直木賞はあくまでこれからも書いていける、持続する力をもった人にとっていただきたいと思いますね。

井上　ぼくらが考えてる「小説」の周辺で、小説みたいなもの――つまりそれまでの直木賞の枠ではカバーしきれないような作品が少しずつ出てきていると思うんです。その辺を我々がどう捉えていくか、ひょっとしたら大きな取りこぼしをしているかもしれない。

たとえば、ぼくの頃は戯曲も候補になりうると聞いていた。ぼくはそのどちらも書いています。小説と戯曲に甲乙をつけてはいないんです。いずれも物語性を含んでいますし、それほど差異を認めていないんです。また、ぼくの個人的な考えでは、小説より戯曲の方がよほどむずかしい。そこでよけい戯曲に味方したくなるところがある。ただし、題材が自然にジャンルを選ぶということはあると思いますが。でも、ぼくの関心からいうと戯曲で直木賞——非常にむずかしいでしょうが、そんな作家が出てきたらいいだろうと思うんです。またとてつもなくおもしろくて立派な詩が受賞作になってもいいじゃないか。当然、ＳＦ小説や冒険小説も受賞していい。門戸を広く開いて、文学、小説を広く捉える気持をどこかに持っていようと自戒しています。

戯曲でもシナリオでも、本当にいいもの、納得できるものなら、ゾーンを広げてもいい。

ちんしゅんしん◉一九二四年兵庫生まれ。六一年「枯草の根」で江戸川乱歩賞。六九年「青玉獅子香炉」で直木賞。八五年〜九三年選考委員。『諸葛孔明』など。

山口　倉本聰さんもあらゆる文学賞にシナリオを入れるべきだという意見ですね。ぼくは、基本的に直木賞は通行手形だという意見に賛成なんですが、あまりそれを強調しますと、直木賞をとらずに活躍している既成作家に失礼ではないかという気がしまして、言いづらいんですね。で、直木賞をとった後、注文原稿がワッと来るんですが、最低限、それに耐えられるかどうかをぼくなりの審査基準にしているんです。ということは、どうしても文章ということになる。文章さえしっかりしていれば、原子力問題でもハイテクでも書ける筈なんです。それをクリアしている上で、やはり三十代半ばの受賞というのがいいんじゃないかと思う。若い時期にもらえると、イヤな言葉ですが、妙にひねくれたりしないんじゃないか……受賞することでさらによくなるんじゃないか、と考えるんです。阿部牧郎さんの場合は、大変な流行作家ではありますが、自分の本当に書きたいと思っている作品をまだ少ししか書いていない。その意味でぼくには新進作家という印象が強いんです。

黒岩　阿部さんは、これまでに非常にバネを圧縮されている。それが、受賞をきっかけに爆発すると思いますよ。すっかりふっ切れて、もっと大きなテーマで書くと言うとるね。

山口　ポルノはもう書かないとか……余計なことだけど、ポルノだっていいと思うんです。いいポルノだってある筈でね、いまだに巡り合えないけれども。

五木　その考え方、ぼくも賛成だなあ。

藤沢　阿部さんのは別に卑しいところはないですね。オフィス・ラブ物なんか、私はとてもおもしろく読んだ。

山口　ええ。それに、たとえば川端康成さんは川上宗薫さんの大変なファンだった。ポルノだっていいものはいい。

五木　画壇で「売り絵」とかいう言葉がありますね。ぼくはああいう発想が嫌いです。それに売ることがいけないとも思わない。この作家はこれまでは売り絵的な仕事ばかりやってきたけれど、受賞したら本当に真摯な作品を書きそうだから、というような選び方は私は全然していません。その作品がよければ、それでいいんですよ。

村上　作品か人か、ということだけど、人というのはむずかしいんでね。その人の経歴をすべて承知して選ぶなんてなかなか出来ないことですよ。毎回、その話が出るけれども、前回の候補作の方が良かったとか、この作品が前回にあれば受賞していたとか、そんなこと言ってもキリがないんだな。その作家には気の毒だけど、運、不運はどうしてもつきまとうんですよ。

藤沢　人を見極めて賞を出すというのはむずかしいと思う。我々は、候補作に即して、いいじゃないかとか、あるいは今後もっと書ける人だとかを判断することしかできないと思いますね。

井上　人を見られたら、ぼくは受賞できなかったですよ、あいつは遅筆だから賞をやるのはよした方がいいということになっていた（笑）。ただ冗談半分にいいますと、あの国民的辞典「広辞苑」では「直木三十五の大衆文学における先駆的功績を記念するために設けた賞。毎年春秋二期、新進もしくは中堅の作家中から選んで授与」となっています。世間は作家《ひと》に与えられるものとみているかもしれません。

藤沢　受賞した時点でプロ作家になったんだという気概ね、これが一番大事ですね。最近、どうも直木賞は到達点で、これでいいやとばかりほかの仕事をやったりするのが多いような気がする。そういうことだと、長い間には小説そのものが衰微していくことにもなりかねない。マスコミ攻勢とか、周囲の誘惑がわれわれが受賞したころとは比較にならないほどはげしいということはありますし、一概には言えないことですけれども。ただせっかく才能を認められて受賞するのですから、やはり小説のプロとして力を発揮してもらいたいですね。

井上　でも、そういう方々も含めて直木賞の歴史があるわけで、その時その作品で選考して、それから先はその作家の人生ですから、ぼくらにはどうにもできないことだと思います。

藤沢　もちろんそうです。しかし希望だけは言っておきたい。

田辺　私は作品がよければよいと思います。初めて候補になって、初めて受賞するということもある。ただ七回も八回も候補になったというのは、私個人としてはもう大いに感動してしまう。底知れぬ実力のある作家だという気がする。なかなかこうコンスタントに力作を書けるものではありません。候補何回以上というのは優先して考えたほうがいいんじゃないかという気がします。

渡辺　候補作の内容もあって、つまらないものでは困るけど、ある程度いいものが何回か続けば、やはり評価しないわけにいきませんね。

陳　「宣言」の解釈に戻りますが、色々な解釈があると思うんです。「無名若しくは無名に近き」といいながら、直木賞の第一回受賞者は川口松太郎ですよ。当時、もうかなり知られていた人なんです（笑）。菊池寛が、この人は素行があまりよろしくないけれどもと言ってるんですから（笑）。そのあたりの雰囲気はいまに至るも残っているんじゃないですか？

それから対象となる作品の範囲ですが、正直なところ選考委員としては、狭いほうが

早くいただければいいってもんじゃない。
受賞して十年は
地獄のような辛さでしたから。

ひらいわゆみえ◉一九三二年東京生まれ。五九年「鏨師」で直木賞。八七年～二〇〇九年選考委員。『御宿かわせみ』『はやぶさ新八御用帳』など。

やりやすい。しかし、戯曲でもシナリオでも、本当にいいもの、納得できるものならいいというところまでストライクゾーンを広げてもいいと思いますね。むかしの小説雑誌には、長谷川伸や真山青果の戯曲がのっていましたね。レーゼドラマ（読むための戯曲）などは小説の一形式とみて、どんどん候補にあげてほしいですね。

五木 私も賛成です。ストライクゾーンは広いほうがいいと思いますけど。

村上 最近、また広くなってきているんじゃないですか？

陳 例えば法廷小説でいいものがあって推すつもりになっても、細かい法律問題が正確かどうか、という判断になると我々にも自信がない……。対象があまりに拡散してもいささかもてあますことになる。

しかし、こんなことを言うのは、委員として横着なわけで、私も友人の弁護士に確かめたりします。ほかに核問題とか、科学的な知識が要求されるのがテーマだと、正直いってしんどいですね。

平岩 たしかに、自分の苦手な分野だとあわてることがないわけじゃありません。でもそれは小説の背景のことであって、小説そのものではないと思うんです。小説はやっぱり人間を書くものですから。

五木 さきほどから話題になっていることで、「人」と言いますが、ここで話題になっている「人」とは、作品を通じて伝わってくる人のことです。繰り返し候補になる方ならば、それが可能ですよね。その作家あるいはその人のエネルギーのあり方がおのずとにじみ出てきますから、その作家と一度も面識がなくとも作品を見ているだけで「人」は伝わってくると思うんです。

井上 しかし、第一回目の候補にあげられる時はどうなのか？　作家なのか作品なのか？　たぶん作品でしょうが。

藤沢 私の場合は連続して四回候補になったので、受賞作に前作の評価が加味されているなという感じがありましたね。そういうことからいうと、何回も候補になる人は一応の力があると認識されるわけで、このへんは人に対する認定だと言っていいのではないか……。

井上 それは感じますね。

藤沢 しかし、実際に目の前に作品がありますと、前作が良くても今回が悪かったらなかなか推せませんね、やっぱり。だから、あまり人にこだわることはすべきではないと思います。ただ、前作に比べて今回はという言い方はその人にとって非常にきついんじゃないか、と思うんです。

村上 でも、選ぶほうからいうと、そこまでわがままさせてもらわないと、選び切れないね。

井上 その作品のテーマは何だとか会話はどうだとか、文章は如何とか細かく読み込んでおいて選考会に臨みますね、ところが何にも話さないうちからある浄化作用が起きてくるんです。これは妥協とか話を合わせるとかいうんじゃないんです。選考会に出た瞬間に客観的な評価が自分の心のうちにさっとできてくるんです。

つまり、「おれはこれが受賞作だと思う」と思い込んで出るんですが、選考会で皆さんの何とはなしのたたずまいの中で、自然に結論が見えてくるところがある。とても不思議なんですが、これはいいことだと思うんですね。要するに作品の前では非常に公平なんですよ。

藤沢　ええ、公平ですね。

井上　スーッと頭が澄んでいく。作品群の前でとても謙虚になっている自分に気づきます。

渡辺　誰が誰を推したということは、いつまでも記録に残るわけですから、いい加減なことはできるわけもありません。

藤沢　阿部さんや白石さんが、七回目、八回目ということは多少頭にありますが、目の前の作品がそれに値しなければダメですよ。

井上　それと編集者の愛情を感じるときがありますね、その作家に対しての（笑）。きっとこの人は一所懸命、コトバの力を信じているし、締め切りを守るし、編集者が伸びる人だと思ってるなと感じることがありますね。

五木　原稿は早いほうがいいわけ？

井上　いや、ぼくが遅いものですから言ってみただけですが……（笑）。

平岩　でも、前作がよくて今回が悪いとしたら、それはコンスタントに書けていないということですから、やはり落ちても仕方ないのかも知れませんが、そうした立場に立たれた方が「前のほうがよかったと言われたって、そんなこと今さら」とだいぶ立腹されたことがあります。その時は本当に同情しました。

山口　連続的に候補になること自体を、ぼくは評価しますね。下読みの網の目をくぐり抜けて毎回出てくるというのは、ちょっとぼくにはできないなあ。

渡辺　だから、前回より多少落ちても、数多く候補になること自体は無駄ではないと思いますね。

山口　大変なことですよ、とにかく候補にあがってくるということは……。

藤沢　前回のほうがよかったという言い方ですが、やっぱり運というものがあるんです

芝居のほうの若い作家の方が、小説家よりもっといろいろ考えているかもしれない。

いのうえひさし◉一九三四年山形生まれ。七二年「手鎖心中」で直木賞。八二年〜二〇〇九年選考委員。『ひょっこりひょうたん島』『吉里吉里人』など。

よね。相当にいいものを書いても、それよりもっといい作品が並んでいれば受賞に至らない。そういう意味での「前のほうがよかった」というのがあるんです。ここは、候補者も諦めなければいけないところですね。

長篇と短篇

村上 ぼくの受賞作（『上総風土記』第12回・昭和15年下期）は五十枚なんですが、最近、長いものが増えてきて読んだ挙句、最後にきてがっかりさせられると、情なくなることがある。これはもう、なんで選考委員やってるんだろうなんて考えこんじゃう（笑）。

平岩 私も五十枚（『鏨師』第41回・昭和34年上期）でした。

藤沢 長篇でも短篇でも構わないんですが、選考する立場からすると、長さの限度はあってもいいように思いますね。

陳 長篇と短篇は別のものだと考えたらいいんですよ。短篇小説としてすぐれていると。ただそうなると、二つの別のものを、どうして直木賞という一つの賞の対象とするのかという矛盾が出ますね。推理作家協会賞はもう十年ほど前から、長篇、短篇、評論その他の三部門に分けています。三部門とも受賞者がある年はめずらしいのですが……。

五木 私も長・短にはこだわりません。短篇小説の冴えを見せる作品もあり、長篇としてのしっかりした構成力を買う作品もありで……評価の視点を柔軟にしなけりゃいけないから、読むほうは大変ですけれど。

藤沢　むしろ両方あったほうがいい。

渡辺　ぼくも全然構わない。だって、短篇がひどくまずくて、長篇がうまく書けるわけないし、長篇はうまいが短篇はやたら下手ということもないでしょう。その辺は文章を見ればわかることで。

山口　希望を言えば、中篇が望ましい。そのほうが読み込みがよくできるんです。

陳　繰り返し読むことも割に楽ですしね。

山口　それと技術というか作者のテクニックを捉えやすい。例えば水上勉さんの『雁の寺』（第45回・昭和36年上期）はとても都合のいい作品なんです。文学性は勿論、娯楽性もあり、推理ものであって作者の思いいれもあり、と大変具合がいいんです。長さも長からず短からず……こんなこと言うと怒られるかな（笑）。

井上　我々読者は、ある作家がコトバでつくりあげた宇宙へ連れていかれるわけで、長いのも短いのもかかわりありませんね。それに、長くてもいいものならあっという間に読んでしまう。

山口　新聞小説をまとめたものはやや困るという感じがあるんです。あれは一回が三枚か三枚半で、その日のヤマをつくって書くものですから、それを単行本で読むのは作者に気の毒だと思う。毎日毎日、明日はどうなるかと読ませるのが作者の技ですからねえ。

田辺　しかし新聞小説といっても最近はどうでしょう。そんなに山場を考えて書いてる人は少ないんじゃないかな。わりあい恣意的に書いてる作家が多いですね。私は長さにはこだわらないです。ただ退屈な作品で長いのは辛いな。面白ければ長いと感じないでしょうね。

直木賞の対象

五木　井上さんの発言にもありましたように、作品は作者の構築したひとつの宇宙だとすると、極端な言い方になりますが、私は人間の書いたものはすべて小説といえるんではないかと思ってるんです。ですから、純粋なドキュメントとか、純粋なノンフィクションとかいうものもないという立場でやってきました。

一つの事件に対する見方にしても、ノンフィクション的な手法で表現した場合に、ノンフィクション的な文体とかニュージャーナリズム的とか評されるだけで、既にそこには小説の世界でいう表現というものが働いているわけです。人間が取材し、取捨選択をし、構成をして文章表現を練っていくという作業はすべて小説だと考える。

ですから、ぼくはノンフィクションといわれる作品が直木賞の候補にあがってくることに、まったく抵抗がないんですがいかがですか。

渡辺　しかし作者が記録を超えて主人公を造形するというか、少なくともフィクションの匂いがないと小説としては食い足りないのではないでしょうか。読んだ資料をひたすら真面目に並べただけでは、作者の匂いがしてこない。その辺は勘でわかるんですが、作者が心をこめて造形をしているんだというところがあって欲しいね。

それがないなら、歴史家がいい資料を並べただけでも、小説ということになる。作者の造形力というか、その匂いがないとつまらんと思うんですが……。

山口　具体的に言いますと、本田靖春さんの『誘拐』とか沢木耕太郎さんの『バーボン・ストリート』が仮りに候補になれば、ぼくはかなり強く推すだろうという気持がありますね。やっぱり読んで面白いことが大事だと思うんです。

五木　かつて学生時代に、従来の小説らしい文体から離れて、いかにも事実を再現しただけという文体に終始できるかどうか、腐心した時期がありました。面白過ぎる歴史家の記述というのは、どうも胡散《うさん》臭い感じがする。面白いということは、そこに面白くしようという意志というか、人間の生き方が現れていると思うんです。勿論、文章力の問

ノンフィクションにはノンフィクションの、
小説には小説の面白さがあると思う。

ふじさわしゅうへい◉一九二七年山形生まれ。七一年「溟い海」でデビュー。七三年「暗殺の年輪」で直木賞。八五年〜九五年選考委員。『蟬しぐれ』など。

題が絡んできますけれども。

そんなことを言うと、ノンフィクション畑の人から「冗談じゃねえや、直木賞なんて相手にできるか」と言われるかも知れません。でもノンフィクションの分野で豊饒なものがあれば、積極的に直木賞の中に迎え入れていくこともいいんじゃないかと思います。

村上 そういう作品があればね。

陳 文学的感動があるかどうかですね。

井上 読み手としてまず自分がいて、作品を読んで、同じ人間なんだという部分に強く訴えて来るものがあれば、ノンフィクションもフィクションもないと思いますね。

素朴なところで、自分の人間としての共通項のところにがしっとくるやつだったら、ノンフィクションに限らず、シナリオでも何でもそれは立派な仕事だ。歴史ものでも現代ものでもなんでもいい、そこに「発見」というものがあれば……それがないのは言うまでもなくダメです。

ただ一方では、直木賞は小説を守っていたほうがいいのかなって気がするときもあります。孤閨を守るといいますか。純粋主義と雑種主義とどこまでバランスをとれるか。

五木 例えばいろんな新しい書き手の小説を何冊も読みまして、それこそあまり感動がない時に、『ジョン・ウェインはなぜ死んだか』(広瀬隆著)などという本を読みますと、ガツーンと来るんです。作家として、やられた、という感じがするんですね。

井上　そうですね。『危険な話』（広瀬隆著）を読むとその舌耕芸《ぜっこうげい》の部分はよく出来た小説のようにすごみがある。

五木　大宅壮一賞というのがありますが、大宅賞に直木賞の候補になるような作品が入ってくることはあり得ない。でも直木賞のほうに大宅賞の候補になる作品が入ってきてもまったく構わないという気持なんですがね。

もっと言いますと、いま小説の世界がいささか貧血状態にあるといわれる遠因は、新しいジャンル、映画とか芝居とか批評とかノンフィクションといったものを雑食性動物のように大胆にとり込んでこなかったからではないかという気がするんです。そういう貪欲な姿勢があったほうが、様々なタイプの作家も伸び伸びやっていけるんじゃないかと思うんですが。

黒岩　しかし、それは各個人がもっているアンテナの問題ですよ。小説家のアンテナはやはりフィクションの良否に敏感に反応する。だからぼくは小説が好きだし、小説を書く。

藤沢　私はノンフィクションと小説は違うと考えているんです。面白いから一緒にしてもいいとは思えない。ノンフィクションにはノンフィクションの、小説には小説の面白さがあると思うんです。

小説はフィクションですね。虚構を重視する、あるいは虚構とかかわりがある。その辺で成り立っているものだと思うんです。一篇の作品のなかに小説的な醱酵があるといいますか、何かがあるのが小説であって、ノンフィクションではむしろそういうものを必要としないところに本領があるのではないか、という気がします。これを一緒に扱っていいのかどうか。

こういう議論になると、私はどうしても山口さんの『江分利満氏の優雅な生活』という特色のある直木賞受賞作を思い出すわけですが、小説とは違うでしょうけれども、ここには紛れもない文学性がある。選考委員は一読してすぐにそれを認めただろうと思います。

そう言うと、じゃ、ノンフィクションは文学じゃないのかと言われると、沢木耕太郎さんの『敗れざる者たち』のような作品があり、また記録文学という言葉もあって困るんですけれども、ノンフィクションの目ざすところは文学性といったものではなくて、もっとべつのもの、ひと口に言うと事実そのものなんじゃないでしょうか。セイモア・M・ハーシュの『目標は撃墜された』を読んで興奮するのは、そこに事実だけが持つ衝撃力があるからですね。

ひょっとしたら私の無知から来る観測かも知れませんけど、私はむしろ文学性を排除したところに、この分野の傑作が生まれるように見ているのです。

それからもうひとつ、ノンフィクションと言う場合、私は『敗れざる者たち』から立花隆さんの『宇宙からの帰還』まで考えているわけです。もちろんその間に、本田靖春さん、柳田邦男さん、広瀬隆さんといった人々の仕事も入って来ますよ。で、正直に言いますと『敗れざる者たち』が直木賞の候補作として入って来ても私はべつにおどろかない。しかしかりに『宇宙からの帰還』が入って来たら違和感を持つでしょうね。これはもう、なまなかの文学性などというものを超越して、独立して輝いているわけで、小説とのジャンルの違いははっきりしています。候補にと言われたら、立花さん本人も当惑するのではないでしょうか。

それだけの相違があるものを直木賞というひとつのカッコで括っていいのかどうか、質の向上よりはむしろ賞の性格の拡散にならないだろうか。こうした議論をもっと煮つめないうちは、私はノンフィクションを直木賞に取りこむということでは慎重論を取りたいですね。

渡辺　ぼくはどちらかというと保守派なんです。やっぱり小説は小説なので、ノンフィクションをやたらに取り込むのは感心しません。それ以上に、シナリオは全然別の問題

選考会の雰囲気も公平というか、
委員が対等に
発言できる場になっているんです。

むらかみげんぞう◉一九一〇年朝鮮生まれ。三四年「利根の川霧」でデビュー。四一年「上総風土記」その他で直木賞。五四年〜八九年選考委員。

だと思います。これは舞台なり映像で完結するものですから。

確かに、小説の活性化という意味で、どんどん色んな分野の刺激を受けることはいいことです。そうしなければ、小説だけ小さな世界に埋もれて衰弱してしまう。現に、社会変化の凄まじさを小説がカバーしきれない面はあるんです。だからといって小説がそのところを幅広く、限りなく取り入れていくと、拡散する一方で、本来小説がもっている機能から良さまで喪《うしな》ってしまうのではないかという危惧があるんですね。

余りに明快なノンフィクション——例えば事件だけを書いた方が面白いことは沢山あるんです。北朝鮮の女性スパイにしたって映像やドキュメンタリーのほうがずっと面白い。こういった現象は今後さらにすすむはずです。だからこそ、小説は虚構という原点をはずしたくない。

井上　ひとつ例をあげますと、岸田戯曲賞を授与された『ゴジラ』という芝居があるんです。大橋泰彦という若い作家が書いたものですが、ゴジラが大島の女の子に恋をしまして、女の子がゴジラを家族に紹介するために家に呼ぶんです。ところが家族は大反対。ゴジラが親戚になるわけですから（笑）。一方ゴジラの方もモスラとかガメラとか大魔神とかが大反対して、こちらも親族会議をといった物語なんですが、ものすごく面白いんです。舞台ではなく文字で読んでいるだけで面白い。

小説として読んでもやっぱり面白い。虚構性や物語性ということでいえば、芝居のほうの若い作家の方が、小説家よりもっといろいろ考えているかもしれない、と思うときさえあるんです。

五木 藤沢さんや渡辺さんへの反論というわけではないんですが、ひとつ言えることは、現在、小説というものの概念が非常に曖昧になってきていると思うんです。逆に言いますと、そこに広瀬隆さんの仕事とか沢木耕太郎さんや本田靖春さんなどの作品が入ってくれば、そこに引きおこされる摩擦によっておのずと小説というものがはっきり出てくるんじゃないか、という気がするんです。

さらに極端なことを言えば、文字を通じて人の想像力をゆさぶる仕事が残れば、小説などという言葉は失《な》くなったってちっともかまわないとさえ思っているのです。

藤沢 本田さんの『誘拐』は素晴しいノンフィクションです。本当に面白い。どこが小説と違うんだと訊かれると困るんですが、やはり『誘拐』はノンフィクションの名作で小説じゃないと思います。私にはむしろ小説とのこの差を大事にしたいという気持があるんです。事実には小説をしのぐ感動とか、衝撃力とかいうものがある。非常に奥深いものだと思います。もちろん、ノンフィクションの方法を生かした『復讐するは我にあり』(佐木隆三著・第74回・昭和50年下期)のような作品が出てくれれば、それはそれでのぞむところですけれども、全部を文学的な方向に引きつけるのが、必ずしもいいことだとは思えません。

それからさっき申し上げたノンフィクションの幅の問題、文学寄りのものからそうでないものまでかなりのひらきがある。こうしたことはもっと議論してもいいのじゃないでしょうか。

平岩　私が選考会に初めて出席したのは第九十七回からですが、その時はびっくり仰天しました。というのは、白石一郎さんの『海狼伝』と山田詠美さんの作品（『ソウル・ミュージック・ラバーズ・オンリー』）は、まるでタイプが違う。西と東、北と南ほどにも違うものが両立して受賞したことが、私には大変なショックでした。つまり、全く作風の違う作品のことも考えなくてはいけないわけで、これはずいぶん大変なことだと……そういう驚きです。

でも、それは見方を変えれば、直木賞は分野が広いんだ、それこそストライクゾーンが広いんだと考えて納得しました。

田辺　私はノンフィクションを加えてもいいと思います。そして他候補の小説と比べてノンフィクションのほうが面白ければそれが受賞してもいいと思うんです。事実の面白さに虚構が負けた、というのであれば、それは小説がまずかったのだから仕方ない。

ノンフィクションといっても、事実の羅列ではないんですものね。作者が取捨選択した事実であって、それを綴ってゆく文章力も、作者の感性も人生観、価値観も問われる。ノンフィクションの面白さに小説が圧倒されたとしたら、それはしょうがないじゃありませんか。ノンフィクションの面白さに負けない虚構の深みと面白さを小説は持たなければいけない。自戒も含めて小説書きもぼやぼやしていられぬぞ、という気になります。けれど、シナリオや劇作は、これは別だと思うんです。文体、文章というものが大きい要素になるのと、セリフだけで綴る文学と同質に扱うのは、少しちがう、っていう気がします。小説を読むとき文体にこだわる私としては、ト書《がき》だけでは想像力を働かせられない。

ですから推理小説でも単なる謎ときや犯人さがしだけではない、文学的完成度の高いものなら直木賞の圏内で考えてもいいんじゃないかと思います。少なくとも、シナリオや戯曲よりは直木賞の考えるべき対象ではないかという気がする。

選考委員は現役作家でよいか

井上　小説も戯曲も「物語と言葉」というところでは通底し合っているんですが、それ

作家が選考すると、読者としての暖かさと、実作者の冷静さを併せ持つことができていい。

たなべせいこ◉一九二八年大阪生まれ。六四年「感傷旅行」で芥川賞。八七年〜二〇〇四年選考委員。『姥ざかり』『ひねくれ一茶』など。

はそれとして作家として読むか、読者として読むかでもまったく違ってくると思うんです。ぼくは読者として読んでいます。読者として面白ければ、感動すれば、という観点で読みますから、作品が小説ならいちばん結構だし、ノンフィクションであっても戯曲であっても、字で読めるものならかまわないと考えてるんですね。

村上　私だってそうだな。この人は作家としてやって行けるかどうか、その点に絞って選ぶ。

井上　つまり、「物語と言葉」の前では裸になる、ということです。よく候補になった方が、選考委員も現役の作家だから、アンパイヤにはなれないはずだ。ピッチャーがアンパイヤをしてボールだストライクだと判定するのはおかしい、ルール違反だ、とおっしゃるんですが、しかし自分のよく知っている作家の作品だからどうしても推そうなんて図っても絶対ダメですね。むしろ公平な審判にならざるを得ないんじゃないか。きわどいコースを、自分ならストライクにしようとか、そういう差は出てくるでしょうが、作品の前ではへりくだりますね。

陳　作家が選考するのはいいんじゃないかと思いますよ。読んでる時は読者ですが、選考するときは、現に書いている作家として選ぶ、それでいいと思うな。ただ選考委員は、もっと頻繁にいれかえたほうがよいのではないか。数年休んで、またなってもいいんだから。

村上　ぼくが選考委員になった時、他の選考委員は当然知っていると思って、選考会にでかけたんです。ところが、いきなり小島政二郎さんが文春の人に「きみ、これから新しく選考委員をこしらえる時は、みんなに相談してくれよ」。つまり了解なしだった。身も世もあらぬ思いでね、そのまま小さくなっていたんですが、二十分もしたらいつもの調子になれた。要するに選考会の雰囲気も公平というか、ひとりひとりの委員が対等に発言できる場になっているんですよ。

井上　ひとの作品を読むときは読者になってしまうし、いいのがあったら写しちゃうぐらいのつもりがありますね（笑）。

五木　だってまかり間違うと、次の号に受賞作と一緒に自分の小説も載っかったりするんだからなあ。こんなに恐ろしいことはないよ。

藤沢　あれは恐ろしいですよね（笑）。選考委員が現役作家であることは、私もあまり関係ないと思いますね。候補作を読むときは気持としては斎戒沐浴、出来るかぎり白紙の状態で読みますから。そういうときは、自分が作家だということを忘れていますね。

山口　ぼくは批評家に叩かれても何ともないんですが、小説家に「今度のはつまんないよ」と言われると、こたえるんですよ。

黒岩　作品に対して作家と評論家とどっちがより感動するかというとね、作家のほうが感動するよ。評論家にもいろいろなタイプがあって一概には言えないけど、やはり批評し論ずる人だからどうしても作品を分析しようとする。その点、作家は好《い》い山を見れば素直に感動するように作品に感動するんだな。自作を例に出して恐縮なんだけど、ぼくの直木賞受賞作を某有名評論家が新聞で批評したことがある。

小説の中で、孤独な婦長が自分の女の部分に白いガーゼを当て、自分が女であることを確かめようとガーゼを嗅ぐ描写があるんだが、その評論家はその部分を不必要でキタナイという風に批判した。婦長は愛人である科長からお前の身体は発育不全だ、と何時もいわれていたんだな。だから婦長の行為は彼女にとっては藁にでも縋りつきたい必死の思いなんだ。ぼくとしては、そういう描写によって婦長の性格を表わしたつもりなんです。あの作品の中では重要な描写ですよ。それがその評論家には全く分っていない。

作家としてデビューしたばかりだったから、あの評で評論家に対する不信感を一挙に抱いたなあ。まあ後で、人間臭い評論家の故大井広介さんから、あの男は堅物の大学教授で男女の関係なんて全く分っていない、気にするな、といわれた（笑）。

男女の関係は小説の永遠のテーマですよ。作品に対する好みや価値観は作家によって違うけど、作家はいま述べた評論家ほど眼は曇っていません。

田辺　私も井上さんのおっしゃるように、一読者として読んでいます。小説を読むのは元来好きなので。作家が選考すると、読者としての暖かさと、実作者としての冷静さを併せ持つことができていいんじゃないかしら。

村上　現在の選考委員には一人も批評家はいないね。
黒岩　ええ、これでいいんですよ。
山口　川端康成さんとか三島由紀夫さんは批評家としても非常に秀れていらした。それから新人発掘にもたいへん熱心でした。むしろ作家の側にそういう愛情があると思いますね。
井上　うまく褒めるのが批評家ですよね。作家にやる気を起こさせ、ひとつぐらいきちんと役に立つことを言う、それが批評家だと思うんですが、どうも……。
山口　そういう人、いないね。
井上　わが国にはそういう批評家が少ないですね。

時代考証の問題

陳　批評家という意味で、現代小説なら問題にならない「時代考証」が、時代小説の候

選考委員をやっている間は、刺される覚悟でやらないと仕様がないですよ。

くろいわじゅうご●一九二四年大阪生まれ。六一年『背徳のメス』で直木賞。八四年〜二〇〇二年選考委員。『天の川の太陽』『紅蓮の女王』など。

補作の場合、毎回話題になりますが、そのあたりはどうなんでしょうね。

藤沢　まず歴史小説と時代小説という分け方があると思うんです。どこで線を引くかというのは非常にむずかしい。一応、歴史小説は、これまでにいわゆる史実として認められたことは尊重する、それが基本だと思いますね。ただ、それだけでは小説にならない。全体として想像力が関わってこないと小説にならないわけです。その想像も歴史小説の場合はしかるべき想像というか、この史実とあの史実があって、その間がわからないけれども、これから推してこう考えても不自然ではない、つまりあり得る想像でその隙間を埋めて行く。基本的にはそれだけのきびしさを要求されるのが歴史小説だと思います。しかし史実にとらわれ過ぎると、歴史家の記述とあまり変らないものになってしまう。やはり小説というからにはテーマの設定、史実の切り取り方、いきいきした想像力といったところで小説が歴史の主になるべきものだと思いますよ。歴史の従になるとまずいですね。

一方時代小説は、史実は基本的には尊重するわけですけれども、歴史小説のように厳密である必要はない。もっと柔軟に考えていいんじゃないでしょうか。

たとえば「成吉思汗《チンギスハン》は源義経である」というのは、歴史小説にするのは無理でしょうけれども、時代小説のテーマとしては成り立ちますね。歴史上の異説、珍説も使ってかまわないと思います。要するに出来上がったものが読者を納得させ、読んでおもしろければそれは一篇の小説だということですね。

ただしそのかわり、時代小説では時代考証をある程度正確にやる必要があるんじゃないでしょうか。江戸時代の初期までは一日二食だったとか、時の数え方がどうだとか、旧暦と季節の関係はこうだとか、こういう基本的なことで間違っていると、興ざめすることがあります。

村上 その通りですよ。

藤沢 むかし、村上先生がある選評で、『守貞漫稿《もりさだまんこう》』ぐらいは読んだ上で書くべきだ、とおっしゃっているのを読んで、『守貞漫稿』を買いに古本屋に走ったことがありますよ。

しかし、私なんかもルーズでして、常に許容範囲を考えていますね。昔はこうだったという考証にとらわれず、こうも考えられるんじゃないか、こんな場合もあるだろうと許容範囲を広くとっているんです。

かつて、牢屋の医者のことを書いたんですが、それがNHKのテレビドラマになって、なんかにやけたような医者が出てくる、あんなことはないよ、と言われたことがあるんです。考証の本を見ますと、牢屋の医者の悪辣ぶりが書いてある。薬代をふっかけて莫大なもうけを得たり、相当悪いことをしてたようなんです。だけど、十人が十人、全部がそうとは言えないんじゃないか、というのが私の許容範囲なんです。なかにひとり、良心的な医者がいてもいい。そこを虚構で突っ込んでいくわけです。

それに、言葉なんかもだめですね。ことに女性の江戸言葉なんかは使う気がしない。現代に通じる言葉で勘弁してもらっています。だからというわけでもないですが、私には新人には考証ということでは寛大でありたいという気持がありますね。

黒岩　ぼくの場合は古代史小説ですね。古代史は曖昧模糊《もこ》としていますが、完全にわかっていることもあるんです。

例えば、七、八世紀の貴族階級では、恋愛した場合には男が女を訪れる。大津皇子が草壁皇子の恋人に惚れたときに歌をつくっているわけです。「あしひきの山の雫に妹《いも》待つとわれ立ち沾《ぬ》れぬ山の雫に」。大津皇子は恋人が出てくるのをじっと待ってるわけです。

これを情熱的な女性だからという理由で女性の方から皇子に会いに行き家の前で待たせたりしてはいけません。貴族階級の場合ですよ。庶民だったら構わない。こういうわかりきったルールは守ってもらわないと具合悪いですよ。ただ小説には革命が必要だから、女性の方から押しかけて行く小説があっても良い。その場合は、当時の風習との摩擦が当然起こるから、主人公は闘いが必要でしょう。風習を知った上での挑戦、これなら大歓迎ですよ。

井上　ぼくも多少時代ものを書いたことがあるんですが、ぼく自身の時代小説を書く楽しみは、歴史家をギャフンといわせることですね。つまり最低限のことを勉強して、その上で絶対にバレないウソをつくこと。

ぼくの経験ですと、『藪原検校』という芝居を書いたことがあります。あの有名な藪原検校の二代目のことを書いたんです。実は二代目なんてどこにもいないんです。周辺の資料を全部固めて、あり得たかもしれない二代目をつくったんです。そうしましたら、盲人史の研究家から電話がありまして、「私は盲人史を二十年やってるけれども知らなかった。資料はどこから」って。これは痛快でした。

歴史家が一所懸命調べてくれたことを逆手にとってどれだけウソがつけるか。読む人は現在の人なんですからね。

陳　定説じゃないからね、いるかもしれないという着想、アイデアの面白さですね。

村上　歴史家というのは、気の毒に一度方法を決めちゃうとそこから逃げられない。逃げると、ウソを書いてると言われちゃうんだ。

井上　小説家がそこに追い込まれるとまずいんですよね。

村上　まずいね。ある歴史家が小説家は羨ましいと。歴史家は、調べたこと、聞いたこと、覚えたこと、読んだこと、そこから一歩も出られなくて窮屈だと言ってましたよ。

渡辺　資料の誤りも、全篇すべて荒唐無稽の壮大なウソならいいんだけれど、ところどころ本物らしく資料をちらつかせて、それが間違っているとうんざりしてしまう。

五木　これは一人の選考委員としての希望ですが、安心できる作品だけではなく、ちょっと型破りな作品も候補になったほうが面白いですね。例えば、柳田国男の『遠野物語』が直木賞の候補になるかどうかと諮問されたら、双手をあげて賛成します。

　これは候補作を選ぶ主催者側への要望でもあるんですが……例えば、荒俣宏さんの『帝都物語』なんかはどうですか？

黒岩　ぼくも読み出したんですよ。でも二巻目は読む気力を失いましたね。荒唐無稽でも伝奇ものでもいいんです、『八犬伝』のように格調高いものなら。問題は大人が引きずりこまれるような文章ですよ。作者は確かに読者を遊びの中に連れ込む才能はあるが、次第に、薄めた色々な酒を飲まされている気がして、小説に酩酊できない、酔えないことが分った途端、読書欲を失ったなあ。つまり、遊びの迷路が見えすぎるんですよ。

五木　ぼくは結構面白く読んだんですが。

井上　途中まではすごく面白かった。つまり、作者から「これはウソですよ」というメッセージがあれば、そのウソの中でどれだけ面白くできるかが勝負です。

五木　あの文章は初めから「これは大ウソですよ。想像力の遊びですよ」って宣言している文体ですから。だからああいう文章になるんじゃないんですか。

井上　実在の人も出てくれば、史実も都合よく曲げてますが、その上での勝負だということが自然にわかりますね。史実を重んじるフリしてダメな作品とはちょっと違いますが。

五木　格調高いい文章でいい加減なことを書いているのは耐えられないもの（笑）。

黒岩『八犬伝』は古臭は漂うが明らかに格調高い文章ですよ。だからこそ虚の世界に酔い、虚を意識しないで最後まで読まされてしまう。うーん、それに小説の核が「忠義」という点も文章とかかわってくるね。

五木　それは力があるんですね。

黒岩　そのぐらいの力があればねえ……。

陳　そんな作品が欲しいんですよ。

田辺　私は『帝都物語』イケたな。ずいぶん面白かった。五、六巻目くらいまで息もつかせずという感じでした。ちょっとゲテ趣味の文章ですが、それが妖しい魅力になってた。

黒岩　今の時点では三対一で、受賞の可能性も出てきたね（笑）。

直木賞的とは

渡辺　五木さんの発言にも関係してくるんですが、われわれ選考委員は、日本文学振興会が下読みをして選んでくれる候補作七、八本のなかから一番いい作品を選ぶということしかできないわけですよ。しかも、どういう基準で直木賞と芥川賞とに選り分けているのか。よくいわれる純文学と大衆文学という区分も不明瞭きわまりない。

そもそも大衆小説という言葉は、一般の人々は最初から概念にないんだよね。

直木賞は確かに幅広いもので、それはそれでいいんだけれど、もし直木賞と芥川賞が唯一違うとしたら、直木賞は芥川賞まで包含しているんだということね。それぐらいしかない。いまとなっては、芥川賞がむしろ狭いジャンルにこだわっているという印象を受けますね。夢とか観念とかなにやら自慰的でね。大衆小説という言葉自体、もう無意味で、読者大衆だってそんなことを考えて本を読んではいません。

今回の芥川賞を受けた『スティル・ライフ』も『長男の出家』も、これが直木賞だといってもおかしくないし、面白い。阿部牧郎さんの受賞作（『それぞれの終楽章』）だって、芥川賞にまわってもいいし、そのあたりの境界はますますはっきりしなくなっているわけで。

五木　たしかに「宣言」の中では、はっきりと「大衆文芸」とうたっていますが、その当時は、おそらく「大衆文芸」という言葉に、むしろ今とちがう積極的な意味あいがあったんではないでしょうか。大衆に広く読まれる文学という意味だけでなく、中里介山とか白井喬二とか全部ひっくるめて、いわば大乗仏教的な考え方での「大衆」という用語の使い方に、新文学宣言みたいな感じがあったんでしょうね。ですから「大衆文芸」という言葉も今のように通俗的な意味ではなく、非常に前向きな姿勢で使われたんじゃないかと思います。

山口　これは「小説とは何か」という永遠のテーマですから、論じたところで結論が出る問題ではないと思うんです。例えば、史実と小説ということにしても、森鷗外の「歴史其儘と歴史離れ」という随筆がありますね。大正四年に書かれたものですが、鷗外の歴史小説が小説であるのか小説ではないのかと種々議論があったようで、鷗外自身「この判断はなかなかむずかしい」と言っています。こういう議論はあまり意味がないとぼくは思います。

急にここで論じても結論が出るような問題ではないけれども、ぼくとしては是々非々、現物主義でありまして、面白けりゃいいと……。

ただ、例えば本田靖春『誘拐』を自分が候補にするかどうかとなると迷いますが、候補になったら、これは採りますよ。そういう考え方ですね。十人の選考委員がいて、七、八割の方が感動したら、それはもういい作品ですよ。そんな風に漠然と考えたほうがいいんじゃないかと思いますけれども。

村上 あとは好みの問題だけですね。

五木 厳密規定は必要ない。

井上 それよりもどういう作品があがってくるかが問題なんです。

山口 ぼくは、「直木三十五文学賞」だとずっと理解してたんですがね。実は文学の二文字はないんですね。

井上 渡辺さんがおっしゃったように、普通の読者には芥川賞も直木賞も関係ないんです。特別な訓練というか勉強をしてきた人が面白がるのが純文学だという気がするんです。普通の、毎日一所懸命働いている人たちが、普通の日本語で、その物語の良さも面白さもわかる、健全な一個の人間がきちっとわかるものが直木賞作品であろうと、ぼくは勝手に思っているんですがね。

山口 民衆の中へ、ですね。

井上 そうです。ヴ・ナロードです（笑）。啄木だな。

藤沢 私がいつも思うのは、直木賞作品はまず物語性があること、読んで面白いとか、わかりやすいとかいうことが大事なんじゃないかということです。そして厳密には言えないことですけれども、あるいは面白いというのは物語性のことであり、わかりやすいというのはリアリズムの手法のことかな、という気もするんです。とすると、あまりに感覚的なものや幻想的なものは直木賞のほうに入ってこないんじゃないか、と考えたりもするんですが……。

五木 何となくリアリズム小説という線があったのかしら？

藤沢 いや、幻想的なものでも面白ければいいと思いますよ。基本的には小説は小説で、芥川賞、直木賞といってもそんなに違いがあるわけじゃないでしょう。

陳 私はいつも思うんですが、これまでの直木賞はそのリアリズムに重点を置きすぎているんじゃないでしょうか。現実をこれまでとまったく別の、思いもかけない角度で切って、それでかえって現実をよりあざやかにうかびあがらせる方法がありますね。たとえば筒井康隆の小説がそれです。けれども、彼をはじめ、小松左京や星新一など、おなじやり方をした人たちは、みな直木賞に縁がなかった。推理小説もそうです。謎をもつというのは、日常茶飯の現実からはなれていることで、これも直木賞とは縁がうすい。栗本薫も乱歩賞はクリアしても、直木賞のレースにエントリーさえできない。ちがったユニホームを身につけているからでしょうかね。

結城昌治にしても私にしても、推理小説で受賞したのではありません。選考委員になってからの感じでも、いわゆる日常茶飯的リアリズムをはなれたものは不利ですね。こんどの阿部さん、あるいはその前の常盤新平さんのように、「身につまされる」たぐいの小説にくらべると、衆寡敵せずの感があります。リアリズムくそくらえという、一種の正義感がこみあげてきますね。

身につまされる小説なら、昔からいやというほどあるんです。人を感動させるのは、わりあいらくでしょう。易きについた人がトクをするのは不公平ですね。

渡辺　純文学作品といわれるものが、だんだん観念小説に近づいてきている。というより観念小説にいきすぎているんだな。

ただ、現実に芥川賞、直木賞と分れていると、一般の人からよく訊かれますよ、どこが違うんですかとね。

黒岩　ぼくもどちらかといえばリアリズム手法に重きを置いているけど、一気に読ませるサスペンス小説はそれなりに評価しています。たとえば『レッド・オクトーバーを追え』『ジャッカルの日』『オデッサ・ファイル』など、凄い小説だと舌を巻く。少なくとも右のような作品に比肩しうるものが現れたなら全力で押すでしょう。

山本周五郎さんですよ、小説にはいい小説と悪い小説しかない、と言うたのは。やっぱりそれでいいんですよ。

五木　ぼくは、直木賞と芥川賞は単純に母親と父親みたいなものだな、と思ってるんです。ただ子供を産むのは母親だと……。

黒岩　その比喩はいいね。

陳　山田詠美さんが受賞したとき、「こんな大人の賞をもらうなんて思っていなかった」という意味のことをおっしゃってたのが印象的ですね。大人はかならず読者をたのしませなければなりません。子供はその破壊力が期待されるんですね。十人のうち、一人か二人、そんなエネルギーをもった子がうまれるといいんです。八、九人ダメでもいいんだと思います。直木賞の選考委員のほうが責任重いですね。芥川賞はどうしてあんなにいつも時間がかかるんでしょうか。ダメでもともとなのに……。

田辺　私は芥川賞を頂いて直木賞の選考委員になったという変則的な物書きですが、原則として小説が芥川賞的と直木賞的とに分れることはないと思います。でも直木賞のほうが弾力性があるんじゃないかしら。たとえばユーモラスな小説、読んで元気の出るような小説でも、文学的感動がそこにあれば直木賞は取り込みますね、でも芥川賞で面白おかしい小説が歓迎されそうな気はしない。

渡辺　面白いなと思うのは、芥川賞と直木賞の違いを論じていても、結論は出ないんですが、皆さん何となく「この辺」という（笑）ところを了解していらっしゃる。言葉でいわなくても、定義がなくともわかりあってるところが、また小説の世界の面白いところですね。

村上　そのつもりなんだが、長い間に落としてきた人はたくさんいるわけで、そういう人から恨まれるのはイヤだね。知り合いの病院長が、入院患者で直木賞に落ちた人がいるんだが、ぼくを恨んでいるというんだ。ぼくはそんな覚えないんだけどね。

渡辺　落とされたほうはなかなか忘れないものですよ（笑）。

村上　それはそうだ。

黒岩　選考委員をやってる間は、刺される覚悟でやらないと仕様がないですよ。

渡辺　だけど、松本清張さんが、選考委員会では厳しいことを言うのに、選評を書くときは甘くなるズルいやつがいるって言ってたそうで。

山口　ああ、その手がありますね。

五木　いや、それはね、選考委員会の席上で皆さんの発言を聞いて、ハッとさせられることがよくあります。なるほど、おれはこう思ってあんな風に言ったけれども、そういう読み方もあったんだなと。だから後で選評を書くときに席上の発言とは変ってくることもあり得ますよね（笑）。さらに、皆さんがお書きになった選評を読むと、またまた啓発されるところが多いんですよ。なるほど、そうも言えるな、と。これでもう一遍書かせてもらえたら、もう少しちがう感想が書けるんだがなあ、と残念に思うこともあります（笑）。

渡辺　「選評を読んで」というやつをね。

黒岩　しかし、昔の人には豪放というか、良い意味でデタラメなところがあったな。吉川英治さんはパーティでお会いした時「黒岩重吾君は好青年だな。それならもっと点を入れるべきだった」。これはひでえや。だけど受賞した後のせいか、そんなに腹が立たない（笑）。

井上　ぼくの場合ですと、大佛次郎さんが選評で『手鎖心中』は読んでいないので、論評を控える」って書いているんです。昔の選考委員はサムライというか、すごかったなあ（笑）。

「オール讀物」一九八八年五月号

ママハハ

遠藤展子

　母が家にいるようになり、父は心底ほっとしたようで、安心して仕事に行くことが出来るようになりました。私もしだいに、毎日、家に帰ると母がいるのが当たり前に感じるようになって、わが家に平和な時が訪れたのでした。

　幼い頃の私は、あまり話をする子供ではありませんでしたので、母が来てしばらくは、ただ黙ってそばにくっついて、夕飯の支度をする時は、いつもそばにいて、何が出来るのだろうと珍しげに眺めていたのでした。

　だんだんと話が出来るぐらいに慣れてきた頃のことです。いつもより調子に乗って幼稚園の話などをしていた私は、普段は「ママ」と呼んでいるのに、つい「おばさんは……」と言いかけたことがありました。

（間違えた！）

一九七三年、自宅近くにて家族三人で

あわてて母の顔を見あげると、「め！」と言って、「おばさんじゃなくてママでしょう」と笑いながら料理を続けました。その時、心の中で「あっ！　悪いことを言ってしまった」と思ったのを覚えています。今でもそのことを思い出すと胸がチクッと痛みます。

世の中はいい人ばかりではありません。中には親切なふりをして、余計なことを教えてくれる人もいます。

父と母と祖母の四人暮らしにも慣れてきた頃、幼稚園から帰る道すがら、近所のおばさんが私を呼び止めました。そして、「のこちゃんちは（当時、私は「のこちゃん」と呼ばれていました）、ママハハだから大変だね」と言ったのです。私は意味が分からず、「ママハハって何だろう？」「大変て、何が大変なんだろう？」と子供心に不思議に思いました。

そこで家に帰ると、さっそく母に聞きました。

「ねえ、ねえ、ママ。ママハハって何？」

すると、母は言いました。

「ママハハっていうのはね、ママと母と両方だから、普通のママより二倍すごいママなのよ」

それを聞いて私は（そうか、うちのママは、ママだけじゃなくてママと母だから二倍すごいんだ）と納得して、安心したのでした。

今にしてみると、動揺することなくそう言った母の太っ腹な性格が、その後のわが家を救ってきたのだと思うのです。そして、ママと母の二倍分、苦労しただろうと思うのです。


『藤沢周平　父の周辺』（文春文庫）より転載

『一茶』創作のたくらみ

初の評伝小説誕生までを、新たに発掘された
創作ノートと草稿から元担当編集者が解き明かす。

鈴木文彦

平成二十九（二〇一七）年の今年は、藤沢周平没後二十年、生誕九十年の周年記念の年にあたる。

文春ムック「藤沢周平のこころ」（オール讀物責任編集）、サライ二月号の藤沢周平特集が発売され、単行本では愛蔵版『蟬しぐれ』（蓬田やすひろ画伯のカラーさし絵入り）、完全版『江戸おんな絵姿十二景』（待望の浮世絵同載）が文藝春秋から刊行され、出版各社共同での藤沢周平文庫フェアが開催中である。

また成功裡に終わった東京・日本橋三越本店での「没後20年記念藤沢周平展」、鶴岡市立藤沢周平記念館で開催されている特別企画展では多くのファンをにぎわしている。新聞各紙でも続々と記念企画が予定されていると聞く。

映像では、昨年好評を博した『三屋清左衛門残日録』の完結篇の放映も決まっている。北大路欣也の清左衛門と伊東四朗の町奉行佐伯熊太のコンビに怪優笹野高史がからむら

しい。楽しみである。

そして藤沢周平原作の映画『一茶』の話も進行中と聞く。原作になった『一茶』（文春文庫）は、氏の初めての評伝小説で、その思い入れの深さは、「一茶という人」、「成美・一茶交際の一面」、「一茶の雪」、「小説『一茶』の背景」、「一茶とその妻たち」と、エッセイの多さからも窺えよう。一つの小説にこれほどの論考を加えた例は他に見当たらない。

小説『一茶』の構想が記された５冊のノート

三人の人気作家による評伝

さて、その小林一茶である。

藤沢周平氏が文藝春秋の編集者に「一茶は二万の句を吐いた俳人である一方で、弟から財産を半分むしりとった人間ですからな、小説的な人間です」と「つい力を入れて」喋ったのは、昭和四十九（一九七四）年のことだった。

だが、一茶を書く約束はしたものの、一茶に関する先行作品が巷《ちまた》に溢れていたこと、また興味は俳人一茶よりも俗人一茶にあるのだが、二万に及ぶ句を無視して素通りできないのは当然で、当時の俳諧の世界を捉え、その対比としての一茶調を描くとなれば簡単にはいかない。手付かずの状態が続いた。しかも当初は書きおろしだったのでなおさらだった。

それを察知した編集者は、季刊文芸誌「別册文藝春秋」に舞台を切り替えた。藤沢氏が重い腰を上げ一茶の生地長野柏原に取材旅行に出かけたのは、昭和五十一年一月末である。そして五月にも二泊三日で柏原に取材に赴き、四百枚一挙掲載を分け、昭和五十二年春季号から五十三年新春号に掲載されたのが『一茶』である。

すでに小林一茶関連の評論、句集、伝記が数多くあったが、藤沢『一茶』以降も衰えを知らずブームはつづく。

代表的なものとして、井上ひさし『小林一茶』（中公文庫）があり、田辺聖子『ひねくれ一茶』（講談社文庫）がある。

井上氏の『小林一茶』は、文化七年の夏目成美・随斎別邸で起きた金子《きんす》盗難事件をもとにした劇中推理劇仕立てで、昭和五十四年度第三十一回読売文学賞戯曲部門を受賞した。一昨年（平成二十七）も鵜山仁演出で上演され話題になった井上芝居の傑作の一つである。

田辺氏の『ひねくれ一茶』は、一茶四十すぎの中年から始まり、女流俳人織本花嬌と三人の妻たちを配し、〈名月や江戸の奴らが何知つて〉のひねくれ句と〈猫の子のちよいと押へる木の葉かな〉の童心あふれる句の間を、縦横無尽に句を駆使して一茶終焉まで描き切っている。本作で平成五年度第二十七回吉川英治文学賞を受賞した。

三人の人気作家にこぞって評伝としてとり上げられるのは、さすが小林一茶である。

作家的好奇心を動かされ

話を藤沢周平『一茶』に戻す。

小林一茶に関心をもち始めたのは、氏が東京北多摩の結核専門病院で療養につとめていた昭和二十八年から三十年ころに遡る。

そこでの十人ばかりの俳句会に誘われ、そのつながりから静岡の俳誌「海坂《うなさか》」との縁もできるのだが、俳句に親しむうちに俳人小林一茶について書かれた本を読み衝撃をうける。そこには「義弟との遺産争いにしのぎをけずり、悪どいと思われるような手段まで使って、ついに財産をきっちり半分とりあげた人物」が描かれ、「五十を過ぎてもらった若妻と、荒淫ともいえる夜夜をすごす老人」がいた。そうした一茶の〝ただの人ぶり〟〝拗ね者ぶり〟、そしてまぎれもない〝詩人ぶり〟に魅かれていく。

藤沢周平全集の解説で向井敏氏は、藤沢氏の当時の心境を推しはかって次のように記している。

若い藤沢周平は一茶という人物の素顔を知って「あっけにとられた」だけではたぶんなかった。ことの意外に驚くと同時に、作家的好奇心をかきたてられた、平たくいえば、これは小説になると気づいて、ハタと膝を打ったにちがいない。当時、彼はまだ二十代の後半で、実際に作家として名のり出るまでにはなお十数年の歳月を前途に控えはしていたけれども、いつかは作家として立ちたいと胸中ひそかに期するところがあったであろうことは想像にかたくないし、そうした無名時代の作家のつねとして、意にかなう小説の題材を求めて心を急かせていたはずで、一茶はその思惑を満たすに足りる存在として彼の前に立ちあらわれた、私にはそんなふうに見える。

（略）

藤沢周平が、「私なりに一茶を手がかりに、人間存在のとき得ない謎を手探りしてみたい気持ちにうながされて」、ようやく小説『一茶』の稿を起し、一茶に関する最良の伝記小説をわれわれにもたらすことになったのは、この特異な俳人の素顔に作家的好奇心を揺り動かされてから、およそ二十年を経てのちのことである。

長々と引用したが、目利き向井敏氏の面目躍如ぶりを示したかったからである。

向井氏の推察のように、藤沢氏にとって一茶はまさに「意にかなう小説の題材」で、徐々に資料を集めていった形跡が、エッセイ「一茶という人」、「小説『一茶』の背景」

の中に散見される。

「私は少しずつ一茶の伝記や俳句を読むようになった。」「私は一茶のことを書いた記事が眼にふれると、さきの文章（一茶の俗人ぶり・筆者注）に関連する部分を注意深くさがすようになった。」

療養時代にはじまり、やがて機が熟し、草稿の形で文章にし始めたのは、昭和四十六年あたりではなかったかと推測される新資料が発見された。

新発見の創作資料を検証

藤沢作品を研究するうえで貴重な発見だった、夥《おびただ》しい書き損じの草稿やメモの存在は、以前にも報じられたことがある。しかし、このたび藤沢氏のご遺族のもとで創作ノート七冊と草稿「遙かなる信濃」が新たに見つかったのだ。

創作ノート七冊中、五冊に一茶に関するメモがあり、「遙かなる信濃」はそのメモを参考にして執筆されたことが窺える草稿である。

まず創作ノートから見てみよう。

ポケットに入れて持ち歩きできる大きさ（147ミリ×105ミリ）の縦長で、万年筆で横書きしてある。

五冊すべて、書出しはハム・ソーセージ業界のメモである。昭和三十五年から勤務した日本食品経済社時代の覚え書きで、その途中に唐突に小説のアイディアの断片が記されている。このあたりにも生活を支える仕事を第一に置く藤沢氏らしい律儀さが窺える。

表紙を列挙すると、

46・5・25 小説資料〈一茶〉 小菅
6・14 一茶他 小菅
8・9 一茶、光秀 小菅
8・24 一茶資料 小菅
10・25 一茶取材 小菅

とある。「小説資料」「一茶」の文字は赤エンピツである。

一冊目（5・25）を例にとると、ノートの後半部に「必要にして十分な条件／義妹を殺害した太物屋の手代――時代もの推理」とあり、

①一茶の(1)の前に、つけるべきかどうか
②つけるとしたら、文体はどうか

灰色の青春時代を彩るただひとつの色彩↓これが西林寺でみた中年の豊満な女につながる。旅は一度船出した船が不安に苛まれるが、次の港を目ざして必死にいそぐのに似ていた。昔は、そうでなかった。昔は放浪は解放だった。それだけにすぎなかった。のびのびと風を浴び、日の光に肌を洗った。それが不安な、いつも暗い雲の下をいそぐ旅人にかわったのはいつ頃からだろうか。

とある。

「一茶の(1)の前に」の語句に注目してみると、この5・25のノートの前に書かれたと思われる草稿の存在が浮かび上がる。だがそれは、時期からみて、「遙かなる信濃」とは別物と推測される。

では「遙かなる信濃」とはいかなる小説で

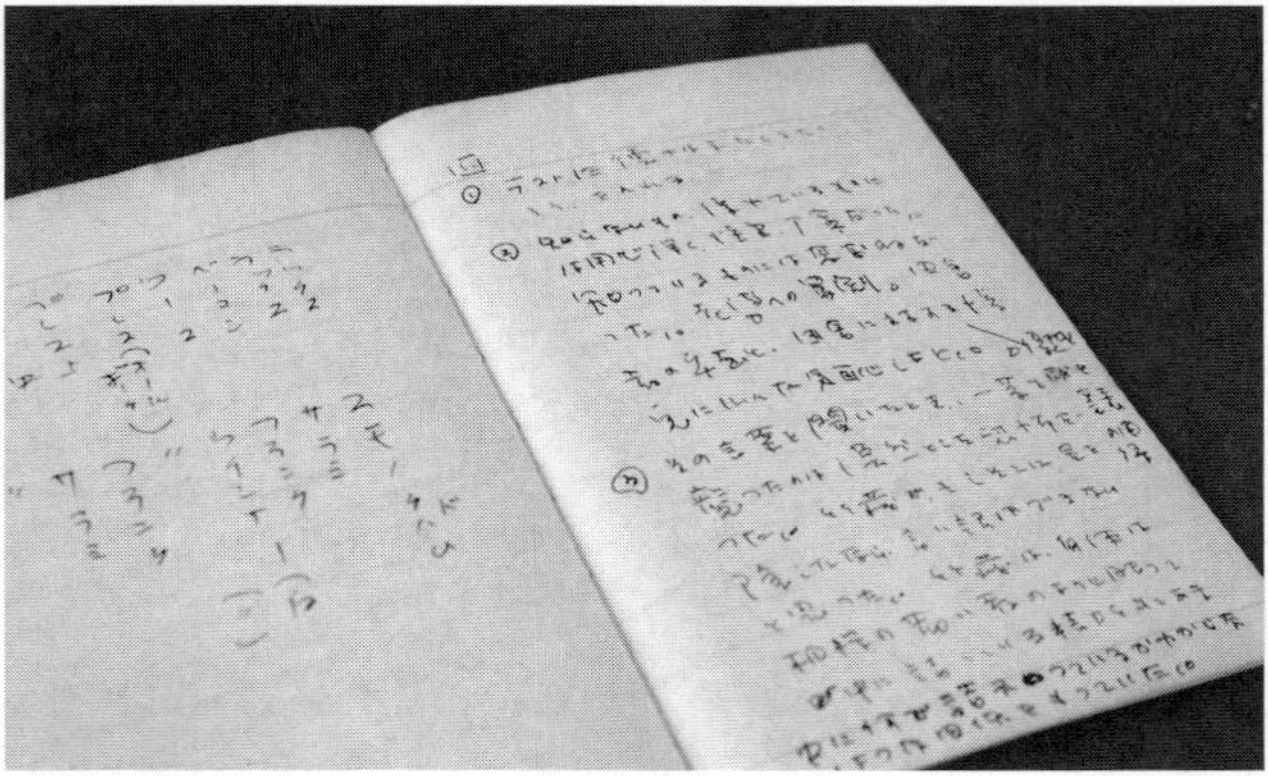
実際の創作ノート。左頁には記者として仕事のメモ書きが

あるか、に移ろう。

ノンブルの最終は「73」とあるが、ノンブルがないページが数枚あったり、重複があったりで、実質は74枚。ただし、ストーリィの大半は追えるものの、書き込みの並記がそのまま頻出し、シーンが一部飛んでいる個所もあり、テキストとして発表するまでには、至らないと判断した。

そのことをお断わりした上で、概略を紹介すると——文化七年十一月三日の夏目成美・随斎別邸の金子盗難事件から十日後の貧しい娼家で一晩を明かす一茶四十八歳のシーンから始まる。次にカットバックして事件発生直後に戻り、長年、俳友として庇護してくれていた随斎に、使用人と同じ被疑者扱いをされ、禁足をくらって、点者として招かれるはずの定例句会に「遠慮するように」と言われる屈辱を味わう。疑いは晴れたが、その年の暮、正月にも厄介になろうとしていた随斎宅に居られなくなり守谷の西林寺に行くという一茶の「七番日記」にある史実を踏まえつつ、近在の小地主の後家おるいを造型しフィクション化を試みている。江戸を離れざるを得ない、経済的な事情、四十代後半の肉体的な衰え、葛飾派に絶交された俳諧での状況を描き、故郷柏原に帰り、ついに遺産争いに片をつける文化十年一月までを書いている。

三分の一ほどのところに、被疑者扱いをされた事件の一ヶ月後に開かれた句会でのシーンがある。前に二十代の藤沢氏の俳句会や俳誌「海坂」との関わりを述べたが、藤沢周平ファンなら、思わずニヤリとする仕掛けが隠されているので、その部分を引用してみる。

選をしている一茶の眼が、不意に一句の前で、吸いつけられたように細くなった。解しかねるように首をかしげ、それから雑談でにぎわっている人々をみた。誰も一茶をみていなかった。

「これは……」

唐突に一茶が、上ずった声を挙げた。

「軒を出て犬寒月に照らさるる。これは、どなたの句ですか」

句会の作法をやぶった言い方と、一茶の異様な気配に、人々は口を噤み、顔を見合せた。

「どうかしましたかな」

と随斎が言った。穏やかなその声に、一茶は、漸く自分のしたことに気附いたように、顔を赫らめたが、執拗に繰返した。

「寒月の句は、どなたでしょう」

「俺のだが、どうかしたかい」

やくざな答えが返ってきた。縁側近くに坐っていた、若い男だった。

「あ、丁度よい。皆さんにご紹介しましょう。この若い方は、古山矢四郎さんと言いましてな」

随齋が言った。

（略）

「ところで宗匠、俺の句がどうかしたかい」

と言った。旗本の息子が聞いてあきれる、やくざな口調だった。

「これは、犬ですか。大寒月ではありませんか」

「犬だよ。大寒月では句にならねえでしょう、宗匠」

一茶は沈黙した。

巨大な重みが、一茶の舌を潰したのだが、ほかの者は、それを一茶がただ一句の疑点をただしたと聞いたようだった。すぐに声高な雑談にもどって行った。

だが、一茶には見えたのである。闇に塗りこめられた檐下にいて、それまで闇の一部だったものが、不意に動いて寒月の光の中に出て、孤独な犬になった一瞬を。寒気にそそけ立ち、白々と光る背の毛筋まであますところなく見た。

ちなみにこのシーンは、6・14の創作ノートにほとんど同じ文章で書かれている。

「小説『一茶』の背景」の冒頭で書かれた藤沢氏の文章を引用しよう。

　小説を書くようになってから、地方に講演などに行くと、色紙を書かされるようになった。

　そういうとき私は大てい自作の句を書く。ただしバカのひとつおぼえのように、「軒を出て犬　寒月に照らされる」という句、一点ばりである。

　この句は、むかしむかし百合山羽公先生にほめていただいた句なので、誰はばかるところもない。臆するところなく書く。だが、同じひとに二枚三枚も色紙を出されると、とたんに私の馬脚があらわれる。これはと思う手持ちの句は、「軒を出て」一句だけなのだ。

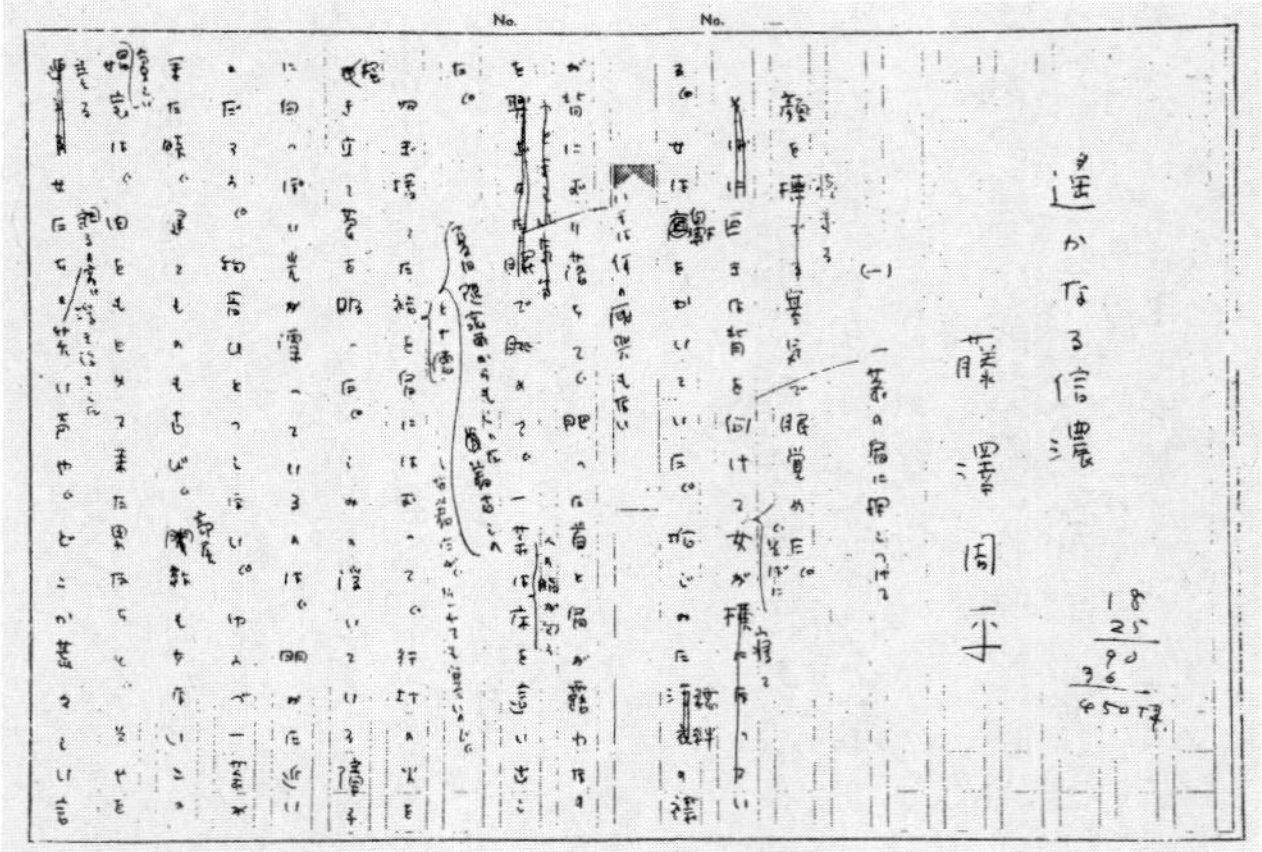

新しく発見された「遙かなる信濃」の１枚目の原稿

自作の句を一茶に見せて誉めさせてやろう、という企みをしているのである。真面目一辺倒と見られがちな藤沢氏にしてこの遊びの精神である。

それはさておき、この「遥かなる信濃」の作風について考えると、新人賞に応募していたオール讀物というエンターテインメント風を意識して書かれたと言っていいようである。先の守谷の後家のおるい、旗本の息子の古山矢四郎のほか、狂言回しに架空の人物を登場させている。史実を踏まえつつもかなりフィクション性が強い作品になっている。

新人賞から直木賞受賞まで

ここでこの一茶創作ノート（「遥かなる信濃」も含めて）が作られた昭和四十六年とは、藤沢氏にとってどういう時期であったかについて触れてみたい。年齢は前年十二月二十六日で満四十三歳になっている。

一月末日がオール讀物新人賞応募の締切りであった。生前、「締切り直前は新橋界隈《かいわい》の木賃宿に泊まったりして間に合わせたものです」と言っていたのを筆者は聞いたおぼえがある。この「溟《くら》い海」も、自信作とはいえ、ギリギリまで推敲していたにちがいない。

三月初めに最終候補作に選ばれたのを知る。

四月五日の選考会で念願の受賞を果たす。「人生の転機となった夜」と後に記している。「それまで書けなかったような文章が書けただけでなく、書いている物語の世界が手に取るように見えた」という小説開眼の手応えを得た「溟い海」は直木賞候補作になる。

六月上旬にその通知を受けたが、七月の選考会は「受賞作ナシ」の結果になる。

新人賞受賞第一作「囮《おとり》」を脱稿したのは八月と思われる。（同作品は十二月に直木賞候補作になったが翌年一月の選考会は「受賞作ナシ」に）

作品年譜でその先を追うと、「賽子《さいころ》無宿」（四十七年三月執筆）、「黒い縄」（同八月執筆）、「帰郷」（同九月執筆）があり、平野謙氏ら評論家からうまい小説との評価を受けるが、いずれも題材はフィクション性が強い市井ものである。

藤沢氏自身は「黒い縄」で候補になったときに初めて直木賞を意識したと言うが、その前から作品の「柄」については脳裡にあったのではないか。

新人賞の次のステップである直木賞を前にして、真っ先に浮かんだのが「一茶」だったとしてもおかしくはない。新人賞を受賞してひと月経った五月から付け始められた一茶創作ノート、そしてノートをもとにその年の後半に書かれたと推測される「遙かなる信濃」は、こうして生まれたのではないか。（創作ノート8・24に（一茶の日記）と記し、文

化七年十一月一日から文化十年一月までの一茶年譜をびっしりと写しているのもその根拠の一つ）

ただすぐには別冊文藝春秋に発表された完成型の「一茶」には辿りつかず、一旦脇においてて、やはり同じく柄の大きい史実を扱った歴史ものに挑もうとした。それが以前新人賞に「蒿里曲《こうりきよく》」のタイトルで応募し、後《のち》に庄内藩での「土屋丑蔵・虎松仇討」を材にした「又蔵の火」になった可能性が大である。

そう考えると、「暗殺の年輪」が直木賞候補作になったときに担当編集者に、候補辞退の話をしたエピソードもなんとなく腑に落ちる。「暗殺の年輪」は初めての武家ものとはいえ、フィクション性が強い「海坂もの」という意識から、「一回（直木賞候補を）抜いてもらう方がいいのではないか」という発言になったと愚考する。

しかも「又蔵の火」はほぼ書き上がっている時期でもあった。

生涯二百六十篇近い小説を残し、駄作が一作もないと評される藤沢作品だが、面白さを追求した市井、武家ものから、史実を扱い、実在の人物を描いた歴史評伝ものまで実に多彩である。

歌人清水房雄氏をして「骨の折れる面白さ」と言わしめた『白き瓶――小説長塚節』（文春文庫）、性剛直狷介な儒学者の一方で、市井に親しまれる人間新井白石を描いた『市塵』（講談社文庫）から米沢藩主上杉鷹山の名君ぶりを探った遺作『漆の実のみのる国』（文春文庫）に通じる、史実を精査した持ち重りのする歴史評伝小説の系譜は、リアリズムの追求という点で藤沢文学に大きな足跡を残している。その作品群の端緒となったのが、「又蔵の火」であり、『一茶』だったといえよう。

その評伝『一茶』に辿りつく過程には、フィクション性が強い「遙かなる信濃」を通過する必要があった、とは考えすぎだろうか。

ロー・アングルという基調

藤沢周平『一茶』がどのようにして生まれたかを探るうち、日本人がなぜ小林一茶に魅かれるかが頭を離れなくなった。

そのヒントを今年年頭の朝日新聞文化・文芸欄に見つけて嬉しくなった。俳人・長谷川櫂氏の正岡子規「生誕１５０年に寄せて」という文章である。

この時代（徳川家斉の大御所時代・筆者注）、日本でも貨幣経済が社会の底辺までゆきわたり、芸術学問の愛好者は庶民にまで広がった。その一つが俳句であり、このとき生まれた大衆俳句こそ近代俳句なのだ。その最初のスターは小林一茶だった。

目出度さもちう位也おらが春

古典に頼らず生の言葉でつづる一茶の俳句は、わかりやすさと人間の心理描写という近代文学の二つの条件をすでに備えていた。一茶は髷を結った近代市民だった。

では子規の俳句と短歌はどうか。

いくたびも雪の深さを尋ねけり

いちはつの花咲きいでて我が目には今年ばかりの春行かんとす

子どものように雪の深さを尋ね、イチハツの花に死を覚悟する、病床の子規の心境が平易な言葉でつづられる。どちらも一茶の時代からつづく大衆化の流れの中にある。子規は大衆化する文学に、誰でもできる写生という方法を与えたにすぎない。「近代俳句の創始者」ではなく「中継者」だったのである。（略）

『一茶』（文春文庫）

藤沢周平氏も『一茶』あとがきの中で、「芭蕉や蕪村どころか、誤解をまねく言い方かも知れないが、現代俳句よりもわかりやすい言葉で、一茶は句をつくっている。形も平明で、中味も平明である。ちょうど啄木の短歌がわかりやすいように、一茶の句はわかりやすい」と述べていることも加えておきたい。

また、「一茶という人」の中にある、「一茶以前に、こういうロー・アングルの場所に視点をおいて句を作った作者を私は知らない」というロー・アングルは、誰もが知る藤沢周平作品の基調になっている。

もう一つ。小林一茶は六十歳のとき、自身のことを「荒凡夫《あらぼんぷ》」といった。「荒凡夫」とは「野蛮で平凡な男」と解されるが、俳人・金子兜太氏は、「荒」を「自由」と捉えて「自由で平凡な男」、本能や欲望の心を持って、平凡な人生に執着することこそ「荒凡夫」だという。

「一茶は、必ずしも私の好みではなかった」（「小説『一茶』の背景」）と、藤沢氏は書いているが、「普通が一番」といい、土を愛し、自由をこよなく愛し、生活者としてのまっとうな常識を愛した作家の生き方に、「荒凡夫」を筆者は感じるのである。

（写真・資料提供　遠藤崇寿）

「オール讀物」二〇一七年二月号

すずきふみひこ●一九四六年盛岡市生まれ。早稲田大学第一法学部卒業。一九六九年文藝春秋入社。「オール讀物」編集長、文藝編集局長などを歴任し、二〇一一年退職。藤沢氏の担当を一九七六年からつとめた。

父が遺した手帳

亡き妻と追いかけた作家への夢、
幼い娘の育児と仕事を両立させていたギリギリの生活——。
遺された手帳には、若き苦悩の日々が綴られていた。

遠藤展子

作家・藤沢周平が亡くなって二十年。この節目に、デビュー前後に書き残されていた手帳が初めて公表された。そこには、作家を目指す決意、亡き先妻に向けた愛情など、初めて明かされる思いやエピソードが綴られていた。『藤沢周平　遺された手帳』を上梓した長女・展子さんが、手帳の中で出会った「知らなかった父」について語る。

父が遺していた手帳は、昭和三十八年から五十一年までの十三年間のものです。ぜんぶで四冊ありました。

一冊は黒い表紙の小さな手帳で、私が生まれた三十八年に始まっています。残りの三冊は大学ノートで、四十六年から五十一年にかけてのもの。初めて自分の家を持った地名（東久留米市金山町《かなやまちょう》）をとって「金山町雑記」と題名が書かれていました。いずれも今から十五年ほど前、藤沢周平記念館の設立準備のため、資料整理をしている際に見つけ

たものです。

生前、父がそんな手帳を書いていたことは、まったく知りませんでした。実際に手にしてページをめくってみると、それまで触れたことのなかった父の「生の声」が綴られていて、初めて目にした時には驚いてしまいました。

これまで公表することは考えていませんでした。特に、黒い手帳には、私を産んだ八か月後に二十八歳という若さで亡くなった生母（悦子氏）への気持ちがストレートに綴られています。しかし、没後二十年が経過し、私も五十歳を過ぎました。手帳を見つけた当初には触れられないことも、この年になった今なら受け止められるようになりました。この頃のことを自分の手できちんと書き残しておかないといずれわかる人がいなくなってしまうと思い、息子の浩平のためにも書くことにしました。

もう一つ、最近自宅を整理する中で、私の生母が、自身の母に宛てた手紙が見つかったことも、背中を押しました。

投函されず家に残されていたこの手紙を、父は大事にとっていたようです。その手紙で母は、読売短編小説賞に投稿した父の作品がいいところまで進んだことなど、業界紙の記者をしながら小説を書き続ける父について具体的に書いていて、意外にも夫婦で小説のことをよく話していたことがわかりました。手紙には、父の小説を書く才能を信じる思いがあふれていました。二人で作家への夢を追いかけていた――これも初めて知ることでした。

父は手帳の中で、「悦子とのことを書くためにも」小説を書き続けると記しています。

執筆で苦しみを乗り越えた

この手帳を読んで、心を動かされるのは、やはり私の生母を失った直後の記述です。進行の早いがんで亡くなった母の死は突然でした。私はまだ生まれたばかりで、父にここまでつらい時期があったとは全く知りませんでした。

母が亡くなった直後、手帳には次のように綴っていました。

砂漠への出発。この現実を受け入れなければなるまい。まだ、この悲しみは残滓のよ

うに重く心の中によどんでいる。生きるということに何の喜びがあるわけでもないが、展子がいるから、生きて、展子をみてやらねばならない。悦子はある意味しあわせだ。私に看取られて私の手で埋葬された。昨夜、高坂（編集部注：藤沢氏の出身地・鶴岡市高坂）をたつ時は、暗く雨のしぶく丘、悦子が眠る墓地に向かって、私は痴呆のように声をだして言った。（悦子、さようなら。またくるからね。）私もやがてそこへ帰るだろう。展子が一人で生きて行けるようになったら。

この時期の記述を読んでいると、しっかりしなくてはいけないという気持ちと、お母さんのところに行ってしまいたいという気持ちの間で揺れ動いていることがわかります。本当にギリギリのところで生きていたのです。

悦子に聞いたヴォルガ下りを口笛で吹いてみる。淋しい夜だ。腹の底にこたえる寂しさだ。今日は写真をみたせいか、生前の元気だった頃の悦子が思い出されてならない。忙しくせっせと働いて、死んだ。（略）もう取り返しがつかぬ。展子がいるから、私は死んではいけないのだろうか。

私は二十年前に父が亡くなったとき、これで血の繋がった親はいなくなったんだなと、辛い思いで過ごした時期がありました。私が父を失ったのも、父が母を失ったのと同じ三十代。だけど、父親が亡くなるのと奥さんが亡くなるのは全く違うと、父の手帳を読んでわかりました。

父はいつも「普通が一番」と考え、気儘に「のほほん」と暮らす私を望んでいました。でも、私の家族のはじまりは普通からは程遠かったんです。手帳を読んで、父の気持ちを知って「もう少しお父さんを大事にしておけばよかったなぁ」とつくづく思いました(笑)。

もう一つ、私が驚いたのは、生母が亡くなった直後にも父が小説を書いていたことです。ただ、小説を書き続けていたから、あの苦しいときを父は乗り越えられたんだな、という思いを強くしました。母が亡くなって二十日余りが経とうとしていた時期には、こんな記述がありました。

まだ雨晴れぬ。夜、濡れて帰る。缶詰、白菜のつけたもの。それと卵を買って。波のように淋しさが押し寄せる。狂いだすほどの寂しさが腹にこたえる。小説を書かねばならぬ。展子に会いたい。

後に父の母が上京してきますが、私が幼い時期に仕事をしながら子育てをして、よく小説までかけたなと思っていましたが、当時、私は鶴岡の母の実家に預けられていたんです。これまで預けられたのは一回だけと思っていましたが、手帳によれば、私は何度か鶴岡に預けられたので、一人になる時間が結構あったみたいです。一人だと、書く時間はありますが、やはり寂しかったと思います。

私が、年中熱を出していたことも、手帳で知りました。出勤前に病院に駆け込むこともしょっちゅうで、そんな中でも小説を書いていたのは、やっぱり亡くなった母が、父が小説を書くことをすごく応援していたからだと思います。

育児の苦労も書き込まれていました。「**身体くたくたになった**」「**このようにして、親は痩せ衰え、老いて行くのだろう**」などという弱気の記述に交じって、私を抱かないでミルクを飲ませる方法を編み出して体が楽になったことも書かれていました。おそらくタオルか何かをうまく使ったのでしょう。そんなちょっとした工夫をしながら、乗り越えていたのだと思います。

「**直木賞は欲しい**」

早い段階から、作家としての心構えを持っていたことも、今回はじめてわかりました。

特に驚いたのは、手帳が始まって間もない、私が生まれた直後の昭和三十八年の記述です。

芥川賞に後藤紀一氏と河野多惠子氏、直木賞に佐藤得二氏。後藤紀一氏は山形県に勤めている人らしい。「少年の橋」は山形文学に掲載されたもの。芥川賞はいらないが直木賞は欲しい。達者にならないで、初心な文章を書くように努力しよう。でないと僕の文章はだらくするだろう。展子まだ少し咳。

この時点では、新聞社に現代小説を投稿したりすることはあったようですが、オール讀物新人賞への投稿もしていません。にもかかわらず、直木賞のことだけでなく、文体について気を付ける点まで書いている。今読めば「すごいな」と思いますが、直木賞をいただいていなかったらと思うと……。こんなに早くから決意を固めていたとは、びっくりしました。

やはりデビュー前の三十六歳のとき、父は池袋の西武百貨店に「芥川賞直木賞展」を見にいっています。

そこで父は「遠い末席でやはり、このコンクールに参加している僕という人間の息苦しさ」を感じたと書いています。さらに、芥川賞と直木賞の違いについて分析しています。

芥川賞は石川達三から「感傷旅行」の田辺聖子まで一貫して鮮烈である。開高健、大江健三郎、遠藤周作、吉行淳之介、安岡章太郎、小島信夫、みな鮮烈だが、たとえば第五回の尾崎一雄の感動も決してそれに劣るものではないのだ。それにくらべると直木賞は温和で角がまるい。

初めてオール讀物新人賞に応募したのは母が亡くなって一年が過ぎた昭和三十九年のことで、最終候補まで残りました。落選後、次のようなメモを手帳に残しています。

1・オール讀物新人賞は今村氏に決まったが藤沢周平も最終予選の10篇の中に入っている。2・今月は秀作が多かったと言っているから当選のチャンスもあったわけだ。（略）8・悦子の二周忌が11月。その時に当選のお金で墓を立ててやりたい。9・勢いというものがある。僕が取るのは多分今年か悪くて来年だろう。この時期を外さない方がいい。

オール新人賞受賞前の父と

その後、手帳の記述自体が少なくなります。私の育児にも手がかかる上、業界紙の編集長となり、小説からも少し離れていたようです。

四十四年に今の母と再婚します。父はこの時のことを「再婚は倒れる寸前に木にしがみついたという感じでもあった」（「半生の記」）と書いています。

母が来て、小説を書く時間も出来ました。オール初投稿から七年の歳月が過ぎた昭和四十六年、「溟い海」で第三十八回オール讀物新人賞を受賞しました。さらに、四十八年、「暗殺の年輪」で第六十九回直木賞を受賞します。

この手帳で、父の人柄が現れていると思うのが、作品を書いた後のこと。ひとつひとつ書いた後に自己分析しているのですが、それが厳しい。毎回「面白くならない」「小説書きのコツが解っていない」などと、厳しい言葉が書かれている。一方で、父が「あまりよくない」と思った作品を当時のオール讀物の編集長や担当者が誉めてくれてホッとしたりしていて、自分が思っているのと、人の意見は違うことが父にもあったようです。

徹底して美文を削り落とす作業にかかろう。美文は鼻につくとどうしようもないほどいやみなものだ。いまどき、形容詞に憂身をやつす文士はいないだろうと思ったりする。「江戸の用心棒」というシリーズを考えている。ハンサムで腕っぷしが強く、武家勤め

に愛想をつかしている浪人が主人公。（略）気楽に世の中に渡りたいと思っている。

「江戸の用心棒」シリーズは、「用心棒日月抄」として連載が始まります。このころから、作風が明るくなったと言われていますが、父も読んでくれるファンの人を意識するようになったようです。父の教え子に工藤司郎さんという人がいて、上京して雑誌に父の小説が掲載されていることに気付いて、掲載されるたびにリアルタイムで読んで、父に感想を言っていたというんです。教え子といっても年齢は十歳くらいしか変わらないので、わりとフランクに話をしていたそうです。「先生の小説は面白いけど、救いがないんですよね」。司郎さんの言葉を聞いて、それまで暗い作品に付き合ってくれたファンへの罪滅ぼしに、結末の明るい作品も意識し始めたようです。

直木賞受賞時に勤務していた日本食品経済社で

　今回の手帳を読み解いていくと、父はシャカリキになって書いていることが分かります。

　私はこれまで父にそんなイメージをもったことが全くありませんでした。編集者の方からも、

「手を煩わせない」「締め切りをしっかり守る」という話を聞いていました。
実際、私の記憶の中の父は、昼寝しているか、映画を見ているか、それか散歩しているイメージ（笑）。焦っている様子はありません。それは晩年までずっと変わりませんでした。父が締め切りに追われていたと感じたことがなかったんです。

ところが、手帳をみていると意外や意外に、「**まだ一五枚しか出来ていない。明日全力を挙げて四〇枚までは書かないと間に合わぬ**」などと、すごく悩みながら書いていることが分かりました。特に兼業作家時代は、ぎりぎりの状態で書いていたようです。一方で会社にもすごく気を使っているんです。父は業界紙の編集長だったから、普通の人よりちゃんとサラリーマンの仕事を頑張らなくてはいけないという強い気持ちでした。書く仕事は自分で選んでやっている仕事だから、そのために会社に迷惑はかけられない。手帳にも「**商業雑誌に小説を発表していること自体が、社内であれ、どこであれ一種の嫉視の眼でみられることだということを、常に忘れないようにしないと、立場は難しくなろう**」と書いているんです。その思いは、よくわかります。

遠藤展子さんの著作『藤沢周平　遺された手帳』（文藝春秋）

そんな中でも、編集者とは新宿で落ち合って囲碁を打ち、一杯飲んで帰ってきたり。この時は母がいたので、子育てはしていませんが、二足のわらじで相当大変だったと思います。

当時の父を思い出すと、確かにお酒は飲んでいた覚えはあります。私が小学生のころ一度だけ、飲み過ぎて玄関のわずかな段差を上がれなくなり、「ママ、水ちょうだい」って言っていたのはよく覚えています（笑）。

手帳のなかでも、飲んで帰宅したら「**部屋の中がざらざらしている**」ので、箒《ほうき》で掃き始めたら、酔っぱらっているものだから箒の長い柄の部分でガラスを割ってしまったという記述が出てきます（笑）。当時は木のガラス戸で、風が強いと赤土が家の中に入ってきたんですよね。このとき、私と母は、広島の親戚の家に泊りにいっていた時で、帰ってくるまでにきれいに掃除しておいてあげようという、父の優しさだったのでしょう。今回の手帳の中で見つけて面白いなぁと……。

母が来てからは、家事は全くやらなくなっていましたが、たまにはいいところをみせようとしたのかな。晩年はカップラーメンを作るのが精いっぱいでしたから（笑）。

読ませるために残していた

今回の「金山町雑記」のノートは、父が小説家になるために、必死にがんばっていた時期だったと思います。

父は、これらの手帳をいずれ私が読むだろうことは分かっていたのだと思います。父は晩年、マッサージに通っていて、私が車で送り迎えをしていた時期がありました。マッサージが終わってから、喫茶店で一、二時間くらい父と二人で話す、今から思えばとっても貴重な時間でした。亡くなった母の話をしてくれたり、父の昔話を聞いたり。元々、口数は多くないので、母の話もそんなには聞けませんでした。書いたものを捨てないで残しておいたのは、いつか私が見るかもしれないと思っていたんじゃないかと……。

私がどんな環境で生まれ、育っていたのか。私がいたから生きなければいけないという父の思い。私の成長と母を重ね合わせた複雑な気持ち。作家・藤沢周平が生まれた時のことを、いま改めて知る機会を残してくれたのは幸せなことでした。

父が書き遺しておいてくれて本当によかったと思います。

「オール讀物」二〇一七年十一月号

藤沢作品の魅力を
徹底紹介

熱愛座談会

語り継ぎたい「矜持」がある

いい男、いい女、豊かな人生——。
藤沢作品を愛する
女性三人がすすめる必読の名作セレクション。

松岡和子×あさのあつこ×岸本葉子

あさの　編集部からお勧めの三作をあげてくださいと言われたんですが、絞り込むのに苦労しました(笑)。とはいえ、初めてお会いするお二人がどんな作品を選ばれるのか、とても楽しみでした。

岸本　みなさんのセレクションは、女性ならではの作品だと思いますね。男性が選ぶのであれば『風の果て』など、藩内の抗争ものが入ってきたんじゃないでしょうか。あさのさんが藤沢作品と出会ったのは、いつごろなんですか?

あさの　かれこれ、二十年くらいは読んでいると思います。ちょうど三十代の頃で、三人の子育てに没頭しているときでした。小説を書きたいという思いはあるんだけれど、書く時間がないと言い訳をしながら悶々とした日々を過ごしていました。書けないなら、せめて小説を読もうと、細切れの時間で読める短篇を探したときに、本屋さんでたまたま手に取ったのが、松岡さんがあげてらっしゃった『橋ものがたり』でした。

夢中で藤沢作品を読み続けているうちに、「私はこういう作品、こういう人物を書きたかったんじゃないのか。書かないまま終わっていいのか」という心の声を聞いたんです。

私はどちらかというとミステリーが好きで、時代小説のいい読み手じゃなかったんですが、「こんなふうに生きてみたい」と思わせてくれた小説は、藤沢さんの作品が初めてでした。

松岡　岸本さんの出会いはいつだったんですか？

岸本　私は時期でいうとたぶん十数年前、三十代半ばに差しかかった……（笑）。

あさの　時期と年齢は、みんなでぼやかしましょう（笑）。

岸本　それまで、時代小説といえば、人を切ったり張ったりするものと思い込んでいたのでちょっと縁遠い分野でした。当時は、藤沢さんの作品がブームになりつつある頃で、新聞の広告でも目立っていたし、周りの人が絶賛していたのでじゃあ読んでみようか、というのがきっかけですね。やはり短篇から入りました。『冤罪』という短篇集の表題作に、明乃という女性が、夫となる人に藤の下で見出される場面があります。木陰に隠れているつもりで、小用を足していたんです。

あさの　恥ずかしいですよね。白い臀《しり》を見られて（笑）。

岸本　ところが、この描き方がやさしくて温かみに満ちていて、女性は添え物でしかないと思っていた時代小説の分野にも、こんな書き手がいるんだと驚きました。ちょうどバブルが弾けて、経済は何となく元気がなくなり、日本がちょっと失速している時代でした。そんなときだからこそ、藤沢さんの小説を寝る前に読むと、「明日から背筋を伸ばしてちゃんと生きていこう」という気持ちになれたのです。

松岡　私はいちばん年上ですけれど、藤沢作品の読者としては新参者で、しかもきっかけは、映画『たそがれ清兵衛』でした。ちょっと邪道ですよね（笑）。

私の翻訳で、蜷川幸雄さんが演出された『ハムレット』の主演が真田広之さんでした。その稽古場で、役に向かう姿勢に打たれて以来、彼は最も敬愛する俳優なんです。その真田さんの主演ならと『たそがれ清兵衛』を見たら、なんと素晴らしいことか——。私は劇評を書いてきましたので、観客としてはスレているはずなのに、観終わったとき、私も岸本さんのように「こんな風に生きていこう」と素直に思ったんです。

それまでは素通りしていた夫の書棚からすぐさま手に取ったのが『橋ものがたり』でした。一篇目の「約束」でもうノックアウト。あとは一気呵成という感じで夫のコレクションを読み漁りました。本棚にない作品は立方体状態で買い集めたのを思い出します。外出するときは、途中で読み終えちゃって禁断症状になるのが怖くて、バッグに最低二冊。十ヶ月で全作品を読みきってしまいました。

いい男といい女

松岡　町人であれ武家のお内儀《かみ》であれ、藤沢作品に登場する女は〝ハンサム〟だと思いませんか。

岸本　凛々《りり》しいですよね。まさにハンサム・ウーマン。

あさの　たとえば、どの辺りに惹かれますか？

松岡　剣の道を極めた女性が、その最右翼でしょうね。自分の中にしっかりしたモラルを持っているし、なにより実際に戦うんですから。それでいてたおやかなところもある。
私は『隠し剣孤影抄』を挙げましたが、その中でも「女人剣さざ波」が好きなんです。

あさの　果たし合いをすることになった夫は剣の腕がからっきし。その夫に内緒で、立ち合いに挑む妻。なんて強い女でしょう。

松岡　岸本さんお勧めの『時雨みち』の「山桜」の主人公は、こう生きると決めたら、もうわき目もふらず、これが自分の運命と受け入れるんですね。

岸本　主人公の野江は若くない人妻です。一度目の結婚で夫に死なれ、二度目の結婚では、夫とも嫁ぎ先の人々とも心が通じあえなかった。この家も、いずれ去ることになると感じているんです。

あさの（おもむろに本を広げながら）鬱屈を抱えながら帰る途中、傘のように道の上に枝を広げている山桜のたもとで、ある男と出会います。

〈そのとき、不意に男の声がした。

「手折《たお》って進ぜよう」

その声があまり突然だったので、野江は思わず軽い恐怖の声を立てた。（中略）

「多分お忘れだろうが、手塚でござる。手塚弥一郎」

あっと野江は、眼をみはった。〉

野江は、自分を気づかってくれていた手塚の気持ちを知ります。その記憶を頼りにして、前向きに生きていくんですね。

岸本 結局、二度目の嫁ぎ先でも野江はうまくいきません。でもこの作品のラストシーンを読むと、取り返しがつかない、間違った道を歩いてきたんだと悟ったところから、次の新しい一歩が踏み出せるんじゃないかという期待感を懐《いだ》かせてくれる。一見、耐える女だと思われた野江は、実は肝心なところでは自ら動いて、運命を変えようと行動する女だった。

松岡 あさのさんの挙げられた『花のあと』の「雪間草」の尼僧（松仙・かつては松江）

もそうですよね。松江は、藩主の側妾だった立場を捨てて尼僧になります。彼女がかつて嫁ぐはずだった吉兵衛という男が、藩主から切腹を命ぜられ、松江は男を救おうとします。権力を恐れずに。

あさの　ラストシーンにこうあるんです。

〈吉兵衛が藩のため、主君のため黙って腹を切る覚悟が出来る男になったのを知ったこと、その吉兵衛を、首尾よく助けることが出来たことが快く胸に落ちついて……〉

松江は、かつて吉兵衛と別れた日、寺の裏で見た雪間のたよりない青草が、ようやく一人前の草に育ったと感じるのです。

藤沢作品で描かれた男の話をさせていただくと、いい女には、いい男がついているんです。力があるとか、お金があるとか、見た目がいいとかそういうことではなくて、人間として筋の通った男たちが登場するんです。

岸本　例を挙げれば『橋ものがたり』の「赤い夕日」のおもんの夫・新太郎や、「まぼ

きちんと生きていれば、見てくれる男がいる。その幻想は縋《すが》っても間違いじゃないと思う

まつおかかずこ◉旧満州新京生まれ。シェイクスピア作品の新訳に取り組み、蜷川幸雄氏演出の舞台を支えた。著書に『深読みシェイクスピア』など。

ろしの橋」のおこうの夫・信次郎。

その大きな男たちは、決して女の失敗を咎めないんです。女性はときに間違った選択や決断をするんだけれども、その個々の選択の是非を過去に遡って問わずにいてくれる男がいる。

松岡　あさのさんは『消えた女──彫師伊之助捕物覚え』を挙げておいでですが、伊之助もお好きなんですか？

あさの　ええ。何もかも捨ててついていきたいくらい（笑）。版木彫り職人の伊之さんは、元は凄腕の岡っ引き。その稼業に没頭したせいか、女房が男を作って死んでしまった。暗い過去を背負っているところがいいんです。

男性の読者には申し訳ないんですけれど、現代の男性が失った陰影を、伊之さんは持っていると思う。

岸本　自分の中で決め事を持ってる男性は素敵ですよね。失踪した女の捜索を頼まれたときも、そこまで恩義を感じなくていいのに、命を危険にさらしても遂行する。同心から臨時の手札を出そうといわれ、十手を使ってもいいのに、あえて使わないとか──。

あさの　男の矜持《きょうじ》とはいかなるものなのかを教えてくれる。

岸本　『蝉しぐれ』の文四郎が不遇のどん底にいたときも、「悪声を放たず、人と争わず、身を慎んで剣と学問に精出して来た」ということを言うんですが、これって当たり前のようなことでいて、なかなかできないですよね。

松岡　恨みや嫉妬から、剣や学問の精進を怠ったり、誰かのせいにしたくなる。

岸本　現代では結果、つまり報われるということをものすごく短いスパンで求めるけれども、「自分が満足できることって何だろう」ということを長いスパンで考えることが必要ではないでしょうか。

藤沢作品の主人公たちは、外側から見れば不遇かも知れないけれど、自分のなかの「守りたいもの」に忠実に生きている。それだけを見失わなければ、人生を全うできると思わせてくれるんです。

松岡　きちんと生きていれば、それを見てくれる男がいる。それは幻想かもしれないんだけれども、でもその幻想は縋っても間違いじゃないと思う（笑）。

岸本　それは異性であるかもしれないし、他人であるかもしれないけれど。藤沢作品を読むようになって、古めかしい言い方ですが、御天道様は見ていて下さると信じられる

藤沢作品には、大人が、
自分の子供たちに
伝えていかねばならない言葉がある

あさのあつこ◉岡山県生まれ。『バッテリー』で野間児童文芸賞などを受賞。『もう一枝あれかし』『I love letter』『燦（全八巻）』『天を灼く』など著書多数。

ようになりました。

あさの　藤沢さんは、こういう生き方が立派なんだよとか言わないけれど、ただ、こういう人がいた、こういう生き方があったと優しく伝えてくれるんですよね。

藤沢作品の愉しみ方

松岡　すごくトリビアルなことを言ってもいいですか？

あさの　あっ、松岡さん、上着を脱がれましたね。

岸本　体温がどんどん上昇しているのが伝わってきます。私も袖をまくりますよ（笑）。

松岡　藤沢さんの描写についてなんです。たとえば『蝉しぐれ』の冒頭で、文四郎が登場してすぐの場面にこうあります。

〈頭上の欅の葉かげのあたりでにいにい蟬が鳴いている。快さに文四郎は、ほんの束の間放心していたようだった。〉

普通なら「放心していた」で止めると思うんです。「ようだった」という描写を読んだとき、私はフワッと目眩《めまい》がしたんです。

三人称が一人称に溶けていく。

書き手として文四郎を描写しているならば「束の間放心していた」ですよね。だけど、あっ俺、今放心してたのかな、というのは、書き手が文四郎のなかに入ってるわけでしょう。文四郎が欅の下に立っている姿を読んだ次の瞬間に、フワッと文四郎の中に引っ張り込まれてしまう。藤沢さんの全作品を調べれば要所要所で「……のようだった」が使われていると思うんです。

岸本　小説をお書きになるあさのさんとしては、今の文末処理問題はいかがですか（笑）。もし意識的だとしたら、すごいですよね。

あさの　読みにくくなる可能性もありますから、なかなか意図的にできることではないような気がします。それが見事に溶け合っているというのは、小説のなかに、本当の人間が描かれているからではないでしょうか。

岸本　『蟬しぐれ』でいいますと、私は、タイトルから気になって、どんなときに蟬が鳴くのかを調べてみたんです（笑）。そうすると、後悔というテーマが出てくるところではよく鳴くんです。

松岡　それは全然気がつかなかった。

藤沢さんは海坂藩を深め、広げ、育てた。
読者と共同で
作り上げていったのでしょうね

きしもとようこ◉鎌倉市生まれ。女性の日常や旅を題材にしたエッセイや小説を発表。著書に『カフェ、はじめます』『ちょっと早めの老い支度』など。

岸本　たとえば、文四郎の父・助左衛門が、藩内の権力闘争に巻き込まれ、無念ながらも切腹を命じられる。その父に言えなかった言葉がある、という場面。

あさの　文四郎は、父に尊敬していると言えばよかったと後悔します。

岸本　友が「人間は後悔するように出来ておる」と言ってくれる。そこには蟬が鳴いています。

そして最後の、ふくと再会して、二人が結ばれなかったことを振り返る場面、〈それが出来なかったことを、それがし、生涯の悔いとしております。〉このすぐ後でも蟬が鳴いていることに気づきます。

もう一つのパターンとしては、おふくさんが登場するシーンでも蟬が鳴いているんです。冒頭、やまかがしにかまれた指を吸ってあげる場面や、切腹した父の亡骸《なきがら》を大八車で引いていく文四郎を、ふくが助けるところでも蟬が鳴いています。

ラストシーンは、蟬の鳴き声とおふくさん、後悔が三点セットで出てきます（笑）。藤沢さんの気持ちが入りこんだときに、つまり、後悔というテーマとおふくさんを書こうとすると、蟬が鳴く。

あさの　効果的ですよね。それを聞いて、もう一度、読み返したくなりました。

松岡　剣のシーンも藤沢さんの作品の魅力の一つですよね。

あさの　『玄鳥』のなかの「三月の鮠《はや》」という短篇に、御前試合で敗れ、不遇をかこっている若侍・信次郎が登場します。敗れた相手ともう一度戦う場面で、仲間が信次郎に刀を投げるんです。

〈振りむくと横山が刀を投げた。つかみ止めて鞘を捨てると、信次郎は広場を斜めに走った。（中略）

双方から踏みこみ、二人はただ一合斬りむすんだ〉

抜き身の刀を持って敵に向かっていくシーンは、淡々とした描写なのに、とても鮮烈なんです。私、この鞘になりたい、と心から思いましたもの（笑）。

岸本　でも地面に捨てられちゃうんですよ。

あさの　捨てられてもいいんです。

岸本　われらが愛するヒーローたちは、みんな禄高も低いし、役職の面でも恵まれないけども、実は剣のすごい遣い手だというところに小カタルシスがあるんですね。ここだけは誰にも負けないんだなというところがいいですよね。

松岡　劇画だと「ドバッ」とか「ドサッ」などいろいろと擬音語が出てきますが、藤沢作品にはありません。たしかにオノマトペって日本語独特のもので、使うとダイレクトに表現できるんです。私も翻訳するときに、ここ、という場面でだけオノマトペを使うんです。藤沢さんはオノマトペには禁欲的ですね。

岸本　だからこそ、討ちあいとはこんなに静かなものだったのかと知り、その一瞬で人が死ぬからこそ「剣ってすごいんだな」という迫力が出ますよね。

あさの　さらにいちばん大切なのは、剣の場面ではなくて、剣を使う人たちの物語なんですよね。

岸本　『隠し剣』はそれを象徴していますよね。秘剣を披露したくないけれども、やむにやまれず使わざるを得ない。一生に一回使うかどうかの場面。そこに人生の決断がある。

人生の折々に

岸本　私は人生を振り返ると、大切なときに、藤沢作品を読んできたなぁという気がしています。

松岡　今回、お二人と藤沢作品を語りあうという企画のオファーをいただいたのは、百一歳の母の命の火がどんどん小さくなって、もう消える時間も予告できるというようなときだったんです。私はそのとき、母に付き添い、手を握りながら読んでいた『春秋山伏記』に救われました。ちょっとうまく言葉に出来ないんですけれど、どことも知れない山奥に暮らす山伏と、その村で起きる、根源的な生命力に溢れた出来事に救われたんです。この作品には大らかな笑いがあるでしょう？　母と別れるときに、藤沢さんの作品を読んでいたことで、その時間が恵まれたものになったような気がします。

岸本　私は『蟬しぐれ』を折りにふれ読み返してたんですけども、最近、あさのさんが上梓された『火群《ほむら》のごとく』を読んで、ある感情がわきあがったんです。『火群のごとく』の少年剣士たちは今、青春のただなかで、身分に隔《へだ》てられずに交流できている。でも私たち読者は、それが本当に限られた期間の輝ける日々であって、その後、過酷なものが待ち受けていることを知りつつ、読んでいますよね。『蝉しぐれ』の中にこんなシーンがあるんです。文四郎と逸平の二人が寺子屋の帰りに、習い覚えた詩を唱和しながら歩いていると、

〈供をつれた武家の女性が静かにすれ違って行っただけである。〉

これはその場所の静けさをいってるのかなと思って読んだら、そうではなくて、次に続く文章は、

〈文四郎の母ぐらいの年齢のその女性は、すれ違うとき詩を唱和する二人にちらと微笑みをむけて行った。〉

とあるんです。今彼らがいる時間は、もうすぐ失われてしまう美しい時間なんだよという視線で見ている人物が、この小説の中にいるんです。

私もすでに青春時代を過ぎましたから（笑）、どちらかというと、この武家の女性の視線で彼らを見ていることが切なかったりするんです。現在進行形の「生きる」を小説で読みながら、振り返った視線での「生きる」を感じている。『火群のごとく』のなかにも、二つの「生きる」が並行して流れていて、青春の息吹《いぶき》のみずみずしさを感じ、切

なさが呼び起こされたんです。

あさの　実は私、この一年くらい、藤沢さんを読むのを封印していたんです。仕事場の一番手を延ばしやすいところに、藤沢さんの小説をおいていて、執筆の前に読むのが日課だったんですが、『火群のごとく』を連載していた期間は読むことができませんでした。同じ土俵である藤沢さんを読むと、あまりにも素敵すぎて、自分がちっぽけに思えてしまうんじゃないかという不安があったんです。小説を書き上げて、その封印をといたんです。

岸本　久々に読んだ藤沢作品はどうでしたか。

あさの　蘇生する思いがしましたね。三十代の悩んでいた私に、「お前が書きたいといった思いはそんなものなのか」と教えてくれたのが藤沢さんの小説だったことを改めて思い出しましたし、私はやっぱり時代小説が書きたいんだということがわかった。それは藤沢周平のあとを追いかけるという意味ではなく、私にしかかけないものを書こうという気持ちなんです。

松岡　あさのさん熱い！（身を乗り出しながら）「梅薫る」について、言わせてください。

あさの　ある老武士の娘・志津には、以前、婚約の定まった相手がいました。その婚約は相手方の申し出で破棄されたんです。その事情を知らされていない志津は、人妻でありながら未練を断ち切れずに、かつての婚約者を呼び出すんです。その娘に、年老いた父はこう伝えようとします。

〈この娘は、生きるということがどういうことか、まだそう多く知っているわけではない。生きるということが、時には耐えるということと同じ意味だということを、話してやらねばなるまい。〉

岸本　（本を開きながら）私もそこに線を引いてます（笑）。

松岡　あっ、私も。

あさの　志津は最後に、元婚約者の事情を知り、それを受け容《い》れた夫の大きさを理解するのです。老武士が父として抱いた思いは、わたしたち大人が、二十一世紀の今、自分の子供や孫、近所の子供たちに伝えていかなければいけないものだと思うんです。現代の大人たちが、若い世代に伝えきれてないものが、このひと言の中にあるんじゃないかと。

人生は捨てたもんじゃない。明日一日生き延びればこういう言葉に出会えるかもしれないということを藤沢さんの小説が教えてくれる。明日生きるのが辛いという若い人に、ぜひ手にとって欲しいなあと思いますね。

そして、故郷へ

松岡　この四月に、藤沢さんの故郷、山形県鶴岡市に「市立藤沢周平記念館」がオープンしたんですよね。

岸本　ぜひ行ってみたいなぁと思っていました。

あさの　藤沢さんは、故郷の存在を大切にされていましたよね。書くということも含めて、故郷にきちんと根をはって、そこから養分を吸い上げていたんじゃないでしょうか。書き続けることで、ご自身の根をどんどん太くしていったような気がします。

岸本　私はずっとエッセイを書いてきましたが、その立場から言いますと、私という人間は実在するのでそのリアリティに基づいて、一人称の主観と読者へ伝わる描写を加えた、いわば二次元で成り立たせることができます。

対して小説は架空を構築するので、もう一次元必要だと思うんです。そのときに藤沢さんにとって故郷は、依拠できる存在だったのではないでしょうか。もちろん、鶴岡イコール海坂藩ではないですが、ある風土——雪がこんなに強く横殴りに吹雪く、実りの時期はこんなに田んぼが黄金色に輝く、滴《したた》るような夏の緑——の中で育った、そのリアリティに支えられて、創作の中で海坂藩をつくり、読者と共有し、また藤沢さんが海坂藩を深め、広げ、育てた。その意味では、読者と共同でつくり上げていった世界なのかもしれません。

あさの　時代小説を書くときに、もちろん資料を調べたりはするんですけれど、五感によってしか作れないものもあるんです。裸足で土を走るときの感触や、雨が降ったとき

松岡和子さんの3作

『隠し剣孤影抄』（文春文庫）

『橋ものがたり』（新潮文庫）

『春秋山伏記』（新潮文庫など）

あさのあつこさんの3作

「梅薫る」『夜の橋』に収録（文春文庫など）

『消えた女―彫師伊之助捕物覚え』（新潮文庫）

「雪間草」『花のあと』に収録（文春文庫）

岸本葉子さんの3作

「山桜」『時雨みち』に収録（新潮文庫）

「冤罪」『冤罪』に収録（新潮文庫）

『蟬しぐれ』（文春文庫）

の匂いなど——知ってることしか書けない、というんでしょうか。海坂藩は架空でありながらも、藤沢さんにとってはとてもリアルな存在だったんじゃないでしょうか。

松岡　そう思いますよ。『蟬しぐれ』の五間川が決壊する場面なんてすごい迫力ですものねえ。

あさの　冒頭、こんな場面があります。

〈いちめんの青い田圃は早朝の日射しをうけて赤らんでいるが、はるか遠くの青黒い村落の森と接するあたりには、まだ夜の名残の霧が残っていた。じっと動かない霧も、朝の光をうけてかすかに赤らんで見える。そしてこの早い時刻に、もう田圃を見回っている人間がいた。黒い人影は膝の上あたりまで稲に埋もれながら、ゆっくり遠ざかって行く。〉

ここを読むと、海坂藩の光景と、現在に生きる私の命とが繫がっているような気がするんです。

松岡　私は都会でしか暮らしていないのに、『春秋山伏記』を読むと、山伏の暮らす村を、私の細胞が知っているように思えるときがあります。

岸本　私も神奈川県で生まれて、今東京に住んでいますから、海坂藩のような風土をまったく知らないんですけれども、自分のなかの遺伝子に刻み込まれた「ふるさと」のように感じます。日々の生活にちょっと疲れたから、海坂に帰ろうかという感じで藤沢さんの小説をめぐるんです。
ああ、できれば現《うつ》し身《み》の私も、海坂藩に生きてみたかったなあと思います。

あさの　主人公とは言いません。私はべつに山桜を折って手渡してくれとか、後ろから、「率爾《そつじ》ながら」と声をかけてくれとまでは望みませんから（笑）。

松岡　海坂藩を再建したい（笑）。

岸本　舞台を共有できる時代小説って、ありそうでなかったですよね。それまで歴史の教科書なんかで親しんでいた石高というのは、加賀百万石とか薩摩七十万石とか、万石という単位でした。でも藤沢作品には禄高十五石とかとある。そうかそんな暮らしもあるんだな、自分と同じささやかな暮らしを営む人間なんだなと知り、距離が縮まる。これは藤沢さんの発明のような気がします。

松岡　方言にも魅了されますね。時代小説で描かれる武士は「……でござる」だけだと思っていたんですが、『秘太刀馬の骨』の「……でがんす」は衝撃でした。武士だけでなく、士農工商の人々が全国津々浦々の藩の言葉遣いで生きていたことを教えてくれます。

あさの　この鼎談、やっぱり鶴岡でするべきだったんじゃないかしら？

岸本　次に集まるときは、絶対鶴岡に行きましょう。三人で話していたら、きっと海坂藩が立ち上がってくるような気がします。

「オール讀物」二〇一〇年七月号

［エッセイ］

私が愛する藤沢周平

いまなお、藤沢作品が人々を魅了し続けるのは何故なのか——。

透明な底まで

上橋菜穂子（作家）

本が傍らにないと落ち着かない性質《たち》だけれど、それでも疲れていて、新しい本に手が伸びないときもある。そんなとき、必ず手にとって読み返すのが、藤沢周平の本だ。もう、何度再読したかわからない。そのときの気分によって、武家物か、町人物か、手に取る本はちがうのだけれど、それでも藤沢周平の本を読むとき、私は必ず、ある安堵感のようなものに包まれる。たとえ、人という生き物の無残さを描いている作品であったとしても。

その安堵感というのは、日が落ちる少し前の、静謐な光の中に佇んでいるときの気もちに似ているかもしれない。透明な、あの光だ。

それは、藤沢周平の風景描写が醸《かも》しだす感覚なのかもしれないけれど、多分、それだけではない。彼が描く人々の生き様は、ときに笑いを誘い、ときに苦さを舌に残すが、それでも、その多くが、どこかに、ごくごく地味な、しかし、すっと胸がすくような痛快さを隠しているからなのだろう。

疲れているとき、心がへたってしまっているとき、藤沢周平の本を読むと心が楽になるのは、きっとそのせいなのだ。


昨夜も『隠し剣孤影抄』を読んでいて、「女人剣さざ波」を読み終えたとき、不意に涙がこぼれて、驚いた。寝床で読んでいてよかったと、つくづく思った。これが電車の中やらファミレスだったら、さぞかし恥ずかしい思いをしたにちがいない。

そのとき、本を閉じて思ったのが、この「痛快さ」ということだった。

「女人剣さざ波」に出てくる妻は、容姿が冴えないために、夫から嫌われていることを知っている。彼女は、しかし、娘時代には、人に知られた剣の使い手であり、あるとき、夫の代わりに剣豪との果し合いに挑むことになる。

誰に加勢を頼むこともなく、ただ独り剣豪と正面から向き合い、横鬢《よこびん》をそがれ、肩と腕も斬られ、血まみれになりながら壮絶に闘った末、さんざん自分の心を傷つけてきた夫が青くなって駆けつけてきたとき、その背に背負われながら彼女は離縁を口にするのだ。

藤沢周平は、女を、こんな風に描ける人だ。もちろん、女だけではない。子ども、若者、腹の出た中年の男たち、そして、老いた者たちをも、藤沢周平は痛快に描いてみせる。

いくら才能があり、鍛錬しても、女が男の剣豪に勝てるはずはないし、老いてしまえば若い者に勝てるはずがない。そういう現実を無視して、痛快さを輝かせる物語には、結局はリアリティがないのだ、と笑う人もいるかもしれない。

だが、リアリティのなんたるかを、藤沢周平が知らなかったはずがない。藤沢周平の作品を読むと、私は彼が、リアリティの意味が違う位相で見えてくるところ——常識が泡となって消えていく透明な底——まで、いったん降りていって、そこから、もう一度、日々の暮らしがある場所まで浮上して、物語を書いている、そんな気がすることがある。

「人々が現実だと思って疑わないこと」から、すっと身をひきはなして、人も、石も、男も、女も、在るものすべてが、付与された意味を洗い落とされて、ただ在るだけとなる、そういう透明な底まで降りていって、そこからこの世を見上げてみたとき、はじめて、見えてくるものがある。

武家の規範、貧富の差が生み出して行くもの、男が従わねばならぬ掟、女が従わねばさならぬ道、老いの哀しさ、子どもの精一杯……。制度や慣習という名の柵《しがらみ》のくだらなさや、「時」が人の上に及ぼす抗《あらが》いがたい力——それでも、それに縛られながらも、もがく、人という生き物の哀しさが、透明な底から見上げれば、歪みながら揺れて見えてくるはずなのだ。

それを真に哀しいと思い——その哀しさを胸に抱えている人が描いた物語には、「願い」と「現実の残酷さ」が抱き合わされて表れてくる。

秘剣を伝授されるほどの剣の才能を持っていても、不美人に生まれたがゆえに、いとしく思っている夫に愛してもらえない、そういうどうしようもなさを残酷に描きながら、それでも、ただ一度、彼女が己の才能を生かす機会を与えられる。

そんな機会なぞ与えられず、夫と不仲なままで終わるのが「現実」で、その真実を描くのが小説の深さでしょう、と言う人もおられるかもしれない。でも、私は、物語がもっているものは、現実をえぐりだすという機能だけではないと思うのだ。

ただ一度訪れた機会に、絶望を胸に抱えながら挑んでいく、その瞬間の輝きが、物語ならではの凝縮された光となって胸を刺す。「願い」が、一回だけ形になる瞬間を見る。物語を読むことには、そういう喜びがあってよいはずなのだ。

藤沢周平は、「現実」が、どういうものであるのかを良く知っていた作家だった。……そして、物語が、それをどう救うかも肌で知っていた、稀有《けう》な作家だったと私は思う。

情熱と執念の女を演じて

中江有里（女優・作家）

私は、短編集『驟《はし》り雨』の一編「捨てた女」がテレビドラマ化された際に、ふきという女性を演じました。

台本と原作本を読み、あまりにふきがかわいそうで演じるのが辛いな、と堪らない気持ちになりました。

頭の鈍いふきは親から見放され、働き口の矢場でも人々から笑いものにされ、折檻《せっかん》されたりしています。矢場に出入りしていた男がふきの現状を見かねて引き取り、一緒に暮らし始めますが、やがて男はふきを捨て置きます。

撮影が始まり、実際ふきを演じるうちに、最初に感じた杞憂《きゆう》は消えました。そしてこう思いました。

「ふきは男と出会えて、幸せだったんだ」

これまで誰からも邪魔者あつかいされていたふきが、初めて自分の居場所を得たのが男との生活であり、男はふきの人生を照らし出してくれた一筋の光明だった。きっとふきは自分の人生を悲観したりしない。男に捨て置かれたあとでも、ふきは幸せの記憶の中に生きる事が出来たはず、そんな幸福感を胸にふきを演じよう。たとえ周りからは不憫に見えても、わずかに与えられた幸せな思い出を反芻《はんすう》しながら、ふきは生きたに違いない……そう祈るような気持ちにもなりました。

今でも私の中で、ふいにふきの幸福感が頭をもたげることがあります。それほどに印象深い女性でした。

数ある藤沢作品でもうひとり、心に残る女性といえば、『海鳴り』のおこうです。

一代で紙問屋を築いた新兵衛と大店の嫁おこうの許されない恋物語。ふたりは、もう陽が昇ることはないだろう自らの人生で、闇夜の灯火を見つけました。闇が深ければ深いほど灯火は明るく、ふたりを照らし出します。

人目を避けて逢瀬を重ねる新兵衛とおこう。ある日、大川の花火を眺めながら新兵衛はつぶやきます。

「うつくしくはなやかな時期は、ほんのいっときのこと。あとはむしろ、苦しく思い悩むことが多いままに、ひとは一生を終るだけです。そうは思いませんか」

新兵衛は忍び寄る老いから決して逃れられないことを実感します。跡継ぎの息子との諍い、心の通わない妻との関係など、店の経営はうまくいっても家庭内は壊れてしまって修復できないとあきらめている。自分の人生は、打ち上げ終わった花火のように消えゆくだけ、愛するおこうとの仲もやがては消えてゆくもの……そう新兵衛は予感します。

「あたしなんかは、いつもそう思っていますけど……」

こう言うおこうは最後の最後まで、自分という花火を輝かせることをあきらめません。

女性は、美しいものは日々衰え、やがて消えていくことを知っています。それは若さや美しさといった表面的なものだけではなく、心のあり方であり、生き方をも指しています。

本書の舞台は江戸時代。封建制度の世では女性はお家や男性に従うのが当たり前。おこうは親の言うままに嫁ぎますが子を生《な》せずにいました。夫は外で子供を授かり、その子を引き取って、おこうに育てるよう命じます。それはおこうの嫁としての役割です。自分の気持ちを押し殺しても、家の為に生きるのが女性の生き方で、それが女性の宿命でした。

しかし新兵衛に出会い、おこうは自分の宿命を初めて直視します。それまで自分の報われない人生を振り返ることもなく、この先も続くであろう絶望に満ちた宿命を見ることもなかった。それに気付いたおこうは、自分の人生に見切りをつけます。

この物語を読んでいて驚かされるのは、このおこうの変化です。

新兵衛は切羽詰った状態に追い込まれて、ようやく変わろうとします。しかしおこうは自らの気持ちのけじめをつけた途端、ガラリと変化を遂げるのです。

自分の人生に絶望し諦めた事で、次の道を模索しはじめるおこう。幼虫が脱皮するように、自らの宿命を脱ぎ捨てようとしたのではないか、と私は思うのです。

うがった見方かもしれませんが、ふたりが出会ったのは、決して偶然ではなかった、そんな風に感じます。

新兵衛の閉塞感と、おこうの絶望感は自然に引き合い互いを求めた……この物語そのものがふたりの宿命だったのではないか、という気がしてなりません。

「捨てた女」のふき、『海鳴り』のおこう、ふたりはタイプの違う女性ですが、共に泥の中で咲く蓮のように花を咲かせます。

藤沢さんの描く物語は、どんな人物にも光を当てます。時代に翻弄《ほんろう》されたり犠牲になったりする弱者への視線を忘れません。

ひとときの花を咲かせる情熱と執念を持つ女性たちに本の中で出会うと、私は生きる勇気を与えられるのです。

以上、「オール讀物」二〇〇七年十二月号

男女の運命の糸

宇江佐真理（作家）

若い頃の私は、気に入った作品なら二度、三度と繰り返し読んだものだ。一度目よりも二度目のほうが細部に眼が届く。作者の意図もおぼろげながら理解できるような気がする。

映画も同じである。昔の映画館は入れ換えがなかったので、上映の途中からでも入ることができた。途中からだと筋《すじ》も何もわからない。それでも根気よく見ている内に、何となく察しがついて来る。それから改めて最初から見る。そうすると霧が晴れるようにすべてがわかるのだ。他人から見たら、少しおかしな鑑賞の仕方であろう。小説と映画を一緒にするのは乱暴かも知れないが、理解を深めるためにも小説は二度読み（映画も）をお勧めする。

とはいえ、それは時間があるからできることで、小説書きを生業《なりわい》にするようになってからは、二度読みする機会は少なくなった。長編などは読了するだけで精一杯という情けない情況である。

文春文庫四十周年記念に「心に残る時代小説」を推薦してほしいとのご依頼に、私は藤沢周平さんの『海鳴り』を選んだ。互いに家庭のある男女が運命の糸に導かれるように寄り添う物語で、最後は手に手を取って出奔《しゅっぽん》するのである。まっとうな不倫——などと、最初に読んだ時はばかな感想を持ったものだ。

二人がそうしなければならない理由に納得が行ったゆえでもあった。しかし、念のため、もう一度読んでみると、それだけではない人情の機微《きび》があり、安易な感想を持ったことを恥じる気持ちにもなった。

出だしは紙問屋の寄合が終わったところから始まる。この出だしが秀逸で、解説の丸元淑生さん（編集部注・現行の新装版解説は後藤正治氏）もおっしゃっているように、一代で紙問屋の主にのぼった小野屋新兵衛の業界での立ち位置が明確に見えるのだ。その手際の鮮やかさには舌を巻く。新兵衛は真面目一方で商売に励んで来た訳ではなかった。商売に弾《はず》みがつくと自分の店の女中をしていた女と深間に嵌《はま》ったこともある。だが、そんな新兵衛を未だに妻の〝おたき〟は許そうとせず、息子の幸助の不行跡も新兵衛のせいだと詰《なじ》る。商売はうまく行っていても、家庭には冷たい風が吹いていた。一方、同業の丸子屋のお内儀《かみ》〝おこう〟も子供を生めなかったことで姑《しゅうとめ》に冷たく扱われていた。この二人がふとしたきっかけで寄り添うことになるのだが、そのきっかけというのが他人には理解されない性質を含んでいた。酸《す》いも甘いも知っている新兵衛は、そのことを内密にしようとしたが、逆に同業の塙屋彦助という男に脅《おど》される羽目となる。

そしてついに、江戸にはいられない事態に陥《おちい》るのだ。二人の未来は、決して明るいものとは言えないのに、新兵衛の心は不思議に満たされていた。初老を迎えた新兵衛にとって、〝おこう〟は初めて心を通わせることのできる女性だったからだ。この二人が誰も知らない土地で、ひっそりと余生を送ることを読者は願わずにはいられない。『海鳴り』とは、そういう小説である。

「本の話ＷＥＢ」より転載

人間の歳月が刻む痕

皆川博子（作家）

エンターテインメントの登場人物を評するのによく使われる言葉で、私がどうもなじめないものの一つに、「キャラ」がある。キャラクターの略語らしい。本来は、人物の性格、性質を意味する英語だが、近頃では、キャラがたつ、たたないというふうに用いられている。人間の深奥を深く掘り下げるより、役柄がはっきりしていることを言い表すようだ。そのせいか、「キャラ」のたった人物というのは、類型の過激化におちいる傾向なきにしもあらずと感じる。

正義感あふれる主人公とか、威勢のいい美女とか。ひきこもりがちの付き合い下手とか。知能に障害があるが純粋さが魅力とか。塗り絵のように色分けがはっきりしている。味方とみえたのが実は悪の黒幕というようなひっくり返しでも、「お約束」の範囲を超えず、単に白の裏の黒をみせるだけというふうだ。ハリウッド映画的明快さである。これはなにも最近に限ったことではなく、戦前の大衆娯楽小説は、いま以上に、正邪、人物の役割の分担がわかりやすく塗り分けられていた。キャラだのお約束だのという言葉がなかっただけだ。「キャラ」とか「お約束」とかいう言葉は、古今を問わず、作品の人物造形の薄っぺらさ、物語のご都合主義を許す言い訳になりかねない。

藤沢周平氏の御作は、このキャラだのお約束だのを入り込ませない。人物の一人一人に決まりごとの役割を負わせるのではなく、生きている複雑な人間として血をかよわせ、肉の厚みをもたせ、内なる魂のゆらぎ、そうして、その人物の生きてきた歳月が刻む痕を、無駄のない清冽な筆致で描きだす。

『風の果て』の主人公桑山又左衛門は、藩の首席家老である。誠実であり、清廉であり、好ましい人物なのだが、政治という魔物とかかわり権力を掌中にしたときの心理は、決して単純ではありえない。彼には、莫大な借財で潰れかけている藩の財政を立ち直らせる責務がある。そのために荒蕪《こうぶ》地の開拓をはかるが、これは、理想を説くだけでは手に負えない。策謀をめぐらし、自らの手を汚さねばならないこともある。

構成の面白さでも、読者をひきつける。まず、冒頭、首席家老、桑山又左衛門に決闘状が届けられる。果たし合いを挑んできた相手、野瀬市之丞は、身分からいえば甚だしい懸隔のある無禄の者である。二人のあいだに、何があったのか。物語は、藩政を担う現在と若々しい過去とが、交互に描かれていく。荒蕪地「太蔵が原」の描写がまたみごとである。開墾が極度に困難であるだけに、夢をもたせ、失脚させ、あるいは成功への道を歩ませる。

権力を持ちつつ誠実であろうとする者が負う重み痛みを、藤沢氏は、自ら負うかのように、深い洞察力をそなえた眼差しで描ききる。
藤沢氏の小説は、時代を過去にとった物語であっても、常に、登場人物も状況も、現代と重なる普遍性を持っている。

文春ムック『「蝉しぐれ」と藤沢周平の世界』（二〇〇五年）より転載

文章の勝利

山口恵以子（作家）

時代小説を読み始めたのが遅く、藤沢周平作品との出会いも四十歳を過ぎてからだった。最初に読んだのはデビュー作『溟い海』。

これ一発で完全にハマった。作品に描かれている葛飾北斎の鬱屈した心情が、母はボケる、最愛の猫は死ぬ、脚本の賞は一つも取れないのに年ばかり取ると、当時八方塞がりだった私の鬱屈にピタリと一致して、すっかり作品世界に取り込まれた。

その後藤沢作品を読み続けた結果、最高傑作は『蝉しぐれ』、エンターテインメント性が最も優れているのは『隠し剣孤影抄』だと思うに至ったが、それでも私の心に一番深く響いたのは『溟い海』だった。ところが、突然その地位を脅かす作品が現れた。『又蔵の火』である。

これは実際の事件に基づいていて、又蔵という青年が兄の敵討《かたき》ちをする物語である。又蔵は放蕩三昧の挙げ句座敷牢に押込められた兄万次郎を脱出させて逃亡するが、路銀が尽きると万次郎は故郷の知人の家に押しかけ、通報されて家に連れ戻されることになる。しかし万次郎は刀を抜いて抵抗し、親戚二人によって斬殺されてしまう。

後でそれを知った又蔵はどうしても納得できない。確かに万次郎は放蕩に身を持ち崩したが、それについては本人にも言い分があったはずだ。そして何より追手は二人だった。それなら生け捕りに出来たはずだ。何も殺すことはなかったのに。

又蔵は兄の無念を晴らすために仇討ちを決意し、江戸で剣術を修行する。そしてついにチャンスが訪れる……。

とまあ、こういう筋書きだが、この万次郎というのが客観的に見るととんでもないバカ野郎で、殺されたのは自業自得としか思えない。おまけに超イケメンなので、バカさ加減も三割増しである。相手は完全に正当防衛で、敵呼ばわりされるのは迷惑千万だろう。非は万次郎にある。又蔵は逆恨みなのだ。それなのに復讐で凝り固まって聞く耳持たない。始末が悪いったらない。

「だからさ又ちゃん、ちょっと待ちなさいって。おばちゃんが帝国ホテルでディナーおごってあげるから、少し頭冷やしなさい」

このような突っ込みを途中で何度も入れつつ読み進んだのだが、どういうわけか、次第にこの意固地で視野狭窄の又蔵が可哀想でたまらなくなってくる。最後は何とか又蔵に助かって欲しいという気持ちでいっぱいで、完全に親戚のおばちゃんと化していた。敵役の丑蔵はまことに立派な人物で、その振る舞いは武士の鑑《かがみ》である。本来なら丑蔵に対する同情が勝っていなくてはならないのに、私の心はすっかり又蔵寄りになっていた。

これはひとえに藤沢周平の文章の力である。文章の力によって、本来なら主役の資格のない主人公に、比類無い輝きを付与することに成功したのだ。

文章にはこれほどの力がある……！

『又蔵の火』は脚本に行き詰まって小説へ移行しようとしていた私に、文章の力の偉大さを教えてくれた衝撃的な傑作である。大恩人に等しい作品である。

数年後、ふとしたきっかけで『又蔵の火』と同じ趣旨の傑作を読んだことがあると気が付いた。

ウールリッチの『喪服のランデヴー』がそれだった。

これも、亡くなった恋人の復讐のために理不尽な殺人を繰り返す男の話なのだが、読んでいるうちにこの連続殺人鬼が哀れで堪らなくなってくる。最後は可哀想で涙が止まらない。可哀想だは惚れたってことよ。ひとえに文章の力である。

『喪服のランデヴー』は過去何度かドラマ化されているが、いずれも成功していない。少なくとも原作にははるかに及ばない。ウールリッチの文章抜きに、この作品は成立し得ないのだ。

藤沢作品は人気が高く、多数映像化されている。多分これからもその数は増え続けるだろう。

ただ、『又蔵の火』だけは映像化しないで欲しい。藤沢周平の文章抜きの『又蔵の火』は「クリープを入れないコーヒー」（古い！）どころかコーヒーの無いクリープになる恐れ大で、失敗するに決っているから。

藤沢作品の女性の多様性

川村元気
（映画プロデューサー・作家）

藤沢作品では特に短篇が好きです。もともと、僕は剣劇より市井の人々のことを描いた話が好きなので、『橋ものがたり』、その中でも「約束」という一篇がとても心に残っています。家庭の事情から深川に引っ越して料理屋に奉公に出ることになったお蝶と、錺《かざり》職人の幸助が、五年後に小名木川の萬年橋で会う約束をする、という内容です。短篇ではありますが、橋の向こうとこちらにそれぞれの人生があって、大河ドラマのような広がりを感じます。橋を渡れば会えるのにふたりは会わない。その感覚は、簡単にメールで約束を反故《ほご》にできてしまう現代では失われたものですが、「ロミオとジュリエット」のようで非常に映画的です。

藤沢作品を知ったきっかけは、山田洋次監督の映画「たそがれ清兵衛」でした。映画を見た後に、藤沢さんのその他の小説も読むようになりました。山田監督とはときどきご飯をご一緒するのですが、監督も「約束」がお好きで、特にラストシーンが胸を打つね、いつか一緒に映画にしよう、と盛り上がりました。すでに監督の中では、ラストシーンのカット割りまでできているようです。

僕はまだ一度も時代劇作品に携わったことはありません。だからこそ、初めて手掛けるならば、藤沢作品のような、市井の人々の生活を丹念に追う映画を撮影したいです。確かに、チャンバラではない人情劇の見せ方には、難しさがあるかもしれません。でも、「約束」では、橋のこちら側の主人公は錺職人で、錺金具などの美術的な魅力がある。その対一方、橋を挟んだお蝶には、お金で身体を売るという哀しい色気の魅力がある。その対比を映像にしてみたいんです。

藤沢作品にはスーパーヒーローは出てきません。一貫してふつうの人々を描いていて、そういった無力な人間の葛藤というテーマは現代にもつながっていると思います。藤沢さんの小説を読んでいると、昔から人間は小さな罪や過ちで悩み、苦しんできたのだと実感するんです。

僕も小説を書きますが、藤沢作品の女性の描き方に非常に影響を受けています。昨年（二〇一六年）上梓した、『四月になれば彼女は』という小説の中で、主人公は大学生の頃の彼女と、今の婚約者の間で揺れ動きます。「約束」でも、幸助は昔なじみのお蝶と、親方の妾の間に立たされます。遠くにいて会えない人と、目の前で自分を愛してくれるけれども何かしら問題のある人との二択、という点で同じ構造だといえます。

ラブストーリーを書く中で、気が付いたことがありました。ラブストーリーとは、男性と女性を描くものではなく、男性の目線で女性の多様性を描くものだと思うようになったんです。その視点で改めて藤沢作品を読むと、お蝶の女中仲間をはじめとする、脇役の魅力にも気が付きました。また、ヒロインの純粋さの反面で、親方の妾は幸助をただならぬ関係に引きずり込む女性です。でもそういう奔放な人も、悪人ではなくチャーミングさを残しています。

僕は常日頃、「優柔不断」をモットーにしています。現代はコミュニケーションのスピードが速いので、自己保身で約束を簡単に破ったり、小さな矜持を捨ててしまうことがあります。だからこそ、周りの人が「それって意味あるの？」ということに、わざとこだわるようにしています。即決即断は一見格好良く聞こえますが、色々な選択肢を切り捨てているとも思うんです。僕は、映画「武士の一分」の原作である、「盲目剣谺《こだま》返し」の三村新之丞《しんのじょう》のように、最後まで悩み続けたいんです。そうして人間の逃げられない部分に向き合いたい。そこにこだわることの難しさやありがたみは、藤沢作品にも通底している考えなのかもしれません。

じわりじわりと心理的に盛り上がる〝中編〟の持ち味

高野秀行
(ノンフィクション作家)

「オール讀物」誌上で藤沢周平作品について書けるとは感無量である。というのも、私は高校生のときから筋金入りのファンで、どの作品かは覚えていないが藤沢周平の単行本の「初出」を見て、この雑誌の存在を知ったからだ。

当時の私は秘境に棲む未知の巨大生物を探したり、古代遺跡の謎を解明したりしたいという現実離れした夢にとりつかれていたが、一方では藤沢作品の端正な佇まいに癒やされていた(父が愛読していたので、家の本棚に何冊も並んでいたのだ)。無意識的に心のバランスをとっていたのだろう。今でも同じで、アフリカや中東の辺境地に行ったときも藤沢作品を読むことがある。読むと、過度の興奮や不安が収まる。藤沢作品は決して軸がぶれないがために、私の心のバラストとなっているようだ。

さて、本書、『麦屋町昼下がり』。数年前に「本の雑誌」に頼まれて藤沢周平本ベストテンを選んだときには入れなかった。別に他意はなく、藤沢作品はあまりに層が厚いため、甲乙つけがたい本が二十冊くらいあるのだ。

もっとも、本書はどちらかと言えば、「異色作」かもしれない。中編集なのである。おそらく数ある藤沢本のうち、この一冊だけだろう。周知のとおり、藤沢さんは短編の達人で、長編でさえも連作短編の形で積み重ねることが多い。代表作として最もよく挙げられる『蟬しぐれ』や『用心棒日月抄』もそうである。

では中編はどうなのか。本書に納められた四作はいずれも骨格は短編そのものである。主人公は剣の達人ながら日頃は平凡な暮らしを営んでいる。ところがあるとき、身に災難が降りかかり、思いがけず生死をかけた闘いを強いられる。剣豪小説の王道にして、その実、男女の機微《きび》を描いた恋愛譚でもある。……と、書けば「あれ?」と思うはず。これはまるっきり「隠し剣」シリーズじゃないか。

そう、本書は秘剣こそ登場しないものの、「隠し剣」の〝スペシャル拡大ヴァージョン〟の趣を持っているのだ。

四作どれも捨てがたいが、やはり一押しは表題作「麦屋町昼下がり」だろう。短編を中編に拡大した意味が最も強く感じられるからだ。

ある晩、主人公の片桐敬助は上司より縁談を持ちかけられるが、その帰り道、美しい女性が刀をかざした男に追われる場面に遭遇、やむをえず男を切り捨ててしまう。女性によれば、男は義父であり、江戸勤めの夫の留守中に肉体関係を求められたので断ったところ逆上したと説明する。だが問題は彼女の夫。藩で随一の剣の遣い手である弓削《ゆげ》新次郎だったのだ。弓削は天才剣士だが、偏執的な性格で知られ、帰国（帰藩）の暁にはきっと敬助に復讐するだろうと誰もが思う。敬助も藩内で知られた剣士だが、あくまで二番手。弓削には絶対に勝てないとこれまた誰もがわかっている。つまり、「弓削の帰国」はすなわち「敬助の死」を意味する。

ここで肝《きも》なのは、弓削が自分で「復讐する」などと一言も言ってないことだ。弓削が江戸から戻る前に、そのような噂が流れ、あたかも既成事実のように語られる。敬助の上司も剣の師匠も「気の毒だが、何もしてやれない」というようなことを述べる。関わりになりたくないという気配がある。縁談も先方より断りが来てしまった。それまでは将来有望だった若き剣士から、まるで潮が引くように、人が離れていく。主人公を絶望の淵に追い詰めるのは敵ではなく、まず世間なのである。

短編ならばキリリと引き締まった展開になるはずだが、こちらは中編。真綿で首が絞められるようにじわりじわりと緊張感が高まっていく。万策尽きた果てに、敬助は謎めいた老剣客に弓削を打ち破るための秘策を請《こ》うが、その自称〝達人〟は単なるアル中のようにも見え、危機感は募《つの》るばかり……。

ミステリ作家としても超一流だった藤沢さんだから、このまま二人が相見えたりはしない。思いがけない紆余《うよ》曲折をいくつも経て、最後の決闘に至る。

この決闘がまたいいのである。ときは七月、とても暑い日の昼下がり。「暑さ」の闘いとは時代小説でも珍しいのではないか。雨、風、雪といった悪天候は直接、決闘の当人たちに影響を与えるが、暑さはそうでない。集中しているときはなおさら暑さは気にならない。だが、闘いが長引くにつれ、焼けるような暑さが二人をジリジリと消耗させ、死に近づけていく。

前半のじわりじわりと迫るサスペンスに、終盤の静かで無情な酷暑が呼応している。まさに中編ならではの時間感覚。まさにスペシャル拡大ヴァージョンの名にふさわしい。

他三編は、意図的なものかどうか不明だが、いずれも「密書」をめぐる闇の闘い。中編ならではのゆったりとした間と緻密な情景描写が楽しめる。

意外と知られていない藤沢中編ワールドの魅力を堪能していただきたい。

実に愛しく、情にひびく

林家正蔵（落語家）

さて困った。年末年始にかけて、いくど読み返えしてみても、そのおもしろさが色あせない。いやそれどころか読むたびに、文章の美しさ、言葉使いの巧さ、筋運びの間の良さ、たった一行の伏線の張り方の強《したた》かさ。そして人間の良心と欲と悪との描き出しのなまなましさが色こく浮びあがってくるのだ。

藤沢周平作品を読み始めたのは「隠し剣」シリーズからであった。他の作家にありがちな江戸の香のおしつけがましさが全くないのが気に入った。そして外連《けれん》のない確かな筆使いに魅了されて、次から次へと作品を手にとり、その世界によいしれていった。

あまたの名作を残した作家だけに、今回の御依頼を頂いた時には嬉しさとともに、お受けしてから、たった一冊選ぶという難しさに頭をかかえてしまった。当然ながら読みはじめた「隠し剣」シリーズにしようかと落ちつきどころを定めようとしていたが、何かがひっかかる。それはまるで広沢虎造の「三十石船」の森の石松のくだりのようで、「お兄さん、何かお忘れじゃあござんせんか」とひつこく問いただされている気分でモヤモヤしていた。そのモヤモヤの先にあったのが「秘太刀馬の骨」。そうだ。藤沢作品で一番のお気に入りがこれであった。

初回に読み終えた印象はダシール・ハメットの「マルタの鷹」に近いものがあった。ところも時代も文化も異なる設定なれどハードボイルドの匂いがとても気に入った。

ところがである。その枠でこの作品をくくろうとしても、とてもおさまらない。それどころか秘太刀馬の骨の使い手捜しの皮をかぶった人間小説ではないのかと、しだいに確信していった。登場人物のひとりひとりの設定や台詞《せりふ》のひと言にも気が入っておりそのキャラクターが活き活きと浮びあがる。それどころか文字にない息づかいや寒さや殺気や闇や足音や後姿や春のきざしがあふれでてくる。脇役がいつしか主人公をしのぐ存在感をみせはじめているのにも気がつかされる。小説というエンターテイメントをいやという程に満足させてくれるのである。

そのうえ、エンディングの四頁にわたる独白が印象深いとともに、してやられたりと鼻の穴がふくらむのである。その前で本来は、テーマともいうべき秘太刀「馬の骨」の使い手が知れ、一応物語りの決着をみたのであるから、他にもこの筋の落しは幾重にもあったであろうに。映像的にいえば下男・伊助が、子を亡くしてから長年気の病いを患《わずら》っていた妻杉江が立ち直った出来ごとを主・浅沼半十郎に語るワンショットで完《おわ》る。

この幕のひきようは見事というよりは、やはり「秘太刀馬の骨」をたんなるそれだけのテーマで終わらせず、いやこのエンディングでなくても充分におもしろい作品をさらなる高い処《ところ》に押しあげているのには、ちがいない。どうしてこのようにしたのかは「馬の骨」捜しより、推察するのは難しい。実に愛しく、情にひびく見事な作品だ。

父の背中が少年を大人にする

高木豊（野球解説者）

十二、三年前に、ある知人から藤沢周平を勧められた。当然のように代表作である『蟬しぐれ』を手に取った。作家の特徴であろう情景の表し方、描写の捉え方、繊細なまでに心行き届いている文章に心を動かされた。
その頃の私は、惰性のごとく、本を読んでいるだけだった。しかし、『蟬しぐれ』は、私の〝本好き〟の心に火をつけてくれた。

それまでは、ただ恋愛小説だ、ただ殺人事件だという直線的な感想しか持たなかったのだが、この本は、物の本質を伝えてくれ、作家が何を訴えたかったのか、というところまで、私の心を動かしてくれた。

『蟬しぐれ』には、二つの大切なことが描かれていたと思う。

切腹を命じられた助左衛門が、息子・文四郎と対面する際に、「何事が起きたのかお聞かせください」と問われ、こうこたえる。

「わしは恥ずべきことをしたわけではない。私の欲ではなく、義のためにやったことだ。おそらくあとには反逆の汚名が残り、そなたたちが苦労することは目に見えているが、文四郎はわしを恥じてはならん。そのことは胸にしまっておけ」

真実は一つだと、正義は一つだということを言い残す。助左衛門が父として、文四郎に見せた〝背中〟が、彼を成長させるのだ。

一九九四年に現役を引退した後の私の仕事というのは、野球解説者であり、講演も数多くしてきた。人に何かを伝える時には、主観を大切にしている。ただ、このご時世であるから、必ず、他人からの〝中傷〟はあると思って行動している。

でも私はこう考えている。『蟬しぐれ』にも描かれているように、人それぞれの考えがあるのだと。たとえ、中傷されたとしても、自分の生き方に信念があれば、いずれ通じる。真摯に一生懸命やっていれば、私が発した言葉を、人々は寛容に理解してくれる、と信じている。

文四郎が、ある農家に出向いた時、父・助左衛門の人柄や功績を讃《たた》える言葉を聞く場面が印象的だ。このとき、最後の対面で父が語った「正義は一つ」ということが、文四郎にも真実であると確信できるようになるのだ。子を持つ親として、このシーンには感銘を受けた。

先日、サッカー選手をしている息子と、初めて酒を酌《く》み交わした。差しつ差されつの酒を飲んだのだ。その時に、息子がこと細かに、かつての私の言葉を覚えていたことに驚いた。子どもにとって親という存在は、影響力があり、責任を持った言動をしなければばいけないなと、背筋が伸びる瞬間だった。

当時の私は、うるさい親父だったらしく、子どもにとっては理不尽な思い出も多々あったようだが、その理不尽さが大きければ大きいほど、思い出深く、今では、失笑してしまうらしい。


もうひとつ、この本で語らなければいけないのは〝愛の形〟についてである。

幼い頃、隣家のふくに淡い恋心を抱く。川で洗濯や朝の支度をしている時にふくがへびに指を嚙まれ、文四郎がその指から毒を吸い出す場面がある。肌が触れ合うということだけで、淡い恋心が本物になっていく。触れ合うということが恋愛にとって、またこの小説にとって非常に大切なのだ。

ふくはその後、藩主の側室になるため、叶わぬ恋となってしまうが、お互いの恋は、自身の心の中で、しっかりと育っていく姿が書かれている。

物語の後半、お福（ふく）が出家する際に、文四郎を訪ね、恋文を置き残したことで、二人は二十年以上を経ての再会を果たす。二人とも、それぞれ人の親になったことを話した後、お福は何とも切ない言葉を発する。

「文四郎さんの御子が私の子で、私の子供が文四郎さんの御子であるような道はなかったのでしょうか」

『蝉しぐれ』で描かれた〝恋心〟は何とも憎い。剣が立つ文四郎は、姫であるお福を命がけで守ろうとする。これは、使命ではなく、一人の恋人を守ること――それが痛いほど伝わる文章は素晴らしい。あまりにも強く誇らしい一途《いちず》な恋心は、男として嫉妬を覚えるくらいだ。

読み終わった後は、私が初恋の頃に抱いた、〝恋に似たかすかな想い〟を思い出させてくれた。剣に没頭している文四郎の姿は、暇さえあればバットを振っていた若き日を思い起こさせてくれた。

藤沢周平は、大変なロマンチストである。

恋愛が描かれている作品も多い。どうしてもそっちの方に気がそれてしまうのは、私の未熟さだな、と思う。ただしかし、男の「欲」も人間味として描かれているところが、引き込まれる一つの理由ではないだろうか。

『蝉しぐれ』の魅力を最後にもうひとつ。

この小説には、時代背景ゆえの理不尽さがあり、愛、家族、友情、社会に影響を与える。現代社会では有りえないことも起きる。「我慢」することの大切さも、併せて描かれていると思う。

以上、「オール讀物」二〇一七年二月号

「わたしを執筆へと導いてくれた藤沢周平作品」

あさのあつこ

藤沢周平の作品群の中からベスト○を選び出すのは至難だ。○の中にどんな数字が入ろうが至難だ。少なくともわたしにとっては、この上なく悩ましい作業になる。

珠玉《しゅぎょく》という言葉がある。藤沢周平の作品一つ一つは、まさに内に珠や玉を抱えている。それは、決して豪華でも華やかでもない。人の目を射るほどの煌《きらめ》きを放つのではなく、光を吸い込んでひっそりと艶《つや》めく。それは物語の艶であり、人という生き物の艶だ。

そうか人というものはこんなにも底光りしながら生きているのか。物語はその微かな光をここまで鮮明に捉えることができるものなのか。

藤沢作品を読むたびに、思う。思うたびに、人の世に安易に絶望できない、わたしなりにこの危うい世界の内に希望を見つけ出して書きたいと強く心を揺さぶられる。

『橋ものがたり』と出会ったのは、もう三十年近く昔になる。三十代のとば口にいたわたしは、三人の子を育てる若い（？）母親だった。毎日が忙《せわ》しく、騒々しく、瞬く間に過ぎていった。物書きになりたい、胸の内にある何かをきちんと文章で書き表わしたい。誰かに自分の作品を読んでもらいたい。欲望は埋《うず》み火のように淡く火照《ほて》っているのに、現実は一行、一文字も書けないまま、日々だけが飛んでいく。もういいか、所詮、見果てぬ夢だったのだ。そう諦めかけたとき、出会ったのだ。『橋ものがたり』に。蛇《じゃ》の目《め》傘に顔を隠した女が急ぎ足で橋を渡ろうとする表紙絵の文庫本をわたしは近所の書店で手に取った。藤沢周平という作家名はさすがに知っていたが、作品を読んだことは一度もなかった。

短編集だ。これなら細切れの時間でも読める。書けなくても、読むぐらいはしたい。そんな軽い気持ちのまま購入したこの本で、わたしはわたしが隠し、ごまかしていた真実を悟ってしまった。『橋ものがたり』は、十の橋と人との物語だ。どれもが細やかで愛しい。物語ってこんな風に人をすくい取れるのか。読み終えた瞬間、書きたいと思った。わたしも書きたいと。そして、悟った。わたしは書けないのではなく、書かなかっただけだと。『橋ものがたり』に揺さぶられ、わたしはわたしの弱さやいいかげんさをやっと直視できたのだ。

それから、藤沢周平の作品を読み漁った。

かっこいい。男も女もかっこいい。姿形が良いからではなく、その佇まいが息を呑むほどに美しいのだ。「山桜」の野江と弥一郎の控え目で確かな矜持、「三月の鮠《はや》」の信次郎の一途さ、「雪間草」の松仙の凛々しさはどうだろう。

〝吉兵衛が藩のため、主君のため黙って腹を切る覚悟が出来る男になったのを知ったこと、その吉兵衛を、首尾よく助けることが出来たことが快く胸に落ちついて来るからかも知れなかった。〟

「雪間草」の最後のこの文章を読んだとき、松仙に恋心に近い想いを抱いたものだ。何て、かっこいい人なんだろう、と。

「麦屋町昼下がり」の敬助、「梅薫る」の志津の老いた父親、そして『ささやく河』の伊之助、みんなみんなかっこいい。自分の人生を背負い、その重荷に背骨をきしませながら、佇まいの美しさを崩さない。藤沢周平はしかし、耳触りのよい人間賛歌を歌っているわけではない。「暁のひかり」の主人公市蔵が胸内で呟く。

〝これだから、世の中は信用がならねえ。〟

現実と闘い、敗れた男の台詞だ。その傷の深さゆえに、余韻を残す。人に希望を差し出すこと、それを奪うこととはどういうものなのか、頭ではなく心が考えようとする。そんな作品だ。それは「にがい再会」にも通底する。しかし、こちらは読み終えて、どこか爽快感を覚えるのは男に人生の苦みを教えた女、おこまの心意気に感じるからだろうか。

藤沢周平は絶望も安易な希望も語らない。ただ人を描くだけだ。人が織りなし、生みだす絶望や希望を丹念に綴り、わたしたちに示してくれる。それは、藤沢作品を読まなければ気づきもしなかっただろう人のあり様だ。

「逆軍の旗」は明智光秀を主に描かれた物語だ。覇者ではなく、歴史上あまりに有名な敗残の将が主人公なのだ。その心の陰影が淡々と綴られる一編には、重い衝撃がある。こういう人の切り取り方、人への接近は藤沢周平だからこその妙味だ。明智光秀の生身を確かに感じ取れる。

ベスト10には名を上げなかったが、わたしは「榎屋敷宵の春月」(『麦屋町昼下がり』に収録　文春文庫)も好きだった。田鶴という女性が夫の出世のために奔走する。ライバルの失脚を確信し、さぞや見物でしょうよと晴れ晴れとした心持になる。その俗っぽさがいい。優しく強い女の持つ人間臭さがたまらない。

わたしはまだ『漆の実のみのる国』(上下巻　文春文庫)を読んでいない。藤沢周平の遺作を未読であることが、この先の人生の静かな楽しみとも支えともなるからである。

あさのあつこさんが選んだ藤沢作品10編

『橋ものがたり』
新潮文庫

**『ささやく河
―彫師伊之助捕物覚え』**
新潮文庫

「雪間草」
（『花のあと』に収録）
文春文庫

「暁のひかり」
（『暁のひかり』に収録）
文春文庫

「逆軍の旗」
（『逆軍の旗』に収録）
文春文庫

「山桜」
（『時雨みち』に収録）
新潮文庫

「三月の鮠」
（『玄鳥』に収録）
文春文庫

「麦屋町昼下がり」
（『麦屋町昼下がり』に収録）
文春文庫

「にがい再会」
（『夜消える』に収録）
文春文庫

「梅薫る」
（『夜の橋』に収録）
文春文庫ほか

「オール讀物」二〇一七年二月号

父の周辺②

父、小説を書く

遠藤展子

　私が小学校低学年の頃には、父は会社勤めをするかたわら再び小説を書き始めました。

　父が小説を最初に書き始めたのは、随分以前のことです。それは私の生母と暮らしていた時のことで、生母は父が小説を書くことを喜んでいたと母方（生母）の叔母が教えてくれました。当時から時代物を書いていたのですが、アルバイト的な位置づけだったと思います。

　私の成長とともに生活に追われ、小説を書く時間もままならなくなり、一時中断されていたのですが、幸いなことにその後、現在の母と出会い、再び「オール讀物」新人賞に挑戦することになりました。

　夕食後、一通りの片づけが終わると、六畳間にみなが集まり、父は小さな文机《ふづくえ》に向かって何かを書き、母と私はその横で本を読むという毎日でした。母が父の大きな湯呑み茶碗にお茶をいれると、私は正座して母の横にぴたっと坐って、本を読んでいました。

父は窓に面したほんの畳一畳分ほどのスペースに文机を置いて、スタンドを点《つ》け、ものも言わずに黙々と書いていました。そんな時の父は、自分の世界に入ってしまっているようで、何か話しかけてもまるで聞こえていないようでした。周りに人がいても、その気配も気にならないようすでした。

直木賞を受賞したのは私が小学五年生の時です。授賞式の様子が私の作文に残っています。授賞式では父はそうとう緊張していたらしく、話をする時に咳払《せきばら》いを何度もしていたと書いてありました。

直木賞を頂いてからしばらくは二足のわらじを履いていた父でしたが、そのうち作家を本職にすることに決め、毎日家にいるようになりました。のちに父は当時のことを振り返って、

「お父さんが会社を辞めて、編集者さんに、これから作家ひとすじでやっていきます、と言うと、その編集者さんが、小菅さん、会社辞めちゃって大丈夫ですか？　と聞くんだよ。あれには、お父さんも驚いちゃってね。辞める前に言ってくれと思ったね」

と、可笑しそうに話していました。

母にも相談したそうですが、母は「そうしたいなら、してみたら」

と言ったそうです。いま改めて母に「お母さん、反対はしなかったの？」と聞くと、

「小説を書くことはお父さんの夢だったのだから、反対する理由がないでしょう」

と悠然と構えていました。

「生活とか、心配じゃなかったの」

と聞きますと、

「いざとなれば私が働けばどうにかなると思っていた」

と言いました。あの細い母のどこにあんなパワーがあるのかと、時どき思うことがあります。

ともかく父は、よき理解者である母の協力のもと、作家として歩み始めたのでした。

藤沢〝ミステリー・ワールド〟へようこそ！

宮部みゆき

翻訳ミステリーの愛読者だった藤沢周平には、ミステリー小説として読んでも超一流の面白さを誇る作品が数多くある。その中でも、「これは読まずに死ねない！」というとっておきの傑作を宮部みゆき氏が大推薦。藤沢ミステリーの傑作ベスト3はこれだ！

写真◎白澤正

藤沢先生の作品には、ミステリーとして読んでも大変すばらしいものがいくつもあるのですが、ここではその中でも飛び切りの三冊をお薦めしたいと思います。

その三冊とは、『秘太刀馬の骨』（文春文庫）、『闇の歯車』（文春文庫、他）、『ささやく河』（新潮文庫）です。ミステリーのジャンルでいいますと、『秘太刀馬の骨』は本格ミステリー、『闇の歯車』はノワール、『ささやく河』はハードボイルドに当たる作品です。いずれの作品も、各分野でミステリー専門の作家たちがものした傑作と較べても勝るとも劣らぬ見事な出来栄えで、ミステリーファン必読です。

ラストのどんでん返しまで

まず最初に『秘太刀馬の骨』からご紹介しましょう。この作品がなぜ本格ミステリーかというと、これは純然たる〝犯人探し〟の物語だからです。ただし、探し当てるべき〝犯人〟は、人を殺したとか、何かを盗んだりした人物ではありません。六年前の筆頭家老暗殺につかわれた秘剣「馬の骨」を伝授された剣士は誰かを明らかにするのが、この物語の眼目なのです。

物語の舞台は藤沢ファンにはお馴染みの北国の小藩・海坂藩で、筆頭家老・小出帯刀《たてわき》という時の権力者が、江戸から呼び寄せた甥っ子の石橋銀次郎に、「馬の骨」を授けられた剣士の探索を命じます。江戸育ちで藩内の事情に疎《うと》い銀次郎の案内役として探索に付き合わされるのが浅沼半十郎で、かれは真面目なお役人なのですが、小出家老の派閥に属しているわけです。物語はこの半十郎の視点で語られます。

「馬の骨」は代々藩の御馬乗り役を務める矢野家に伝わる秘剣で、それを授けられた可能性があるのは現当主の藤蔵と五人の高弟たちです。さらにもう一人、矢野家の家僕も尋常ならざる腕前の持ち主らしい。この面々が〝容疑者〟というわけです。銀次郎たちは高弟たちに片っ端から試合を申し込んで秘剣の遣い手を探していく。それぞれの剣士との対決が、連作形式で語られていくわけです。

この物語の最大の謎は、もちろん秘剣の持ち主の正体なのですが、そのほかにも数々の謎がちりばめられています。秘剣探しを命じる小出家老の真意も半十郎にとっては謎だし、「馬の骨」という剣技の正体も、授けられた者以外は誰も知りません。

また、矢野家の高弟たちは他流試合を禁じられていることを楯にとって頑として立ち合いを拒むのですが、そこをどうやって立ち合いに持ち込むのか、その仕掛けが各連作の読ませどころです。立ち合いといっても秘太刀を授けられているかどうかを確かめるわけですから、命と命のやり取りになるくらいまで追い込まなくてはなりません。竹刀ではなく木刀を使って真剣勝負をするので、時には大怪我を負うこともあるのですが、銀次郎の秘剣探しへの執念は募る一方で、汚い手段を使って高弟たちの弱みを探り出し、強引に立ち合いを承諾させるわけです。一見、剣の道を究めた完璧な武士としか思えない彼らに、一体どんな弱みがあるのかも謎ですし、銀次郎というかなり偏執的な一面を持った男の正体も、謎のひとつです。

このように五つもの謎が絡み合いながら連作が進んでいく中で、消去法でどんどん容疑者は絞られていき、最後にある結論が出るのですが、その後でファイナル・ストライクと言うのでしょうか、さらなるどんでん返しが待っているのです。

文庫版には出久根達郎さんが解説をつけていらっしゃいまして、タイトルが「意外な『犯人』」。その中で、多くの読者がラストのどんでん返しに気づかずに、「馬の骨」の継承者を読み違えているのではないかとおっしゃっています。そして、この「意外な『犯人』」というタイトルの下に、小さく「異説の楽しみ」とお書きになっている。つまり、ここで紹介した読み方もひとつの解釈に過ぎなくて、そう読まなくてもかまわないということです。ですから、この作品はリドル・ストーリーでもあるわけです。

今回、インタビューに当たって改めて読み返したのですが、興奮してしまって明け方まで眠れなくなってしまいました。いったいどうしたらこんな凄い作品が書けるんでしょう！　単行本が出版されたのは一九九二年のことなのですが、この年度の推理作家協会賞を受賞していて

『秘太刀馬の骨』

文春文庫

筆頭家老が暗殺された際に使われた幻の剣「馬の骨」。下手人不明のまま六年が過ぎ、密命を帯びた藩士と剣士が連れだって、試合を挑みながら「秘剣」の持ち主を探し歩く、連作短編集。

もまったく不思議のない逸品です。藤沢先生はたいへんミステリーがお好きだったそうですから、もし贈賞していたら、きっと喜んでお受けいただけたのではないかと思います。推理作家協会賞のために残念だったと（笑）、ついそんな想像までしてしまいました。

とにかく、各手の技に唸らされるところが目白押しで、たとえば浅沼半十郎という、小さな藩のサラリーマン侍の日常の描写。半十郎は子供を亡くしたことが原因で奥さんとの間がうまくいっていないのですが、そのあたりの夫婦の機微がとても細やかに書き込まれていて、じつはそれがラストのどんでん返しに繫がってくるのです。

また、銀次郎という男の造型も、頭はいいのだけれど狡猾な一面もあり、どうにもつかみ所がなくて、田舎の小藩の純朴な官吏の目から見た江戸者の得体の知れなさみたいなものが、巧みに描かれています。

それと、半十郎の奥さんのお兄さんが半十郎の友人で、彼ら二人がしゃべっている時は「下城するべかな」みたいに方言丸出しなんですが、ちょっと上役が出てきたり、改まった場面になると、「さよう、しからば」という具合にぴたりと標準語になる。それだけで会話の雰囲気ががらりと変わります。会話している人たちの人間関係がぱっとわかってしまう。この呼吸がじつに上手いんですね。

わたしも、『孤宿の人』という作品で架空の藩を舞台にしているのですが、悲しいかな東京者なので音色に特徴のあるいい方言が作れなくて、お茶を濁す程度になってしまいました。これぱっかりは地元にしっかり根を張っている方にはかなわないですね。

それにしても、探偵役が謎を解くために武術を使うミステリーというのも、前代未聞ではないでしょうか。アームチェア・ディテクティヴというくらいで、使うのは頭だけという探偵がほとんどなわけですから、この点だけとっても、じつに斬新な本格ミステリーではないかと思います。これはもう「読まずに死ねない!」というくらいの傑作です。

人間性に対する信頼感

続きまして二冊目ですが、最初が本格でしたので次はノワールで、『闇の歯車』という作品です。これは純然たる犯罪小説ですね。

物語の軸になるのは四人プラス一人の男たちです。深川にある「おかめ」という居酒屋の常連客四人に、ある男が押し込み強盗の仲間にならないかと誘いをかける。四人の男たちは、博打で身を持ち崩した職人くずれの佐之助と、労咳《ろうがい》の妻をかかえた浪人・伊黒清十郎、三十年も江戸払いになっていて、ようやく江戸に戻ったものの娘夫婦に煙《けむ》たがられている老人・弥十、許婚《いいなずけ》がいるのに女と切れることができない老舗《しにせ》の跡取り息子の仙太郎という面々。彼らに押し込みを持ちかける伊兵衛は、これまでも素人ばかりを

『闇の歯車』

文春文庫・他

深川の酒場で、集まった常連四人。浪人と、遊び人、老人、若旦那。そして、彼らを〝押し込み強盗〟に誘う謎の男。さらには男たちの背後にいる女たち。それぞれの意外な結末。

仲間に引き入れて押し込みを成功させてきたしたたかな男です。

物語は四人の男たちがどうしてそんな危険なことに手を染めることになるのか、それぞれが抱えた事情が一編の短編小説のように書かれていて、その合間に押し込みの経過が語られていく。そして、押し込みは成功するのですが、その後で意外な結末が待ち受けているわけです。

この作品はたいへん構成が凝っていまして、たとえばわたしなんかがこういう話を思いついたとしたら、普通の長編小説として構成してしまうと思うのです。それを連作長編というのでしょうか、この男はこういう経緯で押し込みに加わっていく、こちらの男はまた別の事情があって加わっていく、というようにひとりひとりを主人公として立てることによって、長編のストーリーの流れから一回外枠に出して、独立した短編としても読めるようになっているのです。

これも、この機会に読み直してみたのですが、ある有名な翻訳ミステリーとよく似ているなと気がつきました。以前に読んだときはまったく気づかなかったのですが、その作品とはスコット・スミスの『シンプル・プラン』です。サム・ライミ監督で映画になりましたし、「このミステリーがすごい！」でも第一位になった傑作です。

『闇の歯車』は一人の男の呼びかけで四人が集まることによって事件が起こる参加型なのですが、『シンプル・プラン』のほうは巻き込まれ型で、そのあたりは少し違うのですが、巻き込まれた状況から犯罪を犯すことになり、こちらは三人なのですが、事件の後で彼らの運命がどうなっていくかという展開が、じつによく似ています。

時代あるいは洋の東西を問わず、切実な動機にかられて一攫千金《いっかく》のチャンスをつかもうとした人間がなにを考え、なにに希望を持ち、なにに焦り、なにに絶望するのかということには変わりがないのだなと、しみじみ感じさせられました。しかも、書かれたのは『闇の歯車』のほうが先ですから、あらためて藤沢先生はすごいなと思うわけです。

わたしがこの作品のなかで特に好きなのは、浪人者の伊黒清十郎のエピソードです。労咳で死の床にある奥方を抱えて進退窮《きわ》まって押し込みに加わるのですが、じつはこの奥方は藩の同僚の妻だった女なのですね。つまり二人で駆け落ちして江戸に逃げてきたわけです。押し込みの後で奥方は亡くなり、時を同じくして藩が遣わした上意討ちの刺客がやってくる。これが奥方の夫だった伊黒の元同僚です。この男との短いやり取りがじつに物悲しいのです。

伊黒は男に亡くなった奥方の顔を見るかと尋ねるのですが、自分は上意により脱藩者を討ちに来ただけだから、と断られる。伊黒としては見て欲しかったのだろうと思うのですが、自分は命令で来ただけだからと切り捨てられてしまう、その非情さ！

また、押し込みの仕掛け人・伊兵衛という男は、悪党なのだけれどどこか憎めないところがあって、自分が引き入れた仲間は決して売らないというあたりは悪党ながらじつにカッコいい。こういう悪党を書くのはバランスが難しいと思うのです。カッコよく書き過ぎてしまうと義賊になってしまって凄みがなくなりますから。その按配が絶妙です。

前にも申しましたように、『闇の歯車』は四人プラス一人の男たちが主人公なのですが、伊兵衛以外の四人にはいずれも女が絡んでくる。じつは、この女たちが陰の主人公なのではないかと、わたしには思えます。男を破滅させるのも女だし、男を救うのもまた女です。男が人生で求める二つの大きな獲物がカネと女だといいますが、この物語では伊兵衛という男がカネと権力を象徴する存在で、一方に男たちを翻弄する魅力的な女たちが描かれているわけです。

『闇の歯車』というタイトルが素晴らしいのは、五人の男たちが犯罪に手を染めることで運命の歯車がギリギリと回り出すというイメージだと思うのですが、同時に男は女によって回されている歯車に過ぎないのかもしれないという読み方もできると思うのです。

ところで、さきほどからノワール、ノワールと連呼しているのですが、わたし自身はどちらかというとノワールは苦手です。あまりにも残酷だったり暗かったり、人間の嫌な部分がこれでもかこれでもかというくらいに書き込まれていると、読んでいて辛くなってしまうんです。だけど、この作品は好きなんですね。どうしてだろうと自分でも考えてみたのですが、たしかにこの作品も暗いし、人間性のずるく汚い部分が描かれているんだけれど、穢《けが》らわしくはないですね。「汚い」と「穢らわしい」はちょっと違うと思うのです。この作品のラストを読めばおわかりいただけると思うのですが、そこには藤沢ワールドが常に持っている人間性に対する信頼感のようなものが現れています。押し込みの後で、男たちは次々と破滅していき、無事に生き残るのは佐之助だけなのですが、金も手に入らず意気消沈しているところにおくみという女が戻ってくる。その温かみを頼りに生きていこうと決心するという、ほのかなハッピーエンドで終わるわけです。

これはこれで素晴らしいラストなのですが、わたしはちょっと穿《うが》った見方をしたくなってしまうのです。もしかしたら、このおくみは佐之助が見た幻かもしれない。酔っ払って家に帰ってきて、暗闇の中で手を取ってもらった時に、はじめは誰だかわからないわけです。それで、「お前は誰だ」と訊くと、「上がればわかりますよ」なんていうやり取りがあって、そのあたりを深読みするともしかしたらと……。これはもう、意図的に誤読しているのですが、じつはあの女性は、酔っ払った男が見た幻覚で、翌朝目が覚めてみると佐之助は二日酔いの頭を抱えて一人なのではないか。儚《はかな》い夢を見たことで、明日からまた新たな人生をやり直していくというふうにも読めるのではないかと、ちょっと考えてしまいました。

このおくみという女性もたいへん魅力的で、これは藤沢先生の描く女性たちに共通することなのですが、みんな逞しくて、生命力があって、男の庇護だけを求めて生きるような女ではありません。男が壁に突き当たって、思わず膝をついてうずくまってしまうような時に、なにをやっているの！　という感じで助け起こし、引っ張っていってくれるような強さを秘めている。さきほどの『秘太刀馬の骨』の浅沼半十郎の奥方がまさに典型的です。女性読者にもぜひ藤沢先生の描く女性像に触れていただきたいですね。

というように、『闇の歯車』は大変な傑作なのですが、その割りに知名度はあまり高くないような気がします。藤沢先生は『暗殺の年輪』に始まる士道小説で、厳しい武家の掟によって炙《あぶ》り出された人間性の暗部を描かれましたが、それとはまた別のノワールという手法で人間のダークサイドに切り込んだ作品だと思います。未読の方にはぜひお勧めしたいです。

ハードボイルドな主人公造型

それではいよいよ三冊目、今度はハードボイルドですね。『ささやく河』は「彫師伊之助捕物覚え」というシリーズの三作目です。このシリーズは文庫本の帯に「大江戸ハードボイルド」と書いてあるくらいで(笑)、もう間違いないわけです。一作目の『消えた女』、二作目の『漆黒の霧の中で』もたいへん素晴らしい作品なのですが、わたしはこの『ささやく河』が特に好きなのです。

ハードボイルドで言うところの探偵役、プライベート・アイの役割を演じるのが版木彫りの職人・伊之助です。伊之助は以前は十手《じって》を預かる凄腕の岡っ引きだったのですが、いまは十手を返して本職の合間に下っ引きとして捕物に協力するという立場です。

伊之助が十手を返上するきっかけになったのは、女房の心中事件です。ほかの男と心中されてしまったという、これはもちろんたいへん不名誉なことだし、心に深い傷を受けたわけです。若干、女性不信に陥っていて、馴染みの女はいるけれど、どうしても一緒に暮らす気になれない。そういった女性不信、人間不信を抱えた男という設定が、通奏低音としてシリーズ全体に横たわっているのです。ですから、この三冊のシリーズの中で、伊之助が三つの事件を追いかける過程が描かれるのですが、それは同時に彼自身が心中事件で受けた心の傷から立ち直っていく過程でもあるのです。

この主人公の造型が、じつにハードボイルド的だと思います。わたしはほとんど読者としてしかハードボイルドに触れていませんが、ハードボイルドに最も必要なのは主人公が抱える孤独感ではないかと思っています。それも、おれは孤独な生き方をするのさ、といった独りよがりな孤独ではありません。伊之助の場合は女房をああいうかたちで失ったことについてすごく傷つき、悲しんでいるけれども、自分を哀れんではいません。人にはこういうことが起こり得るということについて、ある意味でとても醒《さ》めた見方をしています。そして同時に恥の感覚を抱いている。それは心中するまでに追い込まれてしまった奥さんを、自分はなぜ救ってやれなかったのだろうという悔恨でもあるわけです。

また、伊之助が十手持ちではない（十手を返上している）というところも、ハードボイルドの主人公としてふさわしいと思います。やくざ者に向かっては「おれは堅気《かたぎ》だ」と言うけれど、逆に堅気の衆には「おれはお上の仕事をしている」と言わざるを得ない、じつに半端で居場所のない立場です。完全に堅気だったら堅気の世界で生きていけるし、やくざ者であればまたそれにふさわしい世界があるし、十手持ちだったら自分はお上の下で働いているのだということで気の持ちようもある。伊之助はそのどこにも入れない、本人も承知の上であえてどこにも入ろうとしないわけです。時には女の優しさに触れてみたりはするけれど、誰かに頼ることで自分の孤独感を清算しようとか、誰かを虐げることでそれを回復しようとは決してしない。このやせ我慢の潔癖さがじつにハードボイルドなのではないでしょうか。

端正な台詞のやりとり

さて、『ささやく河』は、島帰りの長六という男が殺されるところから始まります。長六は追い落とし（追いはぎ）の罪で遠島になったのですが、じつはそれより前に押し込み強盗も働いていました。長六はその押し込みの仲間で、いまは小間物問屋として成功している彦三郎から金をせびり取った直後に、何者かに刺し殺されます。伊之助は綿密な探索によって、長六殺しと二十五年前の押し込み強盗との関わりを調べ上げていきます。

悪党たちの足取りを追いかけるわけですから、賭場ややくざ者も出てきますが、そこはやっぱり藤沢先生ですから、描き方が穢らわしくない。会話にしても翻訳物のミステリーを読んでいるみたいで、じつに端正な台詞のやりとりで、それでいて生活感はきちっと書き込まれているところが「さすが！」なのです。

だいたいにおいて、ハードボイルド小説には

『ささやく河』

新潮文庫

元は凄腕の岡っ引だが、今は版木彫り職人の伊之助。定町廻り同心石塚宗平の口説きに負けて、刺殺された島帰りの男の過去を探るはめに。「彫師伊之助捕物覚え」シリーズ第三弾。

あまりトリッキーなミステリーは少ないのですが、『ささやく河』にはじつはたいへんトリッキーなところがありまして、作品のタイトルがそのまま事件の真相、すなわち犯行の動機を表しているのです。ラストまで読むと、ああ、タイトルが全部語っていたんだ、ということがわかるようになっているのです。ミステリーとしては、どんでん返しのような派手な仕掛けはないのですが、じつに意外なところから真犯人とその犯行の動機が出されてくるのです。また、その出してくるタイミングも絶妙なのですね。本編の三分の二以上にわたって本筋と思われていた事件の、ちょっとした死角からフッと差し出されるという感じでしょうか。犯人の動機と、なぜこのタイミングで事件を起こしたのかという謎について、その真相自体はさほど珍しいものではないのですが、作家的言葉の潤沢《じゅんたく》さと言うのでしょうか、読者に訴えかける説得力が凄い。

あるいは、押し込み強盗のところで、お店のほかの者たちは縛られただけなのに一人だけ殺された男がいる。なぜこの奉公人だけが殺されたのかということも重要な謎のひとつなのですが、書き方の段取りが悪いと読者にわかってしまうところを、本筋の大きな謎が解かれていくうねりの中で、最も効果的なタイミングでパッと読者の前に差し出してみせる。この呼吸が絶妙なのですね。ですから、わたしはやっぱり藤沢先生はミステリー作家だと思うのです。これはミステリー専門の作家でもなかなか出来ないレベルの技術ですから。

とにかく、海外ハードボイルドが好きな方には、この「彫師伊之助――」のシリーズは絶対のお薦めです。お読みになれば、「なんだ、日本のハードボイルドのほうが全然レベルが高いじゃないか」と思われること請け合いです。

ここでお薦めした三冊をこれから初めて読まれる方は、めちゃめちゃ幸せですよ。だって、藤沢周平ワールド以外の何ものでもない中に、本格ミステリーであるとか、ノワールとか、ハードボイルドといったほかの要素が見事に溶け込んでいるわけですから。ぜひぜひ、これを機会にミステリー作家としての藤沢先生を発見していただきたいです。

文春ムック『「蟬しぐれ」と藤沢周平の世界』より転載

みやべみゆき●一九六〇年東京都生まれ。作家。九九年『理由』で直木賞、二〇〇一年『模倣犯』で毎日出版文化賞、翌年、司馬遼太郎賞、芸術選奨文部科学大臣賞、〇七年『名もなき毒』で吉川英治文学賞を受賞。

お福さまの色気
——藤沢周平の描く女たち

藤沢作品に登場する女は、ため息が出るほど色っぽい……
女流作家たちが口を揃える、その魅力とは。

杉本章子

昭和四十年代のある日ある時、一人の男性が地下鉄銀座線に乗った。

男性は当時、会社勤めのかたわら、藤沢周平のペンネームで小説を書き、投稿を続けていた。

その日は外回りに出て、地下鉄に乗ったのだ。この時のちょっとしたエピソードは、のちに『市井の人びと』と題された随筆になる。

「車内はすいていて、人の姿はまばらだった。その少女が乗って来て私のまん前の席に坐ったのは赤坂見附か虎ノ門の駅からだったと思う。小学校の四年生か五年生といった齢ごろで、髪をおさげにし地味な服を着ていた。少女はきちんと足をそろえて坐り、膝の上に手製らしい布の手提げをのせていた。行儀のいい子だった。

私は少女を見た。少女も私を見ていた。ほっそりした無口そうな顔立ちで、少し笑いをふくんだような眼に特徴があった。私は次の新橋の駅で地下鉄をおりたので、そんなに長く少女を眺めていたわけではない。だが、うす暗い地下鉄の照明の下で、ひっそりと行儀がよかった少女の姿が記憶に残った」

とは言え、怱忙《そうぼう》に追われるうちに少女の記憶はおそらく、いつともなく薄らいでいったと思われる。

だが、その記憶は突然、しかも鮮やかによみがえってきた。昭和四十九年五月、山形県米沢市のとある宿ですごしたある夜のことである。

藤沢先生はその前年、直木賞を受賞なさっていて、米沢へは取材の旅であった。

しかし取材のほかに、もうひとつ別の仕事をかかえていて、六十枚ほどの小説の締切りが迫っていたと、前出の随筆にある。

まだ勤めを持っていて、小説を書く時間は限られていたという先生は、焦燥に駆られ、宿でも原稿用紙に向かわれた。

「題名も思いうかばないまま、夜の食事が出て来た。私は食事をする間も考えつづけ、終るとすぐにまた原稿用紙にむかったが、依然として何の考えもうかんで来なかった」

そこへ、地下鉄で出会ったあの少女の姿がほうふつとしてよみがえってきたのである。

先生は、その少女に、おふくという名前をつけられた。

おふくは題名となって、物語が紡ぎ出されていった。

運命だったはずの女は

菊坂町の裏店《うらだな》に生まれたおふくは、十一のとき、深川は門前仲町の岡場所に売られることになる。左官の下職をしていた父親が、足場から落ちて、働けない体になったからだ。

岡場所へ連れて行く女衒《ぜげん》は、おふくの父親の肩を叩き、いまに蔵が立つぜ、と言った。女の目利きにかけてはうるさい女衒が、売れっ妓になると太鼓判を押したのである。

青物の担い売りをしている相店《あいだな》の嘉蔵も、女房に言う。

「あの子は男と寝ると肥るたちだと俺は睨んでるぜ。なんかこう、いつも仏頂面《ぶっちょうづら》してるが、いまに愛想のよい、いい身体つきの女になるぜ」

女衒が請け合い、嘉蔵も素人なりの折り紙をつけるおふくとは、どんな少女なのか。

先生の筆は、こんなふうに描いている。

「おふくは薄い唇を引きしめ、細い切れ長の眼は、いつものように少し笑いを含んでいるようにみえる。――おふくはいつもそういう顔をし、無口だった」

なるほど、例の地下鉄の少女に似た面差しのおふくが、女衒に促されて長屋を去りかけたそのときだった。

胡桃《くるみ》の樹の下に立ちつくし、じっと見ていた少年が、おふくに近寄って行く。

おふくより二つ年上の少年は、造酒蔵《みきぞう》といって、青物売りの嘉蔵の息子である。

造酒蔵とおふくは幼なじみなのだ。いや、生まれてはじめて好き合った同士といったほうがいいだろう。

造酒蔵にとって、おふくはまさに運命の女なのだが、むろん当人はこのときそれを知らない。

涙を溜めたまま、じっと造酒蔵を見つめるおふくの手に、ただ胡桃の実をひとつ渡すだけである。

「おふくにやるものが、それしかないことが残念だったが、胡桃をもらったことを、それを造酒蔵がくれたことを、おふくが忘れる筈がない、と造酒蔵は思っていた」

そう、造酒蔵ばかりではない。読者はここで、物語のある流れを予感する。

おそらくはこの二人、しばし別れ道をたどるものの、辛酸をなめたすえ、やがてはきっと巡り逢うだろう。そのとき、この胡桃の実は、二人を結ぶ大切な小道具になるだろうと……。

しかし、おおかたの読者の期待は、大きくはずれてしまう。

若者となった造酒蔵は、おふくのいる岡場所へ会いに行くが、これがもとで人生の歯車が狂い、錺《かざり》職人からやくざに身を落とす。そしてひょんなことから、おふくの面影を宿した女としばらく所帯を持つが、それもひとときだ。

罠《わな》にはまり、江戸を売るはめになる。その間、おふくは影さえ見せない。

ここが、凄いところなのだ。造酒蔵の運命を、悪いほうへ悪いほうへと導きながら、終章も終章に、ようやくおふくが登場する。

巡り逢いとも言えない巡り逢いが、ほんの一瞬、訪れるのだ。

それは、ある秋の日暮れ前のことだった。

三年ぶりに江戸へ舞い戻った造酒蔵は、女房の死を聞かされ、小名木川の岸を東に歩いている。旅姿のままだ。

下大島町の端《はず》れにかかったとき、構えの大きな太物屋《ふとものや》の前で、造酒蔵の足がとまった。店のわきに生垣があり、広い庭が見通される。おふくは、その庭先にいた。

ぜいたくな着物で、豊かな身体を包み、頬も少し肉づいていたが、笑いを含んだような細い眼、小さな唇は昔のままで、見間違えようがなかった。そばには、二人の子供の姿もあった。おふくは笑い声を立てた。

おふくの、なんという変貌であろうか。

「造酒蔵は静かに垣根を離れ、渡し場に向っていそいだ。胸をひたひたと満たしてくる哀しみがあった」

先生の筆は、それ以上、造酒蔵の胸中に立ち入らない。

造酒蔵は、おふくの幸せをどう感じたのだろう。遠い日、おふくに渡した胡桃の実のことを思い出したであろうか。

先生も造酒蔵も、語ろうとはしない。だからこそ読者は、造酒蔵を包む寂寥《せきりよう》感にみずからも包まれて、本を閉じるのだ。

鮮やかなはぐらかし

地下鉄で出会った少女の面差しに、どこか似ているヒロインは、『穴熊』という作品にも登場する。

「俯いている女は、お弓に似ている。——細いが黒眸《くろめ》がちの眼。きっと引き結んだような小さい唇」

お弓を探し求めているのは、浅次郎という遊び人だ。もとは、芝三島町の経師屋《きようじや》の通い職人で、親方の娘お弓と好き合っていた。

ところがお弓は、ある日の夕方、自分から浅次郎を誘い、高輪の茶屋で抱かれたあと、姿をくらます。経師屋は莫大な借金を背負って潰れ、お弓は両親と夜逃げしたのだった。好き合っていたのに、ひと言も夜逃げのことを洩らさずに消えたのが、浅次郎の胸にこたえた。働く張りを失い、職を捨てた。

それから二年がすぎ、浅次郎は意外な所でお弓の消息を聞く。

そこは本所永倉町の古着屋だったが、これは表看板で、本業はこっそり隠れ淫売を操っている店だ。

この店で呼ぶ女はみな、金のためにやむなく体を売る素人ばかりである。お弓と思われる女は、みたびこの店にきたという。

それを聞いて以来、浅次郎は月に一、二度古着屋をのぞいてみるようになったのである。

そんな一夜、お弓に似た女と出会う。

「女を抱いている間、浅次郎は火花をみるように、お弓のことを思い出していたようだ。眼を閉じ、微かに開いた口から洩れる控え目な喘《あえ》ぎ。ひそめる眉に、高輪の茶屋で抱いたお弓の顔が重なった」

抱いたあとで浅次郎は、相手が武家方の女だと気づく。そして、気が滅入る。

「ひとりの女に、ひどく理不尽な仕打ちをした、後味の悪い気持が残った」

その思いが浅次郎をつき動かして、女の素性を探らせることになるのだった。

女は佐江といい、浪人塚本伊織の妻女だった。ひどい喘息《ぜんそく》持ちの男の子がいるが、薬代も滞って、医者も診てくれないという苦境にいた。

思いあまった佐江は、夫に隠れて体を売るのである。やりきれない実情を知ったとき、浅次郎の目には佐江とお弓が重なり合って見えた。

読者もまた、然りである。

佐江のためを思った浅次郎は、それとなく塚本伊織に近づき、二人して賭場のいかさま破りをやる。それはうまく運んで、五十両もの金が手に入った。

これで、佐江は体を売らずにすむ。人助けができたと、浅次郎の気持ちは弾んだ。

しかし、物語は暗転する。

もう体を売らなくてもいいはずなのに、佐江は夫の眼を盗んでは古着屋の二階で春をひさぐようになった。

わが子のためにはじめた売色が、佐江の体を狂わせてしまったようである。佐江は浅次郎の目の前で、夫に斬られて死ぬ。

浅次郎の義侠心が、こういうかたちで終わったあとに、探し求めていたお弓が登場する。

作品のスタイルとしては、『おふく』と似ているといえなくもない。

がしかし、決定的に違うのは、探し求めていた女にそそぐ男のまなざしだ。

御命講《ごめいこう》でにぎわう法恩寺の境内で、男と二人連れのお弓を目にした浅次郎の胸中は、おふくを見かけた造酒蔵のそれと明らかに異なる。

「手を差し出せば触れる距離を、いまは確かにお弓に違いないと思われる、女の横顔がゆっくり通りすぎた。

浅次郎は動かなかった。浅次郎は、その女の横顔に、一瞬塚本の妻女佐江の面影を重ねてみただけだった」

じつに鮮やかなはぐらかしである。

それと知らないうちにヒロインが入れ替わっていたことに、読者はここでようやく気づくのだ。

佐江が斬られたとき、いや、もっと前、浅次郎が色を売る佐江の素性に関心をもった時点で、ヒロインは交替していたのである。

佐江と重なり合って見えたお弓は、虚像にすぎなかった。あのとき、お弓は浅次郎の心から消え失せていたのだ。

お弓を目にしたことで、浅次郎は皮肉にもそれを知る。これもまた、たしかに寂寥のひとつのかたちと言えよう。

地下鉄の少女の面差し

さて、『蟬しぐれ』である。

二〇〇三年テレビドラマ化され、〇五年映画化されたこの作品に、いまさらくどくどしい説明はいるまいと思う。

藤沢作品の愛読者であれば、だれしもが知っている海坂藩を舞台に、牧文四郎という軽輩の少年が、お家騒動の渦に巻きこまれながらも、雄々しく成長していく物語だ。

　が、この稿であえて引用しなければならないことがある。それは、ヒロインふくの容貌についてのくだりである。

　海坂城下、普請組の組屋敷で、牧家と隣り合った小柳家の娘ふくは、文四郎より三つ年下の幼なじみだ。

　文四郎がはじめて慕わしく思った相手であり、のちに殿様の目にとまって、お部屋様となったふくの顔立ちを、先生の筆はこんなふうに描き出している。

「苦労のせいか別人のように凄艶《せいえん》な顔に変わっているものの、よくみれば細くて黒眼だけのような眼、小さな口もとは紛れもなくふくだった」

　また、こうも描く。

「お福さまは顔にも胸のあたりにもふくよかに肉がついた

1989年、直木賞を受賞した杉本さんにパーティでお祝いを述べる藤沢さん

ように見えるが、顔は不思議なほどに若若しく、もはや四十を越えた女性とは思えないほどだった。お福さまの眼は細いままに澄み、小さな口もともそのままだった」

どうであろうか。ふくも、いや、お福さまもどこか、あの地下鉄の少女の面差しに似ている気がするのだが……。

ともあれ、文四郎とふくの恋もまた、結ばれることはない。造酒蔵とおふくがそうであったように、浅次郎とお弓がそうであったように、相慕う二人がたどる行路は、別れ道のままに終わる。

しかし、『蟬しぐれ』ではただ一度、それもつかのま、二十年余を経たあと、文四郎改め助左衛門と、いまはお福さまとなったふくとが忍び逢い、結ばれる場面が用意されているのだ。

閑散とした真夏の湯治宿の一室――それぞれにひとの親となった二人が、かえらぬ昔に想いをはせるくだりは哀切きわまりない。

「文四郎さんの御子が私の子で、私の子供が文四郎さんの御子であるような道はなかったのでしょうか」

というお福さまのつぶやきは、長く読者の心に残るはずである。

過ぎてかえらぬ恋。

だが二人は、時の試練にたえてきた大人同士だ。

運命を嘆きつつも、いっぽうできっぱりと心のけりをつけ、ふたたび別れ道を歩き続ける覚悟がある。

「これで、思い残すことはありません」

文四郎に抱かれたあとのお福さまの言葉が、そのあかしである。

たおやかな女のうちに秘める強靱《きょうじん》さ、潔さは『花のあと』の以登、『玄鳥』の路、そして『歳月』のおつえにも共通する、凜《りん》としたヒロインの魅力だ。

くくりに、例の地下鉄の少女に触れる。

おふくにはじまり、お弓、佐江、お福さまといったヒロインに容貌を授けたあの少女。あれはもしかしたら、物語の女神ではなかったかと思う。

すいていた車内で、藤沢先生のまん前の席に女神が坐ったあのときから、読者には豊饒な物語の世界が約束された……そんな気がしてならないのである。


文春ムック『「蟬しぐれ」と藤沢周平の世界』より転載

すぎもとあきこ●一九五三年福岡県生まれ。八九年『東京新大橋雨中図』で直木賞。二〇〇二年『おすず―信太郎人情始末帖』で中山義秀文学賞。「信太郎人情始末帖」シリーズなど著書多数。一五年没。

神谷玄次郎に惚れこんで

北町奉行所同心を主人公にした捕物控『霧の果て』の魅力を、藤沢作品をこよなく愛した読書家が解説する。

児玉清

ここにまた一人の素敵なキャラクターが、あなたとの出逢いを待っている。僕もぞっこん惚れこんだその人の名は、神谷玄次郎。北町奉行所の定町廻りの同心である彼は、小石川竜慶橋に直心影流《じきしんかげ》の道場をひらく酒井良佐の高弟という一流の剣の遣い手でもある。だから彼を味方にすれば、この上なく頼りになる頼もしい男だが、敵に回せば実に手強い相手となる。従って彼はそんじょそこいらにいるへなちょこ同心とはちがう筋金入りの武士なのだ。しかも、玄次郎の推理力は抜群で、卓越した勘とひらめき、さらには鋭い洞察力によって犯人《ほし》を追い詰めていく点でも、江戸に住む庶民にとってはまことに嬉しくも有り難い味方である優れた捕り方なのだが、問題はその彼の勤務態度だ。それにもうひとつつけ加えれば生活態度だ。

真面目に奉行所に出勤しないのだ。気が向けば出勤するが、あとはずぼらで適当にしている。気が向けば、というのは、自分が興味を持った事件、それも殺しにかかわる事件だったりすると俄《にわ》かに怠け者が変身し、事件解決まで身を粉にして犯人探しに没入する。しかし、こうした気まぐれな勤務態度は原則としてお役所では受け入れられない。当然のことながら上役の覚えは極めてよくない上に、そんなことを一向に気にしない玄次郎の態度に益々批判の声は強まるばかり。そんな彼の首が辛うじてつながっているのも、前述したように玄次郎の探索の手腕の卓抜さで、これまでに難事件と思われた事件を見事に解決してきた実績によるものだった。

　さらには彼の生活態度だ。独身の玄次郎は、現在、蔵前の北にある三好町の小料理屋よし野の女主人であるお津世《つせ》という女性とねんごろになっていて、この家に居候《いそうろう》を決めこんでいる。お津世には三つになる男の子がいて、玄次郎とつきあうこととなったきっかけは、亭主を殺した犯人を玄次郎がつかまえたことであった。以来、玄次郎はよし野に入り浸っている。ちゃんとした嫁も貰わず一家を持たない玄次郎は、上役から見ればやくざな半端者と見なされても仕方がない。だから出世はできない。が、読者にとっては、外れっぷりが、なんとも嬉しいのだ。

と、まあ、この物語の主人公、神谷玄次郎について思いつくままに縷々《るる》書き連ねたのだが、おわかりのように彼はまさに「はぐれ同心」と呼ぶにふさわしい一匹狼。そして、その一匹狼ぶりが実に魅力的で、藤沢周平という稀代の作家が丹念に紡ぎ出す、江戸を騒がせた数々の殺しの事件を舞台にはぐれ同心玄次郎が縦横に活躍する捕物控は、まさしく読む者の心を至福の面白さで充《み》たしてくれる最高の読物なのだ。もちろん藤沢さんの作品は単なる面白読物にとどまらない。この捕物控にも人生へのあらゆる示唆《しさ》がこめられている。いわく、人間の心の中に棲む魔性。事件には必ず動機が存在すること。人間は他人には明かせない秘密を持っているものだ、ということ。世に悪を企《たくら》む者は必ずいる。それは時代を問わず人間社会に必ずあることだ、などなど。この本を読む人々それぞれが自分の心で受けとめることが沢山あるはずだ。ぜひ楽しく面白さを満喫しながら、藤沢さんの人間に対する深い洞察力の凄さをじっくり味わっていただきたいと思っている。

藤沢作品だから味わえる読者の醍醐味

『霧の果て』はタイトルともなっているこの一編を含め、八編の連作短編集の捕物控で構成されている。藤沢作品の捕物帖といえば、この作品の他に「彫師伊之助捕物覚え」シリーズが三本あるが、副題に「彫師伊之助」とあるように主人公が武士ではない。ということで北町奉行所の同心がヒーローの捕物控はこの『霧の果て』だけという実に貴重な一冊。単行本が刊行されたのは昭和五十五年、藤沢さん五十二歳。まさに藤沢さんの作家としての一番の働き盛りのときの作品。昭和四十八年「暗殺の年輪」で第六十九回直木賞を受賞してから七年目、次から次へと心に残る名作を生み出していたときの「彫師伊之助捕物覚え」の『消えた女』につぐ「捕物控」とあって興味津々の一冊。こんどはどんな捕物物語なのか、あの野村胡堂の「銭形平次」捕物控や岡本綺堂の「半七捕物帳」ではないが、フーダニット、犯人探しの物語、ミステリーがどんなものなのか、主人公はどんなキャラクターなのか、僕はわくわくどきどきして本を手にしたことを思い出す。

いやあー楽しかった。いや嬉しかった。夢中で読んだ。冒頭にも記したように、僕は神谷玄次郎なる主人公にぞっこん惚れこんでしまったのだ。「暗殺の年輪」の馨之介《けいのすけ》にしてみても『又蔵の火』の又蔵にしても、『風の果て』の隼太《はやた》や市之丞にしても『蟬しぐれ』の文四郎にしても、その他、藤沢作品に登場する主人公たちすべてが個性的で魅力ある人物であって、読むうちに自然と主人公に惚れこみ、心を傾け、激しく感情移入をしてしまい、主人公の受ける人生の辛酸を共に味わい、深く心を動かされ、揺すられ、心の底からなる感動の波にさらわれてしまうことになるのだが、本書『霧の果て』の主人公、神谷玄次郎にもまた、新たなる個性と心情に強く深く引き込まれてしまったのだ。孤独の影をもつ玄次郎の後姿にひかれ、いつしか躍起になって彼の心を自分の心として事件を追い、犯人探しにやきもきしながら一喜一憂といった感じで、物語の中の彼の人生の一刻を共に生きたのだ。それはまさに藤沢作品だからこそ味わえる読者の醍醐味と言える愉悦なのだ。

見えざる敵は正体を現すのか？

一話一話の捕物控については、ミステリーということもあって筋立てその他の説明は、読んでお楽しみいただく、ということで敢えて省くことにするが、小説の名手、文章の達人である藤沢さんが満を持して世に送り出した北の定町廻り同心捕物控は、その簡潔にして要を得たきびきびした美しい藤沢さん独自の筆致によって読者の心に静かにしみ込んでくる。さらには巧みな仕掛け（これも藤沢さんの自家薬籠中の得意技だが）と謎で心を虜《とりこ》にする。一話一話が物語として完結しながらも、実に見事に次の物語へとつながっていく。だから全編を読み終えたとき、全体が大きな一つの物語となって読者の心に深い余韻をもたらすこととなる。このあたりも藤沢作品の見事さだが、その原因の一つは、最初から終わりまで全編を通じて通奏低音のように玄次郎のこころの奥に鳴り響いているひとつの想いだ。

「玄次郎には、無足の見習い同心として奉行所に勤めはじめた十四年前に、母と妹が組屋敷に近い路上で、何者かに斬殺されたという過去がある。

その母娘の死が、当時父の神谷勝左衛門が手がけていた大がかりな犯罪にかかわりがあったことはわかっている。老練な定町廻り同心だった勝左衛門は、妻と娘が死んだ直後から、急に気力を失い、病気がちになって、ほぼ一年後に死んだ。

奉行所では、神谷勝左衛門の探索のあとを、秘密裡に引きついで追及をすすめたが、その捜査はなぜか中断された。その犯罪に、奉行所にかかわりのある幕府要人が絡んでいたためだということを、玄次郎は数年後に耳にしている。」（本文より）

少々長く引用したのも、玄次郎が心に抱いている屈託の原因が書かれているからだ。玄次郎の心の奥にある抜きがたい奉行所への不信感。怠けてやれ、と思う気持。長年謹直に真面目に勤めたのに、無残な晩年を迎えて終わった父への憐憫《れんびん》の情と、いたわりの気持。こんな奉行所勤めなんかいっそやめちまって、お津世の亭主にでもおさまってしまうか、とも思うのだが、そんな気持を待てととどめるのは、いつかは母と妹を殺し、その結果父をも死に導くこととなった、一家破滅の背後にひそむ真相を必ず突きとめてやるぞという、ひそかな決意だった。見えざる敵の正体を絶対に暴いてやる。しかし、そうした想いが胸にあることを玄次郎は上司、同僚はおろかお津世にも、つまりは誰にも言わず、気振《けぶ》りさえみせずに生きている。

玄次郎の心情が審《つまび》らかになるにつれ、彼へのシンパシーがぐんと増してきて、彼になんとか恨みを晴らさせたい、という気持になる。果たして見えざる敵は正体を現すのか？　奉行所が捜索を打ち切った理由とは何なのか？　背後には幕府という巨大にして絶大なる力を持つ黒幕の意志が働いているのか？　物語は無気味な闇を感じさせながら、玄次郎の動きを追う。果たして彼の前に立ち現れるものは……。物語は予断を許さぬ展開で濃い霧に包まれた中を巻末に向けて玄次郎の想いを乗せて疾走する。「霧の果て」に何が見えるのか……。

藤沢作品に登場する脇役たちの人物造形の素晴らしさにもふれなくてはならない。まずはお津世の女性としての魅力だ。この本の冒頭のくだりで玄次郎とお津世のちょっとした会話があるが、いかにお津世が魅力的で色っぽい女性であるのか、玄次郎の心そのままにこちらにも伝わってきて思わず心がときめいてしまったのだ。抑制のきいた表現なのに、ここが藤沢さんの筆致の凄さなのだが、ドキッとするほど男の心がなまめかしい気持に襲われる。お津世と玄次郎の軽い言葉のやりとりに猛烈にエロティックなものを感じて心がどきどき弾んでしまう。決して露骨な表現をしていないのに。健全な色気というか、男心と女心を手繰る達人の作家の手練の技というべきか、とにかくその表現の巧みさと筆の冴えに感嘆するばかりだ。ついつい玄次郎と同じ気持になってお津世に岡惚れしてしまったのだが、心をときめかす素敵な女性と逢うことができるのも藤沢作品の有難いところ。

児玉さんが入院中に描かれた絵。遠藤展子さんに贈られて大切に飾られている

岡っ引の銀蔵親分も見事に描かれていて作品の深みを増している。床屋の親爺だというのに年中無精髭のまま、というのも可笑《おか》しいが、しっかり者のかみさんががっちりと床屋を守っている。なによりも捕物大好き人間というのが設定として無理なく物語を転がしていく。銭形平次とガラッ八、むっつり右門とおしゃべり伝六ではないが捕物帳には主と従の名コンビが必要だ。玄次郎と床屋の銀蔵に、僕は〝待ってました〟と思わず心の中で喝采を叫んだのだが、なんと二人の物語はこの一冊だけ。次作を待ち侘びていただけに一冊で終わってしまったのは誠に残念だったが、逆に考えれば、あとにも先にも「捕物控」と銘打った作品はこの『霧の果て』だけ。実に貴重な一冊ということにな

る。孤独な男の影をもつ神谷玄次郎の捕物控の面白さを存分に味わっていただきたいものだ。藤沢作品だからこその清々《すがすが》しい爽やかさ。藤沢作品だからこその全編に漂う厳とした品格。藤沢作品だからこそのプロットの絶妙な組立て。藤沢作品だからこそ浮き彫りとなる人間の心の奥底。藤沢作品だからこそ味わえる本格的な謎解きの楽しさと、それに伴う愉悦。最後に、平成四年に「オール讀物」十月号「特集 藤沢周平の世界」の一部として掲載されたインタビュー「なぜ時代小説を書くのか」の中の短い一節を紹介して終わりとする。

「小説の面白さというものを確保するのは非常にむずかしいですよ。わたしの書くものはわりとシリアスな『市塵』のような小説もありますけど、基本的には娯楽小説だと思うんです。『怪傑黒頭巾』以来の、チャンチャンバラバラを書きたい気持はずっとある。(笑)そういう小説のもつ娯楽性というものを大事にしたいですね。そういうのがなくなると、小説はつまらなくなると思うんです。」

『霧の果て　神谷玄次郎捕物控』(文春文庫)所収

こだまきよし◉一九三四年東京生まれ。学習院大学独文科卒。東宝を経て六七年フリーに。数多くのドラマに出演。読書家として知られ「週刊ブックレビュー」の司会も務めた。著書に『寝ても覚めても本の虫』など。二〇一一年没。

藤沢周平の浮世絵師たち

葛飾北斎、喜多川歌麿、東洲斎写楽、安藤広重……
藤沢作品の絵師たちの物語はどのように紡がれたのか。

高橋克彦

僕の小説家として初めての単行本『写楽殺人事件』の帯は藤沢周平さんと井上ひさしさんに書いていただいているんです。担当してくれた講談社の中澤（義彦）さんという編集者の尊敬する作家が、藤沢さんとひさしさんだったんです。僕は、お二人に帯を書いていていただくなんて、恐れ多いことだと思ったんだけれども、「藤沢さんだったら浮世絵が好きだから、絶対書いてくれますよ」というのでお願いして、推薦文をいただけたんです。昭和五十八年（一九八三）のことですね。

それから三年後、吉川英治文学新人賞を、僕が『総門谷』で頂戴したとき、吉川英治文学賞の受賞者が藤沢さんとひさしさんだった。あれはびっくりしました。受賞者の控え室で、藤沢さんとひさしさんに紹介されたのが、藤沢さんとお会いした最初ですね。

作家デビューしてまだ三年。吉川英治文学賞といったら、物書きのもらえる一番上の賞ですよ。それを受賞されたお二人に「一緒に並んで話しましょう」って言われても、並べないですよ。

そうしたらね、次に直木賞を『緋《あか》い記憶』でいただいたとき、藤沢さんとひさしさんが選考委員だったんです。当時の選評を見ると、一番褒めてくださっているのは、ひさしさんと藤沢さん。直木賞の授賞式には藤沢さんもいらして、控え室でいろんなお話を伺いました。だから、ものすごい縁を感じますよ。

ひさしさんは、その後、盛岡に講演でいらっしゃるなど、打ち解けていく機会がありましたが、藤沢さんは、授賞パーティー以外めったに出て来られない方だったでしょう。それで親しくお付き合いする機会がなかったんです。

でもね、僕の物書き人生の中で、スタートとか転換点には必ず藤沢さんがいらっしゃったなというイメージがあります。

浮世絵師の眼が欲しかった

藤沢さんと僕は、昭和二年生まれと昭和二十二年生まれだから、ちょうど二十歳違い。藤沢さんが「溟い海」でオール讀物新人賞を受賞なさった四十三歳のとき、僕は二十三歳。こっちはホラーなんか書いていて、時代小説を書くとは全く思ってもいなかった。

その当時（昭和四十六年頃）は、浮世絵の画集などがたくさん出版された頃で、文芸の世界でも浮世絵ブームがあったんですよ。浮世絵はずっと好きだったから、南原幹雄さんの『女絵地獄』や、笠原良三さんの『小説歌麿』を読んでいて、「浮世絵が小説のテーマになりうるんだな」と思ってはいました。

藤沢さんがデビューなさったあたりは、浮世絵が文化人の関心を集めていた時代だったんです。展覧会も頻繁にあって、浮世絵専門のリッカー美術館が開館した頃でもあり、その美術館のある銀座の画廊などを見てまわると、浮世絵にたくさん触れることができました。

その辺りは、僕もしょっちゅう行ってたから、もしかすると、藤沢さんとすれ違っていたかもしれない。

いま改めて「溟い海」を読みますと、僕が四十三の頃を考えてしまいます。このような作品を同じ歳で書けたかなというと、非常に難しい。

つまりね、藤沢さんの小説って何だかちょっと変わっているんです。それまでの浮世絵師をテーマにした小説は「浮世絵師とは何者であるか」とか「浮世絵師の人生」を書いているものが多いんですね。「溟い海」は、北斎が主人公だけれども、彼がどう絵を描くのか、何を描いたかということはあまり書いていないんです。藤沢さんは浮世絵師を書きたかったのではなくて、浮世絵師の眼が欲しかったんだなと感じました。

その思いが、ずっと僕の中にあったので、「あ、やっぱり自分の見方は間違ってないな」と『喜多川歌麿女絵草紙』を読んで思いました。

これは、物書きとしての推測になるのですが、『喜多川歌麿女絵草紙』は、藤沢さんに、新しい視点を与えたと思うんですよ。藤沢周平という眼で見て女を描くのと、歌麿の眼で見る女って違うんです。藤沢さんが歌麿の眼になって女たちを見たことによって、今まで書かれてきた世界とは違うものになったと思うんですよ。その眼を会得したから、もっと違うものを書けていくようになったというかね。

それまでは、やはり藤沢周平という眼があったと思いますね。歌麿については北斎や広重ほど人物の説明や絵についても書き込んでいない。北斎や広重を描いたときとは違うものを感じます。

『喜多川歌麿女絵草紙』の場合は、歌麿の目の前に登場してくる女性たちの暗部を書くための、それを見届けるための眼鏡として歌麿を必要としていたんじゃないのかという感じがしますね。

エッセイで、次は写楽ですかという話があったとき、「べつに急ぐ必要はないだろうと思う」とおっしゃっているけど、写楽の眼を別に欲しがっていないですよ。歌麿の眼を手に入れちゃったから、もう充分、というかね。

大変な創作の秘密を話しているような気がしてきました（笑）。

あえて歌麿を説明しない勇気

ひさしさんの主人公は輪郭がすごく明確に見えてくるけれども、藤沢さんの場合は、輪郭があまり見えてこないんです。

ひさしさんはまず徹底して調べて、頭の中で形になるまで我慢して書かずに、そして一気に出す。藤沢さんも同じように作り込むんだけれども、できたものをふっと手放す人だと思うんです。歌麿ができたときにふっと手放して、眼だけを使うみたいにね。ひさしさんは、俯瞰《ふかん》で書くんですよね。藤沢さんは物語の中に立っている人から見る。藤沢さんは輪郭を取っぱらって、できた着ぐるみの中に入ってしまうような。たぶんそれが違いなんだと思います。作風の違いというか。

『喜多川歌麿女絵草紙』を読んだら、読者は歌麿ってどういう人なんだろうと、興味を持ちますよね。そこを見事に説明しない。あれは途方もない勇気ですよ。

あいまいな存在の絵師たちの目線を自分のところに引っ張ってくる。きっとね、藤沢さんは浮世絵師が好きだったんじゃないかな。北斎とか、広重とか、歌麿みたいな、江戸の市井にいた人たちが。非常に印象的だったのは、歌麿が町を歩くのが好きだと言って、両国あたりからずっと歩き続けるけれども、ああいうことは歌麿の資料のどこにもないわけ。あれは藤沢さんが歌麿になっているんですよ。だから、広重に化けたり、北斎に化けたり。僕が最近書いた歌麿のなかでもね、歌麿の気持ちを相当深く書いたつもりでいるんだけれども、実をいうと歌麿じゃないんです、私なんです。読む方は歌麿の心理だと思って読んでだまされちゃうんです（笑）。

ちょうど歌麿の話を書いたばかりだったから、このインタビューの話をいただいて藤沢さんの作品を読み返すのは、おもしろかったですよ。「自分だったらこう書く」ということを、もう書いているわけだから。

僕は「歌麿はどういう人間か」ということを書きたくて書くけれども、藤沢さんはそうじゃないんですよね。「歌麿はどういう人間か」っていうことよりも、「歌麿ならどう思うんだろう」という眼で世界を見ようとしている。そこが、決定的に違うところですよ。

写楽をものすごく印象的に書いています。蔦屋《つたや》が、ついさっきすれ違ったのが写楽だよと言うじゃないですか。「どういう男ですか」って質問させて、蔦屋に藤沢さんの写楽像を語らせてもいい場面です。読者も当然興味を持っている。物語の中で、写楽は口下手だから女を通訳みたいに連れて来ているんだと書いたということは、藤沢さんが写楽像をつかんでいるからなんです。つかんでいないと、ああいう描写はできない。藤沢さんの中には、写楽ってこういう人間で、こういう環境で、こういう暮らしをしているというのが、はっきり頭にあった。だから、例えばあそこで歌麿が「写楽ってのは一体どういう男なんですか」と言ったら、蔦屋は答えられるはずなんです。なのに書かない。それがすごい。あれはびっくりした。僕は「これはどういうことなんだろう?」と。あそこでね、破綻がないのは、歌麿が写楽の絵に興味はあるけれども、人には興味がない、だから聞かなくてもいいんですよね。そこらへんのさじ加減がうまい。

馬琴にしても深入りしていないです。馬琴がそのとき何を考えていたかを会話でしかやらない。完全に歌麿の目線だからそうなる。例えば、僕が馬琴を出すと、深入りさせるし、江戸のおもしろさ、あの時代のおもしろさみたいなのを書こうとするはずです。でも、藤沢さんの歌麿は、毅然として歌麿の眼からぶれないから、書かない。歌麿を自在に動かしているということですよね。だから、時代そのものを書こうとはしていない。ところが、作家の性《さが》といいますか、われわれは時として主人公が自分の眼ではみられないところを書いてしまうんですよ。藤沢さんはそこの見極めがきちんと、できた方だったんでしょうね。

藤沢さんの小説家としての発明

『喜多川歌麿女絵草紙』「赤い鱗雲」で、歌麿が描いている女が、盗賊の一人とそれと知らず付き合っている。二人が会うことを歌麿が岡っ引に教えたことで男が捕まってしまう。次に女と会ったとき「知っていらしたんでしょ、先生」という一言がある。あれだけで、そのセリフの持っている意味を書かない。作家が百人いたら九十九人の作家は書きますよ。

「溟い海」で、広重をいたぶってやろうと待ち構える北斎が、広重の陰惨な表情を見てやめる場面がありますよね。広重の表情は人生で絶望的な躓《つまず》きがあったからだろうとは書いても、それが「何か」は書かないんです。「旅の誘い」では、英泉が広重「東海道五十三次　蒲原」を評して、「一度は人生の底を見た人間でないと、ああいう絵は出来ねえな」と言う。でも、広重の人生のどん底が何であるかを書かない。物書きとして投げているんじゃないんですよ。わざと書いてない。それが藤沢さんのすごいところ。改めて読み直してみると、常に藤沢さんは「人っていうのは分からないところがあるけれど、それはそれでいいじゃないか」と、あえて書いていない。誤解されると困りますが、藤沢さんが踏み込んでいないということではないんです。歌麿の心情にすごく踏み込んでいるんだけれども、結局のところ人の心は分からないということなんですよ。これほど人生の裏表が分かっている歌麿ですらこの女は分からないというから、はじめて読者は納得するんです。

歌麿が話しているように、長年連れ添ったおりよでも、本当のところは分からない。それは、読者一人ひとりが、みんな抱えている人生の奥深さだと分かっているんですよ。

僕は美術から入ったせいかもしれないけれども、読者にも自分と同じ景色が見えないとつらいんですよ。僕は常に、小説の舞台を見えるように書くわけです。でも藤沢さんは、たぶん、見えなくてもいいという考え方ですよ。あれだけ花とか桜とかすばらしい情景を書きながら、人間の心はすべては見えてなくてもいいという突っぱね方。

そこまで踏み込む必要が、たぶんないと思ったんじゃないですか。踏み込んでしまうと、自分ひとりの物語になるけれども、その前で止めると普遍的な物語になるんです。だから、介護が大変で親を殺したというと、それはすごく特定されたどん底になるけれども、親で苦労させられたというところで終わると、普遍性がでてくる。その塩梅《あんばい》というのが、実によく分かっている人なんだと思いました。

だから、「溟い海」を書かれるまでの藤沢さんの心の奥にあった人生のどん底っていうのが気になりますよね。

「浮世絵師」のときには、北斎と女性が怪しげな関係になっていくじゃないですか。たぶん、あれが書きすぎたと思った部分だろうと思うんです。「溟い海」のときには女性との関係を遠巻きにしていますよね。それによって、作品が活きていくという、物書きとしての勘ができたんだと思います。だから藤沢さんの小説って、どろどろしそうなところにいきそうで、踏み込んでいかない小説が多いんですよね。そこまで書いちゃうと違うなっていうのが、勘としてあるんではないですかね。

いや、この歳になって勉強させられたなとつくづく思ってます（笑）。

SFとかホラーとかミステリーを書いているとね、明解にイメージが伝わるような小説じゃないと書いていて不安なんですよね。自分の書いている世界が一人ひとりの読者にきちんと伝わっているんだろうかと思うと不安で。謎解きが前提として常にあるでしょう。だから、どんな小説を書いていても、一人の人が苦しんでいると、なぜ苦しんでいるのかとか、どうすればその苦しみから脱却できるのかとか、必ず小説の中に盛り込もうとするんですね。人の心は分からないというところで、突っぱねてそれを通したというのが、藤沢さんの小説家としての発明かもしれませんね。

世界をまるごとつかまえる

藤沢さんの小説を読んでいると、画集だけでは手に入らない知識をたくさん持っていらっしゃることが窺《うかが》えるんです。物書きは研究者より詳しくなければならないんです。研究者は目の前にある絵と向き合っていればいいけれども、小説を書くということは、世界をまるごとつかまえないといけないですからね。藤沢さんが浮世絵に興味を持っていた四十年前には、版元がどういう状況にあったかとか、そのときの時代背景がどうであったかといった研究はなかったんですよ。私が『写楽殺人事件』を書いたころから、ようやく絵師の研究だけでなく、背景を含めた研究が広がっていったと思います。藤沢さんは、ご自分で江戸の版元の出版情報だとか、町並みだとかを調べられたんだと思います。

例えば「蒲原《かんばら》」。広重が見たとされた蒲原は夏の風景なんです。雪景色は見ていない。奥にコタツみたいな山がありますよね。現地に行って見たんですけど、向きが違うんです。藤沢さんも知っていたと思いますよ、当時の画集にはちゃんと書いていますから。それを読んでいて敢えてそこに触れない。そこまで踏み込む必要がたぶん藤沢さんにはなかったんでしょうね。

北斎は削り取っていく絵師なんです。藤沢さんも書かれているけど、富士山の皮を剝ぎ取っていくようにね。どんどん削っていって、対象を極めていく。広重はどちらかというと、絵のために足しながら、絵をこしらえていく。雪を剝ぎ取って夏の風景に変えるのは簡単でも、夏に見たものに雪を重ねるのは大変なことですよ。じゃあ「蒲原」でそうやっていろんなものを変えて一体何を表しているかというと、深い悲しみであったりする。広重の絵に藤沢さんが惹かれたのは、小説も、そういうものだって

高橋克彦『浮世絵鑑賞事典』
（角川ソフィア文庫）

気付かれたからじゃないですかね。

お千代という女性が『喜多川歌麿女絵草紙』にでてきますよね。あれは、歌麿門人の千代女という、数冊の黄表紙の挿絵しか作品を残していない不思議な人物なんです。歌麿の弟子の系図に出てくるぐらいで、研究書を相当深く読み込んでいないとまず知らない名前です。どのような形で歌麿の弟子になって、どのようにして消えていったのか、資料がないから分からないんですよ。歌麿の出自にしても母親が早く死んだとか、子供の頃に男の影があって、それが鳥山石燕じゃないかと思ったことがあるとか、さらっと書いている。本当に歌麿の伝記などもたくさん読んでいるなと思いますね。

そこまで膨らませるというのは、藤沢さんがよっぽどのめり込んでいないと書けないですよね。それでいながら、絵や絵師について、例えば歌麿が「青楼の画家」だったとか、不思議なぐらいに代表作については述べていない。

僕の場合は『だましゑ歌麿』で延々と作品についての解説を書きましたからね。『喜多川歌麿女絵草紙』を読んでいても、あそこまで調べていたら、このとき歌麿が描いている絵はこれであったと、書きそうなもんなんですよ。それを全くしていないから、藤沢さんはものすごく浮世絵を愛しているけれども、歌麿の人生を描こうとしたんではないなと思いました。

決して歌麿の眼から外れない。そこがやっぱり、研究者の眼からみるともったいない。

同じ作家からみるとすごく思い切った覚悟というものを感じます。

僕の「完四郎広目手控」シリーズは、藤沢さんが『江戸おんな絵姿十二景』でやられたようなアイデアを出版社からもらって、書き始めた物語なんです。広重の「名所江戸百景」の中から二枚選んで、二枚の絵に描かれた場所をつなぐ。ミステリーに仕立てるのは、大変だけれども、すごくおもしろい作業ではあるんですよ。その作業が楽しくて完四郎シリーズは、今も続いているんです。

『江戸おんな絵姿十二景』の単行本や文庫本に雑誌では掲載されていたモチーフの浮世絵が載っていないのは残念ですね。一つひとつの物語をみると、タイトルから想像つくものもあるけれども、絵がないとただの物語を読むのと一緒でね。なぜ、藤沢さんが、この絵のどこに興味をひかれて、そこからどう物語を紡ぎだしてきたかということが伝わってこないですから。やはり藤沢さんを読み解く上で、絵があるのとないのとでは全然違います。

こうしてみると、藤沢さんと浮世絵の話をきちんとしてみたかったという気がしますね。


「鶴岡市立藤沢周平記念館　第五回企画展　藤沢周平と浮世絵」より転載

たかはしかつひこ◉一九四七年岩手県生まれ。八三年『写楽殺人事件』で江戸川乱歩賞。八七年『北斎殺人事件』で推理作家協会賞。九二年『緋い記憶』で直木賞。二〇〇〇年『火怨』で吉川英治文学賞。浮世絵研究家としての著作も。

藤沢周平先生に教えられたこと

江夏豊

一人の作家の作品を集中して読む

これまで山形には何度か野球で来たことはありますが、実際にゲームで登板する機会はなかったと記憶しています。鶴岡に来たのはまったくの初めてで、昨晩は生牡蠣をいただきました。食べ物が美味しくていい所ですね。

この度、敬愛する藤沢周平先生の故郷で講演をさせていただけるのは、本当に光栄な機会で

す。まず、自分が本に親しむようになったきっかけをお話しし、それから藤沢先生のお話に移れればと思います。

僕はお恥ずかしい話、若い頃からほとんど読書はしてきませんでした。せいぜい読むのは野球の本か漫画で、小説とは長らく縁がなかったんですが、昭和四十年代のテレビドラマ『新選組血風録』を偶然に観て、これにはまりました。僕らが子供の頃に観ていた東映のチャンバラ映画では、もっぱら新選組は敵役で、近藤勇や土方歳三は悪の代名詞。けれど、司馬遼太郎さんが原作でお書きになられた土方歳三の生き方が非常に魅力的で、以来、新選組に関するものを少しずつ読むようになりました。

さらに小説の面白さに目覚めたのは、阪神から南海を経て広島へと移った昭和五十三年〜五十四年頃です。交流戦のなかった当時のプロ野球は、今よりも少ないシーズン百三十試合でしたが、やはり毎日、毎日ゲームが続きます。終わった試合は早く忘れて、次の試合に気持ちを切り替えなければならない。そのためにゆっくり眠ることが重要なんですが、僕は寝つきが悪くて……普通の方ならお酒を飲んでふっと眠ることができますけど、飲まない僕はそうもいきません。

夜もよく眠れないという話をチームに出入りするスポーツ店のメーカーにこぼしました。すると「本を読めばいいんですよ」と言って、翌日、彼が持ってきてくれたのが、松本清張さんの『点と線』でした。この名作の力は非常に大きくて、自分でも本というものがすごく面白いことに気づき、それからはどんどん小説を読むようになりました。

これだけ読まなきゃ駄目だとかは一切決めないで、眠たくなるまで読んで、眠たくなったら読書を終えると自分に言い聞かせていると、不思議なもので、試合からの気持ちの切り替えがいつの間にかできている。僕が熟睡できるようになったのは、まったくもって読書のおかげです。

最初にはまったのは清張さんの現代物でしたが、そういうジャンルについて考えたことはありません。むしろ自分としてこだわったのは、まずお一人の作家の方を集中して、読みたいものを読むということでした。清張さんの次は司馬遼太郎さん、そして池波正太郎さん、一時期は山崎豊子さんを読み、とうとうめぐり合ったのが藤沢周平先生の作品です。その時からずっと藤沢先生の御本にはまり続けています。

さらに僕の読書の傾向としては、プロ野球は、毎春、必ずキャンプがあります。一ヶ月間、同じ場所に滞在しているわけで、その期間にはどちらかというと長篇をしっかり読みます。シーズンに入るとどうしても移動が多いですから、短篇を読む機会が多くなり、荷物にならない文庫本を持ち歩きます。もう今の生活では、どこへ行っても枕元に本とタバコがないと落ち着いて寝られませんね。

生涯の友と成長する姿への共感

さて、藤沢先生の御本についてですが、素晴らしいものが本当にたくさんあります。人間の感受性というのは人それぞれ違いますので、すべて読んでいただいて、ひとつひとつに自身の思い出を重ねていけばいいと思いますが、特に僕の心に残った三冊をあげると、『蟬しぐれ』『風の果て』『獄医立花登手控え』のシリーズになります。

なかでも『蟬しぐれ』の印象は強烈で、ＮＨＫでドラマになったものも録画して繰り返し見ました。主人公の文四郎の父・牧助左衛門役を演じた勝野洋さんが、切腹の前に「父を恥じるでない」と言うのですが、それはどういう意味なのか――本を読み返し、ドラマを見返すうちに、この場面は息子に対して父の生き方は決して間違っていなかったということを、直接の言葉ではありませんが、伝えようとしたのだと思います。

そしてもうひとつ素晴らしいと思ったのが、後に藩主の寵愛をうけるおふくさんが、川べりで蛇に指を嚙まれてしまうシーン。そこでおふくの傷口の血をわずか十五歳の文四郎が吸ってやるという場面も、人間として男と女の崇高な色気といいますか、素晴らしいと感じました。

藤沢先生の作品には『蟬しぐれ』もそうですけれど、少年期の幼馴染が、各々、成長していく物語が多いですよね。『風の果て』も同じ道場で励んだ少年五人が、やがて大人になり、藩内の都合で対立するようになる一方で、友情が続いていく。

もしかしたら、女性の方には理解しにくいかもしれませんけれど、僕自身も高校時代の野球部の仲間たちと十五歳で出会い、その付き合いは五十年以上続いています。今でも会えば、その途端に「おい、お前」という仲が続いている。男同士の友情というのは、剣の世界であっても、野球の世界であっても、他のスポーツであっても、ずっと変わらないものじゃないでしょうか。

成人する前の友というのは、いずれにせよ、変わらない最高の財産で、環境が変わって、お互いに年をとっても、酒を酌み交わし、飯を食えば思いは変わらない。プロ野球に入って成功した人間であっても、変わらない間柄でいてくれる友人というのは、心の底から有難いものです。

実は、今から二十年前になりますが、五十歳になった時、高校時代の仲間で集まって、高校三年生の甲子園予選で負けた相手と、もう一度、試合をやったんです。赤瀬川隼さんの『捕手はまだか』と同じシチュエーションですね。当然、五十歳だから身体はなかなか動きませんでしたけれど(笑)。来年、七十歳を迎えるにあたっては、そこで最後の同窓会をやろうと話していて、やっぱり青春時代というか、あの頃のことがいちばん懐かしい。

僕にとって甲子園は永遠の憧れです。甲子園で戦うことを目指して練習に励んで、結果的に出られなかった。だから今でも全国大会の開会式で入場行進がはじまると、僕は正座をして観ているし、校歌を聞くと涙が流れます。もちろんプロ野球や社会人野球、そして草野球だって、同じ野球には変わりありません。でも、プロとなれば損得勘定が出てくるけれど、あの少年たちは本当に純粋に勝ちたい、負けたくないということだけで白球にぶつかっている。その思いというのは最高に輝いているし美しいですね。

昭和四十年代の阪神タイガースと藤沢作品

また別の視点で印象的な藤沢先生の作品が、『海坂藩大全』の中に収められている「山桜」という短篇です。主人公の野江は、最初の結婚相手に病死されて、二度目の結婚は嫁ぎ先とうまくいかずに実家に戻る。ようやく最後になって、三度目に嫁ぐことになるかもしれない相手の家の土間で、「ここが私の来る家だったのだ」と気づきます。そこでほろっとしつつ、人間はこういうものだとうれしくなりました。男性でも女性でも、後から自分の生き方が分かる瞬間というのはありますよね。

野球でもそうなんです。僕は現役時代に打たれた時のことは、今でもほとんど覚えています。寝る前に野球を見ていて自分だったらああ投げるのに、ここはこう攻めるのにと考えていると、目を瞑った瞬間、必ず相手のバットがビューンと出てきて、そのバットにボールがひょいと乗って、スタンドまで運ばれた時のことが浮かんできます。なかでも王（貞治）さんにはホームランをひとりで二十本も打たれていて、それは絶対に忘れられないんです。

ミスター（長嶋茂雄さん）には、十四本のホームランを打たれていると思いますが、その場面はほとんど思い出しません。というのも、ミスターはど真ん中の球をヘルメットを飛ばして空振りしたり、フライを打ち上げたり平気でするんです。その代わり、アウトコースに決まった球をライトに打ったり、なぜあんな球を打てたのかと思うんだけど、本人は「打って当然」という顔をしている。あんまり抑えても嬉しくはないんですよね（笑）。

その点、王さんは大きな目玉をぐるぐる回して、カーッと向かってくる表情が、目に焼きついて離れない。「何であの球を投げてしまったんだろう」とか、抑えた時のフォークを思い出して「あそこに放って（投げて）おけば簡単だったのに」とか……人間には後からでなければ分からないもの、それが分かる瞬間が絶対にあるんですよ。

そういう意味で、最近やっと感じられるようになったのが、藤沢先生の御本というのは、昭和四十年代の阪神タイガースみたいだということです。今の阪神はドンチャカ、ドンチャカ打つだけのチームですけれど、当時の阪神というチームは守りが中心でした。大抵が一対〇、二対一、三対二、と得点は少ないけれど、点差のないゲームをやっていく。どちらかといえば派手さはないけれど、地味でもしっかりとした野球をして、勝ち進んでいったチームでした。

よくよく考えてみると、僕が阪神にいた十年間というのは、巨人のＶ９時代と重なります。川上監督のもと、ONという素晴らしいバッターがいて、そのチームに僕らはぶつかっていった。最終的には勝てませんでしたけれど、でも一点をしっかり守って、一点をしっかり取る野球をやって、玄人の方に喜んでもらえる試合をしていたと思うんです。

藤沢先生の作品は、派手な斬り合いや合戦があるわけではないけれど、もっと裡《うち》に秘めたる男の熱い想いでじっくり読ませる。一番大切なのはじっと我慢することで、それを教えてくれたのが『蟬しぐれ』であり、『風の果て』でした。「山桜」もじっと我慢して我慢して、三度目の結婚で幸せを摑もうとします。そういう部分と昭和四十年代の阪神タイガースの戦い方が通じるんですよね。

十八歳でプロの世界に入り、引退した現在も解説者として半世紀も野球をやっていますが、これからも藤沢先生の御本をゆっくりと繰り返し読み、また色んなことに気づかされていくんだと思っています。

二〇一七年七月二十三日、鶴岡市立藤沢周平記念館主催講演会より

「オール讀物」二〇一七年十一月号

えなつゆたか◉一九四八年生まれ。野球解説者。阪神、南海、広島、日本ハム、西武に所属し、広島では二年連続日本一に貢献。オールスター九連続奪三振、「江夏の二十一球」、大リーグ挑戦など数多くのドラマを球史に残した。

周平先生と私

藤沢周平記念館での貴重な講演を誌上にて再現！

書き下ろし時代小説の第一人者が語った矜持とは。

佐伯泰英

一九九八年の春先のことです。

とある出版社に呼ばれて新宿の喫茶店で編集担当者二人と会いました。

その当時、私は「ノベルス」という出版スタイルで、ミステリー如き現代ものを書いておりました。それまで十数冊の本を出してくれた出版社です。

当然新作の打ち合わせと思っておりました。

すると、「もはや佐伯さんの本はうちから出せない」との〝首切り通告〟でした。

出版界とは、二十数年間漫然と仕事をしてきました。なんとかこれからも生きていけるのでは、と安直に考えていた私は「ガツン」と脳天を叩かれました。頭は真っ白です。

そのとき、編集者の一人が、

「佐伯さんは遅れてきたノベルス世代なんだよね」

と言葉を吐いた。そのあとに、

「残されたのは官能か時代小説だよな」

この一言を付け加えました。

むろんこの言葉は原稿依頼ではございません。

こちらがショックを受けているのを見て、慰めというか、激励というか、そんな意味合いで声をかけてくれたのでしょう。

確かにバブルが弾けた日本社会は元気を失っておりました。出版界も不況、端的にいうと活字本が売れない時代に突入していました。
歴史・時代小説もまた、池波正太郎先生が九〇年に、司馬遼太郎先生が九六年に、そしてその翌年の九七年一月二十六日に藤沢周平先生と大御所三先生が相次いで亡くなられ、輝きを失った時期でした。

官能小説はとても書けない。かといって時代小説が書けるのか。

私は戦中の昭和十七年生まれです。物心ついたのは戦後のことです。本どころか食べものも満足にない時代です。

活字本との初めての出合いは、おそらく貸本屋の山手樹一郎、佐々木味津三諸氏の薄っぺらな時代ものでしょう。うすっぺらなのは戦後の紙不足のせいです。

真っ当な本、歴史時代小説に接したのは、義兄が持っていた吉川英治本の『三国志』や『宮本武蔵』です。

吉川英治本で時代小説に嵌った私は、柴田錬三郎先生や山本周五郎氏を経て、池波正太郎先生、そして、藤沢周平先生の作品に辿りついたのです。

つまり一読者として時代小説を、「池波小説」や「周平作品」を楽しんでいたに過ぎません。

時代小説を書く覚悟とか準備とか高邁な志は全くなかったのです。

それでも「官能か時代小説か」の呟きに縋るしかなかった。

「時代小説を書くとしたら、どうすればよいのか。長編を書くには資料も要るだろう」

「ならば短編を」との安易な考えで、五つの話を書いて、例の言葉を吐いた出版社に届けました。すると、

「えっ、書いたの?!」

と驚きの声を発した上に、パラパラとめくって追い打ちがかかった。

「短編は小説の名手が書くもの、時代物も書いたこともない、あんたの名で本が出せる？」

と読みもせずに突き返されました。

プロの編集者として正しい判断、対応です。例えば周平先生の短編一話を読めば分かります。

ぎりぎりまで削られ、推敲された文章一行に、「ふうっ」と景色が浮かび、女心が見えてくる。男の我儘や勝手が覗く。描き分けられた人情の機微に想像力が掻きたてられる。

そんなことも知らずして短いお話をただ書いた。

断られて当然です。

「長編時代小説かぁ、なにをどう書けばよいのか？」

その折、ふと頭に浮かんだのが周平先生の一九七八年作品の『用心棒日月抄《じつげつしょう》』でした。

無謀にもあのような時代小説を書きたい、そう、私は願いました。

「もう一度『用心棒日月抄』を読み返すか」と考えました。

ですが、読み返すと絶対に書けないと思いました。

それはそうです。名手達人と評される作家の時代小説を読み返した上で、時代小説のずぶの素人が書く真似などできるわけもない。

まず周平先生の作品に拘わらず時代小説を読むことを、私のスタイルが確立するまで、封印致しました。

十数年前に読み、私の頭に残る『用心棒日月抄』は漠然としたものでした。わずかに記憶していた雰囲気をなぞろうとしたのでしょう。

図書館に通い、資料をコピーして揃えました。その上で私なりの『用心棒日月抄』を書いた。それが『密命　見参！寒月霞斬り』という長編です。

原稿用紙にして七百枚前後か、三月《みつき》か四月《よつき》かかったと思います。暮らしを立てるために必死で書いたという記憶しかございません。

「新しい時代小説への挑戦」などという高邁な気持ちは全くありませんでした。ともかく最後まで書いて短編を突き返した出版社へ持ち込んだ。すると編集者が、

「えっ、また書いたの⁈」

と呆れ顔で一応受け取ってくれました。

やれ、安堵です。

ですが、以降なしのつぶてです。

なんどか原稿を読むように催促したあと、私は恐る恐る前借りをお願いしました。確か百万円だとおもうのですが、これが意外や意外すんなり通った。

出版社としては前借りを許した以上、本にして出すしか、私から借金を取り立てる術《すべ》はない。

売れない作家に前借りさせて、出世払いなんて長閑《のどか》な時代は、遠い昔に過ぎ去っておりました。そこで先方が慌てて本にしてくれた。

「時代小説文庫書き下ろし」という形態での出版です。

出版界黄金期の大御所作家は、いえ、大半の作家はまず雑誌や新聞などに連載する。それが完結したところでハードカバーで出版され、さらに売れ行きや評価を見た上で数年後文庫化に至る。

周平先生のような大作家には全集という究極の誉《ほま》れが待っています。

文庫になるということは、それだけで「スタンダード」「古典」のお墨付きです。

文庫はいつでも書店の棚に並ぶ作家の勲章でした。

初めて増刷された文庫書き下ろし

私は、物書き以前に写真家として、出版界との付き合いが始まりました。そんな写真家時代の話です。

純文学の堀田善衞先生が労作『ゴヤ』四巻を書いた直後、スペインに滞在しておられました。私は「写真家」兼「車の運転手」兼「なんでも屋」でマンションに居候《いそうろう》していたことがございます。とある出版社でアルハンブラ宮殿の写真文集を造るという計画があっての居候でした。

グラナダのマンションからは窓越しにアルハンブラ宮殿が手にとるように、さらには雪を頂いたシエラネバダ山脈が望める絶景の建物でした。

ある夏の昼下がり、堀田夫人がレース編みをしながら「逗子のライオン」と呼ばれた険しい眼差しで、じろりと上目遣いに私を睨んで、

「佐伯、作家というのはね、文庫を出してようやく一人前、文庫数冊あれば作家は生涯食うに困らない」

と「ぽつん」と呟かれたことがあります。

「逗子のライオン」とは出版界で有名な異名でした。作家の代わりにマネージャー役になって出版社と交渉するのは、どこも奥様が多かった。

出版社に嫌な注文を付けなければならないことも務めとしてある。で、そんな異名が奉られたのでしょう。

この話は新興出版社が相次いで旧作の文庫化を始めた八〇年代前半のことです。

そんな背景もあって旧作を文庫化するためにスペインのグラナダに滞在していた堀田先生のもとへ、各出版社が競って請願にきていた。

私は駅に客を迎えに行くたびに「作家とは偉い存在だ」と改めて思いました。編集者

でも編集長でもなく、新聞社の社長や出版社の重役がスペインまでやって来るのですよ。文士文豪という呼び名が通用した時代の作家は風格がありました、偉大でした。

一方私が生き残るために関わった「文庫書き下ろし」です。

借金を相殺《そうさい》するために出す文庫本に、さようなウマい話はない。何一つございません。ともかく百万円分の前借りに相当する部数で、初めての文庫として出版されました。期待もされない本です。

書店に一応本が並んで二週間経った頃のことでしょうか。

編集者が怪訝《けげん》な声で電話してきた。

「増刷になった、重版がかかったよ」

出版界との付き合いはすでに二十年余を過ぎ、三十冊近くの本を出していました。ですが、増刷なんて幸運は他人様のことと思っていました。表現があたっているかどうか分かりませんが藪から棒の話です。

官能か時代小説か、と呟いた編集者が、

「佐伯さん、昔はね、十万部出るとベストセラー、ただ今は五万部でそう呼ばれる。ともかく三万部に達すれば次の注文がくるよ」

とことんどは幾分明るい声で励ましてくれました。

これが十六、七年も前の話です。私はすでに五十七歳でした。

『密命』と『用心棒日月抄』を読み比べて

このたび周平作品の『用心棒日月抄』を講演のために二十数年ぶりに読み返しました。折しも私の時代小説『密命』シリーズを「装い新たにして送り出すために」読んだばかりでした。

驚きました。

「模倣作がオリジナル作品を超えることはない」これは定説です。しかし、『密命』を書いていた折、『用心棒日月抄』の展開もストーリーもほとんど忘れていたにも関わらず、二つの作品の一巻目を初めて読み比べて、

「ああ、似ている」

と思いました。ですが『密命』はいかにも「モデルあっての時代小説」でした。まず時代設定がほぼ一緒です。

二つの小説ともに元禄期、「生類憐みの令」から浅野内匠頭が吉良上野介に刃傷及んだ時期が物語の背景です。

主人公の設定ですが、『用心棒日月抄』は北国の小藩、馬廻り組百石の青江又八郎（二十六歳）、一刀流の達人です。

わが『密命』は金杉惣三郎（三十四歳）、西国小藩の下級武士の三男坊です。秘剣

「寒月霞斬り」を独創工夫した剣術家でもありました。
『用心棒日月抄』の北国の小藩は、藤沢作品の大半の舞台、海坂藩を思わせる江戸から百二十里、「三方を山に囲まれ、北に海」。

この北国の小藩は周平先生の故郷、庄内藩、この地、鶴岡ですよね。

庄内藩は起立のときから幕末まで酒井家の治世下にあり、石高は十四万石でした。ところが周平作品の大半の舞台となる海坂藩は、石高は七万石と半減して設定されていたと思います。

「なぜ周平先生は海坂藩七万石と設定されたのでしょうか?」

このことはこの場におられる皆様方、藤沢文学の愛読者の方々がとくと承知でしょう。

「史実に則るより藩名を架空にし、禄高を小さくしたほうがより物語を自在に展開することができる、描きたい主人公たちの生き方に馴染める、江戸での用心棒暮らしが生きする、と周平先生はお考えになった結果ではないか」

と私は勝手に思っています。

時代小説を書く作家にとって、大手門が、城の石垣が、武家屋敷が残る城下町で生まれ育ったというのは大きな財産です。

翻って私の模倣作『密命』は、豊後が国許、舞台です。

「華澄城《はなずみじょう》と領民に慕われる相良城、小規模ながらせめるに難く守るに鉄壁。城内には湧き水もある」

豊後国、ただ今の大分県とは、私、全く縁も所縁《ゆかり》もございません。

私が物心ついたのは現在の北九州市の西の端っこです。江戸時代でいえば、

「筑前福岡藩四十七万石黒田家と、豊前小倉藩十五万石小笠原家の国境」

です。国境ですからなにもないところです。

時代小説の舞台を設けようにもなにもない、どうしたものかと考えあぐねたとき、脳裏に浮かんだことがございます。

私がスペインの村にいて闘牛取材をしていた頃、母がくれた手紙の一節です。

「よそ様の国で恥ずかしい真似だけはするな！」

と戒《いまし》めの言葉とともに、

「あんたの先祖は豊後国の武士の出で、薩摩に追われて肥後に落ちた一族じゃった」

とありました。

おそらくスペイン滞在中にお金に困って無心をした折の返信でしょう。

のちに歴史を調べると、

「天正十四年、力を付けた薩摩が豊後戸次《へつぎ》川の戦いで豊臣秀吉配下の大軍に勝利し、豊後を占領した」

とあります。

母が私に告げたのはこのことでしょう。ですが、うちの先祖が薩摩に追われて肥後落ちした武士階級であったかどうか、真偽は全く分かりません。

薩摩藩の版図拡張政策のせいか、「きりしたん」大名大友宗麟以降の豊後国には大藩はございません。

そんな豊後国に私の姓「佐伯《さえき》」と同じ字ながら読み方を「佐伯《さいき》」と異にする小名「佐《さ》伯《いき》藩」二万石が実在しました。それを主人公の出自に借り受けることにしました。

私が『密命』の舞台として想定した「豊後斎木藩」は江戸から二百六十六里の遠きにあります。

『用心棒日月抄』も『密命』もいちばん肝心な冒頭の読みどころ、読ませどころは「なぜ大名家の家臣が浪々の身にならざるを得なかったか」ということでしょう。

『用心棒日月抄』については私より皆様の方がとくとご承知ですよね。

青江又八郎が許嫁の父親を殺す羽目に至った、又八郎はまさか舅になるはずの人物が藩主謀殺の企てに加担しているとは考えもしなかった。ともかく許嫁の父親を斬った。そのことが江戸暮らしに向かわせた動機です。

わが『密命』は長崎で購入した漢書南蛮本の中に「キリシタンもの」が混じっていて、その一部が盗まれて江戸に流れたという設定にしました。

「佐伯藩」八代・毛利高標《たかすえ》は藩校四《し》教堂《こうどう》を造ったり、漢籍を集めたりと熱心で、「佐伯文庫」と呼ばれて、九州では有名でした。そんな背景があって主人公の金杉惣三郎が浪人になり、「きりしたん」本探しの為に江戸での暮らしが始まった、というわけです。『用心棒日月抄』にも『密命』にもこうした騒ぎを利用しようとする反対派が出てきます。

青江又八郎も金杉惣三郎もいつ追手が、刺客《しかく》が現れるかも知れない緊張の中で暮らしています。

そこへ赤穂藩浅野家の断絶騒ぎが『用心棒日月抄』にも『密命』（ここに講演の折の私の思い違いを付記し、訂正させて頂きます。赤穂浪士との関わりの場面は『密命』ではなく、『古着屋総兵衛影始末第二巻　異心』でした）にもからんでくる。

周平作品の『用心棒日月抄』とわが『密命』をこのたび読み比べて、なんとなく雰囲気が似ていると感じたのは、このあたりです。

漠然とした記憶ながら手本にしたのですから当然です。

繰り返しますが、コピー作がオリジナル作を超えることは決してありません。『密命』の話をもう少し続けさせてください。

読者の方に手に取って頂くために

ようやく物語が安定したと思えた時期のことです。

ゲラが上がってくるたびに朱字でばっさりと切られている箇所がありました。家族の団欒や親子の葛藤を書いた場面です。

「編集者は男女の情愛の描写よりも家族の風景よりも、派手な斬り合いや刺激的な官能場面を求めてのことだな」と私は推量しました。

ここで周平先生の言葉を引用したいと思います。

「市井小説はただのひとの物語であり、時代が違うだけでわれわれの物語でもある」

この言葉を私流に解釈するとこうなります。すなわち「時代小説は市井に暮らすひとびとの物語であり、時代が違うだけでわれわれ現代人の物語である」。

『密命』の中で朱を入れられて編集者が切った箇所は、市井の人びとが織りなす描写の部分です。

私はなんとしてもその部分は残さねばならないと思い、切り捨てた箇所を初校でも再校でも復活させました。

そんな戦いの繰り返しの中で、編集者からシリーズ打ち切り提案が告げられました。テーマを変えて新作にせよとの命です。私は、

「もう少し物語の展開を見ていてくれないか」

と強く願いました。

「密命」シリーズが大きく動いたのは、七、八作目辺りでしょうか。初版部数が五万か

ら六、七万に増えておりました。少しだけ私にも余裕が生まれました。

なにしろ『密命』が誕生した経緯《いきさつ》が経緯ですから、シリーズ化など全く想定していません。

そのために主人公は第一巻の中だけで十いくつも齢を重ねております。

「前借りのカタ」の出版です。本人はもとよりだれもが二十六巻の大長編シリーズになるなどとは夢想も出来ませんでした。

そんな驚きの事態を生み出した理由の一つは「文庫書き下ろし」という形態にあるでしょう。

誤解を恐れずに申し上げますと、「文庫書き下ろし」という一発勝負の出版形態は、小説を「文学作品」から「商品」へと性格を変えた出来事だと思います。

堀田夫人が言われた出版界黄金期の「文庫」とは全くの別物です。

「商品」ならば赤字になるのはビジネスとしては失格です。

当然作家にも数字が要求されます。

書店で読者の方に確実に手に取って頂ける品物にするにはどうしたらよいか。

活字本が売れない、この現象は年々激化しています。

数年前なら勝負は発売から二、三週間だったでしょう。ただ今では一日で売れ行きの結果が出ます。ダメならば本屋の棚にも並ばず返本の運命が待っています。

また相対的にベストセラーである時期が短くなっております。書き下ろし文庫の登場は、さらに出版本の賞味期限を短くしたとも言えます。

私はこの状況を逆手に取りました。

「一月に一冊は必ず出す。それに傾注する」

かような書き下ろし文庫、新刊本を出す利点があるとしたら、作者の呼吸が文庫に沁みついていることでしょう。なにしろ三月《みつき》ほど前に書き下ろした「商品」ですから鮮度はいいんです。

時代小説を書き始めて四年目くらいでしょうか。「月刊佐伯」と揶揄されることもありました。

ともあれその結果、『用心棒日月抄』をモデルにした『密命』は十年余り続き、二十六巻となって完結致しました。

時代小説に転じて二百三十冊を超える「商品」を市場に送り込みました。

締め切り以前に「原稿」を編集者に渡し、確実に頼まれた仕事をこなす。定期的に継続して「商品」を生み出すことが、この十数年の私の務めでした。

二〇〇七、二〇〇八年ごろは年間十五、六冊、本屋に送り出していました。

かような書き方から後世に残る傑作、名作、いや作品が生まれるわけもない。またこんな風に数字ばかりを連ねるのは作家として情けない、下品な話です。

ですが、不況の出版界に生き残る手段としてこれしかなかった。そんな「多作量産」を自分自身が恥じておりました。

あるとき、俳優であり、熱烈な愛書家でもある児玉清さんと話をする機会がございました。

その児玉さんが、

「佐伯さん、書き下ろし文庫作家をそう卑下しなくてもいいんだよ。アメリカのとあるミステリー流行作家がね、パーティーで、高名な文学者に見下された発言を受けたんだ。そのとき、流行作家は『悔しかったらおれのように本屋のキャッシャーのベルを次々に鳴らしてみろ』と啖呵を切ったというんだ」

カッコいいですよね。

「悔しかったらおれのように本屋のキャッシャーのベルを次々に鳴らしてみろ」

アメリカ人作家でなければ言えません。日本人作家が、いえ、私はとても口にできません。

児玉さんはまた、

「面白い本を書き、売ることに徹することも一つの才能、出版界への貢献だよ」

と私を諭《さと》してくれました。

この言葉を聞いて私は気持ちが楽になりました。

出版界には、藤沢周平先生のように『蝉しぐれ』や『霧の果て　神谷玄次郎捕物控』を始め、名作を次々に生み出し、お亡くなりになっても売れ続ける時代小説家もおられます。

こういうケースは、才能と努力と運の三拍子が揃ってなければ、有り得ません。質の高い内容の小説、文学性、芸術性ゆえ読み継がれるのです。稀有《けう》な例なのです。

今回の講演の第一部、「周平先生と私」を終わります。これからは「スペイン話」です。気軽にお聞き下さい。

二〇一六年十月三十日、鶴岡市立藤沢周平記念館主催講演会より

※第二部の「スペイン話」は二〇一七年三月に刊行された『薫風鯉幟　酔いどれ小籐次（十一）決定版』に掲載されています。

さえきやすひで◉一九四二年北九州市生まれ。日本大学藝術学部映画学科卒。デビュー作『闘牛』など滞西経験を活かし作品を発表。九九年時代小説に転向。「密命」「酔いどれ小籐次」シリーズなど文庫書き下ろし時代小説の第一人者。

家での会話は

遠藤展子

母は、父との会話は「あ」「い」「う」「え」「お」だけあれば済んでしまうと言っていました。

たとえば母が、

「じゃあ、これから買い物に行ってくるわね」と言うと父の返事は、

「ああ」

雑誌などがたまって、

「これは捨ててもいいかしら」と聞くと、

「いいよ」

食後に、

「そろそろ横になったら」

「うーん」

「この間こんなことがあってね」

「ええ！」

「電話ですよ」とか「食事の時間よ」には、

「おう！」

と、こんな調子でした。

1990年、和子夫人と動物園にて

あまりの会話の少なさに私が母に、
「お父さんて、小説の中では女心をものすごくよく理解しているけど、お母さん、小説の中に出てくるような言葉をかけられたことある？」
と聞くと、母はとんでもないという顔で、「ある訳ないわよ」と言いました。そして、「小説の中で言葉を使い果たしてしまって、私の時には言葉をケチっているんでしょう、と言ってあげたことがあるんだけど」

と言うので、「それで、お父さんは何て言ったの？」と聞くと「ううう……」とうなって終わりだったそうです。

同じ質問を父にしたら、「家でサービスしてどうすんだ」と言い放つので「たまにはお母さんにも小説みたいな言葉をかけたら喜ぶよ」と言ったのですが、ひと言「あほらしい」と言われ、私もあほらしくなって、その話はやめにしました。

母のところに行って、「お父さん、こんなこと言ってたよ。ひどいよねえ」と言うと、「大体、小説の中だって、口うるさい女房は私がモデルなのよね」と母が言います。

「そうそう、私だって、いつもろくでもない娘が出てくると私のことだよ」と母と二人で盛り上がるのでした。

あ・い・う・え・おしか言わない父と母の会話なのに、父はしっかり母のことも私のことも観察していたようです。

父の観察力、恐るべし、です。

海坂《うなさか》と鶴岡
――藤沢周平世界の原郷

藤沢作品の重要な舞台「海坂藩」。
この架空の東北の小藩は、作者の郷里・山形の鶴岡がモデルになっている。
藤沢周平が理想郷として描いた海坂藩、その原風景を探訪する――。

関川夏央

川と橋の小説

藤沢周平が生まれたのは山形県鶴岡近郊の黄金村《こがね》高坂《たかさか》という農村です。高坂は酒井家十四万石の旧城下鶴岡の南約三キロ、丘陵に寄り添った農村です。すぐそばを青龍寺川《しょうりゅうじ》という用水が流れています。幅はたいしたことはありませんが、水量豊かな、鶴岡城下の東側を流れる大河赤川の分水です。青龍寺川は高坂のさらに南三キロくらい上流で、内川と分かれます。

内川は城下のほぼ真ん中を流れ、一部は外濠《そとぼり》の役割を果たしていましたが、青龍寺川は高坂や黄金村の中心地青龍寺集落など、標高四百七十メートルほどの金峯山を主峰として庄内平野を北に張り出した小山脈の東側一帯を潤しながら鶴岡城下の西端を画すように北上、やがて赤川と再合流します。

藤沢周平が幼い頃から泳いだり水の怖さを体感したりしたのはこの川です。青龍寺川に近い山沿いの道を歩いて彼は小学校に通い、戦争末期から終戦直後にかけては、鶴岡旧城下の入口であった青龍寺川にかかる稲生《いなおい》橋を渡って、自転車で鶴岡中学夜間部に役所で働きながら通っていたのです。

藤沢周平生家跡に立って平野を見はるかすと、庄内の豊富な水量、農業のものなりのよさを実感します。青龍寺川は内川とともに藤沢周平の「海坂藩」を舞台とした小説には必ず登場します。藤沢小説は川と橋の小説といってもいいくらいです。『蟬しぐれ』や『三屋清左衛門残日録』に出てくる「五間川」や「小樽川」は、このふたつの川のどちらか、ときにふたつを合体させたものです。

故郷の黄金村も海坂藩ものには欠かせない要素です。

『蟬しぐれ』では、主人公牧文四郎の切腹させられた養父と金井村の深い関係がのちに彼の危機を救うことになりますが、物語中の金井村や青畑村は現実の高坂や青龍寺、それに美味なナスで知られた民田《みんでん》集落を反映しています。『蟬しぐれ』で藩主の側室となった文四郎の幼なじみ、お福が秘密裡の出産のために護衛役の侍とともに隠れ住む欅《けやき》御殿は高坂集落の裏手、金峯山丘陵の尽きるあたりと比定され得ますし、隠居した三屋清左衛門が藩の政争に巻きこまれる原因となる野塩村の豪農多田掃部《かもん》の屋敷は、青龍寺集落にありそうです。

三屋清左衛門は小樽川の上流まで釣りに出掛けたとき、浅いけれども流れの速い川の真ん中で立往生していた母子を救いました。その直前、すぐそばの橋の上で「鳥刺し」のような風態の男が事態を傍観していたことに気づきました。しかし清左衛門がなんとか母子を岸に導いたあとには男の姿は消えていました。男は、多田掃部の屋敷を訪れた藩主の実弟「石見守」を目撃したのではないかと疑われたその農家の女性の監視役だったのです。

鳥刺しの男の予言

ところで、「鳥刺し」の男のイメージは藤沢周平自身の古い記憶から導かれています。

一九三七、八年頃ですから藤沢周平が青龍寺尋常高等小学校の四年生か五年生のときです。ひとりで高坂の家の留守番をしていたある日、もち竿を持った鳥刺しの男が水を飲ませてくれと入ってきたことがありました。藤沢周平の実家小菅《こすげ》家にはよい水の出る掘り井戸があったのです。

面長で色が黒く、眼光鋭い男でした。山笠をかぶり、足元も木綿の脛巾《はばき》で固めて、まるで藩の下級武士か「御餌刺《おえさし》」足軽のようでした。

藤沢周平自身が書いています。

「その人は私がさし出した水を飲んだあと、土間に立ったままじっと私の顔を見ていたが、やがて『大きくなったら人にものを教える先生か、物を書く人間になるといいな』という意味のことを言った」（「村に来た人たち」）

のちに教師となり作家ともなった藤沢周平ですから、ふたつとも当たったわけです。『三屋清左衛門残日録』の「御餌刺」には少なからず不穏不吉な印象がありますけれども、少年時代の藤沢周平は、この鳥刺しの男の言葉に刺激されてはじめて「将来」ということを考えました。そしてそれが、やがて当時の村の子供としてはまれな鶴岡中学夜間部や山形師範への進学を志すことにもつながっていったのです。

藤沢周平が、武家小説の舞台となる東北の藩を「海坂藩」と名づけたのは、結核療養中二年間にわたって投句した静岡県の馬酔木《あしび》系句誌「海坂」からの借用だったとは比較的よく知られたことです。海岸に立って見わたすと、水平線上に地球の丸みがもたらす、あるかなきかの弧を感得できます。それが海坂です。

一九五一年、二十三歳のとき藤沢周平は定期検診で肺結核を発見され、まる二年間教師として勤めた新制の西田川郡湯田川中学校を休職します。湯田川は金峯山丘陵をはさんで東田川郡黄金村の西側、城下の時代から知られた湯治場です。しばらく鶴岡の病院と自宅で治療しますがはかばかしくなく、五三年、二十五歳のとき上京して東村山の結核療養所に入ります。

当時結核は深刻な病気でした。外科手術の方法は確立されていましたが、その際の輸血によって遅発性の肝炎に苦しみ、のちに命を奪われる人も少なくなかったのです。藤沢周平はそこで右肺上葉切除手術をはじめ、いく度か手術を受けました。「海坂」に投句したのはその前後のことです。

療養所ではしばしば人が亡くなります。また回復して社会に戻って行く人がいます。まさに生と死の交錯する境界域だったのですが、藤沢周平は療養仲間らといっしょにむしろ明るくこの切所《せっしょ》を切り抜けたといえます。その意味で結核療養所は彼にとって、ゴーリキーがいうところの「私の大学」であったし、小菅留治が作家藤沢周平になりかわる準備を無意識のうちになした場所ともいえるでしょう。物語の核心をなす城下町を「海坂」と命名したのは意味深いことでした。

療養は、鶴岡と東村山あわせて六年半の長きにわたりました。回復後の藤沢周平は再び教職に戻るつもりでしたがかなわず、東京で業界紙に職をもとめました。二十九歳でした。当時、業界紙のイメージは世間的には必ずしもよくはなかったのですが、彼自身は「仕事が面白くて仕方がない」と感じていました。「鳥刺し」の予言のごとく、天性として「物を書く人間」だったようです。

一九六〇年、三十二歳で「日本加工食品新聞」という安定した職場を得ました。しかし、間もなく生まれたばかりの女の子を残して若い妻が病死するなど、生活上の危機は藤沢周平を襲いつづけるのですが、会社の仲間が彼を背後から支えてくれたことを彼は徳としました。藤沢周平は、直木賞を受賞した翌年、一年間で二十作以上も短編を書いて多忙をきわめる一九七四年秋までの十三年あまり、この会社に勤めました。

会社やサラリーマンを、そこでは「個人」が埋没しているとして軽んじるのが長く文芸家一般の性向でした。が、藤沢周平にその気配はみじんもありません。彼はむしろ、サラリーマンを社会の中核と見ました。とくにあらたまった発言はせず、誠実に勤めながら日々に充足するサラリーマンとその世界を、自身が勤め人として過ごした高度成長の時代の空気と重ね合わせて「海坂藩」ものの小説に色濃く反映させました。物語に登場する下級武士はみなサラリーマンです。ただし、背徳と理不尽に対しては、ときに敢然として剣を抜き放つサラリーマンです。

藤沢周平は一九九三年、城山三郎との対談でこのようにいっています。

「(江戸時代は)戦後の日本とちょっと似ていますね。案外脆《もろ》い幸せ、平和の時代だったと思います」「全面的に賛成はできないけれど、ある距離を置いて書くには非常にいい時代なんですね」

「藩として私がいつも考えて書いているのは、郷里の庄内藩なんです。典型的な二派相剋の歴史で、それが延々と続いていたんです」

（「日本の美しい心」）

　退社の前年、直木賞受賞直後の一九七三年秋ですが、藤沢周平は鶴岡に帰りました。公式には二十二年ぶりの帰郷でした。かつて教えた湯田川中学に講演に行ったとき、最前列に昔の教え子たちの姿がありました。もともと七、八歳しか年齢の違わぬ教え子たちでしたが、彼らはすでに三十代も終りに達していました。ひとりが、「先生、いままでどこにいたのよ」と泣きながら、なじるようにいいました。

　どこにいたのか。藤沢周平は東京の市塵のなかで、高度成長下の現代と海坂藩の時代とを、ともに呼吸していたのです。現代と江戸時代の遠い二

教え子たちが湯田川小学校に建立した「藤沢周平記念碑」

重映しが藤沢周平世界のリアリティと人気の原点なのですが、このとき発見された「歳月」の感覚もまた、彼の小説世界に深い味わいを添えることになりました。『蟬しぐれ』の末尾、牧文四郎とお福が二十年余ぶりに海岸の湯治場で再会するシーンの原点はここにあるといえます。

海坂藩のモデルとなった鶴岡城下は、実際にはどのようなところだったでしょう。

関ヶ原の戦ののち庄内を領した最上義光《よしあき》は、まず鶴岡の中心部を蛇行しながら流れていた暴れ川、赤川の本流を城下の東に移すことから手をつけました。水との戦いが最初にあったわけです。そのとき残した赤川の旧河道が内川になります。南北朝以来の古城、大宝寺城の名前を鶴ヶ岡城と改めたのも最上義光でした。

ついで元和八年（一六二二）、信州松代から入部して庄内十三万八千石（のち十四万石）の領主となった酒井忠勝が三ノ丸を新たに設けました。城を中心に、内川の西側を中級上級武士の家中屋敷、内川の東、および城の南側を東西に走る田川道と鼠ヶ関《ねずせき》道沿いに町人町、さらにその外側を大きく円状にかこむように下級武士や足軽など、給人の屋敷と長屋を配置しました。町人町は十四ヵ町、職人町三ヵ町です。

明和年間といいますから町割りをしてだいたい百四十年後のことですが、鶴岡の人口は家中二千五百九十七人、給人六千六百九人、町人八千四百九十九人、合計一万七千七百五人とあります。家中と給人の人口には家族と雇人を含んでいますから、侍の数は家中（知行百石以上の平士《ひらし》）が五百人、それ以下の給人が足軽も入れてだいたい千二百人というところでしょうか。

表高は十四万石ですが鶴岡藩の実高は、ちょうどその倍あったとされ、天明の大飢饉にもひとりの餓死者も出さなかったことで知られています。ほとんどおなじ表高（十五万石）であったにもかかわらず、家中給人あわせて五千人、家族を含めて三万人近くもいた隣藩上杉家米沢藩とは対照的です。扶養すべき非生産人口がこれだけあっては、上杉鷹山の懸命の改革も功を奏さなかったのは無理もないところです。逆に、庄内人のおおらかさ、明るさは、江戸期以来の豊かさに負うところが多いのです。藤沢周平の文学にも、その「東北の明るさ」は存分に感じられます。

鶴岡城下の構造は江戸城下によく似ています。外濠で広く囲んだ内側、その家老屋敷がある一帯が大手町、家中屋敷の集中地域は番町や麴町に対応しています。一方、町屋が集中した内川の東側、現在は本町で統一されていますが、旧八間町、五日町、三日町、七日町、肴《さかな》町などは京橋、日本橋、築地にあたり、城の南で七日町橋を渡って西に走る道沿いは内藤新宿のようです。その外側をぐるりと巻くように点在した給人の居住地は、もちろんずいぶんスケールを小さくしてはいますが、大久保、市ヶ谷、本所といった感じです。

このような基本構造は、藤沢周平の作品中にも踏襲されています。海坂藩は架空の藩であり、石高もあえて七万石と半減されてはいますが、やはり鶴岡の面影が濃く、鶴岡にある川と橋は物語中でも重要な役割をにないます。

『蟬しぐれ』と『残日録』

『蟬しぐれ』の牧文四郎は最初城下西はずれの矢場町に住み、のち四分の一の七石まで減石されて城下反対側の葺屋町のあばら屋に移された、とあります。

矢場町は、現在も家中新町の名前を残す上士・中士の住む町の西隣、いまは新海町となっているあたりの東はずれになりましょうか。すぐ近くを青龍寺川から取水した清流の小川が、足速に山形大学農学部構内の方へと流れています。この小川のほとりで文四郎は、おふくが蛇に嚙まれた指の傷を吸ってやりました。

数年後、文四郎は矢場町を訪ねましたが、もうおふくとその家族は越したあとでした。「物がなければ貸し借りし、到来物があれば分けあって、貧しくとも気心の知れた暮らし」を懐かしむ文四郎の思いは、戦前や療養所時代への藤沢周平の回想に重なります。

葺屋町は、繁華な町家の東、内川と新内川にはさまれた、現在の大東町あたりでしょうか。矢場町の家といい、郷方に役を得てからの家といい、文四郎は城下の周縁をめぐりつづけます。そして出仕以後は、郷方として郷村や川の源流を歩いて歳月を重ねるのです。

一方、『三屋清左衛門残日録』の主人公は元側用人です。隠居して役料は失ったものの石高二百七十石、家は外濠の内側にあります。城の北側と思われますから、現在の町名では泉町あたり、江戸でいえば神保町とか三崎町と考えられます。三屋清左衛門は権力の中枢近くにいた人ですから、もともと小さな屋敷ではありません。そのうえ現藩主が隠居部屋を建て増してくれたとありますので、全部で七、八部屋、ほかに下男部屋と女中部屋を持っていたでしょう。

この家から彼は体の鍛錬のために道場へ行ったり、料理屋「涌井《わくい》」で、少し目に険のある美貌の女主人みさを相手に飲んだりするのですが、いずれも繁華な町の一画かその裏通りにあります。旧友である町奉行の役宅は二ノ丸にありますし、重職も元側用人を無視しませんから隠居といえど城中とのつながりも残っています。『三屋清左衛門残日録』は、そのように、城下中心部のみを本来の生活空間とした人が、たまたま郊外に出掛けて権力闘争に巻きこまれるという構造になっていて、それは『蟬しぐれ』とは対照的です。

『蟬しぐれ』の牧文四郎は、物語中では事実上ただ一度しか中心部には出向きません。それは、彼が郊外の藩主別邸欅御殿からお福とその子を連れ出し、上流の金井村から五間川を舟で下って城下に入るときです。

陰謀家の家老とは対立する派閥の領袖《りょうしゅう》のもとに駆けこむため、江戸でいえば大手町の

鶴ヶ岡城趾。周辺地域も藤沢作品の重要な舞台になっている

真ん中、あやめ橋（三日町橋＝現在の三雪橋）で陸《おか》に上がろうとしますが、警戒厳重で果たせません。さらに二つ先の橋（荒町橋＝現在の大泉橋）の荷揚げ場で降り、杉ノ森御殿と呼ばれる加治織部正邸に助けをもとめます。それは現在荘内病院があるあたりと考えてよさそうです。お福とその子を無事託した文四郎は、織部正の忠告にもかかわらず江戸の大手町でいえば大名小路に位置する里村家老邸に乗り込んで、血を見ることなく見事に意趣晴らしをするのです。

ところで加治織部正は先代藩主の弟という設定で、ちょっと気持の悪い人ではありますが、藤沢周平世界ではめずらしく悪人ではありません。たいていは、自分の才能に見合わぬ処遇に不満を抱いて藩横領をたくらむ人という役割を与えられるのです。

正保三年（一六四六）ですから、藤沢周平が好んでえがいた文化・文政・天保年間から二百年近くも前のことになります。

第二代鶴岡藩主酒井忠勝の弟で、月山の東側、最上川中流域の白岩《しらいわ》八千石に封ぜられた長門守忠重が、忠勝の世子三代目忠当《ただまさ》を廃して自子を跡目に立てようとした事件がありました。忠重は自領で苛政を行なって悪評高い人でした。本家の家臣らはこの動きに強い抵抗をしめしましたが、忠勝が弟を支持したため藩内は混乱しました。

しかし翌年忠勝が病死、正系の忠当が襲封して鶴岡藩はことなきを得ました。藩政が藩主の手から家臣団の手に移って、専制というスタイルが許されなくなる時代の前夜に起こったこの「長門守一件」を、藤沢周平は多くの物語で変奏しつつ使っています。

『三屋清左衛門残日録』は、一九八五年、藤沢周平五十七歳のときから六十一歳まで「別冊文藝春秋」に書き継がれました。『蟬しぐれ』は八六年から八七年にかけて「山形新聞」に連載されました。二作がほぼ同時期に書かれたことは注目に値します。

『蟬しぐれ』の時代設定は文化年間、それも末年に近い頃（一八一〇年代）ではないかと思われます。藩校が整えられるのはだいたいどこの藩でも寛政年間から文化年間にかけてのことで、鶴岡藩の致道館は文化二年（一八〇五）に開校しました。

『三屋清左衛門残日録』の方には年代を推定する手がかりはあまりないのですが、この物語は実は『蟬しぐれ』の事件の二十年あまりのちのこととして書かれたのではないかと考えられるふしがあります。

三屋清左衛門とその旧友金井奥之助が二十余年前によんどころない事情で互いに違う派閥に与《くみ》し、結果として初老期の境遇に大きな懸隔を生んだこと、かつて跡目相続に関して前藩主に迷いが生じてお家騒動の前兆が見えかけたとき、清左衛門が「能力の有無より正系という筋目の方が大切」と長子相続を進言し、結果、無事に世子から襲封に至った現藩主がいまだその経緯を忘れずにいるらしいことなどから推測されます。

海坂藩の歴史が鶴岡藩の歴史とおなじく「二派閥相剋」の歴史であったとするなら、いつであっても構わないわけですが、私はなんとなくですけれども、『三屋清左衛門残日録』を『蟬しぐれ』の後日談または続編と想定した作者の無意識の意図を感じるのです。とすれば三屋清左衛門は、『蟬しぐれ』末尾近くに登場する、まだ三十代前半の若さなのに江戸藩邸で用人に抜擢されたという切れ者の武士の後年の姿となりましょう。

『蟬しぐれ』のラストシーンは、海岸の湯治場簑浦における二十余年後の文四郎とお福の再会です。郡奉行となっている四十代なかばの牧文四郎は、大浦郡矢尻村の代官所に滞在しつつ廻村していたとき、お福からの手紙に接し、乗馬で二里の道を駈けます。すでに落飾の覚悟を決めていたお福の、「文四郎さんの御子が私の子で、私の子供が文四郎さんの御子であるような道はなかったのでしょうか」という、淡い悔恨と諦念をともに帯びた印象深い言葉が発せられるのは、簑浦の宿の座敷でのことです。簑浦は湯野浜温泉でしょう。矢尻村は、海岸からひとつ山を越した浅い谷のどんづまり、矢引村かも知れません。

『三屋清左衛門残日録』が『蟬しぐれ』の事件の二十年あまりのちの物語だとするなら、

時制は天保年間なかば（一八三〇年代）、四十代前半の牧文四郎と五十代後半の三屋清左衛門はおなじ時、ほぼおなじ場所で、歳月のうつろいと人生の無常を象徴するような、晩夏のはげしい蟬しぐれを聞いていたことになります。そして、読者もまた江戸時代と現代の時のへだてを忘れ、騒々しさが静寂を感じさせる不思議な蟬しぐれの音に聞き入るのです。

「海坂藩」は、東北人であり、農家の子であり、サラリーマンを否定しない人である藤沢周平がえがきだした理想郷です。それは鶴岡とその近郊を原風景として創造されました。

海坂藩には誠実な青年、正義の中年がいて、日々を充足する初老の人が住んでいます。のみならず、悪をたくらむ人、嫉妬する人、ずるい人がいます。さまざまな人がいて、また事件が起こる。すなわち俗世の縮図であってこそ理想郷の名に値するとは、藤沢周平独特の考え方であり世界観です。

民田地域から金峯山を望む。その山頂からは鶴岡が一望できる

そこにないものは経済成長と、それからいわゆ

る「内面」の悩みです。日々の営みは単純で、海坂藩には百年かわらぬ水の流れとたたずまいがあります。そのことを私たちはとても懐かしく思います。しかし藤沢周平の創造した世界でさえも、人は成長し、成熟し、老いていきます。その「歳月」の感触が私たちを粛然たらしめるのです。藤沢周平の時代小説の説得力、文学の力量はそこにあります。

文春ムック『「蝉しぐれ」と藤沢周平の世界』より転載

写真◎石川啓次

せきかわなつお◉一九四九年新潟県生まれ。作家。八五年『海峡を越えたホームラン』で講談社ノンフィクション賞、二〇〇三年『昭和が明るかった頃』で、講談社エッセイ賞を受賞している。

新たなる
映像の世界へ

『三屋清左衛門残日録』に主演

役者生活 六十年の集大成

北大路欣也

写真◎石川啓次

少し古い話になりますが、僕は十二歳の時に東映京都撮影所で撮られた『父子《おやこ》鷹《だか》』という作品で、映画デビューさせていただきました。ここの俳優会館にあるセットで、「よーい、スタート!」とはじまってから、早いものでもう六十年。奇《く》しくも節目の年に、今回の『三屋清左衛門残日録』を同じ撮影所で撮影するということになり、何とも不思議なご縁を感じています。

時代劇映画の大物俳優・市川右太衛門の次男として京都に生まれ、父の主演する映画で勝海舟の子供時代を演じたことが、その長いキャリアの第一歩だった。以来、数々の映画、舞台、テレビドラマと活躍の場を広げ、七十二歳を迎えた現在も、各方面で意欲的な挑戦が続いている。そんな中、藤沢周平原作の新作時代劇の主演として、久しぶりに〈ホーム〉東映京都撮影所に立った。

この撮影所の長い歴史を、私は子供時代から垣間見てきました。大河内《おおこうち》傳次郎さんがいらっしゃったり、片岡千恵蔵先生や月形龍之介先生がいらっしゃったり、初めてお目にかかった当時の感動は、とても言葉にすることができません。そういうかけがえのない環境で、僕は生まれ育ち、仕事をさせていただいてきたんだと、最近では身に沁みて分かります。

偉大なる俳優の先輩方のみならず、ものすごいスタッフの方々の汗、息遣いも含めて、それらをすべて見てきましたし、色んなことを教わったからこそ、ここまでやってくることができました。様々な思い出が走馬灯のように次々と甦ってきて、東映京都で仕事をする時は、ちょっと他所《よそ》とは違った緊張感もありますし、より一層頑張らなくてはいけないとエネルギーも湧き出てきます。

藤沢周平先生の作品には、時代劇スペシャル『闇の傀儡師《かいらいし》』で一度、出演させていただいたことがありますが、それも三十三年前のことで、本当に時の流れを感じます。このタイミングで再び、自分の年齢にふさわしい藤沢作品と出会えたことも非常に嬉しいですよね。

この度、映像化された『三屋清左衛門残日録』は、かつて東北の小藩で前藩主の用人を勤めた、三屋清左衛門が主人公。藩主の代替わりにあたり、自らも家督を息子に譲り、望んで隠居の身となった。悠々自適の生活を考えていた清左衛門だが、どこか世間から隔絶されてしまったかのような寂寥感を覚える。そこでふと日々の出来事でも綴ろうと考えていたところ、親友の町奉行・佐伯熊太からある事件の相談を持ち掛けられ――。

三屋清左衛門という人物は、このうえなく自分の藩を愛し、市井の人々を愛し、日本の文化を愛し、ふと自分に立ち戻った時に、自分の役目とは何だろうと考え、それを全うしようと努力している気がします。それはある意味で理想の生き方ではないでしょうか。

ドラマの中では少し早いけれど役目を自ら辞し、隠居に入るわけですが、一線から身を引くというのは、実は勇気のいることですよ。自分の仕えた藩主が亡くなって新しい藩主の代になった時点で、全体のバランスを考えると、もう一年だけは自分が残ったほうがいい、けれどその一年を終えた後にもう大丈夫だろうと退いた。そういう判断ができるのは、清左衛門がきちんとした大人だからです。

年齢を重ねても大人になりきるというのは、僕もその一人かもしれませんが（笑）、なかなか難しい。でも父の世代の方々というのは、その姿を見ていても、映像で観ても、非常に大人でしたよね。それがどういう風に培われてくるのか、自分なりに探っているんですけれど、こういう役を演《や》らせていただけるということは、やっと僕も大人の役者に近づいてきたということなのかもしれません。

現場全員の心意気が画面に映る

読者の皆さんもよくご存知のように、藤沢先生の原作の魅力は絶大なものです。それを映像化して具現化するということは、当然、生身の人間が出てきます。だいたいのイメージは演出家やプロデューサーの皆さんとお話をして、物語はスタートしますけれど、やはり衣装をつけて、セットの中に入っていくと、その瞬間、必ず発見があるんですよ。それは俳優にだけではなく、参加している人間全員にとってのもので、そこでは沢山のことが生まれていきます。

わずか数秒のカットでも、沢山の皆さんの力を結集して出来上がったものであって、僕はその空気もきっと画面には映っていると思います。映っているのは僕の姿でも、周りで作品を支えてくれている方々の心意気も、想いも全部映る。だから、今回の作品の撮影でも、皆で日々の発見を大事にしながら、進行しているという感じですね。

経験や年齢というのも一切関係なく、会った瞬間にお互い感じるものを活かすことも大事ですよ。頭の中でこう演じようと考えてきても、まずうまくいかない。それよりも瞬間に感じ取ったことをぶつけ合って、それを冷静な目の演出家に判断してもらえばいいんです。若い方との共演の機会は今回のように自分が主人公の作品もあれば、自分の年齢にふさわしい役柄や、それ以外のシチュエーションでも参加していますが、お互い失敗を恐れないのが一番だと思っています。

現場に行けば、もう僕より年齢が上のスタッフの方は、ほとんどいらっしゃらないので、皆さん若いんです。でもその仕事ぶりを見ていると集中力もあるし、真剣だし、僕が思いつかないようなアイディアも持っています。だから現場にはいつ行っても新鮮だし、刺激をいっぱいもらっていますね。

その言葉通り、時代劇の本場である撮影所のスタッフたちは、カメラ、照明、大道具、小道具、音響、衣装とチーム全体の作業を鮮やかな手際で進めていく。さらに取材に訪れた日の撮影現場には、往年のプロデューサーや裏方さんも続々と顔を出した。北大路を「大将」と呼ぶ彼らの姿や、休憩時に座る名前入りの専用椅子は三代目だと聞くにつけ、この地で〈俳優・北大路欣也〉が、どれほど特別でかけがえのない存在なのかひしひしと伝わってくる。

僕の少年時代からの変化というのは、もう信じられないものですよ（笑）。子供の頃は娯楽といえば紙芝居かラジオしかなくて、たまに映画館や京都の南座にかかる歌舞伎や新国劇、新劇なんかに連れていってもらうくらいでした。家ではめんこをやって、あとはビー玉か積み木、外では自転車に乗ったり、川に遊びに行ったり……。

僕の芸名の「北大路」の由来でもありますが、父は京都の北の方に住んでいましたから、山も川も周りは自然に恵まれていました。文字通り泥だらけになって遊んだものです。時代劇を撮影すると、必ず少年時代の原風景に近い場所に行くことになります。土の上に一日中いて、季節の風や匂いを感じて、せせらぎの音を聞いていると、懐かしい出来事が甦ってきて、それも時代劇を僕が演らせてもらう時の魅力であり、楽しみなんです。

清左衛門から教わったものを次に生かす

こうした雰囲気もすべて、テレビや映画の画面の中には活きてきます。役にだけ集中していて、役が出来上がるということはあり得ないと思いますよ。自分が多種多様なことを経験し、今そこで感じていることを投影しなくては意味がない。たとえば、この清左衛門役も来年だったら、また全然、違ったものになるはずです。

若い頃を振り返れば、ずいぶん無鉄砲に突っ走ってきたと思います。映画からテレビ、そして舞台にも出なくてはいけないという、どんどん変化がありましたからね。

それに一つのものを身につけるには、最低十年間はかかります。映画もテレビも舞台も、全部が初めての挑戦でしたから、十代から二十代、三十代はあっという間でした。僕がようやく本格的に時代劇にも、映画にも、舞台にも立てるようになったのは、四十代になってからだと思っています。だから今も落ち着いて仕事をしているような状況ではないし、まだまだ発展途上です。

この作品だって初めての役ですから、僕にとっての挑戦です。いいものを沢山吸収して、清左衛門から教わって、それを次には還元していかなければいけない。自分で言うのはおかしいですが、役者冥利《みょうり》に尽きるというか、本当にいい仕事をさせていただいていると実感しています。

最近ではコミカルな役柄や現代ものでの憎まれ役など、思いがけない一面を次々に披露している。しかし、時代劇においても父・右太衛門の当たり役だった『旗本退屈男』、大川橋蔵のロングラン作品『銭形平次』など、先人の役を新たに引き継ぐこともまた、予期せぬオファーだった。大きな期待に応えるべく、たゆまぬ挑戦がずっと続いてきたのだ。中でもとりわけ思い入れ深いのが、大河ドラマ『竜馬がゆく』との出会いである。

昭和 43 年、大河ドラマ『竜馬がゆく』の原作者・司馬さん（右）と演出・和田勉さん（左）と

司馬遼太郎先生の原作を読ませていただいた時、何かものすごい光が目の前に現れ、頭をガーンと殴られたような気がしました。二十四歳、二十五歳のあの頃、僕は映像から舞台に移って散々しごかれている激動

の時期で、ある意味では非常にぐらついていましたから、最初のオファーの時は「僕で大丈夫だろうか」と不安がなかったわけではありません。でも、これは絶対に挑戦しなくてはならない、と。とにかく竜馬に憧れて憧れて、憧れてついていった仕事です。一度、司馬先生ともお目にかかる機会がありました。色々なことをお話しされるんですが、司馬先生が話し始めると、まるでその当人が目の前で話しているように見える。「でね、西郷さんはこう言うんだよ」「その時ね、竜馬君はこう言ったんだよ」とおっしゃる司馬さんが、西郷さんであり、竜馬さんであるかのようでした。はるか遠くの距離にいた竜馬さんが目の前に現れたことで、自分の中の可能性が広がったように思います。

そもそも生まれた家柄が良かったわけではなく、か弱かった少年が、乙女姉さんによって変わり、時代によって変わっていく。『竜馬がゆく』はそういう発見のドラマで、テレビの世界も何もかも変わっていく時代の精神状態が、ぴたりと一致したのかもしれません。僕だけではなく、他の俳優さんたちもみな、必死になって戦っていました。毎晩のように飲んで、お互いを励まし合い、支え合い、勇気づけ合って、まるで維新の時代の若者そのもののようでした。

あの時の一年間は、厳しくてきつかったけれど、ものすごく楽しかった。勉強になったというか、成長させてもらったというか、竜馬からは多くのことを教わりました。やはり、その時の出会いが全ての鍵を握っていますよね。

政宗から続いている出会いの不思議

大河ドラマの出会いの中で、もうひとつよく覚えているのが、『独眼竜政宗』での
（渡辺）謙ちゃんの壮絶なイメージです。僕は父親役で政宗の少年時代の話が何話かあった後に、いよいよ十八歳で謙ちゃんが僕の目の前に初登場するシーンでした。

廊下を歩いて来る時の音、ドン、ドン、ドーンという響きが——もう八話まで進んでいる中で主人公として登場するわけだから、そのプレッシャーたるや大変なものだったと思います。ものすごい集中力と緊張とが、その足音のひとつひとつから響いてきて、「いやあー、これは来たなぁ」と。その印象は忘れられないですね。

その後も別の仕事でご一緒したし、今や息子さんの（渡辺）大ちゃん、娘さんの杏ちゃんともご一緒して、僕は少年少女時代も知っているだけに余計に感慨があります。この年齢まで、僕自身が元気でこの仕事をさせてもらえるのは、幸せなことです。

『三屋清左衛門』でも、大ちゃんは道場の師範代格の平松与五郎役で僕と共演します。ついこの間、一緒のシーンがあったばかりですが、お父さんより背も高くて見上げてしまいましたよ。「あの頃は、こうだったなあ」と思い返しながら、よく似ているんで、時々お父さんに見えたりもしてね（笑）。本当に何というご縁だろうと思うし、人の出

会いというのはそこから何が生まれるか分からない。撮影では毎日毎日、皆で色々なことを発見するのは感動ですし、久しぶりにお目にかかるスタッフの皆さまも大勢いて、わくわくしながらやっています。ぜひ、ご期待に沿えるものをお届けしたいと思います。

二〇一六年二月に放映された『三屋清左衛門残日録』は大きな話題を呼び、続篇を希望する視聴者の声がテレビ局に寄せられた。そして、その思いが結実し、完結篇の制作が即座に決定した。折しも、一七年は藤沢周平没後二十年である。この節目の年に三屋清左衛門を再び演じることについて、深い感慨を覚えるという。

完結篇の制作は、この作品にたずさわる全ての人の願いでした。でも、制作の決定に至った大きな要因は、時代劇を愛してくださる皆さんが強い思いを伝えてくださったからです。ファンの方には本当に感謝しています。

藤沢先生がお亡くなりになってから二十年が経ってもなお、先生の作品が愛されているのは、〝人の心〟という永遠のテーマを扱っているからだと思います。古代ギリシアのヒポクラテスの言葉に「アルス・ロンガ、ヴィタ・ブレーヴィス」というものがあります。「芸術は長く、人生は短し」という意味です。芸術とは人生そのものなのです。

僕は役者という職業につき、一生を通して芸術という世界の住人になることができて、こんなに幸せなことはないと思っています。

二月に放映した前篇の撮影の際も申し上げたように、東映京都撮影所で撮られた『父子鷹』で映画デビューしてから六十年、映画やテレビの変革の時代を生きる中で、色々なことがありました。僕にとっては、時代劇も、現代劇も、映画も、舞台も、テレビも、役者として臨むときの根本的な心の持ちようは変わりません。映画の土のセット、板の上の舞台、そしてリノリウムの床の上で演技するテレビなど、様々な場所で役者として演じてきました。蒸し風呂のように暑かった真夏や、スリランカやスコットランドのバスロック島などで、命の危険があるようなロケもしてきました。でも、どのような場所にあっても、一人の人を演じさせていただく構えとしては同じだと思うんです。そうして過ごしてきた今の姿を、私に役者としての作法を教えてくださった方々に見ていただきたい思いです。百を教わって百を返す力はないかもしれませんが、十でも二十でも一生懸命演

『三屋清左衛門残日録　完結篇』© 2017 時代劇専門チャンネル／BSフジ／東映

じている姿を見てもらいたいです。また、役者としての先輩だけではなく、何年も一緒に苦楽をともにしたスタッフの方にも喜びを伝えたいです。人との出会いを積み重ねてきて、いまこの作品に出演できることに、本当に役者冥利を感じています。

「オール讀物」二〇一六年二月号のインタビュー記事に加筆

（二〇一八年には、シリーズ第三作『三屋清左衛門残日録　三十年ぶりの再会』も放送。本作品は第八回衛星放送協会オリジナル番組アワードでドラマ番組部門最優秀賞と全部門から選出される最高賞である大賞を同時受賞した。）

きたおおじきんや●一九四三年京都生まれ。俳優。五六年『父子鷹』でデビュー。映画『八甲田山』『空海』、舞台『オセロー』『旗本退屈男』、テレビ『宮本武蔵』『運命の人』『半沢直樹』など出演作多数。二〇一五年旭日小綬章。

特別評論

新しい文学がここにある

――『三屋清左衛門残日録』を読む

湯川豊

1

『三屋《みつや》清左衛門《せいざえもん》残日録《ざんじつろく》』は、同時期に書かれた『蟬しぐれ』と並んで、藤沢周平の長篇時代小説を代表する作品である。

同時期に書かれた、といったが、『蟬しぐれ』は昭和六十一年七月九日より六十二年四月十三日まで「山形新聞」の連載、いっぽうの『三屋清左衛門残日録』（以下に『残日録』と略記することもある）は昭和六十年の「別冊文藝春秋」一七二号より、六十四年一八六号までの連載である。片方は新聞連載、もう一方は季刊文芸誌の連載で、発表されたメディアの違いを反映してか、小説の構想のしかたが対照的に異なっている。なお念のために記しておくと、単行本『蟬しぐれ』の刊行は昭和六十三年、単行本『三屋清左衛門残日録』の刊行は平成元年九月である。

二長篇の、小説としての構想のしかたの違いについて、もう少し詳しく述べておきたい。

『蝉しぐれ』は、牧文四郎という十五歳の少年の成長物語(ビルドゥングス・ロマン)でもある。少年から青年へと成長していく経緯にしたがって、小さなヤマ場、中ぐらいなヤマ場がいくつか連続していって、それがやがて大きなヤマ場、すなわちクライマックスをつくりだす。読者が日々待っている、新聞の連載小説であることを存分に生かした物語の展開だった。

いっぽう『三屋清左衛門残日録』のほうは、藤沢周平がたびたび用いた短篇連作の手法で書かれている。一人の主人公がいて、月刊誌か季刊誌かは問わず、基本的には一回掲載ごとに主人公が関与するエピソードが完結する。ところが、そこに大きな主筋がいつのまにかまぎれこんできて、完結する短篇エピソードと、主筋をなすストーリーが同居しながら進展し、やがてその主筋も完結するという構成である。

藤沢はこの書き方に格別に長じていた。ちょっと思いつくだけでも、「用心棒日月抄」シリーズ(『用心棒日月抄』以下、『孤剣』『刺客』『凶刃』とつづいた)、『よろずや平四郎活人剣』、『霧の果て——神谷玄次郎捕物控』などがある。

なかでも『残日録』は藤沢の長篇のなかでも構成が驚くべき完成度をもっている。小さな波が主筋の大きな波とたわむれるように進みながら、人間の劇をすっきりと描き出している。また主筋の大きな物語の展開に新しい工夫がある。清左衛門も副主人公の佐伯熊太も自ら剣をふるってスリリングな場面をつくるわけではないのに、最後まで緊張感がゆるむということがない。藤沢周平が『残日録』でいかに卓抜な構成力を発揮したか、よく検証すべき事柄であろう。

思えば、日本の近・現代文学では、本格的大長篇がなかなか出現しにくかったかわりに、短篇連作的長篇が少なくない成果を残している。川端康成の『山の音』や『千羽鶴』などをすぐに思いつくが、昭和になってからの長篇はこの「短篇連作的」が多い。私はそれを本格的大長篇に対置するもののように書いたが、必ずしもそう考えているのではない。長篇小説がエピソードやゴシップの堆積の結果の上に成り立っているとすれば、短篇連作的な書き方は十分理にかなっている、といえるのである。うまくすれば、そこに長篇小説を長篇小説らしくしている重層的な物語が現われるだろうし、『残日録』はみごとにそうなってもいる。

以下に、『残日録』の構成のたくみさを各章を具体的に読みこむことで追跡するつもりなのだが、その前に、一点、お断わりしておきたいことがある。

『残日録』は東北の小藩が舞台ではあるが、海坂藩という言葉は使われていない。この小説での川のありようを見ると、清左衛門がよく釣りに行くのは小樽川で、上流部に野塩村がある。物語の全体にかかわる場所だが、『蝉しぐれ』の海坂藩には出てこない。

『蟬しぐれ』では五間川が大事な舞台になる。

すなわち、『蟬しぐれ』の海坂藩は、『残日録』では黙って避けられているのだが、にもかかわらず『残日録』の舞台は誰が読んでも海坂藩らしげなのである。『海坂藩の侍たち』の著者である評論家の向井敏は、二つの小説の発表時期が重なってしまったので、『残日録』から海坂の名は外されているにすぎない、二つの小説とも舞台は海坂と考えるのが自然、と主張している。私もこの説に全面的に賛成で、海坂ものの条件をこと細かに詮議するのはあまり意味があることではない。それを『残日録』を読むときの前提としたい。

2

『三屋清左衛門残日録』は、静かすぎるぐらい静かな筆致で開始される。

先代藩主の用人を勤めた清左衛門は、かねて考えてあったとおり、先代藩主の死去とともに用人を辞し、同時に家督を長男又四郎に継がせて自分は隠居の身になった。十分考えた上での隠居であったが、実際に隠居の身になってみると、予想しなかったことがたくさん起った。それを藤沢はまことに巧みに説明している。

《清左衛門自身は世間と、これまでにくらべてややひかえめながらまだまだ対等につき合うつもりでいたのに、世間の方が突然に清左衛門を隔ててしまったようだった。》

社会を領している制度というものの強力さである。清左衛門はその閉塞感と寂寥感をたっぷり味わって、親友の町奉行佐伯熊太にむかって「隠居はいそがぬ方がいいぞ」などと洩らす。

読者は、主人公の立ち位置をそのように説明されて、さてこの小説、先はどう展開するのかな、と思ってしまう。そこには、大丈夫かな、という危惧も働いているだろう。しかしすぐに私たちは武家社会のなかでも稀れにしか起こらないような奇妙な事件に（清左衛門と共に）巻きこまれ、物語のゆったりした波に乗っている。それが①「醜女」②「高札場」③「零落」の三章である（なお、各章の順番を示すため、頭に算用数字を置くことにした）。

とりわけ冒頭に置かれた①「醜女」が奇妙な話である。城下の菓子屋鳴戸の娘おうめが行儀見習のため城の奥勤めにあがっていた。先代藩主が気まぐれを起してか、一夜の伽をいいつけた。おうめはいわば醜女だったから周囲が殿の気まぐれを怪しんだが、結果としては一夜の出来事のあと、おうめは暇を出されて実家にもどり、慣例にしたがって藩から三人扶持をもらっていた。

そのことがあったのはおうめが十六のとき、いまはそれから十年経っている。そしておうめが身籠った。

先代藩主が一年前に死去したとき、三人扶持は取り上げる、かわりに身分は自由、嫁入りも勝手という達しを出したはずだが、おうめのもとにそれが届いていなかった。つまり措置が公になっていない。藩の上層にいる権威主義者たちが、おうめの行為をとがめて口やかましい。実態を確かめて、これをまるく収めてくれないか。

それが親友で町奉行の佐伯熊太の、清左衛門への依頼だった。清左衛門は気乗りしないまま仕事を押しつけられて、やむなく解決にあたる。結局は一年前の「三人扶持」取り消しの書きつけが出てきて、事はおのずと結着を見る。その経緯は別として、解決に当った清左衛門の考え方や感じ方が、ひとつのサンプルのように話の表に現われるのが興味深かった。清左衛門という人間の紹介でもある。

自分がつかえた前藩主の「お手つき」を、理不尽と見る。理不尽と見ながら、これは制度のうちにあることなのだから、仕方がないとも受けとめる。あとはできれば、おうめがこの理不尽に巻きこまれることが少ないのを願う。元用人という立場からすれば、最大限良心的といえるだろう。「お手つき」事件にある矛盾には気づきながら、用人である（あった）ことから、大きく外れることはない。藩制の秩序のなかにいて人間的、といえるだろう。

ただし、清左衛門は、おそろしくよく見える目をもっているのである。おうめを訪ねて初対面の挨拶をしたとき、「胸を起こして眼前にいる女性を見た。もう若くはない。小太りで目立たない容貌の女が、静かに清左衛門を見返して」いるのを、瞬時に見届けるのである。自分のせいではなく、不幸な立場に置かれ、さらにはその立場に反抗するようにいま身籠っている女性のなかにある、一種毅然とした姿勢を正確に読み取っている。

それによって、主人公の清左衛門は、六十歳に近い作家のわりとすぐ側にいるのではないか、と私には感じられもした。

②「高札場」は、若い頃の自分の裏切を思い悩んで切腹して果てた安富源太夫の話。これまたその真相をつきとめてくれと、佐伯町奉行に依頼される。清左衛門という隠居が探偵役を依頼されて、武家社会の歪みを内包するような人間のドラマにふれていくのか、とこの章を読んで思ったら、次の③にあたる「零落」はまた趣が違う。

二十代からの知りあいで、今は没落している金井奥之助の塩辛い話である。ただこれも、三十年で百五十石の家禄が二十五石に減ったという家士の零落を語っていて、武家社会の歪みといえばいえる。

このように東北の小藩に生きる隠居の周辺に起こる、小波中波が、過不足なく語られて、小説は静かに進んでゆく。

そして④「白い顔」、⑧「梅咲くころ」のような艶《つや》っぽい話が入ってくるのを、このへんで取りあげておこう。艶っぽいといってもじつはその語られかたはみごとに洗練されている。

「白い顔」は、清左衛門が二十一歳の夏に自ら体験したことである。湊町の魚崎から家中の若い女性を同道して城下まで帰ることになった。若い女性は家中の若者ならたいていは名前を知っているほど美人の聞えが高い、杉浦兵太夫の娘、波津。

途中、夕暮れどきに猛烈な雷雨にあって、二人は道端の庚申堂に入って雷雨をしのぐ。波津は格別に雷が苦手らしい。身体が顫《ふる》え、両腕でわが身をしっかり押えている。顫えがとまらず、白い顔を清左衛門のほうにひたとむけている。清左衛門は立って行って波津のそばに腰をおろし、顫える手を握ってやった。

やがて雷雨は唐突におさまり、洗われたような月に照らされながら、何事もなく城下に帰る。ただそれだけのこと。ただそれだけのことが、人に知られればただではすまない。

「たとえ雷のためとはいえ、男女相擁して済むと考える者はいまい」と書かれるのである。けっして、誰にも洩らさない。二人はそう約束する。

そして三十年後、波津の娘である加瀬家の多美が不幸な結婚で離縁しているのを清左衛門は知り、自分の周辺にいて最も信頼できる若者平松与五郎にめあわすことになる。

三十年のはるかな時間を越えて、清左衛門の波津へのかすかな思いが生きのびているのだから、これは艶めいたというより、ロマンティックな話というほうが適切かもしれない。そして、藤沢周平が男女のことを描くとき、ロマンティックな気配を男女双方に漂わせながら、いっぽうで相手に惹かれる気持をリアリスティックに捉えるという特徴がある。それは、藤沢の小説の大きな魅力の一つといっていいだろう。

このロマンティックな靄《もや》は、ありかがすぐにはわからないほどで男女の実際の関係を邪魔しないのが特徴だ。たとえば⑧の「梅咲くころ」の松江の書き方にもそれが現われている。松江は十七歳とはいえ、女遊びで名を売っている村川某にだまされるような女性だった。ところが清左衛門がふと思いついて持ちこんだ藩屋敷の梅の枝に心を動かすのである。

そして十五年後、帰郷した松江（若年寄ぐらいらしい）が清左衛門に再会する。これが奥勤めの女性かと思われるほど魅力的。闊達でありながら、範《のり》を越えない。松江にもロマンティックな靄が漂っている。ということは、清左衛門はその靄の中にいるのだけれど、自分の心のうちを安直に表に出すことはない。ただ、「白い顔」や「梅咲くころ」のような章がくることで、小説がふくらみをもち、小・中の波の色が艶をおびて物語全体の流れをつくってゆくのである。

順序が少し後ろのほうになるが、⑨「ならず者」、⑩「草いきれ」の二篇にふれておきたい。この二篇は、話柄がまったく異なっているにもかかわらず、年をとる、ということが共通する主題である。

「ならず者」は、「涌井」の女将《おかみ》であるみさの情夫で料理人だった男を指しているのだが、一篇の主人公は半田守右衛門という御納戸役人である。

半田は十年前、江戸屋敷で御納戸頭を勤めていた。仕事がよくできた手腕家であったが商人から収賄があったとして、国元に帰され平《ひら》の御納戸役になり、家禄五分の一を削られた。ところが、江戸での改めての調べで、半田の収賄事件は冤罪ではなかったかという疑いが出てきた。近習頭取が江戸からやってきて、清左衛門に改めての調べを依頼した。

江戸の収賄は冤罪らしい。しかしいま現在、まじめな勤めと暮らしを実践している半田が、なぜか、城に出入りしている商人からなにがしかの金を受け取っていることが判明した。すなわち収賄事件の移行である。

半田の家を継ぐ孫が厄介な病気にかかり、その高価な薬を購《あがな》うために高利貸から金を借りた。返済のために、心ならずも出入りの商人からわずかな金を月々受け取っていた、という事情を清左衛門がつきとめるのである。

年をとる。一家一族のための責任は大きくなる。しかし家禄がそれにしたがって増えるわけではない。それが藩政の制度である。半田の話は、武家社会の経済的矛盾を示すと共に、そこで年とってゆくことの切なさを、それとなく語っている。

もう一篇「草いきれ」は、中根道場の少年たちの喧嘩沙汰を見て、清左衛門が同じことをやっていた自分の少年時代を回想する話である。喧嘩を通じて新しく友達になった吉井彦四郎は、清左衛門と一緒に釣りに行った帰途、落雷に打たれて死ぬ。

清左衛門が替って喧嘩をしてやった弱虫の小沼金弥は「脂ぎった大男」になって、勘定奉行まで勤めた。懐しい思いに駆られて小沼を訪問した清左衛門を、小沼は得意げに新しく得た妾の家に連れてゆくのである。清左衛門はガックリきて、悪酔いするしかない。

小沼にも、彼をたずねる清左衛門にも、年をとることの切なさがついてまわっている。加齢の悲しみは、そもそも清左衛門が隠居になった、①「醜女」から、彼の心中の感慨として、あるいは彼のたたずまいの描写としてあった。それは、この小説の流れをつくっているものの一つで、最後まで消えることがない。

さて、話が少し脇道に外れるが、『残日録』には三つの雷の場面がある。

「白い顔」で、清左衛門が波津を守ろうとする場面。「草いきれ」で吉井少年が雷に打たれる場面。そしてこれは後に語ることになるが、清左衛門が少年時代、母親と夜の稲妻を見る美しい場面がある。

それにしても十五章ある小説の三章に、雷が大切な場面をつくっているのは、確率の上で多いといえるだろう。これは、海坂藩が原形としている庄内藩の気象条件が元になっているからである。庄内地方は雷の多いところで、特に冬には全国一という数字がある。鶴岡では雷を多方面から考える雷サミットなるものがすでに十五回行なわれている。

そういう気象条件をふまえて、藤沢周平は三つの場面を描きだしているのだ。

3

『残日録』の物語の主筋は、藩の執政たちの二派に分かれての政争である。現在筆頭家老の朝田弓之助を中心とした朝田派。元家老の遠藤治郎助をかつぐ遠藤派。両派の激しい攻防は最初はその一端が見えるにすぎないが、やがて事態が表面化し、それにしたがって両派の対立とそれがもたらす政治劇が、物語の中心に位置するようになる。

といっても、それ一本しか流れがない、というのではない。

他の大切な流れとして、清左衛門を中心にした、佐伯熊太、大塚平八三人の友情物語である。三人は少年時代からの親友で、ふだんはあまりつきあいのない平八と清左衛門のあいだに事件が起こるが⑦「平八の汗」)、迷惑をかけられても、清左衛門は平八との関係を切るわけにはいかない。

もう一つは、涌井という小料理屋の女将みさと清左衛門のつきあいである。といっても、男女の関係になりそうでならないのが、清左衛門という男の生き方を語っているようなものである。そう考えると、みさという「男好きのする」容貌の女との関係そのものより、みさが取りしきっている涌井という小料理屋の存在が大事、といえるかもしれない。

章が進むにしたがって、清左衛門と佐伯の密談の場所はほとんどが涌井になるし、他の用件でもここが頻繁に使われる。こういう場所をつくりだしたのは、藤沢周平の長篇では初めてのことで、まことにすぐれた「発明」といってもよい。

ここで出される献立をちょっと思いだしてみたい。佐伯熊太の大好物である赤蕪の酢漬、茗荷の酢漬。孟宗竹の筍。クチボソカレイ。ハタハタの湯引き。

これらはすべて庄内地方が産する美味で、土地の人にとっては現在でも日常的に食卓にのるものだ。すなわち、花房町にあるこの小料理屋は、清左衛門や佐伯にとって、母なる海と平野を感じさせる場所なのである。店を取りしきっているみさがここを去るとすれば、清左衛門の物語も終わりを迎えなければならないのかもしれない。

とにかく、政争と男の友情と涌井と、それに単発の物語がからんできて、物語の流れがしだいに太くなる。

話を少し前のほうに戻すと、藩上層部の政争の話が最初に出てくるのが⑤「梅雨ぐもり」、つづいて⑥「川の音」。その出かたがじつにしゃれているのに感嘆した。「梅雨ぐもり」では、清左衛門の末娘である奈津の悋気から、その夫の杉村要助が争いの裏側で活動している話になる。「川の音」では、小樽川へ釣りに行った清左衛門が、川の中洲から動けなくなった百姓の母子を助けるところから話が深刻に広がる。

日常から政治へ。その話の運びがまことにあざやかで驚嘆するしかない。私は『義民が駆ける』で「三方国替え」にまつわる政治の動きを描き切った藤沢周平を思いだした。

さらに話を進めると、⑪「霧の夜」で、とりわけ朝田派の怪しげな動向が決定的になる。「毒を飼う」というあってはならないような言葉が、朝田派の談合のなかで語られ、それがこの長篇の底流にもしのびこんでくる。それでいて、それが二派の政争にどうかかわるのか、最後まで見えない。心にくいほどの構成のうまさである。

⑪「霧の夜」にひきつづき、「毒を飼う」の真相が明らかになるのは⑭「闇の談合」である。すなわち⑫「夢」と⑬「立会い人」の二章の寄り道がある。なぜこのような寄り道を必要としたのか。それを考えてみよう。

「夢」は、清左衛門の若い日、藩主に問われて同僚の小木慶三郎について告げ口をした。それが今になって心の痛みになっている、という話だが、この章はむしろ雪の夜に、清左衛門が涌井に泊りこんだという終わり方に眼目があるようだ。こうでもしなければ、清左衛門はみさと同衾《どうきん》しないんじゃないか、と作家が苦笑しているようなところがある。

そして変則的ながら二人がそれぞれに身体で感じあったことで、別れが準備された、と考えることができる。

より謎めいているのは、「立会い人」の章であろう。中根弥三郎のもとに、三十年ぶりにかつての宿敵納谷甚之丞が現われ、決闘になる試合を申し込む。小説も大詰に近いはずのここで、それを書く必要があるのか。

そう思って小説の流れ全体をもう一度見渡すと、クライマックスとなる⑭「闇の談合」の章に（次の⑮「早春の光」にも）、刃の光が走らないことに気づくのである。たとえばこれは、もう一つの代表作『蟬しぐれ』とくらべても、正反対に位置するようなクライマックスの置き方なのだ。

「闇の談合」の中身である。藩主の弟の石見守の死に方が、用人船越喜四郎の話のなかで明らかにされ、その船越と清左衛門の二人が、朝田弓之助との話しあいで引導を渡す。朝田家からの帰途、送り狼めいた剣士がついてくるが、平松与五郎の出現でその緊張もとける。

朝田、遠藤二派の政争、というより朝田家老の下手な陰謀は、話しあいのなかで明らかになり、朝田は話しあいのなかで失脚してゆく。執政府内の政治家たちの争いを描いて、『残日録』はきわめて例外的に力（刀といってもよい）の行使にならないのである。

そのかわりに、一つ前の章に「立会い人」を置き、決闘というすさまじい剣のドラマと、そのドラマの空しさを存分に語った。私はそのように考え、この構成のみごとさにさらに溜め息をついた。

4

「闇の談合」の冒頭あたりには、藤沢周平が書いた最も美しい文章が置かれている。先に言及した、三つの雷の場面の一つである。

夏の夜の嵐。自分の隠居部屋でそれを見ながら、清左衛門は子どものときに玄関先で見た、夜空の稲光りを思いだす。はげしく稲妻が光り、四方の木立も家もむらさき色に染まる。それは少年がはじめて見るうつくしい夜景だった。

《そのときうしろから母の声がした。帰りがおそいのを案じて外に出て来たらしい母は、すぐに稲妻に気づいたらしく、そのまま清左衛門の横に来てならぶときれいな稲光りとつぶやいた。そしてつけ加えた。

「稲はあの光で穂が出来るのですよ。だから稲光りが多い年は豊作だと言います。おぼえておきなさい」》

『残日録』の物語展開の特色はおよそ説明し得たのではないかと思う。ふつうならば、「闇の談合」の章あたりで白刃が閃き、その力の行使が小説の頂点となり、同時に物語が終焉に向かう。『残日録』はそうならない。そうならずに、現役を退いた男の人生がゆったりと、精密に語られる。

隠居した男が小説の主人公であり、男は隠居してもなお悔いなく生きつづけるのを覚悟している。その男清左衛門に大刀を振りまわさせるわけにはいかない。そこで、『残日録』後半の⑩「草いきれ」あたりから、精緻きわまりない構成上の工夫がほどこされている。いや、たんに構成上の工夫といってはならない。さまざまな筋《ストーリー》の流れが一つの大きな流れとなって内部で交響するのは、まさに近代の小説の本道であり、それが時代小説で果たされているところに、本当の新しさがある。ヨーロッパの小説理念が、わが時代小説のなかで成就している。

そのとき、藤沢周平の天成の、といいたい文章の力が大いにあずかっているのは、右の「闇の談合」の稲妻の場面でその一例を見たとおりである。

『三屋清左衛門残日録』を、新しい文学として高く評価しなければならないのは理由があることなのだ。

ゆかわゆたか◉一九三八年新潟市生まれ。文芸評論家・エッセイスト。二〇一〇年『須賀敦子を読む』で読売文学賞受賞。著書に『イワナの夏』『本のなかの旅』『植村直己・夢の軌跡』『夜の読書』『星野道夫　風の行方を追って』など。

寅さんと藤沢周平さんの眼差し

『たそがれ清兵衛』に続き、二〇〇四年『隠し剣　鬼の爪』を映画化。原作に描かれた人間の情感や、弱者への想いとは。

山田洋次

写真◎山田高央

「藤沢周平さんの小説を、映画にしたい」。ずっと現代劇を撮り続けてきたぼくが、馴れない時代劇を撮ることになった理由はそれです。

十月三十日から公開される『隠し剣　鬼の爪』は、一昨年の『たそがれ清兵衛』につづいての藤沢作品の映画化で、ぼくにとって二作目の時代劇になります。『たそがれ』を作ったあと、またすぐに時代劇を撮りたい気持ちになったのです。それは、寅さんの第一作を作り終えたときの気分と似ていました。「男はつらいよ」の第一作を撮り終えたあと、渥美清という類まれな俳優の才能を知ったぼくは、もう一作できるのじゃないか、いや、作ってみたい、と考えました。映画のなかに、ひとつの世界、あの団子屋さんの小宇宙ができあがっていた。それに倣《なら》って言えば、前回は、『たそがれ清兵衛』が終った時点で、「ぼくと、ぼくのスタッフとで、ある時代劇の世界をたしかに作り得た」と実感できたんです。

藤沢さんの作品のなかでも、山形県の庄内地方を舞台にした下級武士の物語、と決めていました。あらためて藤沢作品を読み漁りました。読み逃していたものを読み、すでに読了していたものを読み直し……。

『隠し剣 鬼の爪』の原作となった「隠し剣鬼ノ爪」(文春文庫『隠し剣孤影抄』所収)や『雪明かり』(講談社文庫)、『たそがれ清兵衛』の原作の『竹光始末』(新潮文庫)や、『よろずや平四郎活人剣』(文春文庫)のほか、『蟬しぐれ』(文春文庫)や『麦屋町昼下がり』(文春文庫)なども好きで再読三読しましたが、たくさんの作品のなかからどれにするか、ずいぶん迷ったものです。

『たそがれ清兵衛』は、藤沢作品のはじめての映画化であり、ぼくにとっても初の時代劇です。文庫版が合計二千三百万部も売れているという藤沢作品が、なぜ、それまで映画化されなかったのかと不思議に思いますが、実は藤沢作品は、映像にするのがそんなに易しいわけではありません。

藤沢周平の小説は、さらりとした味の作品が多い。ダイナミックでめりはりのある立体的な物語のほうが映像化しやすいわけですが、藤沢作品の、とくに江戸の市井もの、職人の話などは、断片的でエッセイのような風合いになっています。もちろんそれが魅力なのだけど、映画にすればややもすると平板になってしまう。たとえば、落語や歌舞伎で有名な「文七元結《ぶんしちもっとい》」のような、借金を抱えた父のために娘が吉原へ身を売りに行くが、いろいろと話があって、結局はハッピーエンドに終わるという、あれぐらいの波瀾がほしいのだけど、藤沢さんの作品は今いち印象が淡いのです。

でも、それだからこそ、人間の情感をこまやかに描くことに成功していた、と言えます。ぼくもこれまで「男はつらいよ」や、夜間中学や知的障害児学級などを舞台にした「学校」シリーズなどで、人々の静かな営《いとな》みに焦点を合せた映画を撮ってきました。だから、藤沢作品の淡々とした味わいには強い愛着を覚えていたのです。

アカデミー賞外国語映画賞にノミネートされた『たそがれ清兵衛』の批評を、ニューヨークタイムズで読んだ記憶がありますが、「この作品は『トワイライト・サムライ』というタイトルからは、夕陽を背景にふたりの侍が刀を抜いて向い合う通俗的なアクション映画という印象をもつかもしれないが、実はそうではない」という言葉からはじまる批評でした。まあ、この作品のコンセプト、つまり日本人の憧れる静かな暮しと、その情感のようなものは、欧米人もわかってくれているということでしょうか。

ひどく似かよっているふたり

『隠し剣　鬼の爪』は、永瀬正敏君演じる平侍、片桐宗蔵と、松たか子さん演ずる片桐家の女中、きえとの恋物語を縦糸に、かつて道場仲間だった友人を討たねばならない宗蔵の心中の葛藤や、復讐譚までもが織り込まれています。

『たそがれ清兵衛』の主人公、井口清兵衛と同様、この宗蔵も、あまりぱっとしない男ですが、藤沢さんの小説の主人公に、権力者や侍大将のような高い身分の人たちは一切登場しない。ひたすら平侍や貧しい職人たちの物語です。つまり藤沢さんは徹底して貧しい人たち、民衆の側に立ち続けることをした人なんですね。ぼくはこの人と渥美清さんとは、ひどく似かよっているような気がしてならない。渥美さんも藤沢さんと同じように、若いときに胸の病気になって、生涯病弱な身体をいといながら生きた人でした。そして徹底して弱者の側に立って世の中を見る人でした。

こんな話を渥美さんがしてくれたことがあります。小学校時代の彼の同級生に、ともに目の見えない両親をもった少年がいた。渥美さんたち不良仲間は常日頃、「あいつの家ではどうやって食事をしてるんだろう」ということが関心の的だった。で、ある日の夕方、不良仲間が連れ立って彼の家にゆき、破《や》れ塀からそっと貧しい家の中を覗いてみた。

夕餉《ゆうげ》の支度ができていて、少年を真ん中にはさんで、目の見えない両親が卓袱《ちゃぶ》台に向いあっている。がんもどきの煮たのと漬物が、その日のおかず。両親が手さぐりで茶碗のご飯を口に運ぶ。真ん中に坐ったその子は、がんもどきを一切れずつ両親の飯の上に載っけてやると、そのあと自分もガツガツとご飯を食べる。やがて両親のおかずがなくなれば、またもやヒョイヒョイとがんもどきを両親の茶碗に載っけてやってはガツガツ食う。お父さんのご飯がなくなるとついでやり、がんもどきを載せ、ガツガツ、ガツガツ。お母さんにもヒョイと載せ、またガツガツ……。

渥美さんと悪童たちは、その光景をじーっと見ていて、それから黙ってうちへ帰ったそうです。そして翌日からは誰も彼のことをからかわなくなった。藤沢さんの世界に通じるようなエピソードですね。渥美さんも、藤沢さんのように苦労して育った人でした。学歴はない、肉親の縁も薄く、さびしい思いをたっぷりしていた。勲章をぶら下げて得意になるなんて思い上がりは絶対にない人でした。

「海坂藩」の風景を映したい

藤沢周平さんの平凡に生きる人々への優しいまなざしの向けかた、その暖かさは、彼の境遇に依るところも大きいのでしょうね。藤沢さんは郷里の中学校の教師をしていたとき、肺結核がみつかって、二十代半ばから三十歳までの期間を病床に過すわけです。そして病気療養のために山形県鶴岡市を出て上京し、作家藤沢周平の誕生が準備されることになります。そして生涯、故郷の風景・四季の移り変りや夜明けの美しさ、たそがれ時の静けさを描き続けました。

『隠し剣　鬼の爪』は藤沢さんが故郷の庄内地方を想定して創りあげた「海坂藩」の侍の物語です。そのためには庄内のシンボルである月山のショットを印象的に撮る必要がある。映画の一シーンに、宗蔵のかつての剣友、狭間弥市郎が破獄したことを伝えるため、牢屋番が田園を駆けてくるロングショットがあります。その背景には残雪の美しい月山がとらえられていますが、実はこれは、月山を映すためのショットでした。

ハリウッド映画では、こんな発想はないでしょうね。たとえば『ラスト　サムライ』は、ニュージーランドにセットを組み、明治時代の九州を撮ったわけです。『カサブランカ』がモロッコではワンカットも撮影していない、というのは有名な話ですが、どうもその風土のもつ独特の匂い、その土地に暮す人々の気質を映像にとらえよう、という考えを、アメリカ映画はあまりもたないようですね。僕は、藤沢周平さんの世界を描くならば、庄内の景色をしっかり映し込みたかった。実は映画のなかでは、京都や南信濃、彦根城や姫路城など、庄内以外のあちこちでロケをしていますが、でも、全体として観客が「これは山形県の庄内地方の映画だ」と感じてくれなくては成功とはいえないと思いました。

もうひとつ、大切に思っていたのが「剣の果し合いを丁寧に撮る」ということです。ぼくは時代劇のクライマックスは、やはりチャンバラだと思っています。

これまでの時代劇をふり返って、剣の場面に力を入れて撮影されている映画というと、黒澤明の『椿三十郎』や『七人の侍』、小林正樹の『切腹』『上意討ち』などが思い浮びますが、一般的にいえば時代劇は殺陣《タテ》が嘘っぽいんです。ヒイロウが十人も、二十人も相手にして、チャカチャカと斬る。相手は血も流さずにバタバタと倒れていく。いつでもきれいに剃り上げられている月代《さかやき》の嘘臭さもそうですが、そういった時代劇の嘘っぽさは嫌だった。

「どうして剣を抜いて殺しあうときの怖さをもっと描かないんだろう」と、いつも不満に思っていました。宗蔵のセリフに「おれは手入れのときしか剣は抜いたことはねえ」というのがありますが、じつは相当の遣い手だって、滅多なことでは剣を抜かなかったはずじゃないのか。

西部劇のピストルより剣の闘いのほうが迫力があるに違いない、という確信はありました。ピストルは一発撃って命中すればそれで終りだけど、日本の剣の闘いならば、腰の刀を抜くまでの緊張感がまず描写できるし、遂に抜いたとしてもそう簡単に相手を斬り殺せるものじゃない。よほど幸運に急所を必殺すればべつですが、お互い傷を受けながら、睨みあい、相手の隙をうかがい、せまってくる死の恐怖とたたかいながら、長い時間血を流しつつ斬り合う、そういう苦しい闘いの描写ができるはずです。

藤沢作品の侍たちは、ふだんは皆に無視されているような地味な男が、いざ剣を抜くとても強かったりして、そこがたまらなく面白い。「藤沢周平の小説の男たちは心に一匹、狼を飼っている」といわれますが、『用心棒日月抄』（新潮文庫）より前の初期の小説の主人公は、狼そのものでした。昏い闇に眼をきらきらと光らせながら、狼が近づいてくるような小説がずいぶんあった。いや、初期にかぎらず、最後までそうではなかったか。藤沢さんの心の奥にある、なにかに対する怒りみたいなもの。それがあの人の作品の魅力なのではないか。

松竹大船撮影所の家風

四年前に、ぼくが四十年余りを過して寅さんシリーズや「学校」シリーズを製作した、松竹大船撮影所がなくなりました。九六年に渥美清さんが亡くなり、こんどは自分の根拠地をなくすことになって、大きな転換点に立ち至った。そしていわば再出発として手がけたのが、時代劇、しかも藤沢周平さんの作品だった、と言えます。

この移行がスムースにできたのは運がよかったと思います。かつてのブロックブッキング制度がなくなった今、映画監督は、企画がまとまると、どこかに事務所を借りて、スタッフをかき集め、あちこちのスタジオを駈け回りながら撮影しなくてはなりません。そして、すべてが終ったら場のつながりは消えてしまう。松竹大船撮影所を自分のアトリエのようにして映画を作ってきたぼくにとって、撮影所が消えたのは大きなショックでした。

大船撮影所の先輩として、小津安二郎監督、木下恵介監督などがいますが、藤沢さんの時代小説に特徴的な、「日常性を大切にする」という視点は、大船撮影所の伝統と重なる部分があるように思えてなりません。ぼくが松竹に入った頃は、小津さんがマエストロとして現役で活躍しておられた。小津作品というのは有体に言えば、大したことは何も起きないわけです。《ある日、娘が嫁に行った。父親は淋しかった》。これだけで映画ができてしまう。誰かが結婚に反対したわけでなく、ほかに恋人がいたというのでもなく、まして、恋敵が許婚《いいなずけ》を殺してしまった、なんて波瀾はさらさらない。でもそれでいいんだ、という考えが小津さんにはあったはずです。物語が波瀾に富んでいることが大事なのではなく、淡々とした日常のなかで深く人間を描く、という難しい課題を、小津さんを頂点とした当時の松竹映画は目指したのでしょうね。

一方、ぼくたちが学生時代に熱心に観たのはフェリーニであり、ヴィスコンティであり、イタリアのネオリアリズモ映画だった。ピエトロ・ジェルミの『越境者』、ヴィットリオ・デ・シーカの『自転車泥棒』など大好きでした。そうした映画に大きな影響を受けて、「日本の現実を抉り出すような作品を撮る」と意気込んで映画界に飛び込んだのに、小津監督は《娘が嫁に行って哀しい》という映画をつくっているわけです。それがどうした、と突っぱる気持が生れたのは否定できません。でも、それが伝統というものなのでしょうが、結局はホームドラマというものがぼくの身にしみこんでいったのです。

「家族を描く」というのは、松竹大船撮影所の家風と言っていい。当時は東宝、大映、東映、松竹、新東宝、そしてその頃できたばかりの日活などの撮影所があり、そこで育った監督やスタッフは、それぞれの家風に影響されて映画を作っていた。松竹大船調育ちのぼくたちは「メロドラマであれ喜劇であれアクション物であれ、とりあえずドラマは家族を芯にしろ、そうすれば観客は落ちついて観られるもんだ」と、先輩にいわれたものです。思えばぼくの「男はつらいよ」は、寅さんという困ったおじさんの存在で悩む家庭のホームドラマですからね。

藤沢作品にも必ず、家族が出てくる。親子、夫婦、きょうだい。市井ものはもちろん、侍の話でもそう。いっぽう、いまの若者の意識のなかでは「家族」の存在は非常に薄くなっています。話題になった芥川賞の『蹴りたい背中』を読んでも、主人公の女の子の家族関係はほとんど説明されていません。

『隠し剣　鬼の爪』には、嫁ぎ先の姑が、きえを手ひどく扱う場面がありますが、そのシーンを見た大学生が、「もっと姑の意地悪を描いてほしかった」と感想を述べました。姑の嫁いびりなんて長々と見ていて気持のいいものじゃないから、「あれぐらいの表現で、きえがどんな目に遭っているかは想像つくだろうと思ったのさ」と答えたら、「いや、嫁いびりとはどんなことだかわからないんですよ」と言う。いまの若者は、祖母が自分のお母さんを苛めるなんて経験をもっていないから、人間にはそういうどうしようもない「業」があることをまじまじと見たいと思うんでしょうね。

宗蔵の家のシーンで、倍賞千恵子さんと吉岡秀隆君が並ぶところがあります。あの二人を見た観客はきっと「男はつらいよ」のことを思いだして親しみが湧くだろう。そこは意識しました。ぼくにはやはり「家族」を描きたい想いがある。山本周五郎でも司馬遼太郎でもなく、藤沢周平さんが合っているな、とあらためて思います。

藤沢作品は、時代を厳密に設定することをあまりしていない。藤沢さんがどこかに書かれていましたが、幕末を舞台にしたい物語もあるけど、それをやると関係者がまだ生きていて迷惑をかけるんだ、と。つまり、登場人物の孫やひ孫が市民として生きている、鶴岡というのはそういう町なんですね。

『隠し剣　鬼の爪』は幕末の物語にしました。大きく世の中が変ろうとしているけど、江戸や京都から遠い北国では、あまり情報が入ってこず、とても不安だったんじゃないかと思うんです。封建主義というのは、先祖のやり方をそのまま繰り返し、より磨きをかけて次の世代に伝えるということでしょう。それが幕末になって欧米から進歩主義が入ってきた。進歩はいけないという封建的な考え方と、古いやり方を捨てなければならないという考えとのぶつかり合いで、たいへんな波風が立ったにちがいない。

ひとつのユートピアを描く

今日、ぼくたちも、大きな不安の中に生きています。民主主義さえ怪しげなことになってきている。経済の見通しも着地点が見出せないぞっとするような暗さが、さまざまな市民生活の混乱を生んでいるような気がします。では、幕末の武士たちは不安の中でどんな着地点を模索していたのか。そこに、興味がありました。

関川夏央さんは、「藤沢周平の描く世界はひとつのユートピアである」といわれています。極楽《パラダイス》ではありません。ほどほどにバランスがとれていて、つらいことはありながらもそれになんとか耐え、人々が穏やかで、平和に暮す努力をしている場所、とでも言いましょうか。現在の厳しい〝幕末〟状態のなかで、ユートピアはどのように、あるいはどこにありうるのか。そんな問題意識も、この『隠し剣』を撮りたかった理由なのかもしれません。

ぼくがこの映画でいちばん好きなのは、宗蔵がきえにプロポーズをする場面です。「俺が好きか」と訊くと、きえは「そんなこと考えたことがありません」と答える。宗蔵が、「じゃあ、いま、考えてくれ」と言うんですね。女中さんの雇い主である侍が、「俺はおまえを愛しているけれども、おまえは俺を好きか?」と、正式にプロポーズをする。「好きだったら、結婚しよう」。理路整然として礼儀正しく、品格のある態度。このラヴシーンで終りにしようということは、はじめから決めていました。これは、一種の青春映画でもあるわけですね。

ぼくは一度だけ藤沢周平さんとお会いしたことがあります。穏やかで、優しくて、質素で、ああ、昔田舎にこんな中学校の先生がいたな、と思えるような、藤沢作品に登場する侍そのものの素敵な人でした。実はそのときには、自分が藤沢作品を映画化するなどとは考えてもいなかった。もう少し長生きされていて、ぼくの作った映画を観ていただきたかったな、そうしたらどんな感想を語られるだろうな、とよく思います。

時代劇で、ぼくは、はじめて人が殺しあう映画を作りました。藤沢さんの小説が原作だったからできたのでしょうが、七十本以上を撮っていて、これがはじめての殺人場面とはね。もっとも、ベッドシーンもまだ撮ったことがありません。藤沢作品には『海鳴り』（文春文庫）という艶っぽい場面の多い小説がありますが、これはぼくにはムリでしょうね、きっと。

「文藝春秋」二〇〇四年十一月号より転載

やまだようじ●一九三一年大阪府生まれ。五四年、東京大学法学部卒。同年、助監督として松竹入社。「男はつらいよ」シリーズなど数々の名作を監督。藤沢作品は、『たそがれ清兵衛』『隠し剣　鬼の爪』『武士の一分』を手がけた。

父の周辺④

人生の選択

遠藤展子

父には、人生の大切な選択をしなければならない場面がありました。それは、結核にかかって入院をした時のことです。

いつものように父の仕事場に入り、あれこれ世間話をしていると、父が肋骨を切り取った時の話になりました。

「今だったら、人工の骨みたいなものがあって、きちんと形を整えることが出来たのにねえ」と私が言うと、父はこう言いました。

「なんで、お父さんが手術をすることにしたか、話してなかったなあ」

当時は手術するのが当たり前だとばかり思い込んでいた私は、それを聞いて「あれっ」と思いました。言われてみれば、手術以外に方法はなかったというのは、私の勝手な思い込みでしかなかったのです。

入院した時、父はお医者さんからこう言われたそうです。

「小菅さん、結核の治療には、薬で治す方法と手術をする方法の二通ります。薬で治すには費用も時間もかかりますが、手術であれば費用も安いし、時間的にも短い期間で退院出来ます。どちらにするか考えて下さい」

それを聞いて、父は迷わず手術を選んだそうです。その時、父は教師をしていましたが、やがて社会保険が切れるというのが一番大きな理由でした。当時、父の実家は経済的に厳しい状況だったので家族に迷惑をかけるわけにはいかない、かといって自分自身には収入の道はない。そんな状況下では他に選択の余地はなかったというのです。

しかし、この手術の時の輸血が原因で、父はその後、肝炎を発症し、一生この病気に悩まされることになりました。私は考えこんでしまいました。もし、あの時、父の家が経済的に余裕があったなら、父は手術を選ばなかったのではないか、だとすれば、肝炎になることもなかったのではないか……。

しかし、人生とは皮肉なもので、私の考える「もし、あの時……」が現実になっていたら、父は私の生母と出会うことはなかったでしょうし、私もこの世に存在していなかったでしょう。今の母とめぐり合わず、作家・藤沢周平も存在しなかったかもしれない。そう考えると、父が書き残した「満ち足りた晩年」もなかったかもしれないのです。

　肝臓病とは長い付き合いだったので、肉体的な問題以外にも辛いことは沢山あったと思います。それでも父は、そういう境遇を受け入れ、毎日を淡々と生きてきました。母もまた、そういう父を支えていました。そうした両親の生き方を振り返ると、父にとって、あの選択は正しかったのだ、それが父の与えられた人生だったのだ、と思われてくるのです。

「もし、あの時……」という思いは、誰もが一生に何度かは抱くものだと思います。しかし、その時、ある決断をしたら、それがその後、どのようになったとしても、人はその与えられた人生を生きていくしかないのです。そのことを、私は父から教えられたのでした。自分の決めたことの結果に不満を言わず、一生懸命に生きていけば、最後には自分の満足のいく人生を終えることが出来るのだと。

家族に架かった「小さな橋」

子どもの目から等身大の人間を描いた藤沢周平が作品に込めた希望を、監督そして俳優が語る。

松雪泰子×杉田成道×江口洋介

杉田　藤沢周平さんの小説は、映像化が非常に難しいです。登場人物は欠点があるし、勧善懲悪の時代劇とは異なりヒーローがいません。そして、作品のコアにある人間の機微は、ストーリーを追うだけでは描き切れないんです。そのためエピソードや会話を加えますが、そこには映像化する我々の解釈が反映されるので、藤沢作品を扱いながら、完成した作品はどれも藤沢作品ではないのだと思います。今回映像化した『橋ものがたり』は藤沢さんの著作の中でも傑作の短篇集ですから、やりがいと同時にプレッシャーもあり、緊張感を持って制作にあたりました。

――市井に生きる人々の気持ちを細やかな筆で描き出した藤沢周平。没後二十年にあたる節目の今年、短篇集『橋ものがたり』（新潮文庫／実業之日本社）から三作が映像化され

た。（〝藤沢周平　新ドラマシリーズ〟第二弾。時代劇専門チャンネルとスカパー！の共同制作）

『北の国から』シリーズを手掛けた杉田成道監督は、この中から「小さな橋で」のメガホンを取った。時を経てなお人々を魅了する藤沢作品の魅力を、母・おまき役の松雪泰子、父・民蔵《たみぞう》役の江口洋介、そして監督・杉田成道が語った。

杉田　藤沢さんが描く市井に暮らす人々には、現代を生きる我々もストレートに感情移入ができます。「小さな橋で」も言うなればホームドラマで、父親や母親の感情、そして親子関係や男女関係が平成の世に通じるところがあるんです。松雪さん演じる、飲み屋の酌婦に身を落とすおまきなんて、現代のワーキングプアに似かよっているような気がします。

松雪　おまきは夫・民蔵の出奔以来、自暴自棄になり生活がすさんでしまいます。牛込水道町の飲み屋に勤めて、男性の相手をして酔っぱらって裏店に帰ってきては娘のおりょうを叱ったり、まだ十歳ほどの弟の広次に愚痴をこぼしたりと、追いつめられると感情を放出する役でした。初めはこんなにエキセントリックに感情を表現してよいのか不安になる程でしたが、気持ちの振れ幅が大きければ大きいほど、最終的には悲しくみえると感じました。

江口　僕が演じた民蔵も、もろい男性です。白銀《しろがね》町の遠州屋という問屋で番頭をしていましたが、博打に狂い、現代でいうと二、三千万円ぐらいの莫大な借金を作り、丁稚《でっち》の頃から世話になった店の金を盗みます。捕まったら市中引き回しでしょうけど、自分を守るためか、家族に被害を及ぼさないためか、ある日、夜が明けない内に小さな橋を渡って江戸を出てしまう。そして四年後に舞い戻り偶然、ほんの短い間ですが、葭《よし》の原で広次と再会します。ただ、そんな事情を抱えていても、民蔵も広次もどこかたくましさがある。現代のドラマだと、そういった人間の強さを、笑いでごまかしたり、楽しそうな振りではぐらかしてしまうことが多いと思うんです。その中で、この作品は、親子の一番大切な部分を凝縮していると感じました。

根底にある人間への希望

杉田　広次にとっては、〝ダメな親でも親は親〟で、根っこに愛情があるのです。家族を取り巻く状況は悲劇的でも、生きることへの前向きさがある。こういった人物描写を藤沢さんがなさるのは、二十四歳のころ肺結核が見つかり、教職を離れ療養生活を余儀なくされた期間がおありだからだと思います。その経験によって、武家の三男や権力闘争で敗れた役人など、疎外された者への思いやり深い視線が育まれた。そして、未来がどうなるか分からない中で人生を見つめたから、自分が書く物語の根底には人間への希望を描こうと思ったのではないでしょうか。

松雪　私は藤沢周平さんの原作を拝読したとき、川のせせらぎのような美しい景色の中で、常に穏やかに世界が流れていくというイメージを持ちました。その世界に、杉田監督の演出によって、人々の感情や業、土地の泥臭い空気、ダイナミックさが加わったと思います。演じていて、新たな世界にいるような感覚に至りました。

杉田　『橋ものがたり』の中では、「小さな橋で」だけが唯一、子どもが主役の話です。私ならではの演出ができると考えたからこそ、この作品を選びました。主人公は、広次という少年ですが、私は『北の国から』で三十年、子どもたちを描きました。その経験を活かして、今作では〝時代劇版『北の国から』〟を目指したのです。あえて役を当てはめるならば、広次が『北の国か

広次は友達と通う葭の原で父と再会する

藤沢作品の映像化は難しい。作品のコアにある人間の機微はストーリーを追うだけでは描けない。

ら』の長男・純くん（吉岡秀隆）、おまきは、人間らしい弱さのある父親の五郎（田中邦衛）の役回りですね。民蔵は、浮気して去ってしまう母の令子（いしだあゆみ）、広次の姉・おりょうが、純の妹役の蛍ちゃん（中嶋朋子）です。

松雪　『北の国から』との共通点は、〝そこに生きる人を切り取っている〟作品だということだと思います。お芝居であっても、その空間に生活している人として表現することを要求されました。撮影中に指摘をいただいたとき、監督が「これは時代劇じゃないから」とおっしゃったんです。それは、〝芝居をするな〟ということだと感じました。〝その中に存在して生きてくれ〟と何度も言われました。時代劇は形として演技を誇張する印象がありましたが、監督の演出は違いました。

子役の持つエネルギー

江口　現場の空気も自然でしたね。特に広次役の田中奏生《かなう》くんは、三百人が応募した中

すぎたしげみち◉フジテレビ編成制作局エグゼクティブ・ディレクター、日本映画放送(株)社長。監督作に『北の国から』シリーズ、映画『最後の忠臣蔵』など。

からオーディションで選ばれていて、時代劇の経験はありませんでした。だからこそ、良い意味ですれておらず、目を見ながら言葉を交わして芝居ができました。過去にいた人物ではなく、今を生きる人間や家族の日常を見ているという感覚でした。監督のリアリズムのある演出を勉強させていただきました。

松雪　広次が大人の事情に揉まれながらも、ほのかに成長し変化していく様がすごくいじらしくて、現場でも「この後、広次はどうやって生きていっただろうね。ちゃんと生きていってほしいね」と、共演者やスタッフと話をしていました。子どもは、大人が想像する以上に、家の中で起きていることを感じ取り、どういう風に自分が立ち回るべきかが分かっていますよね。広次の心情を通して、彼の家族や仲間の喜怒哀楽を感じ取っていただけるのではないかと思います。

杉田　お芝居をしているという感じがなく、〝そこにいる〟んですね。親子の雰囲気がそのままある。そのように演じるのは実は非常に困難です。ただ、短篇のラストの広次の心情は映像では出せませんから、『北の国から』の純くんのようにナレーションで声の演技をしてもらうほかないと考えていました。ナレーション録りには何日間もかかりましたが素晴らしいできばえでした。広次は、この全篇を一人で背負う役です。だから小器用に上手いだけでは不十分なんです。特に子どもはお芝居をしてしまうのですが、芝居をさせないことに耐えうる子を選ぶのに苦労しました。

松雪　田中君は撮影現場も初めてでしたから、初めは彼とどういう風に接しようか迷っていました。でも、おまきと広次という親子として生きるためにも、あまり親しくなりすぎないようにしたんです。

杉田　作中におまきが、広次に銭をぶつけて「酒買ってきな」と言うシーンがあります。そのときの田中君のやるせない表情には目を見張りました。お母さんの言いつけだから従わないといけないけれど、でもそういうお母さんは嫌だ……という、複雑な気持ちがよく出ていました。おまきは広次の後ろに民蔵を見ている。それが女としての、惚れた男へのこだわりなんです。

松雪　広次に酔って迫っていくときには、自分の母親が見たことのない怪物になってしまったような、ただならない嫌悪感を抱いてほしいなと思って。後から、あのときは本当に嫌だったと田中君に言われてしまいました。

一方で、おまきと娘のおりょうは、母と娘の関係というよりも、男が立ち入れないイーブンな女同士の関係ですよね。監督の演出も、おりょうが妻子持ちの米屋の手代とつきあっていることをなじる場面は、殺伐とした空気を出してほしいという指示で、おりょうを演じた藤野涼子さんと激しくぶつかり合って演じていました。杉田監督は現場で厳しく、なかなか演技にＯＫを出さないことで有名でいらっしゃるので、覚悟をして現場に臨みました（笑）。

杉田　広次は葭の原や土手を走るシーンが多いんです。そうして撮影中に毎日毎日走らされていたら、下駄が真っ二つに割れてしまったんですよ。『橋ものがたり』じゃなくて、〝走るものがたり〟というぐらいでしたね。田中君は辛かったろうし、他の出演者からも可哀そうだと言われていたな。子役は集中力もすぐ途切れてしまうし、大人の役者と比べて相対する際に十倍エネルギーが必要です。けれど、子どもの存在感は、画面に密度を与えます。

松雪　確かに監督は厳しかったですが、振り返ると撮影に入る前の入念なリハーサルでいただいた指導は、本当に素晴らしい財産になりました。

江口　おりょうを演じた藤野さんも、「初めは不倫をする娘という難しい役柄だったので考えて臨んだけれど、毎回破壊されてその度に気付きがあった」と話していましたね。

僕は時代劇への出演経験はあまり多くはないので、羽二重をつけて、結髪《けっぱつ》をして、着物を着て、と、リハーサルの都度準備するのは体力的には楽ではありませんでした。か

複雑な事情を笑いでごまかさない
民蔵や広次にはたくましさを感じる。

えぐちようすけ◉一九六八年生まれ。八七年映画『湘南爆走族』でデビュー。映画『孤狼の血』『ＢＬＥＡＣＨ』、ドラマ『ヘッドハンター』など。

『北の国から』との共通点は、
〃そこに生きる人を切り取っている〃
作品だということ。

つら下の羽二重を一日十時間以上つけていると、頭が痺れてくるんですよ（笑）。

杉田　時代劇にはかつらやメイク、衣装、小道具など、職人の技が詰め込まれています。特に、『必殺』シリーズや『鬼平犯科帳』など数々の名作を撮影してきた京都の松竹撮影所はノウハウが蓄積されている職人の塊のような場所です。撮影所にいた一ケ月間は、余分なものが削ぎ落とされて、全てが作品に向かっている独特の雰囲気が気持ちよかったなあ。

松雪　おまきの衣装も、帯の位置や襟の抜き具合、色の合わせなどを、シーンごとに絶妙に変えて、気だるい色っぽさを出してくれました。「ここはこういうシーンやから、こういう風に着せようと思うねん」と毎回話し合いながら着付けしてくださったんです。結髪さんから衣装さん、全ての方が、撮影中ずっと私たちのアクションを見てくださって、スタッフさん同士で役の心情やシーンの意味を話し合っているんです。

杉田　他の現場だと、「監督、ここはどうするんですか」と質問されるだけです。でも、

まつゆきやすこ●一九七二年生まれ。九一年に女優デビュー。二〇〇七年映画『フラガール』で日本アカデミー賞優秀主演女優賞受賞。映画『古都』『リメンバー・ミー』（日本版声優）、ドラマ『Mother』『半分、青い。』など。

夫も娘も失いおまきの生活はすさむ ©時代劇専門チャンネル／スカパー！／松竹

京都のスタッフは自分が演出家ならどうするか、という解釈を持っている。僕の読み解きが浅いと判断すると、「だめやね。これはこうやないですか」とすかさず始まるので刺激的でした。

江口　監督も懐《ふところ》深く、大勢のスタッフの意見を取り入れてその場を進めていきますよね。作中で、広次達が通う葭《よしきり》の原に行々子の巣が出てきます。僕は行々子ってどんな鳥か知らなかったのですが、あるときスタッフが五人位、田んぼの真ん中で図鑑を広げて行々子について熱く語っているんです。「卵が取られるから草の上に巣があるんだな」って。皆さんクリエイターとして参加してくださっているのだなと、胸が熱くなりました。そういったスタッフの熱意ももちろんですが、ロケーションも抜群で、演じる意気込みも高まりました。橋や水路、葭が生えている原っぱがあって、江戸の風景が目に浮かぶようでした。

松雪 私は幼いころから、よく父と時代劇を見ていたんです。父は映画もテレビも大好きで、藤沢作品もほぼ網羅していましたし、チャンバラ物や勧善懲悪物など、あらゆるジャンルの時代劇を楽しみにしていました。この作品も待ち遠しく思っているようです。

年齢を重ねて分かる魅力

杉田 池波正太郎さんの『仕掛人・藤枝梅安』のように、悪事を斬っている松雪さんも魅力的でしょうね。ただ、女性やお年を召した方は、藤沢作品の方が親しみやすいかもしれません。池波さんは渡世の悪と善を対立的に描いていますが、藤沢さんは一人の人間の中の多面性を描いています。そして、上昇志向や出世欲が強い壮年期は、人間の心の陰影には関心がなく、分かりやすい二項対立に惹かれがちです。また、山本周五郎さんと藤沢周平さんも似て非なるものです。『赤ひげ診療譚』や『さぶ』など、山本さんの方が作品に倫理観が強く出ている。一方、藤沢さんが描く人間は、決して完璧ではなく等身大です。

江口 藤沢作品の魅力は、市井のかた隅で肩寄せあって生活している人々の濃厚な関係を、現代ドラマ以上に生のまま受け取ることができることではないでしょうか。現代のように、人と会話をしなくてもネット注文で一人分のご飯が来るような、お手軽な時代ではありませんから、大元のところで人間が結びついている姿が胸を打つのだと思います。

杉田　年齢を重ねると、現代劇を見ることがつらくなってきます。なぜかというと、現代劇は、人間は孤独で互いに分かり合えないということを主題にしているからです。確かにそれが現実ですし、特に男と女はキツネとタヌキみたいな化かしあいを常にしているんだけど（笑）、その様子を見ていても幸せにはなれない。むしろ、様々な経験を重ねて現実を分かっているからこそ、幻想を抱きたい。藤沢作品はそういう心の綾《あや》をすくいとってくれるのでしょう。

「オール讀物」二〇一七年十一月号

時代劇プロデューサーが語る

藤沢作品が〈映像〉になるまで

連続ドラマ『神谷玄次郎捕物控』から最新作の『立花登青春手控え』『三屋清左衛門残日録』まで。人々の記憶に残る数々の映像化を牽引した時代劇プロデューサーが語る藤沢作品の魅力とは――。

能村《のむら》庸一 × 佐生《さしょう》哲雄

佐生　私が初めて藤沢先生の作品を読んだのは、直木賞受賞作の「暗殺の年輪」でした。一九七三年当時、松竹に入って間もない頃で、ちょうど『必殺』シリーズをやっていたんですが、このドラマは非常に派手で娯楽的な作品でした。それに比べると、「暗殺の年輪」は母親が自害するところなど、負の部分も結構あります。しかし、主人公が最終的には敵を討つという緊迫した展開がドラマチックで、面白く読んだのを覚えています。題名が好きでしたね。

能村　僕も最初に読んだのは、「暗殺の年輪」でしたね。もちろん、非常にいい作品だと思いましたが、やはり暗い印象は受けました。佐生さんより僕の方が年齢が上で、二人ともノンポリですけれど、六〇年安保と七〇年安保という世代の差があります。昭和二年生まれの藤沢先生が、池波先生が亡くなられた時に、鶴岡という田舎で育ったご自身と、東京に生まれて大正デモクラシーの名残りに幼い頃から触れられていた池波さんとの違いは大きいんだということを書かれていましたが、我々も微妙な世代の差で感じ方が違ったかもしれません。

今回の対談にあたって調べてみると、藤沢先生が「暗殺の年輪」を書かれた年に『必殺』シリーズが始まり、その前に笹沢左保さん原作の『木枯し紋次郎』が始まっていました。それまでのテレビの時代劇は、映画の世界をそっくりそのまま受け継いだ、いわゆる〈勧善懲悪〉のパターン化したドラマ。そこから、少し新しい時代劇が作られようとしていた時期だったんです。

僕は一九七二年に初めて、時代劇のプロデューサーをやらせてもらいましたが、メンバーの中では一番の若手でしたし、とにかく視聴率が取れる企画を考えるように言われました。そこで時代小説は読むには読んでいたけれど、それは商売になるか——つまり作品がドラマとして一時間の枠に収まって、さらにそれが連作になるかということを、まず考えるんです。そういう意味で言うと、藤沢作品に馴染んでくるまでには、時間が少しかかりました。

佐生　能村さんのおっしゃる通りで、最初に藤沢先生の作品がドラマ化されたのは、石井ふく子先生の東芝日曜劇場。いずれも短篇を原作に、単発ドラマとして作られたものでした。その後、尾上菊五郎さんの主演の連続時代劇『悪党狩り』（一九八〇年〜／全二十四話）があり、いよいよフジテレビで連続ドラマとして始まったのが、『用心棒日月抄』を原作にした『江戸の用心棒』（一九八一年／全二十六話）になりますね。

能村　そう。あれが僕の藤沢作品に関わった最初でした。用心棒が事件を解決していくということで、フジテレビとしては、かつて大あたりした『三匹の侍』（一九六三年〜六九年）がありましたから、まずは最初の条件が整っていました。口入れ屋とのユニークなやりとりや、女刺客という設定もいい。東京ではなく京都の撮影所で撮ることになりましたから、背景に登場する海坂藩の雰囲気もクリアできる。そして何といっても、『忠臣蔵』の世界が出てくるというのがテレビ的にはよかった（笑）。主人公の青江役は、当時、横溝正史の金田一耕助役が評判の古谷一行さんにお願いしましたが、古谷さんには下級武士というか、浪人役もぴったりはまりました。

佐生　私は松竹でテレビと映画を行ったり来たりしていて、昭和五十年代当時は、ちょうど『男はつらいよ』をやっていた頃です。プロデューサーとして読んだ時、藤沢先生の作品を連続ドラマにするんだったら、やはり、まず『用心棒日月抄』からだと思っていました。

能村　僕が『用心棒日月抄』の企画書を書いていた頃、一方でとてつもない大番組の企画も進んでいたんです。毎週二時間時代劇をレギュラーで放送する、番組名もズバリ『時代劇スペシャル』。局内に十人のプロジェクトチームが出来ましてね。早速、某先輩が藤沢作品を手掛けましたよ。萬屋錦之介さん主演の「宿命剣鬼走り」（一九八一年）、次が北大路欣也さん主演で「闇の傀儡師」（一九八二年）でした。僕といえば、捕物帳系の作品を探していて、結局「彫師伊之助捕物覚え　消えた女」（一九八二年）に辿りつき、主演は中村梅之助さんにお願いしました。

梅之助さんといえば『伝七捕物帳』という代表作がありますが、さらわれた女房を探す下っ引きの伊之助役が実によかった。ちょうど脚本家が奥さまを亡くされたばかりで、その想いがこめられていたような気がします。そしてもう一本、「闇の歯車」（一九八四年）は俳優座と組んで作ったもので、主演は仲代達矢です。役所広司がテレビでは初めていい役につき、ベテランの東野英治郎さんが脇を固めました。盗賊が事情ありの素人を募って強盗を決行するという話でしたが、登場人物それぞれにドラマがあって、まさに藤沢さんらしい世界だと思いました。映像化からもう三十年以上も経つけれど、もう一度、リメイクしてみたら面白い作品だと思います。

『鬼平』から神谷玄次郎へ

能村　ところが『時代劇スペシャル』が終わると、それもきっかけだったのか、一時、

『遠山の金さん』や『水戸黄門』といった定番ものを除くと、新しい時代劇が作られない状況に陥りました。NHKの大河ドラマでさえ近代シリーズと称した、大正、昭和の話をやっていて、時代劇は本当に危機的状況だったんです。

番組がなくなって、僕は編成局の調査部を任されていましたが、「楽しくなければテレビじゃない」なんていう言葉も生まれて、フジテレビ自体は非常に勢いがありました。そんな時に中村吉右衛門さんのドラマ『鬼平犯科帳』(一九八九年〜二〇一六年)が決まり、時代劇の経験をかわれ、思いがけなく現場に戻ることになったんです。

佐生 当時は『必殺』シリーズが終わり、時代劇も少なくなって京都の松竹撮影所はやや閑散としていました。そうした中で、フジテレビの『鬼平』は松竹が制作することになり、私は『必殺』スペシャルで京都撮影所と仕事をしていましたし、フジテレビとは現代もののドラマで仕事をしていたので、『鬼平』の担当になったんです。能村さんとはそこから何と二十八年のご縁になりましたね。

能村 よもや平成元年に始まったドラマがこんなに長く続くとはねえ。スタートの時は不安でしたよ。好評でホッとしたけれど、吉右衛門さんは歌舞伎のスケジュールが詰まっていて、撮影が出来る日数は限られていますから、その間をどんな番組で埋めるか悩むことになりました。

佐生 その期間に松竹として出来る企画として、藤沢先生の作品で何か連続ドラマにできるものはないか、ずいぶん考えましたね。『用心棒日月抄』はすでにドラマ化されているので、次に捕物帳で考えたのは、北町奉行所の同心を主人公にした『神谷玄次郎捕物控』（一九九〇年）です。ただ、これは玄次郎が殺された母と妹の死の謎を探るという縦のストーリーラインが暗く、『鬼平』のように大悪党が出てきてそれをバッタバッタとやっつける派手なものではないので……。

能村　まぁ確かに渋いけれど（笑）。

佐生　能村さんが「神谷でいこう」と言ってくださったので、ぜひ成功させたいと意気込んで取りかかったんです。ところが、藤沢先生に手紙を書いて、お電話をさしあげたところ、「これはテレビではとてもうまくいかないと思うので、やめた方がいいよ」と言われてしまったんです。「そう言わずに、ちょっとお目にかかるだけでも」と、どうにか約束をとりつけて、能村さんと脚本家の安倍徹郎さんの三人でご挨拶に行きました。

能村　それまでも藤沢先生の作品を作らせていただいたことはあったけれど、僕もこの時がお目にかかるのは初めてでした。藤沢先生があまり乗り気でないのは、おそらくこの時代のテレビというのは荒っぽくて、原作は作家の名前と設定だけを借りて、あとは適当に作ればいいんだという風潮があり、それを懸念されているのだろうと思っていました。

そこで、安倍さんが「僕らは先生の原作を大切にしますから」と言ったんだけど、こ

『果し合い』© 2015 時代劇専門チャンネル／スカパー！／松竹

れに対しての藤沢先生は「実はこの作品は若い頃の作品で、自信があまりないんです」とおっしゃったので、僕はびっくりしました。ただ、『用心棒日月抄』で主演した古谷一行のことは気に入ってくれていたみたいでした。

佐生 必死になってお願いした結果、許可はいただけたんですが、連続ドラマにするには本数が足りない。そこはオリジナルでは困るので、ご自身の作品であれば使って構わないということも言われました。そこから藤沢先生の短篇を改めて必死になって読み、たくさんの面白い作品の中から、十一本を最終的には並べました。

もっとも、一緒に藤沢先生のお宅に伺った安倍徹郎さんは、結局、最初の一本目だけしか書いてもらえず、後は他の脚本家の方にお願いしたんです。新人の方も中にはいたし、他から持ってきた作品を当てはめる難しさもあって、脚本はもう間に合わないんじゃないかというくらい、苦労したんですけれどね。

能村 そうでしたね。でも最後の二本なんか古田求さんの脚本、井上昭監督で素晴らしかった。

佐生　古谷一行さんも、だらしない日常を送っていながら、実は闇を胸に抱えていて、その上剣豪で推理も冴えるという神谷役を非常に気に入って、「こんなに演りたかった作品はなかった」とまで言ってくれました。暑い時期が苦手な方でしたが、それを乗り切って演ってくださったんです。

能村　ヒロインの藤真利子さんのキャスティングも良かったですよ。

佐生　その頃はドラマの内容的なご相談も、直接、藤沢先生とのやり取りでしたから、台本をお届けに上がったり、ドラマが出来るとテープをご自宅までお届けに上がっていました。奥さまには大変お世話になりましたね。その頃は、ご執筆や選考委員も色々とされていて、先生はお忙しく、現場にもお越しいただきたかったんですけれど、そんな時間はとてもなくて。でも、途中から「僕の読者もなかなか面白いと言っているよ」と、お褒めの言葉もいただきました。

能村　どちらかというと男っぽい話が好きな僕と、文芸志向の佐生さんでは、全然タイプが違って、正直、議論になることもよくありました。それでも、この作品はだんだんと佐生ペースになったというか、しっかりとした藤沢調になっていったという感じです。

藤沢版の『真昼の決闘』

佐生　藤沢先生はミステリーがお好きでした。普通の市井ものにしても、武家ものにしても真相が徐々に浮かび上がっていくミステリーの要素があって、特に『神谷玄次郎捕物控』はそういう作品です。ところが、犯人が長屋に住んでいた老人であったりして、悪代官だったりという時代劇にありがちな設定は出てきません。おそらく、藤沢先生はそこをテレビ的でないと心配されていたのかもしれませんが、こちらとしては従来の勧善懲悪のチャンバラ時代劇を作るつもりはないと先生には言いました。

能村　『鬼平』がヒットした後ということで、自由にやれたことがかえって良かったのかもしれない。その頃、ＮＨＫでも時代劇の枠が復活し、仲代達矢さん主演の『清左衛門残日録』（一九九三年）が評判を呼んだり、平成に入ってからは藤沢作品の映像化がブームになっていったことは間違いありません。

佐生　『三屋清左衛門残日録』は、まだ藤沢先生が連載されている時だったか、終わった直後に、どこで出来るというあてもなかったんですが、先生に「私に研究させてもらえませんか」とお願いした。ところが、もうＮＨＫに決まってしまっていた。仲代さん主演の『清左衛門残日録』は素晴しい作品になり、結果的にＮＨＫでやって大変よかったんじゃないでしょうか。

その後、他のテレビ局で時代劇の企画があった時に、『獄医立花登手控え』も非常に好きな作品で、若者の成長ストーリーという観点からドラマを作りたいんだと、藤沢先生にお願いしたところ、非常に快くご了解をいただけました。ところが、時代劇はお金がかかるし、視聴率もとれないということで、結局、その時のドラマ化は実現しなかったんです。その頃からテレビで新しい時代劇が作りづらくなっていきました。

能村　その間、『鬼平』と『剣客商売』はずっと続いたけれど、逆にそれで藤沢作品に関わる機会がなかなかなかった。唯一の機会が、二時間特番の『残月の決闘』（一九九一年）一本でしたね。

『冬の日』 © 2015 時代劇専門チャンネル／スカパー！／松竹

佐生　能村さんは時代劇スターというか、役者さんあっての企画、と考える方で、この時は加藤剛さんで、何か面白い作品が作れないだろうかということでしたね。

能村　僕は『剣客商売』などで加藤剛さんとご縁があったので、ずっといい作品があればと思っていましたから。

佐生　藤沢先生にはお伝えしなかったんですが、加藤さんはどこか往年のハリウッドスター、ゲイリー・クーパーに通じる雰囲気があるじゃないですか。そこでクーパーが演じた名作『真昼の決闘』の藤沢版ともいえる「孤立剣残月」（『隠し剣秋風抄』所収）をドラマにしたいと考えたんです。

能村　藤沢先生は、あえて『真昼の決闘』と同じ展開にしたんだと思いますが、四方を敵に囲まれて、たった一人で対峙しなければならないクライマックスは、派手だし、盛り上がる。

佐生　そこで改めて「孤立剣残月」をドラマ化したいとお願いに上がったら、またしても藤沢先生に断られました。理由をお伺いすると、「多分、うまくいかないんじゃないか」という風におっしゃるんです。そこで僕は「これこそ映像にしたら絶対にうまくいく作品だと思う」と説明をして、最終的に分かりましたということになったんです。

能村　最初にこの作品も断られていたとは、いま初めて知りました。藤沢先生はご自身の作品を映画にするとかテレビにするということは、あまりお好きではなかったんでしょうね。小説として完成されているものですから、そのお気持ちはわかります。

手紙に書かれた考証の指摘

佐生　そもそも映画がお好きで非常に風景描写も美しく書かれているし、その上、物語は多くが心象で語られていくわけですが、それをどう映像にするかは本当に難しい。恐らく、自分の作品がこんな不出来なドラマになって、とよく思われたでしょうね。『神谷玄次郎』も一応お褒めの言葉もいただきましたが、それでも考証的な部分ではだいぶお叱りも受けました。当時は上下関係もずいぶん厳しかったわけですが、下の者が上の者にぞんざいな口をきいたり、武士が他人の家で胡坐《あぐら》をかいたりと、藤沢先生からみればだいぶ冷や冷やすることがあったようです。

『残月の決闘』でも、脚本をお見せした直後、お手紙をいただいて、構成が映画的な緊張感があり、最後の決闘場面は秀逸だとおっしゃってくださいました。ところが、その後で考証的なことで気になることがあるという指摘があり、これは大変だと思いましたね。その手紙は今でも大切に持っていますが、特に指摘されたことが二つあって、一つは「見切《みき》りの術」というのは剣術用語としてないだろう、ということ。もう一つは、ある言葉が池波先生が造られた言葉なので、どうしても勘弁してほしいということでした。

能村 池波さんの造語というのは非常に多くて、たとえば「盗人宿《ぬすっとやど》」なんていうのもその一つ。でも他にどう表現したらいいのか分からないし、テレビの台詞だったら気にする必要はないんじゃないかと思うんですが、そういうところまできちんと気を使われるところが、藤沢さんの謙虚なところだと思います。考証の点では厳しいところもあったかもしれないけれど、手紙の最後に「私の作品をこんな風によくしていただいて」と書いてくださる優しさもあった。

佐生 結局、二つの点を除けば、いろいろ書きはしたけれど、後は任せるとおっしゃって下さった。最終的には、ご指摘のことはその通りに全部直しました。せっかくのスペシャルなので、最後の決闘も、『七人の侍』じゃないですけど、時代劇を西部劇のようにスケールの大きなものでやろう、と能村さんにはお願いをしました。

能村　それでお金がかかって大変でしたよ（笑）。『真昼の決闘』並みにということで、馬もいっぱい出てくるんですけれど、京都にろくな馬なんていないんです。九州から二十頭ずつ二回呼んで、オープンセットも立てて。

佐生　おかげで、ダイナミックな迫力のあるクライマックスシーンになりました。

能村　自分たちがいうのもおかしいですが、あれは傑作でしたよ。『神谷玄次郎』の時もでしたが、ギャラクシーの月間賞を獲りました。

佐生　ただ実際の反響は西部劇的な活劇の面白さではなく、サラリーマンの悲哀をよくぞ描いてくれたという共感の方が、多く寄せられました。後に『たそがれ清兵衛』（二〇〇二年）が映画になった時もそうですが、基本的に藤沢先生の武家ものはだいたい派閥抗争がベースにあって、それは現代人にも深く通じるものがある。そのことにこの時、改めて気づかされました。

独自視点の時代劇を

能村　結局、『残月の決闘』以降、僕と佐生さんは、藤沢作品から遠ざかっていました。NHKの『蝉しぐれ』（二〇〇三年）は、じっくりと撮られた素晴らしい作品でしたよね。ただ、ふつうの民放のドラマでは、あそこまで海坂藩の雰囲気をきちんと作るのはなかなか難しい。そうなると、やはり映画の方が作りこみが可能で、実際、映画界の方で藤沢作品ブームが起こっていくわけです。

佐生　確かに藤沢先生の作品は、映画向きだと思います。「暗殺の年輪」でも、時代劇映画が全盛の頃だったら、恐らく、すぐに映画化されて評判になっていたでしょう。

能村　テレビが全盛になればなるほど、映画では時代劇が作られなかった時期があったんですよね。

佐生　だからこそ山田洋次監督の『たそがれ清兵衛』がヒットしたことは、松竹としてはもちろんですが、藤沢先生のファンとしても非常にうれしいことでした。『隠し剣鬼の爪』（二〇〇四年）、『武士の一分』（二〇〇六年）と、山田監督の藤沢作品は三部作となり、他にも『蝉しぐれ』（二〇〇五年）、『山桜』（二〇〇八年）など映画化が続きました。

能村　『山桜』は、必ずしも僕好みの話ではないはずが大好きでした（笑）。

佐生　ただ、東日本大震災の影響もあったのか、ちょっと映画化が途絶えたところに、NHKのBSから連続時代劇をやりたいという打診をいただきました。そこで『神谷玄次郎』の案を出したところ、企画が無事に通り、二〇一四年から放送（全八回）がはじまったんです。

能村　それと前後して企画が持ち上がったのが、時代劇専門チャンネルによるオリジナル時代劇の制作の話ですね。

佐生　だったら「彫師伊之助」をやったらいいんじゃないかという話をしていたんです

が、何と言っても『鬼平』の方が時代劇ファンに馴染みがある。実際に時代劇専門チャンネルの再放送が高い視聴率を取っていることもあり、まずは池波先生の作品で、オリジナルを作ろうということになりました。

能村　まさか『鬼平』を作るわけにいかないし、僕としては「池波短篇劇場」でいいと思って、色々と抵抗もしたんですが、最終的には『鬼平外伝』（二〇一一年〜）となりました。

佐生　これが好評をいただき、次は待望の藤沢作品をオリジナルでということになったわけです。『橋ものがたり』が真っ先に思い浮かんだんですが、他の方に預けていると いうことで……。

能村　あんまりお金のかからない、他の作品を探した、という（笑）。

佐生　作品選びと並行して「この方なら」という役者さんのことを考えていた時に、仲代達矢さんから、藤沢先生の原作ならぜひやりたいと申し出がありました。何本か原作の候補を挙げ、最終的に決まったのが、昨年（二〇一五年）放送された『果し合い』です。監督は『北の国から』の杉田成道さん。大変に好評で、テレビ放映だけでは勿体ないと、映画館でも上映されました。

その後、檀れいさんの『遅いしあわせ』、中村梅雀さんの『冬の日』と、時代劇専門チャンネルさんで続けて藤沢先生の作品を作りました。どちらも監督は、フジテレビの

『神谷玄次郎』のラスト二本でご一緒した井上昭さんです。個人的には藤沢先生のこういった市井ものは読者としては好きですが、映像作品に出来る機会はあまりないものですから、プロデューサーとしても実現して嬉しかったですね。

能村　井上監督とは、「闇の歯車」でもご一緒しましたが、藤沢先生の作品がお好きですよね。撮影に入る時には、カット割りまですべて決まっている。本当にすごい方だと思います。

でも、『果し合い』を撮られた杉田成道監督にしても、井上監督にしても、非常に作家性が強いお二人ですので、現場のプロデューサーとしては苦労されたんじゃないですか。

佐生　基本的には原作通りに映像を作れればそれが一番いいと思っているんですが、どうしても心象風景のように、そのまま映像にできないところもあります。そこをどのように描くかは、監督さんなり脚本家なり、さらに役者さんの意見もありますから、この三作品に限ったことではないですが、そのせめぎあいが大変といえば大変でした。

これからも藤沢作品は永遠

能村　この三本の後に作られることになった『三屋清左衛門残日録』は、初めて東映さんで作ることになりました。僕は隠居どころか、残日録までとっくに書き終えていておかしくないところなんだけれど（笑）、清左衛門を演じる北大路欣也さんとは『忠臣蔵』（一九九六年）や『銭形平次』（一九九一年〜九八年）などで十年ご一緒したし、監修という形で参加させてもらいました。

ＮＨＫでやった時には全十四話だったものを、一話で作るというのはなかなか難しいことでしたよ。結論から言えば、隠居というテーマでその寂しさと、そこから少しずつ元気になっていくなだらかな物語として、『東京物語』の笠智衆さんと原節子さんのような雰囲気を、清左衛門と嫁の里江の存在で描きたい。加えて『銭形平次』で名コンビだった伊東四朗さんとの掛け合いだけでも十分にいけると考えていました。

でもスターシステムが伝統の東映です。せっかく北大路さんが久しぶりの東映京都撮影所なのに、チャンバラの場面がまったくないのはやはり寂しいだろうか。遠藤派と朝田派の対立という構造と、かつての藩内の事件も話題にしなければならないし……どう一時間半の枠に収めたらいいのか。清左衛門がある行動をラストに向かって起こしていくので、性急な印象を受けた方もいらっしゃるかもしれませんが、逆にその続きが気になるような形になりました。おかげさまで視聴率もよく、完結編も作られました。

僕自身は、体調が優れないこともあって参加することができなかったんですが、京都の北大路さんのところへは陣中見舞いに伺いました。脚本も読みましたが、テンポもいいし立ち回りもある。それでありながら、最後はまた隠居の話へと戻っていく、いい作品になりそうです。

佐生　その間、私の方はＮＨＫのＢＳで『神谷玄次郎』がパート１とパート２（二〇一五年／全八回）ともに評判がよかったということで、続けて藤沢先生の原作で連続ドラマを作ることになり、長年の念願だった『立花登青春手控え』（二〇一六年／全八回）が実現しました。これは胸に鬱屈したものを抱えている主人公が多い藤沢作品では珍しいというか、主人公の立花登は実に素直な青年なんです。それが牢医者として色々な体験を通して成長していく作品ですので、主役の若い俳優さんというのが鍵でしたが、溝端淳平《みぞばたじゅんぺい》君が期待に応えてくれました。

『遅いしあわせ』© 2015 時代劇専門チャンネル／スカパー！／松竹

能村　とにかく藤沢ファンというのは、圧倒的に本物の時代小説が好きな人で、いい時代劇がわかる人、〈観巧者〉ですよね。ですから、今後も藤沢作品の映像化ブームは続くと思いますよ。地上波ではなかなか時代劇は作れないですけれど、ＮＨＫのＢＳや有料チャンネル、そうしたところが様々な形でコラボレーションしていくことが主流になっていくんじゃないでしょうか。フジテレビのＯＢとしては寂しい気もしますが、佐生さんの若い頃のように、「俺はこれがやりたい！」と声をどんどん上げてほしい。藤沢さんほど多彩な原作を書かれた方はいないわけですから、そういう意味でも名作を新しい映像の形で観たいですね。

佐生　そうですね。自分自身としても、『立花登』は全部で二十四話があります。さらなる続編も制作したいですし、長年の思い入れのある『橋ものがたり』、そして、たとえば『海鳴り』のような長編作品もいつか映像化できればと思っています。

のむらよういち●一九四一年東京生まれ。六三年フジテレビにアナウンサーとして入社。同局時代劇枠プロデューサーとして『鬼平犯科帳』『剣客商売』などを制作。著書に『実録テレビ時代劇史』ほか。二〇一七年没。

さしょうてつお●一九四八年千葉生まれ。七二年松竹入社。プロデューサーとして『男はつらいよ』『阿部一族』『鬼平犯科帳』『剣客商売』『神谷玄次郎捕物控』『立花登青春手控え』などに携わる。

青春時代劇のヒーローに挑んで

溝端淳平

青年医師・立花登の活躍を描いて人気を博した藤沢周平の人気連作「獄医立花登手控え」シリーズ。主人公・立花登は、新しい医学を修めたいと東北の小藩から江戸へやって来たが、憧れであった叔父・小牧玄庵は、実際は時流から取り残された医者だった。その叔父に押し付けられるようにして、小伝馬町の牢獄に詰めて囚人の病を診る「牢医者」となった登は、持ち前の心優しさと行動力で、囚人たちにまつわる様々な難事を解決していく。

一九八二年に『立花登　青春手控え』として中井貴一主演でドラマ化された本作。二〇一六年には新たな立花登役に溝端淳平を迎え、ＮＨＫ「ＢＳ時代劇」として放送され話題となった。

『立花登 青春手控え』は、映像作品で僕が初めて本格的に挑戦した時代劇でした。ずっと時代劇をやってみたいと思っていたので、お話をいただいた時は嬉しかったですね。

脚本や原作を読んで、まず、主人公が「牢医者」であるという設定がおもしろいなと思いました。武士でも商人でもなく、しかも、単に町医者ではなく牢医者も務めているという、かなり異色の設定です。

僕の演じた主人公の登は、行動力があり、頭も切れて、武器を持った相手とも素手で闘う起倒流柔術もかなりの腕前というヒーロー。一方で、ドラマのタイトルには原作にはない〝青春〟という言葉が入っていますから、演じるうえでは登の若さと、それゆえの葛藤も意識しました。原作ではもう少しクールで色っぽい男なのですが、ドラマでは、もがきながら、成長してゆく姿も出したつもりです。

最後に苦味が残る藤沢周平作品

祖母が時代劇ファンだったので、子どもの頃はよく一緒に時代劇を観ていました。『暴れん坊将軍』『水戸黄門』『銭形平次』『遠山の金さん』など、どれも大好きですが、時代劇というのはスカッとするような、勧善懲悪の話が多いですよね。でも、この作品で登が手助けする相手は、獄中の囚人です。牢から出られない囚人のために登が行動することによって、囚人や、その家族の心を少し軽くしてあげることはできても、それによって彼らの罪が軽くなるわけではありません。最終的には島流しになったり、処刑されたりして、物語が完全にハッピーエンドで終るというわけにはいかない。だから毎回、登の中に「これでよかったのだろうか」という煮え切らないような、切ない思いが残り、「自分にはもっと何かできたんじゃないか」と悩んでしまう。最後に苦味が残り、その苦味がまた堪らなく癖になる感じが、この作品の独特のおもしろさだと思います。

登は、町医者をしている叔父の玄庵（古谷一行）を頼って江戸に出てくるのですが、居候先のシーンでは、ホームドラマのような雰囲気があるのも楽しかったですね。叔父は怠け者で頼りなく、叔母（宮崎美子）には家の雑用を押し付けられ、娘のおちえ（平祐奈）には呼び捨てにされる。外でこんなに活躍している登が、家の中ではこき使われ、情けない扱いを受けているというギャップが可笑しくて、ここはユーモラスに演じました。古谷一行さんがどうしようもない叔父をチャーミングに演じてくださいましたし、宮崎美子さんも、もともとが温かい雰囲気の方なので、口うるさい叔母を演じてもどこかほっとさせてくれる。そのお陰で、個性的な親戚に振り回される登を、楽しみながら演じることができました。

それに、頼られると断れない登の性分は、外でも家の中でも共通していますよね

（笑）。そんな純粋なところも、登の良さなのかもしれません。

溝端は、二〇〇六年に、多くの俳優やモデルを輩出してきた「JUNON スーパーボーイコンテスト」でグランプリを受賞して芸能界入り。ドラマ『生徒諸君！』『BOSS』、映画『麒麟の翼〜劇場版・新参者〜』『高校デビュー』などに出演し、二〇一五年秋には蜷川幸雄の舞台『ヴェローナの二紳士』に主演するなど、俳優としてキャリアを積んできた。一方で、トーク番組『誰だって波瀾爆笑』では司会を務めるなど、マルチな活躍をみせている。

そんな彼が初めて挑んだ時代劇では、撮影所の独特な雰囲気や、殺陣《たて》の撮影など、新しく体験することばかりだったと語る。

最初にこの作品の脚本を読んだとき、実は、「ちょっと困ったな」と思ったんです。というのも、登という主人公はとても好青年で、半ば押し付けられるようにしてやっている獄医という仕事も真摯に務めているし、コンプレックスのようなものがない。こういう人物は内面を摑みにくくて、演じにくいんです。

僕の場合、原作がある作品を演じるときは、まず脚本を読んで、それから原作を読み、また脚本に戻ることが多いのですが、原作を読んでみても、この思いは変わりませんでした。原作は登の視点から書かれているので、彼の活躍もさらっと描かれているけれど、よく考えると登は、隠された真実をつきとめ、何人もの敵を一人で倒し、事件を解決するという、すごいことをやっているわけです。こんな主人公をどうやって演じればいいのか、ずいぶん迷いました。しかも、原作でも、最後に登がどう思ったのか、その感情が吐露されることがほとんどない。心情が簡潔に描写され、切ない余韻があるだけです。最後に何か登の台詞があれば、そこから逆算して登の気持ちを追い、どんな芝居をするか考えるのですが、それができないんですね。囚人たちから頼まれたことを受けて、どう動くのか。そういう受けの芝居が多かったので、難しかったです。

主人公「立花登」を摑めた瞬間

そんな中で転換点になったのはシリーズ第三話の「女牢」でした。このシリーズでは基本的に、登が自分自身のために周囲を振り回すようなことはありません。でも「女牢」では、一人の女囚への思いから、登が自分の感情に突き動かされて行動を起こすんです。

ある日、見覚えのある女が牢に入れられてくる。その女囚はかつて、ほんの一時ではあるものの、胸がときめくような思いを抱いた相手・おしのだった。彼女は夫を刺し殺した罪で処刑されることが決まっているのだけど、その前に一度だけ、登に抱いてほしいという。そして処刑の前日、登は請われるまま、牢の中で彼女を抱く——凄絶な話ですよね。そして、おしのの処刑の後、登は、夫とともにおしのに酷い仕打ちをした金貸し・能登屋を呼び出し、彼に復讐します。

登はきっと、僕の経験からでは決して計り知れないような気持ちを抱えていたはずです。牢の中で抱いたとき、処刑場に入るおしのを見送ったとき、おしのが最後に振り返って笑顔を見せたとき、そして、能登屋を投げ飛ばしたとき、登は一体どんな気持ちだったのか……。どういう芝居をするかは事前にも考えていくのですが、最終的には現場で感じたことが一番正しいと思っているんです。この話では僕もかなり力が入っていて、監督やカメラマンさんといろいろ話し合いながら、演技を模索しましたね。

特に、能登屋に復讐するアクションシーンでは、一度OKが出たんですが、モニターで見てどうしても納得がいかなくて、やり直しをお願いしました。原作では、殴りかかってきた能登屋を投げ飛ばし、後も見ずに歩いていくのですが、ドラマではそういうわけにもいきません。投げ飛ばした能登屋に馬乗りになって、顔を殴るかどうしようか、となったのですが、最終的には、顔の横の地面を拳が血塗《ちまみ》れになるまで殴り続ける、という芝居にさせてもらいました。そして、登が土砂降りの雨の中に立っているシーンで終るのですが、雨の中で、復讐しても晴れることのない悲しさを感じたときに、登という人物を摑めたような気がしました。

京都での撮影も『立花登』で初めて経験しました。松竹撮影所と東映京都撮影所の両方を使わせていただき、スタッフも混成チームだったのですが、松竹と東映と、それぞれやり方が違うんです。その両方を知れたのも貴重な経験になりましたね。

京都のスタッフさんはみなさん職人気質で、最初はちょっと恐かったのですが、一度懐に入ると優しい方ばかりで。何より皆さん、芝居が大好きなんですよ。撮影中にしっかり芝居を観てくれているのがわかるし、眉の動かし方にクセがあるとか、台詞がちゃんと相手に届いていないとか、気づいたことがあれば何でも言ってくれる。逆に、時代劇が初めてという僕の意見もしっかり受け止めて、向き合ってくれるので、とても清々しく、ありがたい現場でした。

『春秋の檻　獄医立花登手控え（一）』（文春文庫・他）
シリーズは『風雪の檻（二）』『愛憎の檻（三）』『人間の檻（四）』の全四巻

時代劇では殺陣のシーンも毎回の重要な見所です。起倒流柔術については撮影前に京都の道場に見学に行ったのですが、素手で闘う実戦的な柔術なので、何でもありなんです。九十代の先生が七十代のお弟子さんを軽々と投げ飛ばしているのには驚きました。刀や匕首《あいくち》を持った敵を素手で倒すシーンにも説得力を持たせるために、現場ではいろいろ試行錯誤しました。迫力を出すためには多少怪我してもいい、というつもりでやったので、衣装を破ったり、セットを壊してしまうこともありました。武器を使わず、素手で相手の弱点をつくというのは、相手を殺さない、医者の登らしい戦い方だなと感じました。
続編の放送も決まり、また登を演じられるのが嬉しいです。スタッフやキャストの皆さんと再会するのも楽しみですね。回を重ねて行くごとに成長していく登の姿を、見守っていただければと思います。

「オール讀物」二〇一七年二月号

みぞばたじゅんぺい●一九八九年和歌山県生まれ。二〇〇六年「JUNON スーパーボーイコンテスト」グランプリを受賞しデビュー。映画『破裏拳ポリマー』『祈りの幕が下りる時』、舞台『家族熱』などの出演作がある。NHK BS時代劇『立花登青春手控え3』(全7回)が一八年十一月九日(金)午後八時から放送開始予定。

作品から感じること

遠藤展子

父の作品についての感想は、読んだ人の思いや年齢、境遇によって、ずいぶん違っているだろうと思います。娘である私には、小説の登場人物の台詞から父と交わした会話が思い出されるのでした。

『闇の梯子』という作品は『暗殺の年輪』が世に出た翌年に執筆されたものです。この作品に出てくる「おたみ」が癌らしき腫物《はれもの》を患い具合が悪くなっていく様子は、父から聞いた生母の話と重なりました。小説ですから全部が全部その通りではありませんが、清次がおたみの病状を医者から聞いて愕然とする様は、まさに父の姿そのものだったと思います。

自らの暗い過去を封印し、思い出さないようにしている人もいるでしょうが、父はそうではなく、普段、口には出さない代わりに、文章にして作品の中に残したのでした。それは、ある意味で、私のために遺してくれた記録でもあったような気がします。

父の遺品を整理していて、『白き瓶《かめ》』を書く際に作った長塚節《たかし》の年表を見つけました。原稿用紙を横に半分に折って二段に分けたその年表は全部で十一枚もありました。長塚節は結核で亡くなっていますが、父は長塚節の人生に自分との共通点を見つけ、興味を持ったのではないかと思います。

この作品を書くにあたって、父は歌人の清水房雄先生と約五十通の手紙のやり取りをしています。父がこんなにたくさんの手紙のやり取りをしたのは珍しいことです。中には季節の挨拶の葉書などもありますが、ほとんどは長塚節に関する細かな質問でした。

父は清水先生を歌人としてとても尊敬しており、先生の出版された本はすべて読ませて下さい、とお願いしていたようです。それは、いずれ時間が出来た時に「清水房雄論」を書きたいからだ、と手紙には記されていました。私の中では、俳句を詠《よ》んでいる父の姿はあまり馴染みのないものでした。

先生は私に、「私の持論ですが」と言って、次のように話してくださいました。

父は「海坂」という俳句の会に身を置いていましたが、父の作品の言葉の簡潔さは、長年、俳句に親しんで来たからではないだろうか——。そして先生は、愉快そうにこうおっしゃったのでした。

「お父さんは、色紙にもよく俳句を書いていたでしょう。ご自分でもまんざらではないと感じていたのだと思いますよ」

いつか時間が出来たら、仕事ではなく、締め切りに縛られずに、自分の好きなものを書きたいと言っていた父。

母には、「書く仕事は終わりにして、講演の依頼があったら引き受けて、ついでにあちこち旅行をしよう」と言っていたそうですが、そのことを田舎の伯母に話したら、「留治は話が下手だけど大丈夫なの?」と冷やかされたそうです。それでも母は、今まで仕事ばかりだったので、それも良いかもなあと思ったといいます。

父には「三屋清左衛門」のように隠居して、ゆっくりと自分のためにものを書きたい、という願望があったのかもしれません。三屋清左衛門も、隠居はしたものの、皆から相談を持ちかけられ、なかなか楽隠居とはいかなかったようですが。

藤沢周平への旅路

——娘・展子と家族たち

後藤正治

藤沢周平の長女、遠藤展子《のぶこ》は夫の崇寿《ただし》、長男の浩平と三人暮らしである。住いは杉並区西荻南の静かな住宅地にある。父が使っていた書斎の備品類は鶴岡市立藤沢周平記念館に移されたが、遠い日、父の愛用した文机《ふづくえ》は遠藤宅の居間に残されている。小さくて慎ましやかな、いかにも藤沢作品に似つかわしく思える文机である。

藤沢は業界紙に籍を置きつつ小説家の道に入った。展子と文机が登場するエッセイも見られる（「歩きはじめて」『噂』一九七二年八月号）。展子が小学校四年生、藤沢は四十代半ば——。

藤沢はこの前年、『溟《くら》い海』で『オール讀物』新人賞を、翌年には『暗殺の年輪』で直木賞を受賞するが、勤めも続けていた。原稿書きに充てる時間は休日しかない。

《で、日曜日の朝机を持ち出す。すると小学校四年の娘が、心得たふうに座ぶとんを二枚重ねて持ってくる。妻がやはり心得たふうに茶道具一式を置いて引き下がる。やや高めの座布団二枚の上に面白くもない顔で乗ると、なにやら牢名主のような気分がしないでもない。これは必ずしも恰好の比喩ばかりでなく、この時から私は、確かに見えない牢格子のようなものに囲まれるのである。坐れば、あとは書くだけである。読むひまはない。一分一秒を惜しんで書く》

座ぶとん二枚――は展子も覚えている。ただ、ふかふか座ぶとんではなくて、薄っぺらの、だから二枚重ねたように記憶しているのであるが。父がここで"作家活動"をしているとは思ってもいない。父は小菅留治《こすげとめじ》であって、作家・藤沢周平など見知らぬ人だった。

藤沢周平さんと夫人の和子さん、娘の遠藤展子さん、初孫の浩平さんと鶴岡へ最後の家族旅行

　このころ、一家は東久留米の平屋に住んでいた。六畳和室の窓際に文机があって、父が座り込んで書きものをはじめると、展子と母の和子も側で本を読んでいるというのが思い出す家族の風景である。

　藤沢が十五年間勤めた日本食品経

済社を退社し、筆一本で立つことにしたのは、直木賞受賞の翌年である。それまで毎朝、決まった時間に家を出て行った父が、終日、家にいる。お父さん、仕事がなくなったのか……とも思っていた。

ぼんやり父が作家というものらしいと知覚するのは、自宅に出版社の編集者たちが訪れるようになって、それまでの子供部屋に応接セットが入り、展子の学習机が四畳半の部屋に移されたときあたりからである。

父の書いたものを読みはじめたのは社会人になってからで、展子のなかで作家・藤沢周平への理解は、年月を重ねるなかでゆっくりと進行した。それが深まるという意味では、家庭を持って母となってから、さらには父が亡くなり不在となってからよりあったようにも思えるのである。

一人の読者が本と出会い、やがて書き手の愛読者となり、作家の全体像へ思いをめぐらせることはあるものだ。ただ、一般の読者が知るのは活字化された文章のみである。身近で作家の肉声と息遣いを知る肉親者とは位相が異なるけれども、少しずつ、書き手の芯へと接近していくという意味では、同じ階段を上っているのかもしれない。展子の歳月をたどってみたい。

*

藤沢周平は山形・鶴岡（庄内）の人である。一九二七（昭和二）年生まれ。山形師範学校を卒業、地元の中学校の教諭となる。結核に冒され、東京・東村山の病院で右肺を切除、長い療養生活を送っている。病から回復し、業界紙の記者となり、同郷の三浦悦子と結婚する。

展子が生まれたのは一九六三（昭和三十八）年二月であるが、この年の秋、悦子が若くしてガンで亡くなる。展子にとって生母は写真で知るのみである。

展子の幼児期、父と、庄内弁を話す祖母の三人は清瀬の都営住宅で暮らしていた。勤めのかたわら藤沢が小説を書きはじめるのは一九六〇年代はじめ、三十代半ばである。エッセイでは、打ち続く試練による鬱屈があって、他の人なら酒やギャンブルへと向かうであろうものが自身には備わっておらず、はけ口を筆を執《と》ることに向けたと記している。初期の作品群がおおむね暗いトーンを帯びているのは、当時の心境を投影していたからでもあった。

藤沢の没後十年近くを経て、展子は『藤沢周平　父の周辺』（文藝春秋・二〇〇六年、以下『周辺』）、『父・藤沢周平との暮し』（新潮社・二〇〇七年、以下『暮し』）を著している。両著からは展子の自然体で明朗な人柄が伝わってくるが、併せて、男手ひとつで娘を育てた、実に子煩悩《こぼんのう》な父親像が浮かんでくる。

『暮し』に収録されている「手作りの手提げ袋」はそんな一編。

展子が幼稚園児だったころ。先生から手提げ袋を持って来るようにといわれたが、もっていない。先生は、私のものを貸してあげるからお家の人に作ってもらいなさい、という。展子は先生から借り受けた手提げ袋を父に渡した。祖母は視力が弱く、細かい針仕事ができなかった。

《父は少し困った顔をして、「どれ、見せてごらん」と、先生の手提げの、表をじっとみたり、裏にひっくり返して眺めたりしていましたが、「よし！　分かった」と言いました。

夜、いちど布団に入ってからも気になって、そーっと起き上がって、ふすまの隙間から覗くと、一生懸命に手提げを作っている、父の後ろ姿が見えました。

翌朝、眼を覚ますと、お膳の上に、父の作ってくれた手提げ袋が置いてありました。先生のよりちょっと小ぶりな、茶色で縞々の柄でした。

その日は嬉しくて、先生に手提げを返してからも、得意げに何度も、「これね、お父さんが作ってくれたの」と言っていました》

後になって展子は思った。生母は裁縫やミシンが上手だったという。手提げ袋になった生地は、いつか父の背広を作るために買っておいたものだったのかも、と。

＊

父がモノを書きはじめたのは、生母がそのことを好んでいたこともあったらしい。藤沢は読売新聞短編小説賞への応募をはじめ、やがて娯楽雑誌『読切劇場』（高橋書店）などに創作が載ることがあった。没後、この習作時代の作品十四編が〝発見〟され、話題となった。『藤沢周平　未刊行初期短篇』（文藝春秋・二〇〇六年）として刊行されている。

そのうちの一編「木地師《きじし》宗吉」は、後年の完成度の高い短編と比較しても遜色《そんしょく》のない、傑作だと思う。

宗吉は庄内藩の殿様に差し出す競作こけし作りの一人に選ばれるが、素材と造形に迷い、吹っ切れない。同じ木地師だった父の域を超えられないのだ。江戸でヤクザものになっていた兄が帰郷するが、追っ手が家に迫る。脇差を手に、死地に向かう兄はこう言い遺す。

《「宗吉、悪いことは言わねえ、やまつつじで勝負しな。アオハダは割れる。それにな、言いてえことは、お前程の職人が、どうしてお前のこけしを新しく作り出さねえか、ということだ。親爺のこけしを真似るのが能じゃあるめえ」》

宗吉と他所からもらわれてきた妹、お雪が家に残された。雪の降る早朝、「その時、宗吉の頭の中で、ひとつの小さな、それでいて眼も眩《くら》むばかりに輝く考えが芽生えた」。お雪にいう。

《「お雪、着ているものを脱いでくれ」……

宗吉の眼の奥に、一体のこけしが立っていた。円い頭部、胴は上下から美しい曲線が走り、中央で出合う形になった。すると、胴は周囲に弦月《げんげつ》の反《そ》りをめぐらせた、簡素で優雅な姿態を明らかにするのだった。肌は白く、墨を細く使った眼は瞳をもたない一筆描きだ。その眼の微かな、あるかなしの微笑。紅は白い肌に僅かに点じられる》

当時の作品が載った雑誌類は、麻の紐でゆわえ、押し入れの奥に押し込まれていた。そのことを展子は知っていたが、読者からの問い合わせなどがあり、〝発見〟となったものである。段ボール箱に収められた草稿の束なども出てきた。

「木地師宗吉」の草稿も残っていて、原稿の隅に、展子のいたずら書きが見える。幼児のころ、父がよく書き損じの原稿をくれて、そこに○や△を書いて遊んだことが思い出されたものである。

＊

藤沢が習作時代の仕事を仕舞い込んできたのは、自身の目から見て作品が未熟ということもあったろうが、これらは先妻を失う前後の仕事であって、封印しておきたいという気持があったのだろう、と展子は推測している。

小説の応募を中断していた藤沢であったが、仕切り直しということであったのだろう、一九六〇年代半ばからグレードの高い『オール讀物』新人賞に応募するようになる。予

昭和 44 年頃、日本食品経済社の編集長時代

選落ち、第二次予選、三次予選、最終候補を経て、ようやく新人賞を受賞する。一九七一（昭和四十六）年である。

藤沢が再婚したのはこの二年前、展子六歳になる年で、小学校の入学式には新しい母・和子が列席してくれた。和子は東京の下町育ち。世話好きの、しっかりものの女性だった。

後年、展子は母に、父と交際していた時期のことを訊いたことがある。母は当時、浅草橋の繊維問屋につとめていて、デートといっても、仕事の帰りに待ち合わせ、連れ立って日比谷公園を歩く程度だったそうだ。

《そんな父と母もたった一度だけ、喫茶店でデートしたことがあったそうです。

その日、父は一本のハムを持って喫茶店

に現れました。おそらく仕事の取材先で頂いた物だったのでしょう（当時は日本加工食品新聞というハムなどを扱う業界紙の記者をしていたのです）。母が、一体、このハムをどうするんだろうと思っていたら、喫茶店で包丁を借りて、その場でハムを半分に切って、母に半分だけくれたそうです。

本当は気前よく、一本まるまるあげたかったのでしょうが、家で「口を開けて待っている」私と祖母の姿が頭をよぎったのでしょう。それで、苦肉の策として、半分こにして母にあげたのでした。母も半分に切ったハムを大切に抱えて家に持って帰りました》（『周辺』）

慎ましい時代の、慎ましやかな二人の姿が浮かんでくる。

＊

展子が中学二年生のとき、一家は東久留米から練馬区の大泉学園に転居する。藤沢の終《つい》の住処《すみか》となった家であったが、独身時代の富士見台から数えても、清瀬、東久留米、大泉学園と、埼玉寄りの西武沿線界隈《かいわい》から離れていない。展子は父に訊いたことがあるが、田舎の雰囲気があるのがいい、というのが答えだった。

普通でいい——。父がよく口にした言葉である。勉強は学校ですれば十分という考えで、展子も勉強好きでなかったから塾にも通っていない。〝未塾児〟とのことである。

藤沢は締め切りに追われる作家となっていた。二階の和室を仕事場とし、いつも和机に向かって座っている。請け負った仕事は期日に遅れずきちんとやりとげる。「職人」だった。

夏。仕事部屋にクーラーはなかった。一見、便利で快適そうなものはまず好まない。庄内弁でいう「カタムチョ（頑固）」であった。扇風機は原稿が風にあおられ、ぱたぱたして気になる。というわけで、濡らしたおしぼりを机に置き、団扇《うちわ》片手に原稿を書く。姿はといえば、チヂミのシャツ、腹にサラシ、下半身はステテコ。風姿もまた職人であった。

『用心棒日月抄』（新潮社・一九七八年）あたりから、藤沢作品の作風が、明るさとユーモアを潜ませるものになっていったことはよく知られる。同時期『小説現代』で『獄医立花登手控え』の連載をはじめているが、同じような色調がある。

登は出羽亀田藩の医学所で前途を嘱望《しよくぼう》された俊才。江戸で新たな医学習得を目指し、開業医の叔父、玄庵宅に住み込む。国元では名医と伝えられる玄庵であったが、患者の診立ては古く、ついつい飲み友だちの家へ足が向く。獄医の仕事も登に委ねてしまう。

登は、小伝馬町の牢獄でさまざまな出来事や事件に遭遇する。市井の人情に触れ、事件の解決に手を貸し、悪党どもを得意の柔術で投げ飛ばす。青年医師の成長物語はすがすがしい。

物語に彩《いろど》りを添えているのが叔母と従妹おちえである。叔母は登を下男扱いし、おちえもそれに倣って「登!」と呼び捨てにする。美少女ではあるが、遊び好きの不良娘。登も敬遠気味であったのだが、年月とともに二人の間に香ばしいものが生じてきて……という仕立ての物語となっている。

連載時、展子は高校生。思春期特有のつっぱりがあって、喫茶店などに出入りして母を案じさせたりもした。もちろん不良娘でもなんでもなかったが、藤沢はおちえの人物像の輪郭を浮かべるにさいして、わが娘の姿を拝借していたらしい。本書を読んだのは後日であったが、よく似ている——と展子は思ったものである。

叔父の玄庵は叔母に小言をいわれるとすぐに酒席へと逃げ出さんとする。ユーモラスな姿が、どこか父と似通っていたとも思う。藤沢の場合、二階へ、ではあったが。

『暮し』の「父が教えてくれたこと」という一文でこんな一節も見られる。

《最近、父の本を読み返しています。

父の小説のなかに、時々どうしようもない娘が登場して、とても自分と似通っていると感じるときがあります。そんなとき、娘時分の私を父がどのように見ていたのかがよく分かるのです。小説には必然的に結末があるわけで、最後にはどうあるべきか、というヒントもそこには隠されています。

思い返してみると、父が私に何かを改まって教える、ということは殆どありませんで

した。しかし、父の生き方そのものが、いまの私の手本になっているのです》

＊

都立高校を卒業した展子は、西武百貨店に就職する。職場は書籍部。部の先輩たちは、展子が藤沢周平の娘であることを知っていて、「新刊、目立つところに平積みしといたよ」「今日は〇〇冊売れたよ」などと知らせてくれる。

そんなこともあって、父の作品を読みはじめたのであるが、はじめて手に取ったのが『橋ものがたり』（実業之日本社・一九八〇年）。引き込まれた。

萬年橋、思案橋、両国橋……を舞台に、男女が出会い、すれ違い、別れ、再会……していく。『週刊小説』での連作短編をまとめたものであるが、藤沢が本格的に市井の物語を綴っていく出発点ともなった一冊である。

新装版が実業之日本社から刊行されているが（二〇〇七年）、展子が「特別エッセイ」を寄せている。

《私が『橋ものがたり』をはじめて読んだのは、十代の終わりの頃でした。

読んだ時にこの本は、人の人生を垣間《かいま》見たようなリアルな感覚で、私の心に入り込んできました。それまで、私が好んで読んでいた本は、星新一さんや眉村卓さんのようなSF小説で不思議な内容の作品でしたので、普通の人々の、何気ない日常の中に起こる出来事を描いた父の小説は、かえって衝撃的でした。その後、知人から「お父さんの本を読んでみようと思うんだけれど、何が一番面白い？」と聞かれると、迷わず『橋ものがたり』と答えるようになりました》

収録された短編で「小ぬか雨」はとりわけ好きな一編という。

主人公のおすみは、履物屋の店番をつとめる一人暮しの女。下駄職人の勝蔵と所帯をもつことが決まっている。勝蔵はぱっとしない野卑な男であるが、おすみは自身の行く末はそんなものだと諦念している。そんな日、人を殺《あや》め、追われている若い男、新七を成り行きから家にかくまう。世話をしているうちに、互いに好意を寄せ合う。

追っ手が迫り、逃げる新七と阻《はば》もうとする勝蔵が路上で、もみ合うが、勝蔵が倒れ、新七はその足で去っていく。ラスト、こう記されている。

《――行ってしまった。……

晩《おそ》い時期に、不意に訪れた恋だったが、はじめから実るあてのない恋だったのだ。それがいま終ったのだった。そして灰暗《ほのぐら》い地面に、まぐろのように横たわって気を失っている勝蔵を、助け起こして家に帰れば、また前のような日日がはじまるのだ。

切れ目なく降り続ける細かい雨が心にしみた。

――小ぬか雨というんだわ。

橋を降りて、ふと空を見上げながら、おすみはそう思った。新七という若者と別れた

夜、そういう雨が降っていたことを忘れまいと思った》
展子はこのラストの一節が好きだ。「特別エッセイ」ではこんなくだりも見える。
《……十代の終わりに読んだ時には気にも留めなかったこの一節が私自身四十歳を過ぎ、父がこの作品を手がけた年齢に近づいて、改めて読み直してみると実感としてこころに響いてくるのでした》
思うようにいかぬのが人の人生であり、思いのままにいくような人生は人生じゃない。だれもが心中「小ぬか雨」を宿している……。藤沢作品に通底する調べである。

＊

展子は西武百貨店を退職後、デザイン学校に通った時期がある。娘の歩みについて、父はあれこれ口出すことはなかった。黙って見守るというのが父の流儀であった。そして、タイミングを見計らって、ずばり直言するときもあった。二十代のはじめ、展子は恋愛でつまずいたことがある。泣いて暮していると、父は喫茶店に娘を誘い、自身の体験を語ったことがあった。

鶴岡で教員をしていた頃、将来を約束していた人がいたのだが、結核になり、将来を危ぶんだ先方から破談の申し入れがあったという。はじめて聞く話だった。

生きていく上で思い通りにならないことはたくさんある、あきらめろ――父の言は、長く残った。

靴屋でアルバイトをしていたころ、隣の洋服店の店長をしていたのが遠藤崇寿である。交際が深まり、やがて結婚の日取りが決まるのであるが、いかにも藤沢らしいと思われるエピソードを残している。

《父は、私が思いつかないような一歩先を、いつも考えている父親でした。

結婚式の前日には、嫁ぐ娘の「お父さん、お世話になりました」というつもりで、いつ言おうか、どう言おうかと考えていました。しかし、私が言うより先に、「お父さん、今まで育ててくれてありがとう、なんてアホらしいことはやめてくれ」と、先手を打たれてしまったのです》(『暮し』)

この前後、藤沢は『別冊文藝春秋』で『三屋清左衛門残日録』の連載を手がけている。

藩主の用人という要職を占めてきた清左衛門は家督を倅《せがれ》に譲り、隠居する。道場稽古、釣り、鳥刺し……と老後のプランを練ってきたつもりが、現実にその日々を迎えると寂寥感にとらわれる。そんな折り、町奉行の友人からよろず相談事が持ち込まれ、その解決に〝老人力〟を発揮していく。

藩には二大勢力、遠藤派と朝田派の抗争が長く続いていた。無派閥で通してきた清左衛門であったが、徐々に遠藤派に肩入れしていく。物語の進展とともに朝田派が悪玉、遠藤派が善玉と色分けされていくのであるが、これはもしかして娘と娘婿への配慮ではないか……と、展子と遠藤は笑い合ったものだった。

＊

遠藤が展子と知り合った当座、藤沢周平の娘とは知らなかったが、作品に接してすぐ、凄い書き手だと思った。初対面のさいは緊張したが、いわゆる作家風ではない、もの静かでごく気さくな人物だった。その印象はその後もずっと変わらない。

やがて遠藤は藤沢の全作品を読み込む熱い読者となるが、藤沢はシャイな人であり、自作についてはほとんど口にしなかった。よく話題に上ったのはプロ野球のこと。所沢生まれの遠藤は西武ファンであったが、藤沢もテレビの野球中継はよく見ていた。とくに贔屓《ひいき》チームはなかったが、アンチ巨人であるのが藤沢らしく思えたものである。

藤沢には慢性肝炎などの持病があった。病院通いはいつも妻の和子が付き添っていたが、和子が病に伏して入院中という時期もあった。その折りは展子と遠藤が手分けして藤沢のサポートに回ったのであるが、そんな折り、藤沢はぽつぽつという感じで遠藤に話しかけることがあった。

このあたりで直木賞の選考委員を辞めさせてもらおうかと思っているんだけどね——ということも耳にした。藤沢は直木賞の選考委員を都合十年つとめたが、晩年は負担となっていたようだ。

生前の藤沢さんの文机と現在の遠藤さん親子

いつか締め切りなどない自由な場で楠木正成のことを書きたい——ということも耳にした。

南北朝時代の武将であるが、藤沢の故郷、鶴岡・高坂には、楠木軍ゆかりの人々がこの地に落ちて集落をつくったという伝承がある。小菅という苗字もそのことにかかわりあるらしい。そんな話を耳にすると、藤沢の故郷への想いの深さをあらためて思うのだった。

遠藤が展子とともに、藤沢の残した仕事と深くかかわるのは、藤沢の没後、藤沢周平記念館の設立が決まり、準備が動き出してからである。

鶴岡市の施設ではあるが、事業内容、図録制作、企画展……など、さまざまな監修が求められる。当時、遠藤はコンピューター関連の会社に勤務していたのであるが、退職し、大学に入り直して学芸員の資格を得た。その後、修士課程を修了、いまも博物館学の研究を続けている。

杉並の自宅は「藤沢周平事務所」を兼ね、二階の一室は関連図書と資料を収納した書庫となっている。庄内にかかわる史料、古地図類、一茶や長塚節《たかし》関連の書籍、江戸文化の研究家・三田村鳶魚《えんぎょ》の著作集……などが整理分類されてスチールの本棚に並んでいる。藤沢の生原稿も作品ごとに透明紙に包んで保存されていて、たちどころに見せてもらえる。

出版社の編集者が遠藤を「緻密流《ちみつ》」と呼んだそうだが、若き日、図書館司書になりたいと思った時期があったとか。得がたい人物が身近にいたことになる。

＊

《書き遺すこと

一　展子をたのみます。……

三　和子に（特に言い残したいこと）……

小説を書くようになってから、私はわがままを言って、身近のことをすべて和子にやってもらったが、特に昭和六十二年に肝炎をわずらってからは、食事、漢方薬の取り寄せ、煎じ、外出のときの附きそい、病院に行くときの世話、電話の応対、寝具の日干しなどすべてを和子にやってもらった。ただただ感謝するばかりである。そのおかげで、病身にもかかわらず、人のこころに残るような小説も書け、賞ももらい、満ち足りた晩年を送ることが出来た。思い残すことはない。ありがとう。……

四　展子夫妻と浩平に……

あなた方がお父さんの病身を気遣ってくれたことをよく知っています。お世話になった。ありがとう。……

浩平は元気に大きくなってください。そしておばあちゃん、お母さん、お父さんの役に立つような子供になること》

一九九七（平成九）年一月、藤沢は入院先の国立国際医療センターで亡くなっている。前年の夏、一時帰宅したさいにしたためたものだったらしい。藤沢はずっとコクヨの四百字詰め原稿用紙を使ってきたが、同じ用紙にペン字で書かれたもので、茶封筒に入れてタンスに仕舞われていたのを和子が見つけた。

後日、展子は和子より「書き遺すこと」を見せられたのであるが、冒頭、母に、娘のことを頼みますとあるのは逆じゃないのか……と思いつつ、父の思いが伝わってきて胸が熱くなった。

母は藤沢作品の第一読者だった。生原稿を読み、誤字と思われる箇所などを、原稿ではなく別の用紙に記して藤沢に渡す。「痕跡を残さない助力者」でもあった。

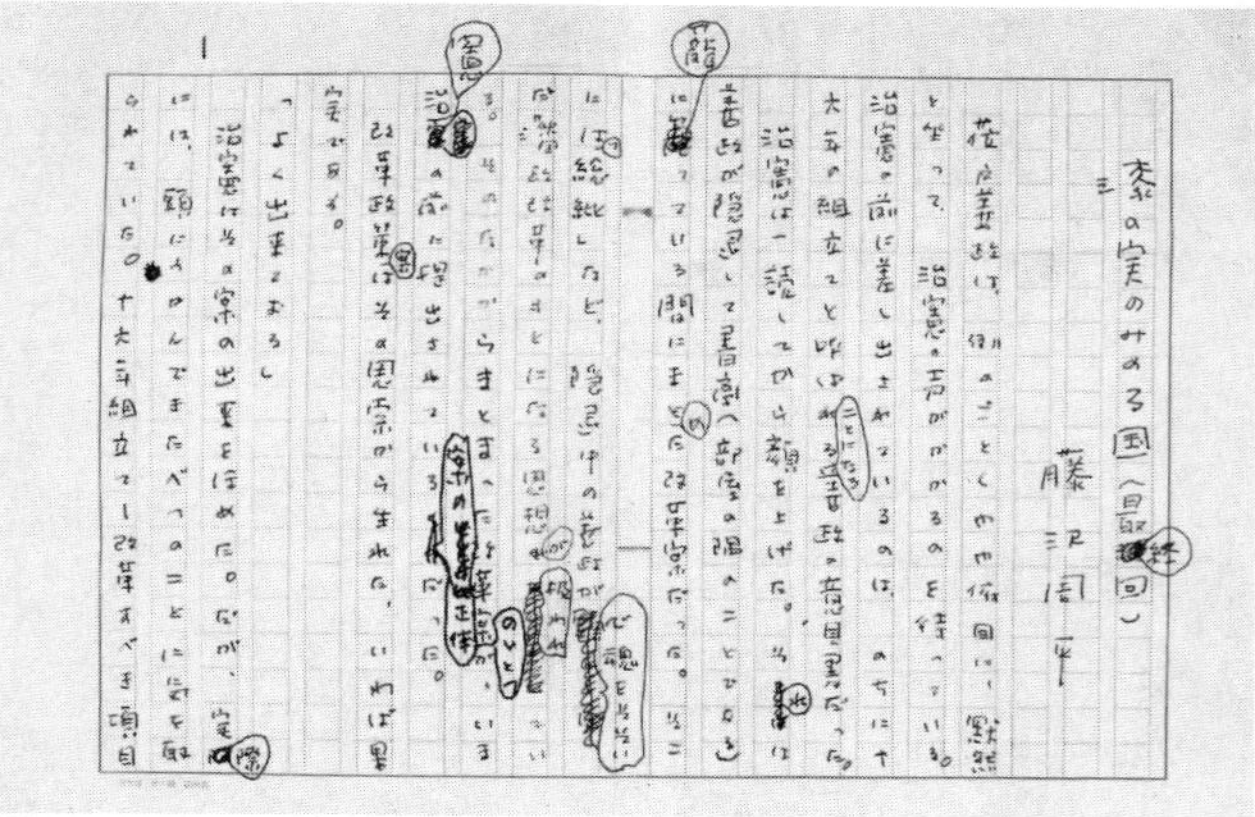

『漆の実のみのる国』最終回の原稿

藤沢の没後、和子はしばらく大泉学園の家で一人暮しをしていたが、いまは遠藤宅の近所に住んでいる。八十代半ばの高齢であるが、まずまず元気とのことである（二〇一七年十二月没）。

藤沢が亡くなった年、浩平は二歳児であったが、いま経営学専攻の大学院生。穏やかな好青年という感じの若者である。

「ゆるゆると」ということであるが、小学生から続けてきたものに書道がある。『周平独言』（文春文庫）、映画化された『小川の辺《ほとり》』、『藤沢周平のこころ』（文春ムック）などの題字には浩平の書が使われている。素直で伸びやかな書体である。

「書き遺すこと」に、「そのうち浩平が役に立つようになる」という一文が見えるが、文字通り、そのようなときを迎えている。

往時の「文机」もいま浩平が使っているとのことである。

＊

藤沢周平の遺作は、『文藝春秋』誌上で三年余にわたって連載された『漆の実のみの国』となった。

主人公は名君とうたわれた米沢藩主・上杉治憲《はるのり》（鷹山《ようざん》）。関ケ原の敗者、上杉家は大幅に減封され、貧乏藩としてあえぎ続けた。質素倹約を率先して実践しつつ、鷹山は植樹、養蚕、製紙など殖産につとめるが、成果は遅々たるものだった。それでも藩の借財を軽減し、倦《う》まずに藩政改革の途を歩み続ける。

病院から一時帰宅していた時期、藤沢は一階のダイニングテーブルで、最終回用の原稿を書いた。父の様子を垣間見つつ、もう二階の書斎で書くのもつらいのだろうと展子は思っていた。

原稿は六枚と短い。いつものきれいな字体と比べていえば、筆圧は弱くて乱れ気味で、挿入や訂正箇所も多い。気力を振り絞って書いたという気配が残っている。ラストの段落、こう記されている。

《鷹山は微笑した。若かったとおのれをふり返ったのである。漆の実が、実際は枝頭につく総《ふさ》のようなもの、こまかな実にすぎないのを見たおどろきがその中にふくまれてい

た》

鷹山の微笑は、書き手が自身の歳月をかえりみて浮かぶ微笑でもあったと解してもいいか——。

以降、二十年の年月が流れたが、藤沢作品は、新しい読者を得つつ数多くの読者に読まれてきた。映画やテレビドラマ化された作品も多いが、これもまた視聴者の支持があった故である。これからも永く、そうであり続けるだろう。藤沢が描いた、人と人の世の様は時代が移り変わろうと変わらない。困難に直面しつつなお、秘めたる自負と矜持をもって生きていかんとする人々が在り続けていくこともまた普遍であろうからである。

加えていえば、文体のもつ力であろう。葬儀で、丸谷才一はこのような弔辞を寄せている。

《藤沢周平の文体が出色だつたのは、あなたの天賦の才と並々ならぬ研鑽によるものでせう。あなたの言葉のつかひ方は、作中人物である剣豪たちの剣のつかひ方のやうに、小気味がよくてしやれてゐた。粋《いき》でしかも着実だつた。わたしに言はせれば、明治大正昭和三代の時代小説を通じて、並ぶ者のない文章の名手は藤沢周平でした》

平成を加えて、と私は思う。

研鑽の跡は、遠藤が見せてくれた草稿原稿類からもうかがい知ることはできる。書き手はだれも、呻吟《しんぎん》しつつ原稿用紙の升目《ますめ》を埋めていく。藤沢にしてなおそうであったと思えば、なにやら安堵感のようなものを覚えたりした。

それにしても……。精緻な風景描写ひとつを取り出しても、膨大な量の執筆をこなしつつ、同じ形容の言い回しはないはずである。こんこんと湧き出る、枯れない表現の泉を藤沢は持っていた。やはり天賦というべきなのか――。藤沢作品の一読者として、お気に入りの作品を読み返しつつ、そんな謎めいた思いがよぎるときがある。

読者たちはきっと、藤沢周平への長い旅をしているのだろう。そのことは、残された家族にとっても同じなのだろう。旅路はこれからも続いていく。

「オール讀物」二〇一七年二月号

ごとうまさはる◉一九四六年京都市生まれ。ノンフィクション作家。九〇年『遠いリング』で講談社ノンフィクション賞、九五年『リターンマッチ』で大宅壮一ノンフィクション賞、二〇一一年『清冽　詩人茨木のり子の肖像』で桑原武夫学芸賞受賞。

本書は、文春ムック「藤沢周平のこころ」（二〇一六年十二月・文藝春秋刊）を文庫化したものです。
文庫化にあたり構成を一部変更、また、特集〈藤沢周平の美学〉（「オール讀物」二〇一七年二月号）、〈藤沢周平の思い出〉（「オール讀物」二〇一七年十一月号）より一部を転載し、再構成しました。

DTP組版・加藤愛子（オフィスキントン）

文春文庫

藤沢周平《ふじさわしゅうへい》のこころ

定価はカバーに表示してあります

2018年10月10日　第1刷

編　者　文藝春秋《ぶんげいしゅんじゅう》
発行者　花田朋子
発行所　株式会社　文藝春秋

東京都千代田区紀尾井町 3-23　〒102-8008
TEL 03・3265・1211(代)
文藝春秋ホームページ　http://www.bunshun.co.jp

落丁、乱丁本は、お手数ですが小社製作部宛お送り下さい。送料小社負担でお取替致します。

印刷製本・凸版印刷

Printed in Japan
ISBN978-4-16-791164-5

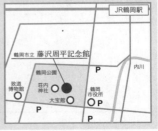

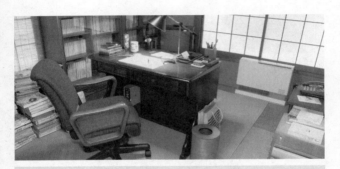

利用案内

所　在　地　〒997-0035　山形県鶴岡市馬場町4番6号（鶴岡公園内）

TEL/FAX　0235-29-1880 / 0235-29-2997

入館時間　午前9時～午後4時30分（受付終了時間）

休　館　日　毎週水曜日（水曜日が休日の場合は翌日以降の平日）
年末年始（12月29日から翌年の1月3日）
※臨時に休館する場合もあります。

入　館　料　大人320円［250円］　高校生・大学生200円［160円］
※中学生以下無料　［　］内は20名以上の団体料金。
年間入館券1,000円（1年間有効、本人及び同伴者1名まで）

―― 皆様のご来館を心よりお待ちしております。――

鶴岡市立 藤沢周平記念館

http://www.city.tsuruoka.yamagata.jp/fujisawa_shuhei_memorial_museum/